苏丝黄的世界

〔英〕理查德·梅森◎著
Richard Mason

张永英◎译

The
World
of Suzie
Wong

湖南文艺出版社
HUNAN LITERATURE AND ART PUBLISHING HOUSE

博集天卷
CS·BOOKY

图书在版编目（CIP）数据

苏丝黄的世界 /（英）梅森（Mason,R.）著；张永英译 .
—长沙：湖南文艺出版社，2015.8
书名原文：The World of Suzie Wong
ISBN 978-7-5404-7226-9

Ⅰ . ①苏… Ⅱ . ①梅… ②张… Ⅲ . ①长篇小说—英国—现代
Ⅳ . ① I561.45

中国版本图书馆 CIP 数据核字（2015）第 149026 号

著作权合同登记号：18-2015-055

The World of SuzieWong
by Richard Mason
Copyright © 1957, Richard Mason
This edition arranged with A.M.Heath & Co.Ltd.
through Andrew Nurnberg Associates International Limited

上架建议：外国文学

苏丝黄的世界

作　　者：[英]理查德·梅森
译　　者：张永英
出 版 人：刘清华
责任编辑：薛　健　刘诗哲
监　　制：蔡明菲　潘　良
特约策划：董晓磊
特约编辑：李乐娟
营销编辑：李　群
版权支持：辛　艳
版式设计：李　洁
封面设计：零创意文化
内文排版：百朗文化
出版发行：湖南文艺出版社
　　　　　（长沙市雨花区东二环一段 508 号　邮编：410014）
网　　址：www.hnwy.net
印　　刷：北京嘉业印刷厂
经　　销：新华书店
开　　本：880mm × 1230mm 1/32
字　　数：286 千字
印　　张：14
版　　次：2015 年 8 月第 1 版
印　　次：2015 年 8 月第 1 次印刷
书　　号：ISBN 978-7-5404-7226-9
定　　价：35.00 元

质量监督电话：010-59096394
团购电话：010-59320018

目录
Contents

苏丝黄的世界

/苏丝黄的世界/　　壹 | 窈窕淑女

壹 ｜窈窕｜
　　｜淑女｜

/苏丝黄的世界/

第一章

/
/
/

　　她过了验票闸门，加入到等待渡船的人群中：穿着棉布睡衣的女人们，穿着毛毡拖鞋、镶着金牙的男人们。她的头发梳到脑后，扎成马尾辫，穿着牛仔裤——绿色斜纹及膝牛仔裤。

　　我心想，好奇怪。中国女孩穿牛仔裤，简直有些令人难以置信。

　　我看着她将一枚一角的硬币递给蹲在地上戴破旧毡帽的小摊贩。小摊贩将一张中文报纸卷成圆锥形，用铲子装了些西瓜子，递给那女孩。她转身走开，在离我一码远的地方停下来，心不在焉地用涂着红色指甲油的手指拣瓜子吃。

　　我想，她也许是哪个富商的女儿，或者是女学生，抑或是导购女郎——不过作为外国人，我不能跟中国人交谈。

她把一粒瓜子放在牙齿中间，轻轻嗑开，瓜子仁儿就势落在嘴巴里。她身旁站着一个老男人，穿着高领长衫，倚靠在黑檀木的拐杖上，轻轻捋着自己那缕一英尺长的白胡子。一个婴儿从妈妈背上探出脑袋，黑色的眼睛闪烁着心满意足的光芒，露出只有婴儿才有的十足的安全感。一个戴着牛角框眼镜、穿着破旧开领衬衫的年轻人手里捧着一本书在看，鼻子几乎贴在了书本上。他在仔细研究一张图表，那本书叫作《空气动力学》。

那个女孩又将一粒瓜子放在上下牙齿之间，她的牙齿又白又整齐。这时，她看到我在看她，眼神似乎在我身上停留了一下，所以我开口说："我多希望自己也会。"

"啊？"

"我是说嗑西瓜子——我总是学不会。"

"不要跟我说话。"

她傲慢地转过脸去，看向不远处的挡板，挡板后面簇拥着花一角钱来乘坐下层舱的乘客：穿着破旧蓝裤子和破烂衬衫的苦力，戴着斗笠、穿着乌黑发亮衣衫的广东渔家妇女。她口里嚼着瓜子仁儿，显得非常不自在。

我尽量不让自己觉得受了冷落，我安慰自己说，毕竟，我一直不擅长搭讪，胆子太小。

这时她似乎变得……是的，她渐渐变得温和起来，拿眼角偷偷地打量我，揣测刚才是不是误解了我。

她很快把目光移开，又偷偷看了我一眼，然后十分谨慎地说：

"你是水手吗？"

"我？水手？天哪，怎么可能？"

她稍微放松了些，问："真的吗？"

"哦，真的。"

"好吧，你想跟我聊天的话我们可以聊聊。"

"哦，太好了，"我笑着说，"不过你为什么对水手这么敌视？"

"不是我啦，是我父亲。"

"你是说你父亲不喜欢水手？"

"嗯，他说水手到处招惹女孩子，惹是生非。"

"所以他不许你跟水手说话？"

"是啊。他说：'你要是跟水手说话，看我不打你！'"

"哦，你父亲真是个明智的人。"

"是的，明智。"

渡船过来了，荡起阵阵水花。人群不断往前涌，我们被挤着上了踏板，在上层舱平台上的板条长椅上坐了下来。渡船是由中国人经营的，效率非常高，我们还没坐稳，水花就又起来了，引擎隆隆作响，渡船不停地颤动。我们经过九龙码头，驶过了停泊着的商船和许许多多的舢板。前方，海峡对面的小岛就是香港岛，蜷缩在几百英尺宽的狭长海岸带里。香港岛的中央是微型的摩天大楼群，两边长长的滨水区绵延数英里，停满了小船和舢板；后面矗立着太平山陡峭的山坡，越往上距离市中心和底层社会越远，在海拔稍高的地方，依然能看到零零星星的白色平房和社会名流居住的豪华公寓。

我们绕过九龙半岛，斜穿海峡，朝着香港东部人口最密集的湾仔驶去。我扭头看着身边的女孩，她的脸圆润光滑，椭圆形的黑色眼睛，睫毛卷翘，像是画上去的一般——只是这样的睫毛只有用最尖细的铅笔才能画出来。她的颧骨很高，看上去有点儿像蒙古人。

"你是北方人吗？"我问。

"是的，上海人。"

"你现在住在香港？"

"北角。"

"北角地段不错。"这也足以解释她为何会乘坐这趟渡船，因为湾仔过去就是北角——贫民区过去就是高雅的郊区——而要去北角，湾仔码头是最近的渡口。

"是的，只是我更喜欢浅水湾。房子更好。"

"你是说你有两套房子？"

"四套。"

"四套？"我知道中国富商非常有钱，足以让最有钱的欧洲人相形见绌，他们通常会拥有两到三套房子，但是四套我还从未听说过。"你是说这些房子都在香港？

"是啊，都在香港。我父亲很有钱。"她有些扬扬自得，带着孩子般的天真烂漫。

"我猜也是。那另外两套房子在什么地方？"

她扳着手指头数了一下刚才提到的两套，然后接着说："第三套，干德道。第四套，太平山顶。第五套⋯⋯"

"没有第五吧！"

"啊，我刚才忘了——第五套，跑马地。不过这套房子太小了，只有十个房间而已。"

"这可一点儿也不小啊，"我笑着说，"那汽车呢？你父亲有多少辆汽车？"比起房子，中国人更喜欢买汽车。

"汽车吗？让我想想。"她眉头微皱，又数起手指头来，然后咯咯地笑着放弃了，说，"哦，我忘了有多少辆汽车了。"

"我猜你自己也有汽车吧？"

"没有，我不敢开。不过我不介意乘电车，我挺喜欢乘电车的。"她把报纸筒里一角钱买来的西瓜子放在我面前，问："你想不想吃？"

"想，只是我实在剥不开，"我说，"你可要教教我。"

"你先试试。"

我试了好几次，但每次瓜子皮都被我的牙齿咬碎，里面的仁儿也不可避免地跟着碎掉了。看到我笨拙的样子，女孩咯咯地笑了，用双手捂着脸，马尾辫在脑后跳来跳去。然后她静下来，只是脸上还带着愉悦的光芒，她给我做了个示范——用手将瓜子沿侧面剥开，把皮剥去，然后将完整的瓜子仁儿递给我。

"是啊，我也是这么做的呀，"我说，"你的这粒肯定容易剥。"

"不是，都一样的。"

"那我还是放弃吧。你叫什么名字？"

"黄美玲。"

"美玲，真好听。"

"你呢？"

"罗伯特·洛马克斯，或者按照你们的叫法，洛马克斯·罗伯特。"

"劳伯特。"

"不是劳，是罗。"

"哦，罗伯特。你住在哪里？"

"这个，其实我……"

"山顶？"

"哦……算是吧，半山腰。我住在一家公寓，落日公寓。"其实我这么说也算是事实——我以前住在落日公寓，几天前刚搬到湾仔。我不好直接告诉她我住在南国酒店，至少在我了解她之前不能告诉她。

"你在政府工作，还是银行？"

"都不是。我之前是种植橡胶树的，不过几个月前我辞了工作开始画画。"

"画画？"

"就是在纸上绘画。"我本想把素描本拿出来给她看，但是我突然想起来我画的全都是南国酒店，就没有拿出来。

"我知道，艺术家。"

"哦，我现在还算不上艺术家。"因为我们相谈甚欢，我就问她是否可以哪天晚上跟我共进晚餐，可是她断然拒绝了。

"午餐呢？"我问。

"不行。"她坚决地摇了摇头，马尾辫也跟着晃动。

"但是我非常希望能再见到你，美玲。我们什么时候还能再见面？"

"不会了。"

"为什么啊？"

"我马上就要结婚了。"她解释说，这个婚姻是她父母安排的，按照中国的传统习俗，她与未来的丈夫还未曾见过面，不过她倒是见过他的照片，觉得他很英俊，他也非常富有。然而，如果不是因为她即将要结婚了，我们也就不可能相遇，因为在中国，女孩子远没有英国女孩那么自由。她知道，英国女孩可以交男朋友，而且她们的男朋友可以做只有丈夫才能做的事情，这些都无伤大雅，不会影响她们未来的婚姻。她还曾听说有个来自山顶富人区的英国女孩曾交过四个男朋友，后来在香港大教堂嫁给了一位高级官员。然而对一个中国女孩来说，这些想都别想，因为贞洁是婚姻中最必不可少的条件。按照习俗，结婚当天新郎的亲戚有权亲自来检验新娘的贞洁，如果发现新娘不贞洁，就有可能解除婚姻，那新娘就会被赶出家门，流落街头。

"所以说，我还从没交过男朋友，"美玲郑重地宣布，"我还没做过爱。"

"没有吗？"我被她如此坦率的言辞吓到了。

"没有，从未有过。"

"哦，你以后有的是机会，来日方长。"我很疑惑，这样的对话是不是只有在中国才可能发生，尤其是初次见面的时候。

她天真地看着我，问："这个你们用英语怎么讲？"

"什么用英语怎么讲？"

"我的意思是，如果一个人从没做过爱——从未跟任何人。"

"哦，我们称之为处女。"我说。

"处女？就这么说？"

"是的。"

"是的，处女——就是我。"

她用涂着红色指甲油的手指指着自己说。我忍不住大笑起来。

"美玲，你真了不起！"我说，"那这个事情我们已经说清楚了，你到底要不要跟我一起吃晚餐？当然，我保证不会强迫你，不会坏了你的好名声。"

她再次固执地摇摇头，说："不要。"

"可是我真想为你画幅画像。"

"不要。我们就此别过。"

渡船引擎开始反转，船体不停地颤动，慢慢靠近湾仔码头。踏板哐当一声放了下来，乘客们争相蜂拥而出，我跟在美玲后面下了船。我们在码头外面停了下来，一群黄包车夫闲坐在车把之间的空地上。码头三百英尺开外就是南国酒店，我站在这里就能看到酒店大门口悬挂的蓝色霓虹灯招牌，以及酒店顶层我的转角阳台，阳台上立着我的画架，方形的白色画布上是我早上刚开始的吉薇妮画像。

美玲顺着我的目光看过去。

"那是什么地方？"

"哪个地方？"我含糊地说。然后我飞快地转移了她的注意力，问："你现在要去哪里？"

"轩尼诗道。"

"去赶电车？"

"不是，轩尼诗道有车来接我。"

"我能跟你一起走到那里吗？"

"不好，司机会告诉我父亲的。"

"难道你父亲会打你？"

"可能会的。"

"那你会不会冒险一次，跟我一起吃顿晚餐？"

"不可能，我走了。"

她伸出手来要跟我正式道别，我握住她的手时她突然小声地咯咯笑了，然后转身朝轩尼诗道飞奔而去，马尾辫荡来荡去。她回过头来，匆匆朝我挥挥手，然后就淹没在大排档、黄包车和来来往往的人群中。

我想，消失了，就这么消失了，正如同那句著名的法国格言："离别，死去一点点。"我转身穿过码头回到了南国酒店。我一到阳台上，就把画板放在画架上，盖住了吉薇妮的画布。我在凌乱的桌子上找到一支木炭笔，趁着记忆还很鲜活，画了一张美玲的速写。画像中她的眼神既调皮又天真，一只手拿着瓜子，另一只手指着自己。在画像的下方，我写道："是的，处女——就是我。"

　　画得不是很好，但是一看到这幅画我就会微笑，所以我就留了下来。现在我又拿出来看了一遍，画像已经脏兮兮的了，还被扯破了——是美玲撕破的，因为她不喜欢这张画——我又用胶带修补了一下。即使如此，这幅画像还是让我很开心，因为这是我为她画的第一张肖像。我已经记不清后来为她画了多少幅画像，我也从未数过，大概比她手中报纸筒里的西瓜子要多，也比她梳成马尾辫的头发要多。

第二章

/
/
/

　　我之所以开始画画，都是因乔治·惠勒而起。

　　惠勒是马来亚（今马来西亚）红泥山橡胶庄园的经营者，他独自一人住在一座阴暗的大平房里，隐藏在无边无尽的橡胶树海洋中。他是个失意的不幸之人。我从英国来到庄园开始助手工作的第一天，他就对我说："总体上我是个很随和的老板——但在这座庄园里唯有一件事是我无法容忍的，就是异族通婚。"

　　我心里有些不快，说："我不太明白是什么意思。"

　　"就是不许跟当地女人乱搞。"

　　我环顾他昏暗的客厅，四周用窗纱围起来，像个牢笼似的。书架上乱糟糟的，堆着关于登山运动的书，墙上贴满了有关登山壮举的照片，都是从杂志上剪下来的。显然，梦想征服皑皑山峰是惠勒发泄情感的方式。然而，我很讶异，在这样的禁令下，其他人是如何过活的？

不久我就知道了答案：这给他诸多的助手带来了不同的影响。正因为这道禁令，我的波兰人前任只好通过邮局向素未谋面的笔友求婚，那个女孩从遥远的英国格拉斯哥来到马来亚，然后两人结婚了，现在他们住在不远的关丹县，仍然十分恩爱，正在等待第三个孩子的降生。然而，对于特德·威利斯来说，这道禁令带来的影响就没那么好了。特德跟我一样，是惠勒诸多助手中的一员，他本来就很内向，这样一来就更不愿与人交往，老是一个人闷着，他才二十四岁就已经消极遁世，大概一辈子都会是个精神残缺者。而对于我另外一个老同事塔比·彭福尔德来说，这样的禁令只会让他编造更多的淫秽故事，并添油加醋地描绘每个细节。然而，他偶尔也会采用另外一种发泄方式，比如有一次他突然一脸得意地来找我，向我描述了自己与一个泰米尔女人的邂逅。他说那个女人一直在吸烟棚附近徘徊，"皮肤黝黑黝黑的，听我说，鼻子上戴着乱七八糟的东西——不过就是让人很有欲望……天啊，再也没有比野外偷欢更害人的了！"我知道这只是他的幻想，不过还是假装相信他说的话，这让他很高兴，仿佛自己描述的好事真的发生了一样。

我第一次亲身感受到这道禁令的影响是到那里一个月之后，那时我爱上了一个马来女孩。

她并不在这座庄园上工作，但是每天都会路过我的小屋好几次，而且她每次经过都正好是吃饭的时间，我正好在外面的门廊上。这只是巧合吗？我有些怀疑，因为当她知道我在看她的时候，她的眼睛露出邪恶的笑容，屁股故意扭来扭去。她的皮肤如同温热的蜂蜜，我被她迷住了，在庄园上的每一分每一秒我都渴望能再次见到她，计划着怎么才能占有她而不让惠勒知晓。很多次我几乎要跑出去找她，但是又恐怕丢了工作，只好放弃。后来她不再来了，我甚至还从未跟她说过一句话，我的灵魂深处充满绝望。

自那之后，日子变得平淡无聊，漫漫长夜我只能用塔比·彭福尔德的淫秽故事来填充内心的空虚。唉，那热带日落后的无比空虚啊！我开始毫无节制地喝酒，麻痹自己，好挨过每一分每一秒。直到有一天我意识到事态的严重性，那天傍晚我告诉自己："这样下去，不出一年我就会彻底垮掉。我要做点儿什么——给自己找个兴趣爱好。"所以我找出一个练习本和一支圆珠笔，开始画起来。

在那之前我从未画过画，只是上学的时候每周美术课上被迫画过一些，跟大家没什么区别。我一直将"带有艺术气息的男孩"视为异类，总觉得他们很怪异、很悲哀。每年假期，为了完成文化课任务，我都要去参观伦敦的各大美术馆，每次我都感到百无聊赖：给我留下深刻印象的不是美术馆珍藏的名作，而是参观者，他们更能引起我的兴趣。记得是在皇家美术院，我突然萌生了一种简单的批判性想法：为何所有的肖像作品都如此庸俗不堪？为何画中的所有事物都摆放得如此整齐，如此木然？为何都不能捕捉到带有生机的瞬间？与框架里的千千万万张脸庞比起来，任何一个参观者的脸上都带有更多的特性、更多的表情和更多的意味。

　　战争爆发后我离开学校，直接参加了军队，不到一年我就被派往印度。战争结束的时候我已经深入到缅甸内地。有一天我站在伊洛瓦底江边，看着一个缅甸女人洗衣服，她蹲在河边，鲜艳的红色罗衣紧紧地包裹着她的大腿。一架"达科他"式飞机朝河边飞来，轰鸣声划破长空。直到飞机飞到头顶，那个女人才注意到，她依然捶打着正在洗的衣服，抬起头匆匆且漠不关心地瞥了一眼，眼神中甚至带着轻蔑——对于这些缅甸村民来说，四年来他们已经看惯了外国军队之间的拉锯战，轰隆作响的毁灭性机器来来回回，给彼此带来可怕的杀戮——她依然在伊洛瓦底江边洗着衣服，自她很小开始便如此，至今不曾有任何变化。突然间，我觉得自己内心充满愉悦，因为她那一瞥，她微微抬起的头和继续捶打衣服的双手，在我看来超乎寻常地美丽，具有深刻的含义，表达了真实的道理。我多么希望自己能捕捉到并永远保存这一瞬间！它道出了关于缅甸、关于战争、关于人民、关于生活的一切！然而"达科他"式飞机的轰鸣声渐行渐远，那个女人的眼神又重新回到了浣洗的衣物上，动人的瞬间消失了。

　　不久之后，我从一位同僚那里借了一台照相机，因为对于我来说，还有其他类似的瞬间和情景远比仰光大金塔和蒲甘摇摇欲坠的佛塔更能代表缅甸最真实的美丽之处和这个国度最纯正的内涵。我决心要捕捉这样的瞬间和情景。我非常用心地拍了很多照片，然而其中只有几张真正捕捉到了我想要的神情、姿势和瞬间，即使是这几张也让我失望至极，因为里面没有我所期待的东西，不过是空洞的、浅薄的，了无意义。可是这到底是为什么呢？这些不都是曾感动我的瞬间的真实记录吗，为什么它们本身就无法令人感动呢？

后来我逐渐明白了，某个瞬间本身是不可能完整的，因为这个瞬间存在于包含某种动作和心境的大背景下，只有在这种背景下才具有意义；而且观察者本身也是这个背景的一部分，他按照自己的想法、自己的个性和知识来诠释这一瞬间。所以当我看到伊洛瓦底江边浣衣的缅甸女人时，打动我的并非她当时脸上的表情，而是这种表情在我眼中的含义：结合我自身的经历，其含义代表了我对破坏和战争的憎恶。如果当时有人站在我身边，也许这一瞬间会给他留下不同的印象。有多少位观察者，就会有多少种不同的印象。

这个时候我才发现了关于艺术的第一条，也许是唯一的一条真理：艺术的功能不是说"这是某个事物在特定时刻的样子"，而是"这是我眼中某个事物的样子"。也许很多人从小就认为这是理所当然的，而我却后知后觉到现在才发现。

不久后我的复员文件下达了，我回到了英国。我挚爱着东方，现在回到伦敦却四处徘徊，身体缩在新衣服里，我感到阵阵寒冷，悲惨而不知所措。我的父母都已过世，我也没受过任何职业培训，我感到特别没有归属感。后来我的叔叔让我到他位于斯隆大街的房地产公司上班，承诺说只要我做得出色就可以成为最终合伙人。我咬紧牙关，开始去夜校上课，努力做功课，在办公室开始越来越熟练地使用诸如租赁权、什一税、无地下室、低开支、镶木地板、复式住宅之类的词语。"我讨厌这种生活，可是我必须证明自己能行，"我对自己说，"我必须要通过考试。"然而不久我就抛下这一切跑到马来亚种植园去了。尽管我叔叔很失望，却还是好心地对我说："恐怕你会后悔的。"可是，当我一闻到东方大地令人沉醉的气息，我就知道他错了。在伦敦，我整个人的四分之三都已死去，每天死气沉沉地在斯隆广场赶公交车。而现在，我整个人又突然活过来了，所有的感官都觉醒了。我又一次为那些稍纵即逝的美丽瞬间感到欢欣：那些姿势、那些表情、那些自然生活中的微小场景。我想，如果我是个艺术家该多好啊！后来，就在我来到红泥山的第三个月，就在那个马来女孩撩人的背景消失后，我拿出练习本和钢笔，开始画画。

与此同时，尽管我从未对自己第一幅涂鸦抱有任何幻想，但我觉得自己画起来驾轻就熟。这是一种非常奇怪而又不可思议的感觉，就好像第一次坐在打字机前，就发现自己的手指对每个按键都无比熟悉——就是那种"我曾来过这里"的感觉。并且，一切又让人无比兴奋。我之前经常想："我并不是不入流的通才，只是没有自己真正擅长的东西。"我曾经很羡慕那些有自己的爱好、才能或者专长的人，他们能在自己擅长的领域脱颖而出。而现在，我终于找到了自己的专长。就如同有那么一个抽屉，我一直以为里面空空如也，无意中打开了却发现里面装着一件宝物，足以改变我的整个人生轨迹。

很快画画就成了我生活的全部，每日每夜我脑海里除了画画别无他想。在庄园里工作的时候我会随身带着素描本，每时每刻我都在寻找机会偷偷溜出去记录各种印象，一分一秒地盼望着午休或傍

晚的到来，好让自己的激情自由地挥洒。每一刻的闲暇都变得无比
珍贵，我对知识如饥似渴，渴望得到指导。我绞尽脑汁回想当初被
自己荒废的美术课上无意中学到的任何一点儿建议，我让人从新加
坡和伦敦帮我搜寻各种各样的美术书籍。我贪婪地阅读每一本书，
为书中画作的照片而感动、着迷、激动不已，而十二年前我在伦敦
美术馆看到这些画作的真迹时，却觉得乏味不堪。即使是报纸上的
漫画或者信头上的图画都能激起我的兴趣，我会认真研究这些图画
是如何达到效果的。自那之后我再也没想过那位经过我小屋的马来
女孩，我沮丧的心情得到了疏导，我将自己所有的精力都投入到素
描上，而这些精力本来是想用来做乔治·惠勒所明令禁止之事的。

　　我摈弃了那些不适合自己的绘画风格，到年底的时候我已经可
以用自己的风格自由作画了。我还开始画彩色画，起初用的是从当
地中国人开的商店里买来的儿童蜡笔，后来开始用从英国寄来的颜
料。现在，我开始了油彩世界的新冒险。

　　尽管惠勒曾多次逮到我在工作时间画素描，不过他对我的这一
新爱好并不反对，他觉得画画可以洁净心灵。而我确实是他最喜欢
的助手，因为他实在不怎么喜欢塔比·彭福尔德这种对女孩怀有不
洁净想法的人。他甚至让我为他画过一幅画。那一年伊丽莎白二世
举行了加冕仪式，人类首次登顶珠穆朗玛峰。他希望我能在画布
上重现征服珠峰的时刻，他还收集了许多埃德蒙·希拉里和登京
格·诺尔盖的杂志照片让我做参照。对于这样的任务我既没有意愿
也没有能力做好，我只好硬着头皮向他保证我会尽力而为。后来我

按要求创作了一幅极其虚伪的画给他，他却很高兴，还把画挂在卧室的墙上，以便躺在床上就可以重温这一喜马拉雅史诗事件。

一周后，他依然沉迷在我的那幅珠峰登顶的画作中，还给我看了一份伦敦报纸上漫谈专栏作家对一位女画家的访谈，那位女画家刚刚在伦敦西区的一家名为厄尔曼的私人艺术画廊首次举办了个人作品展。整个伦敦上流社会都为之惊讶，因为这位三十多岁的女士拿起画笔只有一年的时间。

"你画画的时间比她长多了，"惠勒说，"你为何不向他们展示一下你的作品呢？"

"我画得还不够好。"我回答说。尽管我内心的真实想法可能是："我觉得自己画得挺好，只是我不确定其他人是否也这么觉得，我不敢轻易拿自己去做试验。"

"那就去试试吧，反正你也不会有任何损失。"

我很快被说服了，立马花了一大笔钱将几幅蜡笔画和两幅油画通过航空邮寄了过去。然而这些画却没有得到任何承认，此后的八个月中我再没见到这些画，也没听到任何信息。

而我却还是损失了些东西——自信心。想到自己将画作寄到伦敦时的踌躇满志，我就羞赧得满脸通红——我赫然听到人们对这些画的嘲笑和批判！我甚至不敢写信过去讨回这些画。我对自己的信心动摇了。正是这件事促使我在此期间与斯特拉订了婚——因为一个男人往往会通过征服女人来重塑自尊。

那时斯特拉·普洛登二十四岁，长得还算漂亮，而按照马来人

的标准，她算得上极其美丽：当她与她母亲一起来到红泥山临近的
庄园后，方圆几百英里的未婚男子都奔她而来。我也加入到蜂拥的
人群中，由于我所在的庄园离她很近，再加上恶棍的无意相助——
一位爱慕者鲁莽地连夜驾车前来，却中了埋伏被枪杀，此后距离较
远的爱慕者热情骤减——我最终抱得美人归。圣诞节那天我向她求
婚，次日她就答应了我，而新年伊始我就开始疑虑，痛苦不堪，直
到四月份我才鼓起勇气解除婚约。

　　我们之所以不和主要是因为我画画的事情。斯特拉觉得我画马
来人比她更多，这让她很伤心。她无法理解，既然我已经有了她
这位自愿担当模特的人，皮肤洁白无瑕，又颇具魅力，为何我还非
要将自己的才华浪费在当地人身上？起初她并没有坦白地说出自己
心中的不满，可我还是察觉到了，因为我每次给她看我画好的东西，
她总是闷闷不乐并对我的画冷嘲热讽，还开始数落我的缺点——每
一条缺点都要数落一番，就是不提真正惹到她的那条。末了她却解
释说：让她觉得羞辱的不是她希望我多画她——她确实想不出比这
更无聊的借口了——而是我明显对她不感兴趣。那天早上她母亲刚
好问她我画的是不是她的肖像，而她只能回答："不是，他画的是某
个马来女孩。"她当时几乎羞愧死了。

　　后来我们一见面就争吵，每次都重复同样的指责和同样的争辩，
只是一次比一次激烈。终于，那天我们去野餐，有三个带着波罗蜜
的马来女人从旁边经过，我忍不住画了下来，她又开始吵闹，我们
就摊牌了。

"我哪里不好吗?"斯特拉质问我,"是不是我太丑了还是怎的?"

"不是,当然不是。"

"可是你这样太让人难堪,也太不正常了。"

"你是说我画马来人?"

"是的,尤其是你画的十有八九都是马来女孩。太恶心了。"

"可是她们很漂亮啊——她们很优雅。"

"天哪,听听你都说了些什么话!而你竟然假装这些话里没有任何其他的含义!"

"本来就没有任何其他的含义。"我们又激烈地争吵了十分钟,彼此伤害着,然后我们沉默下来。我开始为自己所说的话感到羞愧,希望能做出弥补,所以我说:"不管怎样,我现在想为你画像了。"

"那好吧,稍等一下。"她伸手去拿自己的手提包。

"不,不要动!就这样——非常美!"

"别傻了。"

然后,她拿出梳子和化妆品,开始精心打扮,我内心的怒火爆发了,我想大喊:"你这个蠢货!你这个愚蠢的、虚荣的、自负的婊子!难道你现在还不明白我为什么要画马来女孩吗?难道你看不出你们之间的区别吗?难道你不明白她们身上的单纯和天真,是你早已丧失了的吗?"

她整了整裙子,然后把自己摆出一副巧克力盒子的姿势。

"好了,我现在准备好了。"

"好吧。"我说，然后为她画了一幅素描。第二天我告诉她，我觉得自己不是她要找的那种丈夫，我们最好就此结束。

她非常伤心。"可是我该怎么跟别人讲呢，"她不停地说，"我该怎么跟别人讲啊？"尽管那时我很鄙视她这种特别在意他人想法的特性，但后来我渐渐不再那么严苛地批判她，因为害怕丢面子是再正常不过的事情，况且他们都是东方人。回顾往昔，我也逐渐明白，斯特拉对我画画的不满是完全合乎情理的，而我之前却理直气壮地以为她只是出于虚荣。创作的冲动来源于性欲，正如同其他画家喜欢画裸体一样，我喜欢画马来女人。（那些声称女性身体对于他们来说只是"抽象形态"的画家都是满口胡言——他们为什么不画枕头？）这些马来女人唤起了我内心的感觉，这种感觉无法直接表达出来，便只好通过其他的方式宣泄出来，于是我便将她们所拥有的价值全部赋予我的画。斯特拉从未给过我这种感觉，而她对此非常清楚。"如果他只画马来女人而不画我，那他肯定不爱我。"这是她的本能反应，我曾以为这样的论点根本站不住脚，只能证明她对更高层次的艺术创作动力极度无知。然而她说得对，我从未爱过她——一丝也没有。

与斯特拉分手后的几周后，我收到了一封来自伦敦的信。信是厄尔曼艺术画廊寄来的，信封里装着一张六十三英镑的支票。

这封信的署名是画廊理事罗伊·厄尔曼，他在信中向我道歉，说扣除了画廊费用和框裱费用后，支票金额不是很大。接下来他并没有解释为何此前没有写信给我，只是说他将我的十四幅作品选入了新秀青年画家作品展——不过他说犹豫权衡了很久。然而，我作品里的活力和浓烈情感足以弥补构图的不足和技巧的拙劣，这些在后面所附的剪报中都有体现。他还写道："其实可以毫不夸张地说，你的这些作品抢尽了风头，你可以祝贺自己取得了重大胜利。然而……"然而，他建议我第二年不要参加展出，因为到时候我肯定会发展得面目全非。他在结尾处写道："你拥有特殊的天分，确实令人兴奋，我相信你会有出色的表现。"

　　一开始这封信让我无比激动，接着我开始相信一切都是命运和天赋，后来我自然而然地以为自己优人一等。这个过程持续了一周，其间我觉得自己比往常高了，也许是因为心情轻快，就连乔治·惠勒和塔比·彭福尔德都在不同的场合提及我好像突然比他们高了，他们觉得有些疑惑。然而，第二周他们又都说我缩回到了原来的身高。而我自己却觉得自己变矮了——因为我竭尽全力想达到被自己无限放大的预期，却发现自己完全丧失了灵感和才华。我可能会一事无成，我现在不再相信自己是天才，而觉得自己是庸才，我陷入了深深的绝望中。我拿出厄尔曼的信来读，希望能从中得到鼓舞，但却觉得它空洞而伪善。他到底失去了什么？而"胜利"又从何而来，除了在伦敦上流社会的那些文化势利小人中轰动一时，他们不还是很快就去关注下一场轰动、下一个新发现、下一轮新时尚？至于那张支票，我最初惊喜地将之视为一笔财富，可是想想我投入的时间和精力，以及我飘忽不定的创作灵感，现在看来这些钱不过是可怜的施舍。

我的绝望几乎持续了两个月，这期间我一直无法工作。后来我心中的钟摆停在了中间的位置，我不是天才也不是庸才，我只是拥有某种天分，只有耐心和努力才能变天分为成功。通过这样的磨炼，我发现自己的精神又高涨起来，创作的冲动也回来了。

大约一个月之后的某个周末，我去了新加坡。来马来亚一年了，我去过的最大的地方要数吉隆坡，而新加坡这样的大城市让我觉得既新鲜又兴奋。我在中国街的集市上转来转去，吃吃喝喝，观看卡巴莱歌舞表演，然后在其中一家宏伟的、光彩夺目的、华丽的中国娱乐城游荡了好几个小时。这些中国娱乐城中同时上演着粤剧、露天拳击比赛、中国脱衣舞以及汽车相撞事件。我去了一家舞厅，跟伴舞女郎跳舞。两天后，我乘火车返回北方，一想到要回到那个无边无际的单调乏味的灰色橡胶林，继续做那份占用我太多时间的苦差事，害得我都没时间画画，我就觉得害怕。我突然想要离开红泥山。自来到马来亚后，我共攒了将近四百英镑。如果精打细算的话，可以维持一年的生活——这一年里我什么都不干，只是画画。我在脑海里反复思量着，这时车厢里的一位少校突然叹口气说："哎呀，多希望能回到香港啊！"

"为什么啊？"我问他。

"新加坡也没什么不好，只是这样的城市在哪里都能见到。而香港就不一样了，香港极具中国风情。从市中心出发，漫步一分钟也碰不到一个欧洲人。而且，天啊，香港好美啊！"

"是啊，我也听说香港很美。"我想起了小时候我家的园丁，他园丁工作做得很不好，因为他本来是个水手，他肌肉突起的棕色手臂上文着蓝色的中国龙，已经褪色淡化，正中间文着两个字："香港。"他是我儿童时代不折不扣的英雄，经常倚靠在铁锹上，滔滔不绝地讲着鸦片馆、炮艇、爆竹、珠江，还说中国的葬礼要请六支铜管乐队，还有专业的送葬人，像三K党一样蒙着白布，哭泣着、哀号着，咬牙切齿。很多时候，讲到最激动人心的时刻，他会说："不能再往下讲了，不然你父亲会找我麻烦的。"——哦，这些话背后藏着怎样的一个神秘国度啊！

"是的，天啊，"少校说，"当舰队驶进那个港湾，马力全开，骄傲满满……你真该亲眼去看看，哦，天哪——你应该去看看香港。"

"我会的，"我说，因为我已经打定了主意，"你北上是打算离开吗？"

"不是，是要住下。"

我一回去就告诉乔治·惠勒我要离开。他很不高兴，因为他给我开了不错的薪水，让我从头做起，就希望我能长久地做下去。不过当他看到我已经下定了决心，只好作罢，冷冷地笑着对我说："好吧，说不定哪天你就出名了，我最好对你好一点儿。要不要喝一杯？"

喝了点儿威士忌后，我心情稍微放松，而他也放松了下来，我笑着说："其实，你要怪就只能怪你自己，如果不是因为你，我也许不会开始画画。"

"此话怎讲？"

"就因为那条不许异族通婚的禁令。"

他露出疑惑的表情，试图弄清楚两者之间的联系，过了一会儿他说："哦，别胡说八道了。你不可能跟本地女孩谈恋爱的。你不是这种人。"

"其实呢——"我本来想跟他讲讲那个每天经过我小屋的女孩，她含笑的眼睛和撩人的臀部，但是他打断了我的话。

"你当然没有了——你的心灵那么洁净，从你的那幅珠峰画作就能看出来。真是幅漂亮的作品，只有心灵真正洁净的人才能画出那样一幅画来。"

于是，为了不让真相毁了那幅画在他心中的形象，我终究把到嘴边的话给咽了下去，只说了句："真高兴你如此喜欢那幅画。"

"那可是艺术作品。"

惠勒从本地雇用了一位新助手，名叫休伊特·贝格。他与惠勒初试后跟我说："有关女孩的事情我一点儿也不担心，老伙计，我修习瑜伽。"他果然开始修习瑜伽，全身只围着裹腰布，两腿交叉蹲着，粉白色的英国人身体僵硬得像一根春杆，他用手指按着鼻子，一只鼻孔吸气，另一只鼻孔呼气，发出难听的噪音，他面前的地板上放着手表，来计算每次呼吸的时间。

我在那里继续待了几周，好将工作的窍门传授给他。之后惠勒开车把我送到巴生港，我登上了"黑人演唱团"号，这艘船开往马六甲、新加坡、马尼拉——和香港。

第三章

/
/
/

I

我第一次来南国酒店的时候，并不清楚这个地方有什么奇怪的。

那是我到香港后的第五周，我根据房屋出租广告上的地址，来到了坐落在湾仔后面陡坡上的一座房子前。广告是马太太登的，她的公寓在二楼。她打开门的时候，我朝她身后瞥了一眼，小小的起居室里有孩子、祖父母、表亲戚、阿姨——足足有十二个脑袋——我就知道这家肯定不行，住在这里我肯定没有个人空间来作画。当马太太告诉我房间已经租给了一个中国人时，我大大地松了一口气。她表示很遗憾，说真希望早点儿知道我要来，因为她更喜欢将房间租给英国人，这样她和她丈夫就可以提高他们的英语水平了。她坚持让我留下来喝杯茶，好弥补让我白跑一趟的损失。我只好僵硬地坐在一把硬木直背椅上喝茶，而坐在房间里的各位亲戚竟然都没有注意到我的存在。

"好吧，也许我可以在湾仔找个地方住，"我说，"目前我还没去这个地区试过。"

马太太很整洁，像鸟儿一样，听了我的话咯咯地笑，就好像我刚开了个玩笑似的，她说："你不会喜欢湾仔的。"

"为什么呢？"

"太吵了，欧洲人都不住湾仔，只有中国人。"

"正合我意啊，"我说，"我现在所住的地方，最大的问题就是只有英国人。"我告诉她我现在住在落日公寓，就在山顶的最低处，是欧洲人体面的居住地，我也一直住在那里，不是为了体面，而是因为我实在找不到更便宜的住处。我向她描述其他房客：有几个人每天上午十一点开始在公寓休息室里打桥牌，一打一整天；悲伤而愁闷的妻子们嘴上说"我们在这里都被宠坏了"，心里却无比希望能回到萨顿；中年女人无休止地争吵，喋喋不休的女人缠着你、困住你，然后像水管一样滔滔不绝地跟你说啊说，我只好悄悄地从厨房到我的房间，以免被她们给逮到。虽然我说的好像很有趣，实际上一点儿也不好玩。我几乎要绝望了，我只有一年的时间，现在整整一个月过去了，而我却还没能静下心来工作，什么也没做。首先，香港拥挤而热闹的民众、充满活力与兴奋的气氛，带来太多刺激却混乱不清；各种各样的印象飞快映入我的脑海，迅疾得让我无法记下来，我告诉自己："我一定要画出来，也许再过一两周就好了。"然而还是什么都没能画出来。我找不到关注的中心，也不知道从哪里下笔。我开始沮丧地怀疑自己当初是否应该离开橡胶种植园。后来我开始明白，我的作品往往依赖于那种惺惺相惜的共鸣，依赖于对我笔下人物的认同感，而我不过是大街上的一个旁观者，偶尔从另外一个世界过来视察。有道高大的围墙将我和中国人隔开——如果一直住在落日公寓，还能期待有别的结果吗？所以我又开始找房子——此前我曾试着找过，后来在绝望中放弃了——又开始乘电车从一个区跑到另一个区，走过一条又一条街，所到的每一个地方都以蜂拥的人群和头顶上数不清的晾晒衣物提醒我，这是世界上最拥挤的城市。几年前战争结束的时候，香港只有不到五十万的人口，后来中国开始了革命战争，大批的难民成群结队地跨过边境逃到香港，现在人口暴增到两百五十万，还有人说有三百万——谁知道呢？每个角落都被改造为可出租的客房——每个房间被分割成十个、十五个或者二十个"床位"——留给后来者的就只有空空的场地和山坡了，这些简陋的房子是用破旧的麻袋、压平的铁罐和零零碎碎的木料建造而成的。如果现在有哪间房子还是空着的，那肯定是因为租金飞涨，连立法都无法抑制。所以即使我想尽各种办法，却还是再次一无所获，我的心情无比沮丧，脚疼腿酸，只好再次放弃。只是因为看到了马太太的广告，我那天下午才出来试试。

　　我将手中精致的小茶杯放下，说："茶很清香，谢谢您。"

"不客气，不客气，"她礼貌地笑着，"也不是什么好茶。"

"真的很清香。"我起身准备离开。

"你不是真的要去湾仔吧？"走到门口她担心地问我，"那个地方太吵，又太脏。湾仔的人都很穷，你会对中国人留下不好的印象。你不会去的，对吧？"

"哦，大概不会吧。"

然而我终究还是去了——沿着长而陡峭的台阶走下山坡，下到湾仔最古老的区域：热闹的小巷，排水沟里填满垃圾，路边的小商贩和街摊，热闹而喧嚣。灿烂的阳光斜斜地洒下来，光与影的对比显得愈加鲜明，头顶晾晒的衣物如同飘扬的彩旗。见到一家邮局我就进了，原以为邮局的职员会说英语，然而当我向他询问房子的事情时，他摇着头说："没有，对不起，这里不卖。"

"我不是要买东西，"我说，"我只想找间房子住。"

"不好意思，这里只卖邮票。"

我穿过轩尼诗道，有轨电车咔嗒咔嗒经过，两家现代电影院正在上映美国电影，我来到海员俱乐部旁边的码头。紧挨着俱乐部的是一家名叫六国酒店的大宾馆，以举办中式婚礼而闻名，显然，这个地方我肯定住不起，根本不用去问。沿着码头再远些，上身赤裸的苦力正赤着脚卸货，如同一群蚂蚁一样沿着踏板来来回回。经过的船只激起水波，泊在货物之间的舢板也跟着上下摆动。码头对面的马路上是狭小的临街店铺，沿着店铺之间的漆黑楼梯而上，是拥挤的出租屋；孩子们在马路旁玩着跳房子游戏，一边玩一边把米饭扒到嘴里，好像所有的中国孩子都是边玩边吃。

我坐在河埠头最上层的台阶上，心想：一个月已经过去了，整整一个月已经过去了，而我却什么都没做，我要改变自己，我要逼迫自己。

可是这根本就没什么用，我心想，我已经在逼迫自己了，不也没什么用吗？你不能逼迫自己去画画，就好像你不能逼迫自己不去听闹钟的声音。你越是让自己不要去听，声音越是往你耳朵里钻。

有时候意志力最大的敌人是意志力本身，你不能靠着意志力来作画，我想。

是的，放轻松，只有你放轻松了，只有当你不去刻意抓你想要的东西时，你才会突然发现它就在你眼前……

我靠在被太阳晒得暖洋洋的石头上，一辆黄包车从我身边经过，拉车苦力肮脏的大脚啪啪地踩在路上。这时我的眼睛落在店铺间的一个灯光招牌上。蓝色的霓虹灯管被扭成复杂的中国字的形状，我认得最后那两个字：酒店。

好吧，正合我意，我心里想。正好在水边，再完美不过了。这么完美肯定有问题，不过，去试试也没什么损失。

我站起来穿过码头，走进蓝色霓虹灯下的大门。我的内心依旧充满怀疑。的确，大堂就给人一种特别体面的感觉，服务台后面的中年职员，老式的缆绳电梯，楼梯口处的棕榈树盆栽，这些都让我想起布卢姆斯伯里的古老家庭旅馆，我觉得有些气馁。都是因为靠近港口——大概我根本住不起。

我走到服务台前，问那位职员："你们的房间一个月多少钱？"

"一个月？"

他的手指停在算盘的珠子上，他应该在算账，不过看上去就如同在弹奏乐器一般。他穿着中国长衫，有点儿像牧师的灰色法衣，很老式的感觉，跟棕榈树盆栽和古董电梯很搭配。他的头发剃光了，还镶了几颗金牙。

"一个月？"他又问了一遍。

"是的，你们有按月收费的吗？"

"你要住多久？"

"哦，至少一个月吧。"

他奇怪地看了我一眼，然后迟疑地在算盘上重新开始计算，珠子在他指尖的拨动下上下跳动。

"两百七十元，"他最后说，"一个月吗？"

"是的——按月。"

一港币可以换一先令三便士，所以一个月大约是十七英镑——比落日公寓稍贵了些，不过这里的膳食便宜些，我刚好可以支付得起。我要求看看房间，那个职员打电话给楼层服务员。我走向电梯，电梯操作员正在里面靠着镜子看中文报纸，他将报纸收起来，砰地关上门，使劲儿拉了一下绳子，我们就轰隆隆地开始上升，电梯在每一层都停，发出响亮的铮铮声。到了第三层，也就是顶层，我下了电梯。楼层服务员的桌子上放着一台小型收音机，正在放粤剧，发出咿咿呀呀尖锐的声音。那个服务员大概二十岁，稚嫩的脸上挂着微笑，穿着白色外套、宽腿棉布裤子和毛毡拖鞋，他引导我穿过走廊，打开尽头那个房间的门。

"先生，房间是很漂亮的。"他咧嘴笑着说。

房间并不漂亮，不过很干净，大小也很合适，里面有一张宽大的硬板床、一套廉价的梳妆台和衣柜，地板上还放着必不可少的搪瓷痰盂。还有一台电话和一个放茶壶的衬垫篮子——我曾听说中国旅馆长期提供免费绿茶，而我是个无茶不欢的人，所以住在这里可以节省很多茶钱。

"而且视野非常不错呢，先生。"

他打开了通往阳台的门，阳台虽然有顶棚，不过灯光很漂亮——很适合做画室。而且，这里的视野真是极好的，因为阳台处在墙角，正好可以眺望全景。从阳台的一边望过去，是湾仔的大片屋顶，再过去是香港岛的高楼大厦和山顶；而从阳台的正前方看出去，港口上散布着各式各样、大大小小的船舶：货船、班轮、战舰、渡船、舢板，还有数不清滑稽可笑的、锈迹斑斑的混合船——有的停在港口，有的缓慢地移动，有的忙碌地来来回回，拖着长长的尾迹穿越港口。港口的对面是九龙，距离非常近，我几乎能数清半岛酒店有多少窗户；九龙过去就是光秃秃的高高山冈，一直延伸到中国大陆。

我说："挺不错的。"

"先生，我叫唐国泰，"那个服务员恭顺地笑着说，"我的英语讲得不好，还请您指正。"

"你说得挺好，没什么需要指正的地方，阿唐。"

"您真是好心，先生。"我们从阳台返身回到房间的时候他问："先生，您这边有女孩吗？"

"女孩？没有。"

我想他所说的"这边"应该是指香港，不过我也不确定。我再次乘坐轰隆隆响的电梯回到大堂，交了预订房间的押金，那个职员用中文写了收据。大堂尽头的推拉门内隐隐约约传来舞曲的声音，我朝那扇门点点头，问："那里是什么？"

"酒吧。"

"太好了，我去喝杯啤酒。"

我转身穿过大堂，这时门开了，一个皇家海军的水手走了出来。他个子小小的，又瘦又结实，皮肤被晒得黑黑的。他的帽檐上有一圈金色的字母：皇家海军舰艇"帕拉斯"号。

他朝我点点头，随意打了个招呼。

我笑着说："天哪，皇家海军！真没想到能在这里遇到！"

他像那个职员一样奇怪地看着我，说："在这里你就遇不到别人，老兄，在南国酒店是遇不到别的什么人的。"

"遇不到？你是说这边没有中国人？"

"只有女孩，"他说，"这边的女孩全是中国人。"

这时候门又开了，一位中国女孩匆匆跑出来，笑着对那个水手说："嘿，你别丢下我。"她穿着高跟鞋和高领开衩旗袍，长得非常漂亮。

"而且她们也很体面，只要你好好对待她们，"那个水手以所有者的姿态说，"啊，内莉？你说是不是啊？"

"那当然，我们都很好看，"那个女孩欢快地附和着，紧紧抓住他的手说，"来啊，别只在这里说话，把我晾在一边。"

"真的，老兄，再没有比这里更好的地方了。"那个水手对我说。然后他们离开了，水手有些趾高气扬，而女孩穿着高跟鞋摇摇晃晃。

我看着他们穿过大堂，不禁自己笑了。好吧，我是个白痴，我问那个职员要房间的时候就该从他脸上的表情猜到。还要一个月的房间！估计他以前都是按小时租房间的。我转身穿过推拉门来到酒吧里。

大堂里很明亮，而这里很昏暗。窗户上都严严实实地挂着窗帘，房间里亮着玫瑰色的灯光，看上去如同一家夜总会。我停下脚步，好让眼睛适应一下，然后眼前的一切都开始变清晰了：角落里的吧台，硕大的点唱机播放着《寂寞七日情》，端着啤酒盘在桌子之间穿梭的中国服务生，桌子前坐着的水手，还有女孩们。

是的，那个水手说得对，没有比这里更好的地方了。

是的，这就是我一直想要的，这里就是一个接触点，这里就是我可以开始的地方。

我走到一张空桌子前，点了一杯啤酒。

II

"其实，我不是很受水手的欢迎，"吉薇妮·李说，"我太瘦、太骨感了。"

"可是你很美啊，吉薇妮。"

"不，我太瘦了，一点儿都不性感。性感最重要了。"

她用棒针轻轻点着。点唱机里播放着《是华尔兹还是探戈》，这首歌是第二受欢迎的曲子，仅次于《寂寞七日情》，已经连续播放了三遍了。旁边桌子上，头发斑白的中年水手自在地吸着烟斗，如同坐在自家炉火边一样平静而满足，一个女孩小猫似的依偎在他怀里。房间里烟雾缭绕，桌面上有洒出来的啤酒味。天色尚早，只有十几个水手散坐在桌前，他们大多是英国人，只有三个是美国人。吉薇妮说这三个美国人是来自美国留守船的常客——那时港口并没有美国轮船来访。酒吧里的女孩要比水手多，一张桌子前就坐着五个女孩，她们看上去很是无聊。

吉薇妮停下手中的编织，从旁边袋子里的毛线球上拽出更多毛线来。我一坐下来她就坐了过来，我们已经聊了一个小时。她二十六岁，瘦瘦的，有着一张苍白的心形脸和一双温柔的眼睛。大部分女孩子都穿着旗袍，而她却穿着西式的纯棉裙子，她曾在内地的一家教会学校读过书。如今她与母亲和妹妹同住在湾仔的一个房间里，全家靠她一个人来供养。她坚决要让自己的妹妹过上体面的生活，以后嫁个好人家，如果这样她以后就不用再来南国工作了。

"是啊，性感才最重要，"她继续阐述自己的哲理，"有些女孩根本就不漂亮，但比我赚的钱多多了。比如那个女孩——蒂芙，"她朝房间另一边的一个女孩子扬了扬下巴，"她就不漂亮，但她很性感，当然了，她也不像我这么瘦。"

"你没那么不好，吉薇妮。"

"是吗，你看，"她放下手中的棒针——她正在给她妹妹织一件黄色外套——卷起羊毛衫的袖子。她的胳膊瘦得可怜，样子很难看，"我只有穿带袖子的衣服来遮住胳膊，夏天天气热的时候我就很苦恼。"

"肯定有一些男人特别喜欢你，吉薇妮。"我说。

"哦，偶尔吧。我曾交过一个男朋友叫丘克，他是美国人，他的船在香港停留五天，我很喜欢他。我带他去看虎塔和山顶。他人很好。有空我让你看看他写给我的信。"她端起桌上的啤酒瓶，倒到我的杯子里，"你要再来一瓶生力啤酒吗？"

"好的，你要不要也喝点儿？"

"不，中国女人不能喝太多，你知道的。这里的女孩子都不喝酒的。"她唤来一位服务生，点了一瓶生力啤酒，然后继续说，"我觉得我现在可以去拿那封信，我希望你看看。"

"不会太麻烦吧，吉薇妮？"

"不会的，我住得很近。而且这封信写得很好，我想你肯定会喜欢的。"

她把编织物放在桌子上，走出门到了码头上。点唱机里的唱片停了，刚才吉薇妮提到的那个名叫蒂芙的女孩站了起来，伸出手向她身边的水手要一枚硬币，不耐烦地摆动着手指。她长得像只小猴子，样子很丑，不过身材姣好，腿也很美。她裙子的衩开得很高，露出一大截白白的大腿。那个水手给了她一枚硬币，她转身的时候看到他仍戴着帽子，就调皮地抓过来戴在了自己头上，然后回头对他灿然一笑。她慢悠悠地走到点唱机前，把硬币投了进去，按下一个按钮选定了一张唱片，然后往后退了一步，想看看玻璃后面的机械是如何运作的。她两条腿叉开很大的距离，稳稳地站着，涂着猩红色指甲油的手放在屁股上，高衩裙被她的腿撑开了。她那张小猴子似的脸伸向机器，眼睛如同两颗黑莓，水手的帽子俏皮地戴在头上。

我心想，看啊，看看这张脸，看看她的姿势，一个中国女孩戴着英国水手的帽子，盯着美国生产的点唱机。你还想要别的吗？

邻座的一个水手注意到了她撑开的裙子，他用手肘轻轻碰了碰自己的同伴，眨了眨眼，然后把食指在啤酒里浸了浸。他从椅子上倾过身去，湿湿的手指沿着蒂芙露着的大腿一路滑下来。蒂芙猛地打开他的手。

"嘿，你把我当什么了？站街女吗？"

这时点唱机突然响起音乐，将她接下来的责骂声淹没了。她对着他一阵指手画脚，然后做了一个"我鄙视你"的鬼脸走开了。她在自己的桌前坐下，开始对旁边的水手讲述刚才的事情，脸上带着愤怒的表情，说："你的一些朋友真让人恶心，我也有自尊心！他们以为我是什么人啊？"

我坐在那里一边吸烟，一边啜饮冰凉的啤酒。不久吉薇妮回来了，从手提包里掏出一个信封，脏脏的、皱皱的。她隔着桌子把信封递给我，说："你看看，这封信写得很感人。他真是个好男孩。"

信封上写着寄给吉薇妮·李小姐，地址是中国香港湾仔区南国酒店（酒吧）。邮戳是一年前的，信纸的折痕处已经破了，烂得如同印度搬运工人的推荐信。

吉薇妮看着我，脸上闪着快乐的光芒，我开始读这封信。

亲爱的吉薇妮：

收到我的信不要太震惊，我想你大概没想到过了这么久我还会写信给你，不过我曾答应过会写信给你，即使有些晚，至少我遵守了对你的诺言。

吉薇妮，我真是个幸运的人，能遇到像你这样的女孩子，尤其是遇到你的时候，我刚收到国内女朋友的来信，正心痛不已。吉薇妮，她不是个好姑娘。我真希望她也能见见你。我估计她还以为中国的女孩子还穿着草裙什么的，她要是见到如你这般美丽的人一定会大吃一惊。离开香港的时候我只好躲在人群中（不是开玩笑哦！），不让其他人看到我在哭泣。自那之后我们的船去过每个东方港口，我不能说我没见过其他女孩，因为我知道你也不会相信，可是吉薇妮，我再也没有遇到让我心动的女孩，我向上帝保证我说的都是实话。

现在有个好消息，我们刚听说下个月就可以回美国了，不过希望我们走之前可以经过香港。

再见了，吉薇妮，你真的是位好姑娘，再次谢谢你。

丘克

吉薇妮手里拿着正在编织的毛衣微笑地看着我。

"怎么样？"她问，"你是不是觉得这封信很感人？"

"非常感人，吉薇妮。你肯定对他特别好。"

"当然了，其他女孩子都收到很多信。我最好的朋友苏丝就有五封，上周她就收到了一封，热情洋溢，是一个叫乔的人写来的。不过她可能记不起是谁了，因为有很多水手都叫乔。"她突然住口，看着我说，"怎么了？"

我朝通往码头的那扇门扬了扬头，刚刚进来了一队海警，两个英国的、两个美国的，都穿着高筒靴，绑着绑腿，佩戴着臂章和警棍，他们排着队鱼贯进入酒吧，利落而嚣张。

"这到底是怎么回事？"我惶恐不安地问，"突击搜查吗？"

吉薇妮扫了他们一眼，轻描淡写地说："哦，只是海岸警察而已。"说完继续织手中的毛衣。

"只是？"

"他们都很好。只是过来看看有没有人打架。"

他们四个人按照国家分成两队，分别由一位长官和一位中士组成。两位美国海警巡视过我们的桌子，这时美国驻守船的一个水手看到了他们，大喊："嘿，你们好！"他搂着一位女孩，伸出另一只胳膊去够旁边的椅子，然而由于怀里抱着女孩，怎么也够不到，所以就用脚把椅子给拖了过来。美国海警中士在那张椅子上坐下，而长官自己拉了另一把椅子，说："伙计，有什么要我们效劳的吗？"

另外两位英国海警走到酒吧另一边的空桌子前，那位中士为长官拉了一把椅子，两个人都僵直地坐下，脱下帽子，倒扣着放在桌子上，然后掏出手帕，不紧不慢地擦了擦额头。坐在他们旁边的水手看上去有些局促不安，却都假装没看到他们。

酒吧经理一瘸一拐地从柜台后面走出来。他腿脚有些跛，再加上他的光头和一身黑色的衣服，让人觉得很阴险，好像中国版的约瑟夫·戈培尔。不过吉薇妮说他心地很善良，女孩们都很喜欢他。他恭敬地走到两位英国海警桌前，邀请他们免费喝一杯，但他们摇头拒绝了。他又瘸拐着走到美国海警那里，同样被拒绝了。

"嘿，伙计，你过来，"酒吧经理正要走开的时候，美国中士拉住他的袖子，"你们是不是有带酒吧名字的筷子，就是你给中尉的那种？反正就是上面有名字的，明白吗？我想要一些留作纪念。"经理跛着脚走了，回来的时候手里拿着筷子。中士说："啊，就是这种，我猜测。"

吉薇妮看了我一眼，说："我之前从未遇到过艺术家，不过我曾在罗克西影院看过一部关于艺术家的电影，非常美。主人公也在酒吧画画，不过他是个矮子。"

"我想你说的是图卢斯－劳特累克。"我说。

"我不记得他的名字。不过我记得报纸上说那个演员要用膝盖走路，他的靴子不是穿在脚上，而是穿在膝盖上。真是个聪明法子。"

"我没看过这部电影，不过我在书上见到过他的画，"我说，"画得好极了。"

"你肯定画得更好。"

"我也希望啊，吉薇妮。"我笑着说。

"如果我是画家，我要画山。你为什么不画山呢？你为什么要在酒吧里画画呢？"

"因为我只对人感兴趣，"我说，"我觉得人身上有更多美的东西。"

"你来这里住其实挺有趣的，以前从没有人住在这里。我要把你介绍给其他女孩——她们肯定对你很感兴趣。"

不久就有几个女孩过来加入我们，包括蒂芙、小爱丽丝和周三露露。小爱丽丝如一只丰满的小鹌鹑，手臂上戴满了手镯，耳环荡来荡去，她像果冻一样乱晃，一直咯咯地笑。周三露露很安静、很谨慎，圆圆的脸蛋儿很光滑、洁净，两只眼睛如同雪花石膏面具上划开的两条缝儿一样，她说话前总是要考虑很久。而蒂芙却停不住地喋喋不休，她正在讲述前天晚上的奇怪经历。有个服务生告诉她酒吧外有个男人想找个女孩，却不想进来，蒂芙就出去了，看到码头上有个男人坐在黄包车上，他是一艘商船的船长，蒂芙印象非常深刻。

"我确定，他真的是船长——大人物，"她说话的时候活灵活现、指手画脚，"我确定，真是个大人物。他问：'包夜多少钱？'我说：'一百港币。'因为像他这样的大人物肯定很有钱。不过他气恼地说：'你当我是什么？美国佬吗？我不是美国佬，我是英国人。我只出三十港币。'我说：'做什么？短时服务吗？'他说：'不是，包夜。'我说：'我知道你是船长，不过你脑袋肯定有问题！'"

最后他们商定的价钱是六十港币——大约四英镑——然后去了酒店房间。不久，船长激情过后，蒂芙特别想跟姐妹们闲聊几句，然后再过来陪夜，所以她就跟船长说要出去半个小时。然而，当她来到酒吧的时候却发现自己把手提包忘在楼上了——里面除了其他东西，还有船长提前支付的六十港币。不过她想，一个商船的船长肯定是值得信赖的，所以就没回去取。然而半个小时后，她回去履行自己未完成的服务，楼层服务员向她打招呼，说："蒂芙，你男朋友二十分钟前就走了。"好吧！他终究还是把钱给偷走了！一个船长——一个这样的有钱人！她一路嘟嘟囔囔来到房间，她的手提包依然躺在梳妆台上，她打开来，却惊奇地张大嘴巴。钱还在里面，一分不少！

而现在蒂芙却很烦恼，既然他什么都不偷，那为什么要走掉呢？她想不明白。

"他一共花了不少钱呢，"她说，"黄包车十港币，房间十港币，做爱六十港币，加起来八十港币啊！好吧，为什么他只做了一次就走掉了呢？为什么呢？到底发生了什么事？"

小爱丽丝强忍住笑，说："也许他不喜欢你做爱的方式。"说完就忍不住咯咯笑了起来。

蒂芙咧嘴微笑着说："每个人都喜欢我做爱的方式，很多男孩跟我说：'蒂芙，虽然你的脸长得很滑稽，不过我宁愿跟你做一次，也不愿意跟美国大胸电影明星做一整夜！'"

周三露露思考了很久，然后小心地说："我想他肯定有妻子。"

"那个船长？"蒂芙说，"是有的，他告诉我了。他妻子在英国。"

"那就可能是这样，"周三露露严肃地说，"起初他特别想找个女人，就忘了自己的妻子。他抓住一个女人做爱，然后他内心的感觉就变了，想起了自己的妻子。他就想：'我是个坏人，大坏人！'他觉得羞耻，所以就走掉了。"

"也许你说得对，"蒂芙被她的话打动了，"是的，他是个好人，那个船长。他的心很善良。"

"嗯，我也这么觉得。"吉薇妮点头附和。然后转头对我解释道："你知道吗，很多时候水手会把姑娘叫去一夜，因为他们很久没碰过女孩，就以为自己很强，其实他们很快就不行了。"

"是的，每个水手都一样，"蒂芙咧嘴笑着说，"他会想：'我们的船一到香港，我就去找个女孩，做个八九十来次。'可到最后呢？做个一两次就完事了！"

"对的，"吉薇妮说，"完事了。"

"然后他就睡着了——还打呼噜！"她把头靠在手上，就像靠在枕头上，然后夸张地扭曲着脸，模仿水手打呼噜的样子，之后自己又笑了，说，"早上醒来他会想：'唉，我真是疯了！打打呼噜就花了我四五十港币！我要补回来！'所以他就会戳戳身边的女孩，说：'嘿，来啊，亲爱的！我们来做个十来次——我们要快点儿！'然后呢？他只做了一次，然后就完事了！回到船上去了！"

"这样还不好吗，"吉薇妮笑着说，"要是反过来就让人讨厌了。"

"你疯了还是怎的？"小爱丽丝又咯咯笑了起来，"你们都疯了？

如果我的男朋友睡着了，我就打他！我说：'再来啊！我想要嘛！'"
她丰满的小身子摇晃着，耳环跟着晃来晃去。

"你还好意思收水手的钱，"蒂芙说，"你这么喜欢做爱，你为什
么不付钱给水手啊？"

这时一大群水手从码头过来，大概有十五到二十个。女孩们安
静下来，看着他们。水手们在三四个空桌子前坐下，向服务生点了
生力啤酒，然后斜着眼瞄着这群女孩，又不让自己的眼神跟任何女
孩接触，以防自己没看上的女孩过来搭讪。不久我桌上的女孩逐渐
散去，除了吉薇妮。她们在水手旁边徘徊，礼貌地问是否能跟他们
一起坐，然后就很拘谨地坐下来。她们穿着高领旗袍，端庄又善解
人意，为水手点烟，还帮他们斟啤酒。起初水手们有些尴尬，不久
就放松了下来。

"吉薇妮，我没有耽误你的事吧？"我问。

"哦，没有，"她很快地说，眼睛依然盯着手上的编织物。

"你不要去挣些钱吗？"我已经告诉她我不是来找女孩的，尽管
我觉得有几个挺有魅力，但我跟她们住在一起，这样总是不太好。

"好吧，也许我真该去工作了，"吉薇妮说，似乎是在感谢我提
醒了她，"只是丢下你一个人是不是有些不礼貌？"

"当然不会了。"

"好吧，可能我今天不走运呢。"

然而半个小时后，我看到她与一个亚麻色头发的笨拙大个子水
手一起站了起来，她带他走向门口，看上去纤细而娇弱，很优雅，

很泰然自若。她是如此泰然自若，就好像是要去总督府参加晚宴。那个水手摇摇晃晃地跟在她的身后，他们穿过酒吧去了大堂，推拉门来回摆动。点唱机播放着《寂寞七日情》，唱片放完了，一个水手走过去，投了一枚硬币，按下一个按钮，点了同一首曲子。他让点唱机自动操作，自顾自地回到了自己的桌前。我看了一眼服务生，轻轻叩了一下杯子，他就过去帮我拿了一瓶啤酒。

III

　　在酒吧的前几天我并没有认真工作，因为我刚开始画那些女孩，她们就会围过来看，挤得我无法呼吸。我帮她们画了很多速写，有她们自己的，也有她们最喜欢的男朋友的，来逗她们开心。新鲜劲儿一过她们就习惯了我的存在，我画她们的时候她们也不再在意了。我通常会在上午十一二点的时候下楼去酒吧，女孩们开始陆陆续续地过来，她们会围着我的桌子坐着聊天，直到酒吧热闹起来才散去。我一日三餐都在酒吧解决。一港币就能买到一盘炒米饭，里面有肉或者虾，这些就足够了。每顿饭都会送免费的茶水。在中国，茶水一般都是免费的。

　　严格来说，南国酒店并不是妓院，因为在香港，妓院是非法的，而这家酒店只是提供房间，有时同一个房间一天会出租好几次。女孩们都住在外面，自己跟水手商定价格，赚的钱也都是自己的。不过她们是这家酒店的生意来源，她们会带客人去开房，而酒吧是她们寻找猎物的场所，只是她们不能把客人带到其他地方去。由于南国酒店的房间太贵，一个晚上要十港币，不足一晚价格也不会便宜，如果水手身上的钱不多，女孩子就会建议偷偷溜走，到附近的酒店去，五港币住一个晚上，或者三港币住一个小时。这就需要两个人一前一后离开酒吧，然后在外面的码头会合，以免引起经理的怀疑。不过女孩们经常会被逮到，逮到了就要受惩罚——逮到一次一周不许来酒吧，逮到两次两周不许来，逮到三次就会被永远驱逐出去。

战前的香港曾有过正规的妓院，据说是经过警察允许的，因为这样可以有效管理卖淫活动，控制疾病。后来英国国内的某位女政客听说大英帝国的管辖范围内竟然许可这种不道德的行为，就在国会大肆反对此事，后来议院就传来了消息，香港的妓院就被关闭了。女孩们就只能跑到大街上拉客，就像伦敦一样，然后带着男人穿过胡同来到里屋，而疾病的传播也就无法控制了。现如今不再颁发妓院经营许可证，我们就假装它不存在，不再提及。道德就这样得到了拯救。

后来南国酒店这样的地方就如雨后春笋般涌现，这样也算遵守了法律的字面规定，虽然并没有满足其真正的内涵；而警察也睁一只眼闭一只眼，因为水手无论如何都要找女孩，而女孩也需要找水手，现在这样至少可以稍加控制。当然，这一切都在地下进行，因为不可能为一件根本不允许发生的事情而制定官方的条款；并没有针对此事的法令，警察与酒店之间也没有直接的联系；只是南国酒店意识到自己的身份模棱两可，就自己得当地划出了一条隐形的界限，即：要求女孩们每周到湾仔女性卫生诊所进行检查，并且进酒店房间前要向楼层服务员出示及时盖章的就诊卡。如果没有这项规则，水手的死亡人数就会增加，我敢肯定，到时候由于无形的管控，这家酒店就会立即被踢出局，或者被迫关门。

整体来讲，女孩们为水手提供的服务绝对物有所值，而且经常会超值。她们之间有个不成文的规定，一旦某个水手带了一个女孩上楼，那他就为她所有，之后他再来酒吧，就只能由她来接待，其他女孩就要避开。她们很鄙视那种每次来都会换女孩的"花心蝴蝶"，只有不谨慎的女孩才会违反规定接待他。她们最骄傲、最高兴的事情是有个"固定的"男朋友，也就是某个男朋友连续三四天都过来，或者每次他的船来港，他都会来找她。有了这层关系，通常女孩就超越了商业责任，不仅提供性爱，还会付出感情，给那些寂寞的水手一些女性的关怀。她也会在姐妹们面前吹嘘自己的男朋友，好让对手羡慕，当他离开的时候还会奉上一份礼物——当然有时候也不是真心流眼泪。

她们大都很慷慨，对彼此忠诚，而且很容易被逗乐；不过她们也如同其他为社会所唾弃的人一样有着过于敏感的自尊，很在意他人轻视的目光。如果水手不放尊重，女孩就会反驳说："你把我当什么人了？站街女吗？"酒吧女认为自己比站街女的地位要高，正如同体面的女人会觉得自己比妓女要优越一样。

女孩们一般是从广州和上海这两个地方来的，而且来自这两个城市的女孩数量相当，酒吧里的争吵或猜忌大都发生在这两个群体之间。由于方言迥然不同，语言本身就把她们分成了两个阵营；因为很少有人会说普通话，酒吧里通用英语。（如果用英语无法传达某个细微的意思，她们就会写出来，因为中国字在哪里都是一样的。）每一派都觉得自己更优秀而鄙视另外一派的地方特征。当然平时两派之间的交往还是很友善的，只有特别的事情发生时她们之间的敌意才会爆发。

我逐渐熟识的女孩除了吉薇妮和蒂芙，还有周三露露、明妮·何、珍妮·陈。珍妮是个长相甜美的小家伙，粉笔白色的脸庞，深红色的嘴唇，披肩的头发浓密黑亮。她黑色的开衩裙紧紧地绷在身上，显得臀部更加翘挺，配着黑丝袜和极高的高跟鞋——她是唯一穿着符合自己职业的女孩，而其他女孩子的穿着，如果你在大街上遇到她们，是无法看出她们的职业的。初进房间，你会惊叹于珍妮的性感，可是若你走到她的面前——每次在她身旁，我都会经受新一轮的震惊——你就会发现她是如此娇小，几乎小到不真实，像是个缩小版的人体模型，不容猥亵。同样不容猥亵的还有她的本质。也许初见之下，她的衣着打扮和像刚被咬破的草莓一样鲜艳的嘴唇，会让人以为她是个脾气暴躁又爱噘嘴生气的人，实际上她是这家酒吧里最害羞、最温柔的女孩。

明妮·何就是我第一天晚上看到依偎在中年水手怀里的女孩，最讨人喜欢，最像小猫。每次穿过酒吧，她的手臂肯定搂着一两个水手，或者轻轻地用鼻子蹭他们的脖颈。没有拥抱她似乎就活不下去，如果身边没有水手，她就跟其他女孩搂搂抱抱，有时逮到我，她也会拥抱我：整个人抱着我的胳膊，脸颊蹭着我的肩膀，仰头用一种可怜兮兮、无助而崇拜的眼神看着我，让我难以自抑，只能不断提醒自己她每天也会用同样的方式对待十几个水手。

因而她非常受欢迎，她本可以做得很好，只是没有商业头脑。有一次她为水手提供短时服务后，正依偎在我的手臂上，突然用手捂着嘴巴，惊叫道："哎呀，我可真蠢啊！"

"怎么了？"我问。

"我忘了向他收钱了。"

我不禁笑了，觉得她很可爱。不过明妮很为自己的丢三落四感到羞耻，就求我不要告诉别人，怕其他女孩笑话她太傻。

周三露露是酒吧里唯一一个非纯种中国人，她父亲是日本人，母亲是中国人，她母亲曾是上海滩的妓女。她很崇拜自己的母亲，现在会通过中国银行给上海的母亲汇款。她对我讲述这些的时候，眼泪会从她那双细长的、似乎没有边痕的中日混血眼睛中流下来。她担心钱没有寄到，也不知道是应该继续留在香港，还是回到母亲的身边，在内地找一份钱少但体面的工作。

虽然周三露露出身不好，但她却是最诚实、最有原则的一个，这个世界上没有什么能让她做出违背良心的事情。一天晚上，一个美国驻守船上的水手来到酒吧，他平时光顾的女孩正好跟人出去了，他就开出诱人的价钱要周三露露陪他上楼。平时接待他的是最不受欢迎的广州女孩，而且在这种事情上很没有原则，所以其他上海女孩都劝周三露露接受水手的邀请，而她却拒绝了，因为这样做不道德。

周三露露这个古怪的名字是为了与酒吧里另一位露露区别开来——这个露露是个不招人喜欢的广州姑娘，多嘴多舌，又爱争吵，有受虐倾向，所以其他女孩就会把那些有虐待性要求的水手都推荐给她，因为除了她没有人不厌恶这种事情。两个女孩都叫露露，很容易混淆，尤其是打电话来点台的时候。所以有人提出了很多轻佻的绰号，像什么坐下露露和站起来露露，这两个不怀好意的名字是暗示广州露露经过楼上的激烈运动后，不愿意坐下来。后来她们去请菲菲·钱帮忙起名字，菲菲是个身材魁梧、粗俗幽默的姑娘，经常咧着嘴大笑，天生一副滑稽相，却是酒吧里公认最有智慧、最有喜剧天赋的人。菲菲思考了片刻，然后问两个女孩是周几去湾仔诊所做检查，两个女孩都告诉了她。

"那好，"菲菲宣布说，"你叫周三露露，你叫周六露露吧。"

自那之后，她们的名字就定了下来。

酒吧里也有两个爱丽丝，不过为她们取绰号就简单多了，直接按照她们的身高，一个叫大爱丽丝，一个叫小爱丽丝。

大爱丽丝只有二十四岁，是个瘾君子，与大多数吸毒者一样，她也很放浪，经常穿着男人的衬衫到酒吧来，袖子凌乱地卷着，带着病容的苍白脸上没有化妆。不过有时候她会走到另一个极端，穿着花纹夸张的旗袍，脸上浓妆艳抹，化着怪异的眼妆，嘴巴随意涂着口红，有的都涂到唇线外面了。然而令人不解的是，她在水手中却异常受欢迎，也许是他们觉得聪明的女孩会有胁迫感，反而觉得她这样放荡不羁的女孩更为亲切。而她也有自己的诱惑技巧：她不会主动坐到水手的桌边，而是单独坐下来，选择一个猎物，然后目不转睛地盯着他。她的眼睛格外摄人心魂，既魅惑又性感。被她的眼睛盯上的水手会变得越来越不安，起初会努力想忽视她，不久便沦陷了；这个时候，不管他身边是否已经有女孩，他都会借口去洗手间，然后假装无意地停在大爱丽丝的桌前，不出五分钟，他们就会起身上楼。

正因为大爱丽丝用这种方式从每个女孩手中都抢过男朋友，所以不管是上海派还是她自己的广州姐妹都不喜欢她，也不足为奇。

小爱丽丝就是前面提到的那个爱笑的丰满小家伙，她是酒吧里客人最多的女孩之一，不过她的本性并没有我初见她时感觉的那么和蔼可亲，而是有些肤浅、不可靠又吝啬。她生过三个孩子，也都是由于她的吝啬所致。其他女孩发现自己怀孕了，就会花四百港币找中国医生偷偷打掉，就当这些钱是自己职业的日常费用，而小爱丽丝却不舍得花钱，最后只能生下来。通常中国人都比较喜欢孩子，而她却不喜欢，还把自己亲生的两个孩子送人抚养。另外一个孩子在她找到收养的人家之前就夭折了——无疑是因为她对孩子太过忽视。

小爱丽丝最喜欢的三件事是吃奶油巧克力、看电影、买新衣服。她每天出现的时候，总会穿着新衣服或者戴着新首饰。穿过一次就不喜欢的衣服，她就会丢掉。不过她却不愿意免费送给别人，有一次吉薇妮想买她那件穿过一个月的锦缎上衣，她却要收吉薇妮全价。

在这群女孩中，她的自私是独一无二的，同样独一无二的是她选择水手的品位：其他女孩大多倾向于年龄稍大些的男人，因为他们更友善，麻烦也少；而小爱丽丝更喜欢二十多岁或不到二十岁的男孩。她自己二十六岁，对那些年龄比她大的男人，她会提高价钱；还会羞辱那些中年水手，咯咯笑着看着他们付的钱，明明白白地说自己只是勉为其难地接待他们。相反，如果是稚嫩年轻的水手，即使他手头没有钱，她也会免费为他服务。

这些女孩都是二十岁出头或者二十五六岁，只有两个人例外：多丽丝和莉莉·卢，她们都已年过四十。

莉莉·卢声称自己只有四十一岁，她曾趴在我的耳边声音沙哑地小声说："不过这里的女孩都以为我只有三十七岁，你可不要告诉她们我的秘密哦。"然后狡黠地对我眨眨眼，拍着我的手说："好孩子！好孩子！"其实其他女孩都很清楚，她已经不止五十岁了。

我对莉莉·卢有说不出的喜欢，她让我想起年老的剧场演员，在一个狭小的世界长大，得意于自己守旧的表演方式，对当下的年轻人很是瞧不上，觉得他们对待工作不用心。她常常回忆自己在上海一家妓院所受的培养——唉，在那个年代，你要学会如何取悦男人，你要花时间费心地学。当时这可是一项正当的职业，现在的这些女孩没一个合格的。"她们都缺乏神秘感，亲爱的，"她一边拍着我的手，一边在我耳边声音沙哑地说，"而男人喜欢什么——神秘感啊。"然后她会露出神秘莫测的笑容，尽管这位上了年纪的娼妓衣着褴褛、脸上涂了过厚的脂粉，但她的笑容在酒吧弥漫的灯光下还是显得很神秘。

莉莉·卢与小爱丽丝一样，喜欢寻找较为年轻的男人。不过她这么做也是无奈之举，因为似乎她更得年轻水手的青睐。无疑，在服务没有经验而又害羞的男孩方面，她比那些年轻女孩更有经验，也更为舒适；另外，她的价钱更有优势，随着年龄的增长，不管你有没有神秘感，你的身价都会下降。她跟其他女孩说自己从未低于过十港币。不过出于面子，她们每个人都会夸大自己的底价，所以她们都明白莉莉·卢在不得已的时候，也会为五港币献身。

至于多丽丝……多丽丝·吴刚过四十岁，有着与她年纪不相称的光滑皮肤，长相也不难看，美中不足的是她戴着眼镜。她喜欢那种无框的眼镜，大概觉得这样就看不出来她戴眼镜了吧。

在金钱方面她也很冷酷无情，很多中国女人都有这样的特点。她甚至比莉莉·卢还要甚，尽管她从北京逃难过来后进入这个行当还没有几年。她在酒吧里没有朋友，经常自己找个空桌子坐下来——笔直地坐着，生硬地微微扭动脖子巡视整个酒吧寻找合适的交易机会，如同监考的女教师。她鲜少成功，有时在酒吧从中午到午夜坐了十二个小时，也没有赚到一分钱，还有可能要自己往里贴钱吃饭。她平均每周能找到三四个客人，这些水手大多是因为太客气或者太软弱，抑或是喝得太醉而无法拒绝她，也有可能是因为那天晚上生意太好，其他女孩都有人了，他们别无选择。不过偶尔也有个别水手对女教师或者眼镜有特殊情结，会特意选择她。

多丽丝比吸毒的大爱丽丝还不受其他女孩欢迎。我觉得她们如此敌对多丽丝有些心胸狭窄，我跟她们说只要对她稍微友好一些，就会有奇迹发生，然而她们都讽刺地看着我，即使是最善良的吉薇妮也未被我说动。之后的一天上午，我从市中心回来，正好在电车上遇到多丽丝，我想趁此机会证明好心会有好报，就邀请她跟我一起吃午饭。我选了轩尼诗道上一家离电车车站不远的小餐厅，我曾去过这家餐厅，知道我们花上几港币就能吃一顿不错的午餐。她接受了我的邀请，但她觉得这家餐厅看上去很脏，就推荐了另外一家，并极力劝我打的士过去。到了餐厅她就借口要打电话离开了一下，其实我确信她是去跟餐厅老板商量这顿饭的回扣。等她回来的时候，我才发现她没跟我商量就已经点了菜。然后就开始上菜了，持续快速地上了一个小时。最后账单给到我的手里，一共是四十八港币。

再也没有比这更过分的敲诈了，付账的时候我心里想。而这一切却真切地发生了。我们刚走出餐厅，多丽丝就用哄骗的口气让我借给她五港币，她想打的士回南国酒店。其实哄骗的口吻本来可以很娇柔、很有女人味，而在她说出来却如此冷酷无情。

我决定就到此为止了。

"今天上午是我第一次打的士，"我说，"我没那么有钱。不如坐电车回去吧？"

她的脸红了一下，无框眼镜后面的眼睛突然闪出愤怒的光芒。

"我是做交易的，"她卑劣地说，"你占用了我的时间就应该付给我钱，我已经在你身上浪费了将近两个小时。"

我突然失去了跟她争辩的力气，伸手到口袋里掏出钱，我只剩下几枚硬币和一张十港币的纸币。我将十港币递给她，冷冷地说："拿去吧。"她毫无感恩地拿了钱，怒气不减，然后迅速地走到马路对面去了。一辆电车迎面而来，差点儿撞到她。我当时非常愤怒她如此剥削我，我的自尊心受到了很大的伤害，所以那一刻我很希望电车把她撞倒。

几周之后我原谅了她。那天晚上多丽丝独自坐在桌前，身体依然像教师一样挺得直直的，我突然惊讶地看到她闭着眼睛，泪水从她无框眼镜下的眼睛中流了下来。

"快看，"我指着她对吉薇妮说，"多丽丝怎么了？"

"是因为她的孩子——你知道她有两个孩子的吧？"

"我知道，"我说，"他们病了吗？"

"他们没病，是因为她没有钱。上周她只接了一个短时服务。"

我给了吉薇妮十港币，让她悄悄放到多丽丝的包里。这笔钱带着我的愧意，因为我之前的善举是如此微不足道又那么短暂——竟以为一顿午餐就可以抵消多年的辛酸与绝望。

第四章

／
／
／

I

　　我与多丽丝共进午餐的那天是我搬到南国酒店后的第十天，那一天还发生了另外一件不寻常的事情。

　　那天下午我一直恼怒多丽丝的行为，画出来的画糟到不能再糟，五点钟我就决定收拾东西回去。纽约影院正在放映一部我非常想看的电影，本来我是不会如此奢侈的，可是经过上午那顿令人崩溃的午餐，再花上几港币又有什么关系呢？我用石蜡擦了擦手，然后在水池里洗干净。我环顾四周找毛巾，毛巾搭在扶手椅背上，椅子上堆满奇怪的素描和速写。我拿起毛巾擦手，眼睛落在最上面那张炭笔素描上。画上是美玲，我在渡船上遇到的那位自称是处女的女孩。

我们初次邂逅才过去不到一周的时间，虽然在南国酒店的生活饶有兴趣，可她的身影仍会经常出现在我的脑海里。她迷人的圆圆小脸儿，她调皮而又天真的表情，她乱跳的马尾辫，还有她及膝的牛仔裤。两天前在码头上，一群人刚从渡船上涌下来，我依稀看到了她的身影。我吃了一惊，内心无限狂喜，朝她冲了过去，却被踏板绊倒，摔了个四脚朝天——等我从地上爬起来，她已经坐上黄包车，打算离去。我不顾小腿的伤痛，跑着追了上去，大声喊她的名字，拉黄包车的苦力回头看我一眼，放慢了脚步。

"美玲！"我又喊了一声。

"啊？"黄包车上的女孩探出头来，一脸茫然。她留着刘海儿，口中镶着两颗金牙。我认错人了。

"真的很抱歉，我以为是另外一个人。"

"啊？"

"没什么事了。"

我转身走开了，她还茫然地看着我。我觉得自己真可笑——小腿感觉愈加疼痛，因为我那一跤摔得毫无价值。

我擦干了手，看着素描上的说明不禁微笑："是的，处女——就是我。"离开房间后我依然想着她。我把钥匙递给阿唐，他正与电梯操作员聊天。楼下有人要用电梯，疯狂地按铃，铃声一直持续到我们乘电梯下去。我们到了一楼，电梯操作员哐啷当当拉开门。一个水手和一个女孩等在外面，女孩的手还放在门铃按钮上，她又使劲

儿戳了几下按钮，表达自己对等待那么久的不满和愤怒。我在这里
住了十天，一直没见过她，这也很正常，因为总有女孩因为生病或
者有了"固定"的男朋友而离开，会有新的面孔取代她们。虽然当
时她很生气，不过看上去还是很漂亮。我走出电梯，经过她的身边
时仔细看了她一眼——突然止住了脚步。

"美玲！"

一切是那么荒诞不经又不可思议——却不会有错。她就是美玲。
虽然她的头发不是扎成马尾辫而是披散在肩上，虽然她穿的是旗袍
而不是牛仔裤，可是我确信她就是美玲。

她似乎没有听到我的呼唤。

"美玲！"我又叫了一声。

那个女孩环顾了一圈，茫然地看着我，好像既不认识我也不认
识她自己的名字。她转身走进电梯，用中文对电梯操作员说了句什
么，听上去像是在责备他的怠慢。水手尾随她进了电梯，之后电梯
门关上了，发出刺耳的金属摩擦声。

我站在电梯门口，茫然不知所措。我想，要不她就是美玲，不
然就是我疯了。我转身出去了。

我沿着码头慢慢踱着，决定冷静想想。也许我两次都认错人
了——可是这次真的不一样，我离她如此之近，我确定她就是美玲。

那么就有两种可能，可能她最近几天才开始从事这种职业，也
就是我们在渡船上见面之后；也可能她在渡船上所说的一切都是她
编造出来的。

可是上周还是处子之身的女孩不可能如此毫无耐心地按电梯门铃，也不会如此着急要到楼上去。而刚才上电梯的那个女孩对一切是如此熟悉，也许闭着眼睛都可以完成所有的流程。所以就排除了第一种可能。

那么就是她在渡船上所说的一切都是虚假的了，包括富有的父亲、五处房子、数不尽的汽车、包办的婚姻，一切都是虚构的。

可是这不可能的啊，我心想，她所说的话里有太多细节让人信服，比如她说她喜欢乘坐电车，如果她是吹嘘空想的话，就会假装鄙视电车。她的话是如此可信，所以她绝不可能说谎。

那么第二种可能也排除了，也就是刚才那个女孩不会是美玲，我又认错人了。

好吧，我以后要小心点儿，我告诉自己，不要再这样无故搭讪，不然会坏了自己的名声。想通之后，我就走到轩尼诗道，搭乘电车去了影院。

从影院出来我徒步走回酒店。我到码头的时候已经将近晚上十点钟，很多店铺都还在营业，制衣店传来一阵阵繁忙的缝纫机声，四个戴着套袖的瘦弱年轻人正在光秃秃的电灯泡下工作。隔壁店铺里一个男人正在焊接，焊炬喷出明亮的刺眼白光，映在高达屋顶的金属杂物堆上，留下大片大片的阴影。更远处，红色的霓虹招牌悬挂在灯火通明的门口，里面传来工厂里常有的嘈杂喧闹声，越走近，声音越响，几乎震耳欲聋——这种声音在香港的夜晚经常能听到，是打麻将的声音。我朝里面瞥了一眼，拥挤的房间里烟雾缭绕，白色的麻将牌在硬木桌子上啪啪作响。我继续往前走，喧闹声越来越小。我经过海军裁缝店的玻璃橱窗，喜气洋洋的胖店主坐在门口，身旁的小黑板上用白色的油漆写着"欢迎以下舰队成员光临本店"，下面用粉笔写着三组数字——是停在港口的三艘美国舰队的代号。再过去是几家店铺，然后就看到了南国酒店的蓝色霓虹招牌。我看到明妮·何像只流浪猫一样站在酒吧的门口，我知道她看到我就会说："哦，罗伯特！你带我进去吧！"这样的请求我每天都能听到好几遍，因为没人陪着，这些女孩不能进酒吧，这样就相当于遵守了法律，即：她们到酒吧不是为了拉客，那么南国酒店就不是妓院。酒吧经理坚持要严格遵守这条规则，还会赶走那些偷偷一个人溜进去的女孩。由于我经常来这家酒吧，就成了她们利用的对象。早上她们会透过玻璃门看我是否在里面，然后轻敲玻璃引起我的注意，我就出去把她们带进来——有时一次会带来六七位。这样她们就不用在门口苦苦等着水手的到来了。

明妮突然看到我。

"哦，罗伯特！你带我进去吧！"她的声音如同小猫的哀鸣。

"好的，明妮。"

我一走近她就缠住我的胳膊，依偎在我身上，叹口气说："哦，罗伯特，你真好。"一脸无限的感激与欣慰，因为孤单终于过去，她终于又接触到人类了。我推开门，和明妮一起走进酒吧。里面很拥挤，也很吵，有几个人醉醺醺的。明妮刚看到一张熟脸，就感激地靠近我，亲吻自己的两个指尖，然后贴上我的鼻尖，咯咯笑了笑，走开了。

我看到吉薇妮与几个美国人坐在一起，于是就在最空的一张桌子前坐了下来，与我同坐的只有一个水手，他俯着身子，脸埋在手臂里。我叫住经过桌旁的服务生，说："小瓶生力。"

趴着的水手抬起头，睡眼惺忪。

"弗雷德？"他努力集中自己的视线。

"不好意思，你认错人了。"我说。

"弗雷德去哪里了？我的伙伴呢？"

"我不知道，我刚来。"

"弗雷德是我的同伴，我们亲如兄弟，真的，我和弗雷德。"一个美国水手敲着桌子问："弗雷德？"

美国人继续敲着桌子，可是那个水手咕哝了几句，闭上了眼睛，他的脸又趴在了胳膊上。这时我看到了之前进到电梯里的那个女孩，她与一个美国水手坐在隔间的高靠背座椅上，相互调着情。她缠住他的胳膊，拉着他的手，像是给他看手相。现在的她不怎么像美玲，只是圆圆的光洁脸庞和椭圆的黑色眼睛有些相似——也许她也是北方人。我真是可笑，竟然会把她错认为美玲。

有个女孩从我椅子背后挤过来，是菲菲。

"嘿，炒饭，你太胖了！"她对我笑着说。炒饭是她给我起的绰号，因为我几乎每顿都吃炒饭。

"菲菲，那边那个女孩是谁？"我指着那个与美玲有些相似的女孩问她。

"哪个女孩？苏丝。"

"哦，她是苏丝啊！"

"是啊，她刚回来，今天早上她的固定男朋友刚走。做什么，难道你喜欢她？"

"不是，我只是好奇而已。"

"如果你想找女朋友，就找我啊。"她咧嘴笑着说。

"你总是哄我开心，菲菲。"

"好吧，你上床还为了什么啊？不跟其他人一样做那肮脏的交易吗？"

"别胡扯了。"

那么这个女孩叫苏丝，是吉薇妮的姐妹，更确切地说是吉薇妮的偶像，因为曾有两次，很久没有船来港，生意萧条，苏丝帮助她渡过经济难关：苏丝是这里最受欢迎的女孩之一，赚的钱要比吉薇妮多两三倍。吉薇妮很崇拜她，经常在我面前夸赞她。她一直盼着苏丝赶紧回来，好介绍我们认识，可是苏丝已经离开两周了，一心一意地陪着她的男朋友，因为她男朋友的船正在维修。

这个时候吉薇妮正好过来找我，她在趴着的水手旁边坐了下来，根本没有注意到水手的呻吟声，因为她实在是太兴奋了。

"我的好姐妹回来了，"她说，"你知道的，苏丝，她回来了。"

"是啊，就在那边，我见过她了。"我说。

"你还没跟她说过话吧？"她一副急切的样子。

"哦，还没有。"

　　她舒了一口气，开心地笑了：她是如此期盼着介绍我们两个认识，好向我们夸耀彼此。"你觉得她怎么样？是不是很漂亮？"

　　我又望了她一眼，那个美国水手突然被猛烈的激情攫住，正使劲儿地把她按在角落里亲吻，而她漫不经心地挣扎着，似乎觉得一切很无聊。我只能看到她不断蹬踢的腿和开衩裙中露出的大腿。我笑着对吉薇妮说："呵呵，至少她的腿很漂亮。"

　　"你不觉得她是这个酒吧里最漂亮的女孩吗？"

　　"哦，我不知道……"

　　"她当然是了！她那么可爱！我介绍你们认识后你就知道了！"

　　一身黑色西装的酒吧经理一瘸一拐地急匆匆朝他们走去。在酒吧必须遵守礼仪，他们两人的行为几乎要违反规矩了。他轻轻点了一下水手的肩膀，提心吊胆地微笑着，他知道这些水手很容易动怒，所以转而斥责苏丝，对她摇摇手指以示警告。苏丝告诫了水手，而他挥舞着疲惫的大手，朝天花板扬了扬头，似乎在说："哦，好吧，反正我们马上就到楼上去。"经理满意地退下了。苏丝似乎有些厌烦，啪地打开包，开始擦拭自己的脸。水手靠过去亲吻她的脖颈，她不耐烦地把他推开了。

　　"她是个有脾气的人，"吉薇妮骄傲地说，然后咯咯地笑了，"她曾朝一个水手扔过啤酒瓶，他可是个非常粗野的人，所以苏丝可是很勇敢的啊。"

　　"她扔中了吗？"

　　"扔中了，喏，就砸在额头上。他昏过去十分钟呢。"

"他醒来后说了什么？"

"他让经理打电话给警察，经理假装打了，其实他的手指挡着，根本打不出电话的，因为他也很喜欢苏丝。"

"她男朋友走了，她是不是很伤心？"

"哦，是啊，当然了。她说其实他也不是很好，可她就是很伤心。"

"如果他不好的话，她为什么还会伤心呢？"

"能有个固定的男朋友是再好不过的事情，即使他人不是很好。她不喜欢回到酒吧来，你知道她今天早上跟我说什么吗？她说：'吉薇妮，你知道我有多恨短时服务吗？我真希望能有法律禁止它！'"

"我今天下午看到她上楼的时候很不耐烦，也许正是这个原因。"我说。我看着向我们走来的苏丝和美国水手，她站起来就又像美玲了，我又开始不确定了。然后我发现她比美玲要高，要高很多。她走在前面，在桌子之间穿梭。她看上去很厌烦，似乎完全忘了跟在身后的美国水手。

"可是你今天下午不是没跟她说话吗？"吉薇妮问。

"不完全是，"我说，"只说了一个词。我把她错认为在渡船上遇到的一个女孩了。"

"结果发现她不是，对吧？"

"是啊，差得远了，"我笑着说，"渡船上的那个女孩是个非常特——"

我的话戛然而止，因为这时苏丝正好经过蒂芙的桌旁，她从服

务台上抽出一根吸管，神不知鬼不觉地快速插到了正在滔滔不绝讲
话的蒂芙头上，然后转身调皮地咯咯笑了。

这正是美玲的笑声，她看着我嗑瓜子的时候就是这么咯咯笑的，
她在码头上说再见的时候就是这么咯咯笑的。

她就是美玲。

我已经确信无疑了，苏丝就是美玲。

"吉薇妮，她的真名是什么？"我问道，虽然我已经知道了答案。

"苏丝黄。"

"我是说她的中文名字。"

"黄美玲。"

啊，是了，黄美玲，那个父亲不许她跟水手讲话的女孩。我早
就应该猜到的，这就是她对好女孩的首要印象，就是她们不跟水手
讲话。

吉薇妮一直看着他们走出酒吧，去了酒店大堂。

"哎呀，真可惜，他们要上楼去了。"她说，"不过没关系，她下
来了我再介绍你们认识。我猜她这次只是个短时服务。"

我想着自己那幅美玲的素描，她眼睛里带着无比的天真，指着
自己说："是的，处女——就是我。"而如今她却上楼为水手提供短
时服务，我不禁笑了出来。

吉薇妮奇怪地看着我。

"怎么了？"她问。

"没什么，吉薇妮，只是我觉得自己真是愚蠢到家了。我以前竟

然一直觉得自己能看穿人们的灵魂，还引以为傲！"

"我觉得你很能理解别人啊。"

"我总是轻信别人，"我笑着说，"你要是告诉我你是蒋介石女士，我也会相信的。这就是我的问题——别人告诉我什么，我就信什么。"

II

而事实上，那天晚上苏丝黄，也就是黄美玲，一直没有再出现，第二天早上我也一直没见到她。直到午饭时分她来到酒吧，穿着那天在渡船上所穿的衣服，绿色的斜纹牛仔裤，扎着马尾辫。我猜想这应该不是巧合，而是一种公然挑衅。

她漫步走过我的桌旁，假装没有看到我。

"苏丝！"

她没有注意，继续往前走。可是她的行为透露着古怪，几分钟后她又独自踱了过来。

"你介意我坐下来吗？"

"当然不介意，苏丝。"

她的态度既不承认也不否认，脸上没有任何表情。我之前一直觉得西方人普遍认为中国人难以捉摸是很荒谬的错觉，其实很多中国人的表情都很活泼而丰富，可是现在苏丝真的是令人难以捉摸。不过她的眼睛出卖了她刻意伪装的漫不经心，我从中看出她正在深刻而认真地思考。

"你住在这家酒店吗？"她用一种非常礼貌的语调问。

"是的。"

"几楼？"

"三楼。"

"房间号是多少？"

"三一六。"

"我知道，是角落里的那个房间，"她点点头，"你喜欢住在这里吗？"

"非常喜欢。"

"你要住多久？"

她一直这样礼貌地问我一些生活琐事，问了好几分钟，然后突然转变了话题。

"好吧，"她大胆地、直直地看着我，"你都知道了吧？我在船上说的话都是骗你的。"

她突然不再用询问生活琐事做托词，而是直截了当地坦白，真的是把我吓到了，不过很快我就习惯了她的说话方式。她心里有事的时候一般会有一套标准的流程：首先是五分钟的预备，然后突然直接大胆地盯着你，直率地宣布自己内心的想法。她会坚定地盯着你好几分钟，我从未见过像她这样直视别人的人。这也是她不易被欺骗的原因之一。

"哦，没关系的，苏丝，"我说，"我也经常说谎。我一点儿也不介意。"

"你知道我为什么编造那些谎言吗？"

"你要是不愿意说，可以不用说的。"

"我愿意说，"她的眼睛平直地看着我，"你去过电影院吗？"

"电影院？去过，经常去。"

"如果有一天你去电影院看了一部电影，男主人公很有钱，长得英俊潇洒，开着豪华的汽车，有个漂亮的女朋友。他们来到山里，一切美极了，到处都是白雪，他们非常高兴。那么，你相信这一切都是真的吗？"

"我相信我看到的一切，"我说，"我相信，并欣赏。"

"那好，不过你知道这个男主人公一直在假装，你可能从报纸上得知他其实很不幸福，刚与妻子离婚。你也知道这部电影是别人编造出来的，你知道这不过是个故事，如同一出中国戏曲。你相信，但你又不相信。"

"你说得很对，苏丝。"

"所以有时候我自己在脑海里编故事，我自己会相信，同时也不相信。"

接着她详细地解释了一番，清醒得让我吃惊。她清楚地知道自己在做什么。现实中的她是什么样子的？一个从事肮脏交易的坏女孩，为社会所唾弃，一辈子都不可能会结婚。而她希望自己是什么样子的？一个良家富小姐，保留着处子之身，会有一段美好的婚姻。她在陌生人面前扮演自己梦想的样子，让别人相信自己的故事，她自己就可以信以为真，相信到足以描述真实的细节，比如喜欢乘坐电车的富家女，如同相信电影一般相信自己的故事。相信，而又不相信。

"可是你又不像我，做这么肮脏的工作，"她解释完之后又说道，"我想你不会明白的。"

"我当然明白，苏丝。"

"不，"她突然又退缩了，似乎很后悔告诉我这些，看上去充满敌意，"我不信。你是个有头有脸的人，我知道你是上流社会的人，你永远不会明白的。"

"可是每个人都会为了自己而编造故事的，苏丝。"我说，"我们都会在某些事情上自欺欺人，只是很多人不会像你这样诚实，敢于承认罢了。"

她用眼角机灵而戒备地瞥了我一眼，我突然意识到自己的语气中带着一丝居高临下——一个上层社会的幸运儿居高临下地对一个聪明伶俐的码头妓女说：哦，不错的女孩，其中有几个真的很不错！

太糟糕了！

而她却捕捉到了。这个有着温润脸庞、顽皮天真的苏丝——美玲，她是如此敏锐，竟然完完全全地捕捉到了。

"不，"她摇摇头，"你永远不会明白。"

"好吧，大概是吧，苏丝。无论如何，我们一起吃午餐吧。"

"不要。"

我笑了，说："这次我说什么也不会放你走，我已经吸取教训了。"

她猜疑地看着我说："你为什么要邀请我？"

"为什么？我不知道为什么，大概是因为我很喜欢你吧。"

"不是。你骗人。"

"真的吗？你怎么知道我喜不喜欢你？"

"你喜欢的是美玲，你喜欢的是船上的那个纯洁的女孩。而我是苏丝，干着肮脏的工作，跟水手上楼。"

"不管你是谁，你都会饿的啊。"我说，"来吧，我们吃什么呢？"

而她却不肯罢休，一定要在我面前揭开自己的伤疤，她说："你知道我干这行多久了吗？六年——我从十七岁就开始做了。"

"这么说来你今年二十三岁了，你看起来真不像二十三岁，苏丝。"

"六年了，我跟男人做爱有六年了。"她用了做爱这个词，让她的话听起来更加悲凉。

"六年肯定有很多男人，我很好奇一共有多少个？"

"我不知道，我没数过，大概有两千个吧。"

"我的天啊，这么多！"我笑了。

"你笑什么？"

"你要知道，真是太可笑了，苏丝。我的意思是，你对我说你还是处女，我竟然相信了，而现在你却告诉我，你跟两千个男人做过爱！"

"也许有三千，或者四千。"

"我只能说女人真应该像你一样，因为你看起来真的很美。也许是中国人的肤色本来就好，看看你，皮肤真是光滑，很漂亮！"

"是的，光滑，可是你看不到里面有多肮脏。"

"哦，不要提这个了，苏丝！我想尝试之前没吃过的菜，你有什么推荐的吗？"

"我不知道，我要走了。"

"苏丝，坐下。"

"不，我还要去工作，我要去做爱。你去找美玲吧，去找个处女吧。"

她走开了，坐到了一个刚到酒吧的美国黑人水手身边。

Ⅲ

第二天晚上十点钟，我房间的电话响了。

"喂，你好，我是莫莉。"

"谁？"

"莫莉。"话筒里传来说话的声音和音乐声，听起来像是楼下的酒吧，但是我不记得南国酒店里有叫莫莉的女孩。电话那头的人继续说："什么，难道你已经把我给忘了？上周你还来找我呢！"

"肯定不是我。"

"就是你！做爱做了一整夜！"

"我没做过这样的事情！"

"你做过，你就是忘了！你个花心大蝴蝶！到处招惹女孩！"接着就传来一串愉悦的笑声，然后是一阵哐哐当当的声响，是电话的听筒落地的声音。接着又是一阵哐哐当当，听筒又被捡了起来。

"喂，我是吉薇妮，"电话里传来吉薇妮熟悉的声音，"刚才是苏丝，你听出来了吗？我们刚刚是跟你开个玩笑。"

"呵呵，我很开心，"我笑着说，"我还以为苏丝再也不理我了呢。"

"哦，当然不会了，我已经跟她说了，你是个非常好的人，又不高傲。她为昨天的事情感到很不好意思，现在她想见你。"她的声音突然变得很微弱，好像是听筒被抢走了。

"喂，"是刚才第一个声音，充满了顽皮和愉快，"你现在在干什么？"

"什么也没做。"

"那好，我上去找你。"

二十分钟后，她出现在我的门口，已经没有了电话里的顽皮和兴高采烈，可是还是假装心情愉悦，在我的房间里走来走去，虚张声势地东看西看，不停地问"这个是做什么用的"或"这个多少钱"。她穿着丝绸旗袍，高高的领子紧贴着脖颈，虽然很时髦，却不适合她，对她来说这件衣服过于成熟，我还是觉得马尾辫和牛仔裤更贴合她的风格。她脸上涂了太多的脂粉，我估计她刚才特意打扮了一番，才会这么晚过来。我很不舒服地猜想她的目的是不是要勾引我。

我倒了两杯茶，我们端着茶来到阳台上，靠着护栏眺望海港上的灯光。她一直沉默着。我们看着两艘渡船像两条发光的毛毛虫一样慢慢地爬向对方，鼻子越来越近，然后贴在一起变成了一条长长的毛毛虫，接着这条长长的毛毛虫渐渐地缩短缩短，缩到只有一条那么长，之后又重新变长变长，突然从中间断为两截，朝着相反的方向爬去。我们把目光转到太平山顶，辨认哪个移动的亮光才是从山顶下来的电车。沿着山坡一路向下，密密的灯光如同首饰盒里的宝石倾洒而出形成瀑布。再往下就是香港岛，是闪闪发光的宝石堆，四周环绕着绿宝石、红宝石和蓝宝石，是水边的霓虹。

"我要走了。"苏丝说。

"可是你才刚来。"

"我要去工作，你知道的。也许今天晚上能接两个短时服务。"她又开始夸大其词。

"那你为什么还上来见我，苏丝？"我疑惑地问。

她耸耸肩，推诿道："没有原因。我只是有时会厌倦那家酒吧，里面太多烟气，让我很头痛。"她离开阳台，走到房间中间的时候突然停住了脚步，眼睛落在我的床下面，问："那是什么？是留声机吗？"

"不是的，是磁带录音机。"是我花了很少的钱租来练习中文的，可惜很少用，逐渐荒废了。

"是做什么用的？"

"哦，录音机跟留声机差不多，只是你录进去的是你自己的声音。"

她没有听懂我的话，漠然地点点头，失去了兴趣。不过我觉得也许可以用录音机来打破僵局，就把录音机从床下拖了出来，打开盖子，连接梳妆台上的麦克风，启动开关，绿色的灯开始不断地闪动，我切换到"录音"那一挡，磁带开始转动。

"我知道了，"苏丝说，"是电影，你是在录电影。"

"不是，这不是电影。"

"我要走了。"

"稍微等一下。"

我让她说说去看电影的事情，说了一两分钟，然后翻转磁带，切换到"放音"。我倒带倒得太多，所以一开始放出来的是一连串奇怪的噪音，听上去像是模仿农场动物的声音，却模仿得很不像。苏丝根本听不出来这是我在练习难懂的中文发音。噪音突然停止了，录音机里传来一阵咔嗒声，接着便响起了苏丝的声音："我知道了，是电影，你是在录电影。"

一声奇怪的叹息，然后停顿了片刻。当你回放录音的时候，听到这种停顿你就会想，我当时到底在做什么呢。然后是我的声音，说："不是，这不是电影。"

"我要走了。"苏丝的声音又响起。

苏丝茫然地盯着录音机，扬声器把我们的声音扭曲了，她一时没有听出来。

"电台?"她问。

"不是的,苏丝。这是我们的声音。"

我指了指麦克风,她曾在电影中多次见过麦克风,立马就明白了,回过头来凌厉地扫视了一下录音机。

"是的,我经常去,"她的声音再次响起,"我去过罗克西、王子、美琪、纽约,每家影院我都去过。"

她很吃惊。

"是我吗?"她问,"这是我吗?"

"是的。"

她难以置信地听着,没什么比初次听到自己的声音更难以置信的了,这个声音如此陌生,然而就是这个陌生的声音跟随了自己一辈子,这是多么令人震惊的真相。她咯咯地笑了,开始高兴起来。就在这个时候声音停止了。

"完了?"她急切地问我。

"如果你想听,可以再放一遍。"

"好,再放一遍。"

我重置了磁带,我们的对话又重新展开了。苏丝坐在床边,紧紧抱着枕头,努力克制不让自己咯咯地傻笑。她终于还是没有忍住,大笑了起来,瘫倒在床上把脸埋在枕头里。我也忍不住跟着笑了起来。

录音播放完了,她从枕头上抬起头,红扑扑的脸上挂满欢乐。

"再放一遍!"

"苏丝，我们重新录吧。你会唱歌吗？"

"会啊，我会唱北京歌曲、上海歌曲，很多很多。"

她一下子认真起来，要求自己先单独排练一下，就跑到阳台上，还把门关上了，以免我在房间里听到。十分钟后她又回到房间来。

"我给你唱一首北京民歌，"她宣布说，"这首歌说的是白云小伙儿爱上了白云姑娘，可是白云姑娘却说：'你不够好，你的心不够善良。我要找一个心地善良的男孩子。'白云小伙儿很伤心，就哭了起来，泪水化作雨水洒在大地上，所有的雨都是白云流下的泪水。地上坐着位老爷爷，饥肠辘辘，因为他的田里没有水，土地干得像石头一样坚硬，庄稼都死了。老爷爷看到雨水落了下来，高兴地笑了。这时白云姑娘对白云小伙儿说：'你做了件好事，也许你不是我想的那么坏。'所以最后他们结婚了。"

第一次对着麦克风唱歌她很紧张，回放的时候她挑剔地歪着脑袋，说："不好，我重新唱一遍。"

第二遍她唱得很欢快，声音滑稽而高亢，唱着单音节的中文歌曲。她听了回放，觉得发挥了自己的最佳水平，然后就马上对录音机失去了兴趣。不过录音机已经完成了它的使命——僵局已被打破。

我们喝着茶聊天。

"哪天我带你去看看我的房间，"她坐在床边，两腿荡来荡去，"那你就能见到我的孩子了。"

"你的孩子？"

"是啊，非常漂亮的孩子。"

"可是苏丝，别开玩笑了！"我笑着说，"不是你亲生的吧？"

"是啊，我亲生的孩子。是个混血儿。"

"孩子的父亲是谁，苏丝？"

"是我的男朋友，一个英国警察。只是后来他去了婆罗洲，再也没有回来。"

"是男孩还是女孩？"

"男孩，长得非常好看，马上就一岁了。我非常喜欢他。"

"我相信你很喜欢他。"

"是啊，其他女孩不喜欢混血孩子，她们总是把孩子送人。可是我喜欢我的孩子，我不会把他送人的。"

"你出来工作的时候谁来照顾他呢？"

"保姆。哦，对了，我要给她好多钱呢，给保姆。"她看上去有些担心，"只是我的孩子经常咳嗽，咳咳咳！咳咳咳！你觉得是不是保姆把他放在风口了？"

"我不知道，苏丝。"

"我想肯定是这样的，她肯定把孩子放在风口了。"

不久我按铃要了一壶新茶，阿唐端着一个新茶壶进来了，他换掉垫子上的旧茶壶时，我看到苏丝偷偷地用眼角扫了我一眼，似乎在揣测我是否能接受她接下来要说的话。阿唐离开房间，关上了门。苏丝又天马行空地聊了一两分钟，突然就停下来，平直地盯着我，说："你知道我为什么来你的房间吗？"

"我不知道，苏丝。"

"那我就告诉你吧。今天晚上我跟一个水手上楼来，完了就下去了，在大堂里分手。我回到酒吧，又有一个水手拉着我的胳膊说：'啧啧啧，漂亮小妞！来坐在我的腿上。'我坐在他的腿上，他说：'啧啧啧，短时服务多少钱？'我说：'一百港币。'"

"价格可真高啊！"

"是啊，很高，所以他说：'见鬼去吧。'很好，我从他大腿上下来，走到吉薇妮那里坐了下来。她问我：'苏丝，你怎么了？你不开心吗？'我说：'是的，不开心。'我告诉她，我不喜欢那个'啧啧啧'的水手，我也不喜欢短时服务，我希望有个固定的男朋友，就像上周一样，每天都是同一个人。然后吉薇妮说：'苏丝，你知道吗？我觉得罗伯特喜欢你，我觉得他很喜欢你。'我们开始笑，然后给你打了电话。我来到楼上，心里很害怕。"

"你为什么害怕呢，苏丝？"

"我心想：'这个罗伯特，他是个大人物，重要人物。他的头发梳得很漂亮，他的睡衣很漂亮，他的一切都是好的。他不会需要一个肮脏的啧啧啧女孩。'我想逃跑，然后你开始播放录音机，我笑了，不再觉得害怕了。"

"也不再觉得自己是个啧啧啧女孩了？"

"不，我依然觉得自己是个啧啧啧女孩，只是我想：'如果他喜欢我，很好。如果他不喜欢我，那就什么都不做。'好吧，你喜欢我吗？"

"我非常喜欢你，苏丝。"

“那你希望我做你的固定女朋友吗？”

我笑了，说：“如果我想找女朋友，我一定会找你。可是我负担不起。”

“我会给你算很便宜的，一个月六百港币。”

“可是苏丝，六百是很大一笔钱了！”

“我会很努力的，你随时需要我随时过来，也不再跟其他男朋友在一起。”

“我知道，可是我还是付不起。”

她思索了一番，掰着手指算了算，说：“好吧，我给你算五百港币。”

“苏丝，实话跟你说吧，”我说，“我根本不是什么大人物，我很穷，每个月总共只有六百港币维持生计。”

她盯着我说：“六百？一个月？”

“是的，一个月。”

“就这么多？”

“就这么多。”

“包括房间？一日三餐？所有的一切？”

“包括一切。”

“那可真不好。”

“不好。”

“不好。”她垂头丧气地坐在那里，愁眉苦脸地抠着指甲。一分钟过去了，她突然抬头说：“好吧。你希望我今晚留下吗？”

"苏丝，我一个晚上也付不起。"我还没从与多丽丝共进午餐的经济危机中恢复过来。

"我喜欢你，"她说，"你是个好人，我不收你的钱。"

"苏丝，你真是太好了，"我说，"我也希望你能陪我，可是这只会让我陷入痛苦的深渊，因为到了明天要我眼睁睁地看着你跟其他水手一起上楼，我会受不了的。"

"那我走了。"

她起身，我把她送到门口。

"你不会再去酒吧了吧，苏丝？"我说。

"不去了。"

"那你去哪里？"

"回家，去看我的孩子。我很担心他的咳嗽。"

她沿着走廊朝电梯口走去，电梯门咔咔嚓嚓打开了，蒂芙从里面出来，伸手到包里找就诊卡。她后面跟着一个水手，站在那里等着阿唐检查蒂芙的就诊卡并在账簿子上做记录。水手看着走近的苏丝，嘴上叼着香烟，眼睛眯着上下打量苏丝的身材，然后又跟蒂芙做了一下比较，估摸着是否苏丝更适合自己。苏丝走进电梯，门在她身后咔咔嚓嚓地关上了，水手回过身来跟蒂芙一起走了过来。

我回到自己的房间，听到蒂芙和水手穿过走廊进了对面的房间。门"砰"的一声关上了，但是他们低沉的讲话声还是通过门缝、通风口传了过来。我按下磁带录音机，苏丝尖尖的声音开始唱起了中文歌。

"白云小伙儿很伤心，就哭了起来，泪水化作雨水洒在大地上，所有的雨都是白云流下的泪水……所以最后他们结婚了。"

我躺在床上，很高兴她没有回到酒吧去，当然以后我要慢慢习惯她去酒吧，可是我很高兴她今晚没去。

第五章

/
/
/

I

自那之后苏丝不管白天黑夜随时会来我的房间,她不来的时候也会打电话给我。

她打电话毫无理由,只是因为她对电话机怀有一种强烈的喜爱,看到了就心里痒痒,非打不可。她会从香港的任何一个地方打电话给我。

"喂!我是莫莉!"莫莉成了我们经常开的玩笑,而且玩笑越来越粗俗。

"你好,莫莉!"

"你昨晚可把我整惨了！"她经常在电话里大喊，我只好把听筒放在离耳朵六英寸远的地方，"对我这么一个娇小的中国女孩来说，你太大了！真的！我都要死了！"

"真的吗，莫莉？我昨天晚上也没听到你抱怨啊？"

"你一直让我忙活啊！"她咯咯地笑，然后突然从莫莉转换到苏丝，"我刚才跟男朋友去罗克西看电影了，他正在店外面等着呢。好了，我要走了。"

在酒吧里她称我为她的"头号男朋友"，而且想要独占我，她对我喜欢画的任何女孩都怀有深深的怀疑。而其他女孩看到她经常进出我的房间，就自然而然地认为我们的关系已经不仅仅是柏拉图式的了，这无疑也成了她满意和骄傲的原因。她求我不要打破这种美好的幻想，我不答应她就很伤心。不过我也不介意活在这种虚幻的关系里，而且我也希望能跟其他女孩保持良好的关系。然而后来我发现她的占有欲有些讨厌。

那时酒吧新来了一个叫贝蒂·刘的女孩，是个广州人，不过非常西化，很明显在模仿一位以撩人的臀部而出名的美国电影明星。她很成功地达到了自己的目的：她穿着高跟鞋，摇摇欲坠地走过，臀部夸张地扭动，引来水手们的口哨声、喝彩声和滑稽的评价，也让"喜剧演员"菲菲相形见绌。她的姿势具有催眠效果，你会痴迷地盯着她，惊讶于她是如何做到这么有节奏地缓慢扭动腰肢。

一天，贝蒂扭着屁股经过我们的桌前，苏丝问我对贝蒂这种不同寻常的走路方式有什么看法。我没留意她眼神里的警告，告诉她虽然这种方式有些夸张和怪异，不过我可耻的本性觉得它颇具挑逗性。

苏丝沉默着。对于话匣子苏丝来说，沉默就意味着事情不妙。很明显贝蒂也成了她怀疑的对象。

两天之后，吃午饭前我点了杯生力啤酒，这时贝蒂在我的桌前坐下，我之前从未跟她讲过话。她眨动着卷翘的睫毛，亲昵地把手放在我的胳膊上，说她曾听说我经常帮助有困难的女孩。我警觉地猜测接下来她会做什么，会问我要钱吗？或者要我陪她去流产？我喃喃地说我也没帮过她们什么，不过是给了她们几片治头疼的可待因。

我很快就打消了心中的恐慌，她的困难不过是一张北爱尔兰的五英镑纸币，是一个水手给她的，可是钱铺不肯为她兑换成港币，所以她问我能不能帮忙。

我告诉她我会到银行试试，第二天我拿着那张纸币到银行兑换了七十六港币。回到酒吧，我特意找了个苏丝不在的时候把钱递给贝蒂，因为我知道这样的举动很容易引起误会。然而再小心也是无济于事，几个小时后我的电话就响了。

"喂，我是苏丝。"

不是莫莉——情况不妙。

"你好，苏丝。"

"你在做什么？"

"什么也没做。"

"那好，我上去找你。"

来到房间后，她先是跟我闲聊了五分钟，一直用余光瞥我，然后直接而平直地盯着我。

"你跟那个广州女孩在一起了，我什么都知道了。"

"哪个广州女孩？"我无辜地问。

"就是那个走路扭捏卖弄的女孩，你给了她七十六港币。"

这就是典型的苏丝，她就是这么细心，连具体数目都一清二楚。我想大概关于我和贝蒂交易的传闻已经在酒吧传开了，而始作俑者的贝蒂无疑只会为此感到高兴，根本不会出来澄清。我把真相告诉了苏丝，她不肯相信。

"你撒谎！你跟那个广州女孩做爱了！"

她的愤怒爆发了，变得有些疯狂，把水手常用的脏话都加在我身上，我之前从未听她用过这些词。我不停地辩解，她却拿起玻璃杯朝我掷过来。玻璃杯砸在床边的墙上，碎片散落一床。

"你撒谎！我一直以为你是个大人物——重要人物！我错了！你就是个花心大蝴蝶，一点儿也不好！"

"苏丝，不要胡闹了，"我说，"我连你的男朋友都不是，你没有权利认为我就是属于你的。我不喜欢这样。"

"你现在说实话了吧，你不想要我了！你觉得我就是个肮脏的喷喷喷女孩！好吧，结束了！我走！"说完她就走了。

那天晚上在酒吧她一直不理我。第二天早上我在码头碰到她，她正要到南国酒店去，我跟她说话，她却别过脸去，快步从我身边走过。这样持续了好几天，我发现自己开始想念她的电话和拜访，我意识到自己是多么喜欢她。

后来的一天早上，我翻口袋的时候找到了一张纸，是那五英镑的银行交易记录，我之前完全忘了这张纸。我打电话给阿唐，让他帮我写几个中文字，然后我抄在了银行单据的背面。这几个字的意思是"我很想念你"。那天晚上我把单据给了吉薇妮，让她转交给苏丝。

一个小时后我的电话响了。

"喂，我是苏丝。"

"你好，苏丝。"

"你在做什么？"

"什么也没做。"

"那好，我上去找你。"

这次还是一样的，五分钟的闲聊，然后是她直接坦诚地看着我。

"你是个好人，没有说谎，我错怪你了。"

我笑了，说我一点儿也不在意贝蒂·刘。然后她严肃地解释了她为何会如此伤心：她已经昭告天下我是她的男朋友了，而我却跟贝蒂来往，这让她很没面子。

"我很怕到酒吧去，"她说，"我觉得太丢人了。我心想：'如果不是因为我还有孩子，我真的就要自杀了。'"

"苏丝，不要这么想！"

"我真的感到很羞愧。"

"好了，过来看看我刚才做了什么。"

我给她看了一幅她的油画，画布很大，她很喜欢，而且还期盼着拿给她的姐妹看，好弥补她刚遭受的耻辱。她又变回了她自己。想到自己之前还拿玻璃杯砸我，她突然淘气地笑了。

"我差点儿就砸到你了！霍地就飞过去了！"

"是啊，我到现在身上还有玻璃碴儿呢。"

她忍不住大笑起来，高兴地在床上打滚儿。

"我猜你肯定很生气！你现在还生我的气吗？"

"是啊，你这个小捣蛋鬼，我很生气。"我说。

II

有时苏丝会在早上带着她的孩子来看我。那是个可怜孱弱的小婴儿，他那中英混血的小脸儿真让人看着心碎，他安静地睡着，脸上带着困惑和绝望，完全不像幼小的孩子，而像中年人。也许他知道自己是个混血儿，未来的人生无可期待，找不到归属。

而苏丝是那么爱他，娴熟地把他抱在臂弯里，完全是一副慈母的模样。我每次看到都难以相信，因为她看上去根本不像一个母亲。苏丝慈爱地跟他说着话，而他用小胳膊挥舞着一个小饭碗，嘴里结结巴巴地说着零乱的词语。

"嘿，你怎么一直咳嗽啊？你怎么这么淘气啊？真是个淘气的小男孩！可是你这么漂亮，我就原谅你了！哦，是啊，你是个漂亮宝宝！长得真好看！说不定长大了就能当电影明星呢！"

我们在阳台上铺了个毯子，他穿着红色灯芯绒连身衣在上面爬来爬去，衣服的前面带有动物图案，图案下面用英文绣着"小马"和"小牛"的字样。苏丝会穿着牛仔裤跟在他后面爬，假装在追他，追上后就抓住他，搔他的痒，他会快乐地使劲儿笑，几乎要笑背过气去。然后她会带他下楼，穿着蓝色裤子的保姆一直在码头等着，她把孩子放在保姆背后的背带里，他马上就睡着了。苏丝朝着慢慢远去的保姆大喊："拜拜，要做个好孩子啊！要好好表现哦！"然后转身进入酒吧。

她也会带自己的姐妹来看我，炫耀地带着她们参观我的房间，给她们看我的作品和财物，特别强调这些东西的价值。"这把梳子，纯银的。"（其实根本不是。）"现在让你们看看我男朋友的袖扣，纯金的。大概值三百港币……"然后拉开抽屉说，"不用担心，我男朋友不会介意的。"

最后的压轴戏是磁带录音机，她谎称这台录音机价值两千港币，其实只是我租来的。她有时还会把我叫上楼，指导我为她的姐妹录音，就好像这台机器是她发明的一样。等她的姐妹在我的房间开始觉得自在了，她就会把她们送出去，说我要开始工作了。她带着她们穿过走廊的时候，我听到她特别强调地说："我男朋友是个大人物，总有一天他的这些画能卖五千港币……哦，不，一幅画就能卖这么多钱！"

她甚至还会带男朋友过来，通常是为了打破"包夜"的沉闷。

这些不走运的年轻水手很不情愿地从床上爬起来，顶着乱糟糟的头发，穿着汗衫就被拉到我的房间，露着胳膊上的文身。苏丝照例带他参观我的房间，他茫然而困惑地站在那里，紧张地猜测我是不是便衣警察。然后她就对他失去兴趣，开始跟我聊天，最后我会觉得很对不起那个水手，毕竟这一晚的费用是他一周的工资，所以我会把他们送回自己的房间。不过有一次，她带了一个年轻美国知识分子过来，他是法学院的学生，在海军服役，我们全神贯注地争辩着某个话题，不知不觉到了凌晨五点钟，而苏丝早已经无聊得睡着了。我们几乎争吵了起来，最后相互握了握手，彼此承认夸大了自己的观点。我向他道歉，耽误了他那么长时间。

"没关系，"他说，"我对她没有那方面的兴趣——你知道我说的是什么。"

"我不太明白，"我有些错愕，"那你到底跟她做什么呢？"

"哦，是这样的。船上的人都觉得我有点儿自视清高，所以今晚我就跟他们一起过来找女孩，只是想告诉他们我跟他们是一样的人。"

"那你最好不要告诉他们你整个晚上都在跟我讨论共产主义。"我说。

"我当然不会，我会告诉他们，我打破了他们的纪录。"

然而更多的时候，苏丝会丢下她的"包夜"男朋友，一个人跑过来跟我聊天。如果我们正好饿了，她就会给附近的饭店打电话叫外卖。即便是凌晨两点钟，十五分钟后就会有小工担着扁担出现在我的门口，扁担两端的托盘前后晃悠着，里面摆着带盖儿的菜盘，从下到上越来越小，里面有鸡肉、猪肉、鱼肉，还有其他数不清的美味佳肴，我叫不出名字，也不知道是由什么原料做成的。小工把菜肴一盘一盘地摆在阳台的桌子上。在中国，这种送菜上门的服务是司空见惯的，无论白天或夜晚任何时间都有，而且价格出奇地便宜。苏丝总是抢着付钱，因为她很担心我的预算不够，有时候我也会让她得逞。不过，如果是我付的钱，她就会问我给了小工多少小费。

"五毛。"我诚实地说了，换算成英镑不过七便士。

"太多了，我之前就告诉过你！"

"可是他看上去好可怜啊，苏丝。"

"好，如果你每次都给小工五毛钱，用不了多久你自己就可怜了！下次给他两毛钱，他就会很高兴了。"

后来的一次深夜来访中，我发现了苏丝的一个惊人秘密。那天我收到了一份中文的洗衣费用单，我觉得上面的金额偏高，就拿给她看，让她帮我翻译一下上面的详细项目。她粗略地看了几眼。

"没什么错。"

"可是你根本不知道我都洗了什么衣服。"我说。

"洗衣店老板是个老实人，他不会弄错的。"

"可是我觉得他这次肯定弄错了。"平时她很怕我被人骗或者被人无理索价，而这次她却这么冷淡，我觉得很意外，"那好吧，上面说我洗了几件衬衫？还有其他什么衣服？"

她仔细看了看手中的账单，一分钟后她抬起头，用那种大胆直白的眼光看着我，这就意味着她有难以启齿的话要告诉我，我要么接受，要么放弃。

"有件事情我一直没告诉你，是因为我羞于开口。"她说。

"什么事情？"

"我不识字。"

"什么？"

"我不识字，也不会写。"

"一点儿都不会吗，苏丝？"

"不会。"

我惊得目瞪口呆，我从未想到她竟然不识字。我知道酒吧里的女孩大都受过教育，至少也识得几个字，我一直以为苏丝也一样。更何况她的行为举止、她的心态、她的外表和风格都不像没有受过教育的人。也许是因为我从未想到，所有的中国人都或多或少继承了一些伟大的中华文明。

"可是我见过你写自己的名字啊，苏丝。"我说。我记得她会用中文和拉丁字母写自己的名字"苏丝"（Suzie），只是拉丁字母写得不是很流畅，Z有些不连贯，有些太大，还是倒着写的。

"是的，我只会写自己的名字，"苏丝说，"吉薇妮教我写的。"

"那我写在银行交易单后面的字呢？也是吉薇妮念给你听的吗？"

"是的。你是说这个吗？"她打开自己的包，拿出一张字条。

"天啊，你竟然还留着！"

"是啊，我一直留着。"

"可是为什么呢，苏丝？"

"因为是你写给我的，这句话真好听：'没有你我很不开心，我想念你。'吉薇妮说你是这么写的，"她显得有些不确定，"不过也许是她胡编乱造的。"

"没有，她没有胡编乱造，苏丝。"

"你真是这么写的吗？"

"是的，真是这么写的。"

"从来没有人给我写过这样的东西。"

"我是真心的，我当时真的想念你。"

"也许你现在的想法不一样了，也许你根本不会在乎一个不识字、不会写字的肮脏的啧啧啧女孩。"

"苏丝，你在胡说些什么！"

"我也试过学写字，是两年前，可是有几千个字，太难了。"

"苏丝，你没上过学吗？"

"没有，我叔叔没送我上过学。他不是什么好人，你也知道的。"

然后她开始讲述她的童年、她过去的生活，讲述她是如何来到香港，如何开始在南国酒店工作的。她父亲非常富裕，是上海的一位船老板，跟菲律宾有生意往来。她对父亲唯一的记忆是他跟家人告别，乘坐自己的一艘帆船出发去马尼拉。中国有个传统，喜欢在做某项决定或出远门前让先生给算算卦，苏丝的母亲在她父亲走之

前算了一卦，结果说那天不宜出海。她母亲求她父亲不要走，他虽
然迷信，但觉得生意更重要，所以就没有听从她母亲的请求。自此
他再也没有回来，音讯全无。他乘坐的那艘船也没能抵达马尼拉，
就那么失踪了，也许是遇到了台风。

一年后她母亲染上某种传染病，不幸去世了。而当时只有五岁
的苏丝就被送到她叔叔家。

她的叔叔是个酒鬼，一无是处，他有两个女儿都在读书。按照
中国的家庭传统，他应该对苏丝一视同仁，可他却把苏丝当成用人
对待，认为供她读书是种浪费。他还接手了苏丝父亲的生意，不是
卖掉就是荒废掉，等苏丝长大成人的时候，她父亲的心血已经所剩
无几。

在她叔叔家里，只有二小姐对苏丝好，这才让她的生活不至于
那么悲惨。二小姐名叫玉兰，是个心地善良、随和却很懒惰的女孩。
她对苏丝很好，苏丝也很喜欢她，一心想成为她那样的人。

中国共产主义革命爆发的时候，玉兰二十岁，苏丝只有十六岁。
不久玉兰应征进了工厂，却发现工厂的工作非常辛苦，她谎称自己
在香港有亲戚，获准到香港去探亲。她的离去对苏丝来说无疑是一
场大灾难，她整整哭了一周。

一天她的叔叔把她叫过去，问她为什么一直哭。

"因为我喜欢二小姐，她走了我很想她。"苏丝说。

"你不要哭了，"她叔叔说，"你现在也长大成人了，我最近才发
现，不过越看越觉得你是大人了。"

"我不觉得自己是大人。"苏丝说。

"那我就明确告诉你吧,"她叔叔说,"跟我过来。"

她跟着叔叔到了另一个房间,他强奸了她,还威胁说如果她敢说出去就把她赶出家门。那年她才十六岁,而那天她叔叔并没有喝酒。

第二天她叔叔又把她叫到房间来,之后每隔几天就让她过来。她害怕极了,不敢反抗。那时远在香港的玉兰不仅往家里写信,每个月还会汇来五十港币。她在一家店铺找到了工作,每个月能赚四百港币。

苏丝很想念玉兰,曾暗暗计划逃走去找她,却知道这是不可能的事情。然而有一天她的叔叔把她叫了过去。

"告诉我,"他说,"你有没有想过去香港找二小姐?"

"从没想过,"苏丝惊恐不安地回答说,她想叔叔一定猜到她心里的想法了,"我从没想过这样的事情。"

"那你现在就想想。"她叔叔说,"二小姐在信里说她能在店里帮你找份工作,每个月四百港币。这些钱够你养活自己,还绰绰有余。我们收养你这个孤儿,还把你抚养长大,你要记住我们的恩情,所以你每个月要通过中国银行汇过来一百港币。你觉得如何?"

"我不舍得离开家。"苏丝说,她依然怀疑这是个圈套。

"我也不舍得放你走,我肯定会很难过的。不过如果你能每个月往家里寄一百港币,我要是阻止你就太自私了。"

六个月后,苏丝终于获准离开,她乘坐火车离开了上海,这是她有生以来第一次离开这座城市。她一路南下到了广州，然后换乘火车，一天后到了分界线。她下了火车，带着行李跨过一座吊桥，就踏上了香港的土地。

另外一列火车停在那里，她挤上一节车厢，里面塞满了男人、女人、孩子和篮子里的猪，她觉得自己像个外国人，因为身边所有的乘客都在喋喋不休地讲广东话，而她一点儿也听不懂。火车穿过一片丘陵地带，丘陵的这边与边界的另一端区别甚微，山坡上、村落间和山谷的稻田里散落着坟墓。不久火车就到了九龙，她看到站台上等待她的玉兰，顾不上礼貌，拼命从人群和猪群中挤了出去，投到玉兰的怀抱里，喜极而泣。然后一贯铺张浪费的玉兰坚持要打的士去九龙，十分钟后她们爬楼梯到了玉兰的房间——虽然很小，却是玉兰一个人住。

玉兰舒服地躺在床上，从碟子里挑着西瓜子吃。而苏丝太激动，根本坐不下来，她站在窗前俯瞰下面熙熙攘攘的大街，一切几乎都是上海的模样。

"你上班的店铺离这里有多远？"她问玉兰，"是在这条街上吗？"

玉兰笑了笑，嗑了一粒瓜子，把瓜子皮儿丢进痰盂里。她比原来胖了，却格外漂亮，身上穿着真丝旗袍。

"我根本不在店里工作，"她说，"我这么说只是好给家里一个交代。其实我确实在一家店铺工作了一周，但是那个地方比工厂还要差。我每天工作十六个小时，一个月才一百五十港币。这些钱根本不够生活，哪怕是付二十个人一个房间里的一张床位。而且这里的店主都不喜欢上海女孩，因为我们不会说他们叽里呱啦的广东话。他们视我们为粪土。幸运的是我遇到了另外一个上海女孩，她在一家舞厅工作，就把我介绍给那里的经理，自那之后我就一直在舞厅里工作了。我跟他提过你，我告诉他你只有十六岁，他非常高兴——我知道你已经十七岁了，我少报了一岁——因为在舞厅，年轻女孩很受欢迎，大部分女孩来的时候年龄都太大了。"

"舞厅是什么？"苏丝问。

"上海以前也有这样的地方，后来被关闭了。很时髦的，里面还有菲律宾乐队，只有那些有钱人才进得去。不过现在香港到处都是有钱人，你陪他们跳一个小时的舞，他们会给八港币，你能分到一半。一个小时就能赚到四港币，只是跳跳舞而已！"

"那你一个晚上肯定能赚很多钱。"苏丝说。

"哦，其实没那么容易，"玉兰说，"很多女孩连续很多晚上都没人邀她跳舞。只有被包下了你才能赚大钱。"

"包下？是什么意思？"

"哦，如果一个男人喜欢你，想带你出去，他就会每个小时付你八港币，直到舞厅打烊。当然，你能分到一半。然后他会带你吃晚餐，还会私下付你钱，一般是六十港币左右。"

"你是说就出去吃个饭他就付你六十港币？"

"你太单纯了！"玉兰善意地笑了，"当然不是了，你要去酒店

跟他住一个晚上。不过根本没有那么可怕，一般这些男人都很温和，
尤其是北方人，自从革命后这里来了很多北方人。一开始我害怕极
了，我讨厌做爱，不过现在我还挺喜欢的。有时候想想自己享受了
还有钱赚就忍不住想笑！"

苏丝说："我觉得自己不会喜欢上做爱的，玉兰。"她不能在如
此亲近的朋友面前还保守秘密，就把自己在叔叔，也就是玉兰父亲
那里遭受的悲惨经历告诉了玉兰。

玉兰并没有像苏丝想象的那么吃惊，她好像觉得这一切理所
当然。

"哦，我父亲就喜欢寻欢作乐。"玉兰说，"你不知道吗？他之前
花在女人身上的钱可比花在酒上的钱多多了。妓院关了，我估计他
是没地方找女人了，就铤而走险。真可惜那个老畜生没能克制住自
己，因为如果你处理得当的话，处子之身可值不少钱呢。整整一千
港币就这么白白没有了。"

苏丝说："玉兰，我宁愿去店里工作。"

"如果你试试在香港每个月只靠一百五十港币维持生活，你就会
改变主意了。"玉兰说，"我忘了，你还不识字，你连一百五十港币
都赚不到。"

"那我能在舞厅工作，但不跟男人去酒店吗？"

"不能，这不可能。表面上舞厅不是勾搭的场所，实际却是。而
且，如果经理发现你不肯服务顾客，就会把你赶出去。"她显得有些
担忧，"不过我不想影响你，美玲。说实话，如果你做了让你自己后

悔的事情，我也会有责任，我不想这样。你当然可以去店铺工作试试，至少你不用跟一群臭烘烘的广东人一起住，你可以住在我这里，我不收你房租的。"

当天晚上玉兰到舞厅去了，苏丝躺在床上想了很多现实的问题。她觉得自己确实已经失去了贞洁，以后也嫁不出去了。即使在店铺里拼命干活儿也不可能修复她叔叔造成的伤害。那好吧，如果上苍剥夺了她过体面生活的权利，那么不管自己如何努力、如何坚持都是徒劳无功的。那就只有一个问题：哪种生活稍微没那么糟糕？是在店铺里没日没夜地工作，还是没日没夜地做爱？

与此同时，舞厅里的玉兰也遇到了件头疼的事情，一个戴着水晶眼镜、靠在香港建造豆腐渣工程发家的上海生意人已经把价码提到了八十到八十五港币。可是今天是小美玲在香港的第一天，玉兰觉得自己不能丢下她一个人，所以就跟上海生意人约到了下周五。她叫了一辆黄包车，回到自己的房间。

她发现小美玲并没睡觉，而是目不转睛地看着自己那个摇摇晃晃的廉价衣柜，里面挂满自己的漂亮衣服，至少有六件旗袍，几件锦缎上衣，一件正面是白色羔羊毛、反面是镶金锦缎的两用衫，还有几件西式的洋装，是灵巧的中国裁缝按照旧时尚杂志上的图片裁成的。

小美玲勇敢地看着她的眼睛说："我已经决定了，我要到舞厅去工作。"

玉兰不安地看着她，说："你确定吗？我现在很担心这种工作不适合你。你要知道，你得跟各种各样的人做爱，甚至是老男人，还有广东人。"

"我知道。"

"你不在意吗？"

"如果那些又老又蠢的男人想要这么花钱的话，我就不在意。"美玲说，"我只要闭上眼睛想：'这么容易就赚够我买新衣服的钱了。'"

第六章

/

/

/

I

"苏丝,已经三点了,"我说,"你男朋友怎么办?"

她耸耸肩说:"我不在乎。"

"如果他醒来发现你不见了,不会找你麻烦吗?"

"不会,他已经昏过去了,那个男孩,他做了一次就完事了。"
她穿着牛仔裤坐在床上,跷着二郎腿。床边的桌子上是我们吃剩的
残羹冷炙,今天晚上太冷了,我们不想到阳台上去吃。"好吧,我告
诉你我是怎么被舞厅炒鱿鱼的。"

"炒鱿鱼?不是吧,苏丝?为什么?"

"我偷了钱。"

"天啊，你偷了谁的钱？"

"哦，很多人的。我偷了所有人的钱。"

她开始了新生活，同时残酷地丢弃了很多东西，埋葬了她所有的浪漫少女梦。她憎恨男人、鄙视男人，只想要他们的钱。而她成了舞厅里最璀璨的明星，甚至比玉兰还要受欢迎，晚上几乎没回来睡过。很快她就有了几个有钱的老顾客，包括一个年轻的内地纨绔子弟和一个广州餐厅老板。一天晚上，她看到餐厅老板的钱包从床边的上衣口袋里露出来，而他睡得正酣，她就偷了六百港币，藏在鞋子里。

餐厅老板怀疑钱是她偷的，就不再来找她了。不过很快就有人填补了他的空位，是一位蒋介石政府的前任部长，六十多岁的北京人。从那之后，她只要有机会就会从客人那里偷钱。而奇怪的是，她似乎更在乎偷窃本身，而不是偷了多少钱。如何拿到客人的钱包是她苦思冥想的问题，她会躺在床上一整夜计划各种精细的策略，最后也许会采用冒险而荒谬的方法——直接把偷来的钱随便塞在口袋里，然后忘得一干二净。她经常无意中从自己衣服的口袋里发现一卷钱，不过这些钱给她带来的不过是发现时的一丝快乐，除此之外，在她眼里不过是一卷纸而已。

虽然在舞厅她很受男人们的喜爱，但其他女孩却不怎么待见她，第一个原因就是她实在让人讨厌。她到处炫耀，装腔作势，从不把别人看在眼里；她过度打扮，身上挂满首饰，看上去像一棵圣诞树。

大家之所以容忍她只是因为她还是个孩子，只有十七岁，很多女孩都知道自己也是这样一路走过来的。后来的一天晚上，她拿了前部长四百港币，这是她一周内第二次把手伸进他的钱包。他没什么证据，不过他放话给舞厅经理，苏丝就被炒了鱿鱼。

她毫不费力就找到了另一份工作——这次是在香港岛一家名为"格兰纳达"的舞厅。这里的经历对她以后的生活有很大的影响。她开始动摇，不断有人提醒她即使是十七岁的漂亮姑娘也不能为所欲为。她对昂贵衣服和首饰的热情突然就消散了，正如她突然爱上它们一样。她开始安定下来认真工作，一切变得像是例行公事。

改变她的还有另外一件事。一天晚上她被一位英国人从舞厅包下来，他叫艾伦·缪尔，在一家化工企业上班，声音柔和，会讲几句中文。去酒店之前他带苏丝去一家餐厅吃晚餐，吃到一半的时候他突然说："我改变主意了，我今天晚上不想跟你在一起了。"

"为什么？"她问。

"因为你太像个商人了，"他微笑着说，"你根本就不享受整个过程，那我也不会乐在其中。"

他的声音是如此温柔，却与他所说的话如此不相符，苏丝过了好一会儿才感觉到其中的侮辱，她的怒火爆发了。她指责他违背了约定，还想骗她的钱。

"哦，别担心，"他笑着说，"我照样会给你刚才提到的'礼物'，我们不能白白浪费那么长时间的讨价还价。拿去吧，五十港币。"

从某种意义上来说，他愿意付她钱这件事比他拒绝跟她过夜这件事更加令她羞辱，不过她还是暗自得意自己什么都没做照样挣到了钱。然而第二天晚上，他却很奇怪地再次出现在格兰纳达，还邀请她做自己的舞伴，她断然拒绝了。缪尔叫来经理，经理提醒她，舞厅里的员工没有权利对顾客挑挑拣拣。她愤愤地跟缪尔来到舞池中，不过她很快就被他虚伪的温柔声音和滑稽的戏弄激发，怒火再次爆发。她拼命想从他怀里挣脱，他却拉住了她的手腕，她挣扎，他抓住她，拖着她穿过不断回旋的人群来到舞池边缘，却迎面撞上了经理，他咧嘴笑了笑。

"啊，你这家伙，我正要找你呢，"他说，"我要包下这个女孩。"

当时只有九点钟，也就是说他要付四个小时的钱，三十二港币。苏丝接下了小票，一周结束的时候她可以凭小票领取自己应得的二分之一。可是一走出舞厅的门，她就告诉缪尔她不会再跟他往前走一步。

"那我就叫警察了，"他说，"我可是为你花了一大笔钱的。"

"我不在乎。"

"无论如何，为你自己好，你也得跟我一起吃晚餐。"

"为什么？"

"这样你就可以告诉我你有多恨我了。"

晚餐结束的时候苏丝泪眼汪汪，暗暗希望缪尔今晚能带自己去酒店，因为她突然不可思议地迷上了他。可是他却没有带她去酒店，只是提议第二天一起吃午餐。

午餐之后他们白天又见过几次面，两人的关系变得很融洽，后来他再次带她去吃晚餐，之后去酒店过夜，苏丝不收他的钱，他最后还是偷偷地把五十港币放进她的包里。

第二天晚上他们又见面了。早上起来缪尔去了洗手间，苏丝看到他的钱包放在梳妆台上。她本能地拿起钱包。"我到底在做什么？"她心想，"我到底在做什么？"她觉得自己好像在看着一个陌生人，一个完全不受自己控制的陌生人，打开钱包，从里面拿了三百港币。

不久缪尔就回来了，他扫了一眼钱包，然后装进口袋里。他肯定已经注意到里面钱少了，但什么也没说。他牵起她的手。

"明天是星期天，我们开车去浅水湾游泳吧。"

她说："我去不了，我很忙。"

"那你就解放自己嘛，游泳对你有好处的。"

她最后同意了，之后他们就分开了。她很惊讶到底是什么驱使自己去偷钱，这是她被前一家舞厅开除后第一次偷钱。为什么从艾伦开始下手？她开始为自己的偷盗行为找理由。"想想我在他身上花了那么多时间，"她对自己说，"他为什么不像其他男人一样付我钱啊？"她觉得他是在无耻地利用自己的好心，于是便开始憎恨他。第二天在浅水湾，苏丝一直很恶劣地对待缪尔，可他却觉得很有趣，所以她更憎恨他了。她把自己对他的看法都告诉了他。

缪尔笑了，说："你心里很清楚自己为何对我如此气恼，不是吗？就是因为你从我钱包里拿了钱，可是你拿的每一分钱都是你应得的，我一点儿也不介意。"

"你胡说！我没拿过你的钱！"

"你确实拿了。我告诉你为什么，不是因为你想要钱，而是因为你想要惩罚我，惩罚男人。你憎恨男人，不是吗？"

"不是。"

"是的。我们对你来说都是同一个人的化身，我不知道这个人具体是谁，但是我想应该是第一个诱奸你的男人。"

她的脸涨得通红。真的很惊奇，她还没时间去想，血液就涌上了她的脸颊。而艾伦正好看到了，不过他转过脸去，假装没有看到。可是她却看到艾伦迅速地瞥了一眼自己的脸，她彻底愤怒了。

"胡说，"她说，"你简直是在胡说八道。我的第一个男朋友是个善良的漂亮小伙儿，我们深爱着对方。是的，他是好人！好心！不像你！"

然而几天之后，她的心情平复下来了，他们又开始说话了，她突然发现自己竟然对艾伦讲起了自己的叔叔。她承认艾伦关于她憎恨男人的说法是正确的，她自己也说，用同样的眼光去看所有的男人是相当荒谬的。自那之后，她就对钱包失去了兴趣，再也没有偷过钱。唯一的例外是在南国酒店偷了一个水手的钱，不过是因为他欺骗了她，而且也没有偷太多。

她与艾伦·缪尔的关系继续发展，她意识到自己有生以来第一次爱上了别人。现在她希望把自己所有的钱都拿来买礼物送给他，她想要为他牺牲自己，她不顾一切地想要个孩子。他的所有个性在她眼里都熠熠发光，她甚至开始享受与他做爱。是的，甚至是做爱这种苦差事也变成了一件愉悦的事！确实，每一次都变得更愉悦，每一次艾伦的温柔和体贴都引起她更大的反应，她觉得自己越来越靠近某个闪亮的、诱人的、神秘的巅峰。天亮的时候她终于到达了巅峰，闪电一样耀眼的光芒照耀着天空，大地摇晃着，然后一切陷入黑暗，她不停地下坠、下坠、下坠，坠入无边的黑暗。她感觉到艾伦在她耳边轻声说话，却没有听清。过了一会儿她问："你刚才说什么？"

"我说你一定要记住今天这个日子"，他说，"因为今天你正式成为了一个女人。"

那天是周四。周六见面的时候，缪尔送给她一只金手镯，上面刻着他们的名字缩写字母以及周四那天的日期。第二天是周日，他乘坐一位中国朋友的汽艇出海游泳，结果鲨鱼袭击了他，把他的右腿撕成了碎片。汽艇还没有回到岸上他就死了。

艾伦·缪尔成了他们国家最好的宣传大使，从此苏丝对英国人产生了偏好。每次有英国人来格兰纳达，她都会主动上去搭讪。艾伦·缪尔死后她被一个警察局的副督察包下，他做事很谨慎，不像这片殖民地上的其他单身汉一样亲自到舞厅来，他打电话过来找女孩。他很喜欢苏丝，且私人收入颇丰，能付起更多的钱，享受更高档的服务，所以他要求苏丝放弃在格兰纳达的工作。她几乎每天晚上都会去他的公寓。他三十多岁，含蓄而阴郁，经常不可名状地狂怒。他名叫杰拉尔德·帕里，他并没有像艾伦·缪尔那样激起苏丝对他的热爱，她对他的依恋已经超越了纯粹的金钱关系，单纯因为她内心的女人气质已经苏醒，而她身边的男人正好是帕里。

　　不久她发现自己怀孕了，这已经不是第一次了，她之前经常送四百港币给中国医生。不过自从遇到艾伦·缪尔之后她一直想要个孩子，即使这个孩子不是艾伦的。很多舞女都有孩子，她们聊起自己的孩子时苏丝越来越嫉妒，越来越痛苦。所以这次她觉得自己无论如何都不能失去这个孕育在自己体内的孩子，她不肯去流产。

　　她仍跟玉兰一起住在九龙，不过她没对玉兰提及自己怀孕的事情，因为她知道玉兰会认为自己疯了。而且，因为害怕帕里会发怒，她也没有告诉帕里，直到实在瞒不住了，她才鼓起勇气宣布这个消息。她告诉他，她决定留下这个孩子，哪怕这意味着他们的关系就此结束，她也要留下这个孩子。

　　帕里听后没有说话，他一连两天没有说话。他保持沉默并对苏丝避而不见，她焦虑不安地等待他猛烈地爆发，爆发之后他的沉默期就自然而然结束了。而她等来的是个美好的惊喜。第三天傍晚，她来到他的公寓，却发现自己受到了前所未有的欢迎，迎接她的是一个她几乎不认识的帕里，一个带着微笑的、兴奋的、温柔而温暖的帕里。她还没从震惊中缓过来，他就说自己很为苏丝怀孕而感到高兴，更高兴的是她决定留下这个孩子，因为这说明她具有勇气、忠诚和母性。他解释说，过去自己曾因女人而遭受巨大的悲痛，虽然她们都是有声望的女人，却都那么卑劣而虚伪，都是荡妇。他就是因为这样一个女人才决定离开英国来到香港的。而现在，在一个中国舞女身上，他找到了自己一直渴求的美好品质。他要送给苏丝一份她应得的美好礼物，他要娶她。

"不，"苏丝说，"不好。"

"不好，为什么？"

"你要是娶了中国女孩，其他英国人都会找你的麻烦，警察局的头儿就会找你的麻烦。他会把你叫进他的办公室，对你说：'早上好，你被解雇了。'"

"我会离开警察局的，"帕里说，"我可以在这边经商，我手上有几百份合约，里面有很多钱。"

玉兰听说后非常激动，她从没想到苏丝会对工作如此用心。不，她天生就是要做妈妈、要结婚的。多好的运气啊！一个英国丈夫！哦，比中国丈夫要好驾驭多了，他们晚上从来不会跑到妓院或舞厅去！她非常兴奋，冲出去买了一对昂贵的耳环作为结婚礼物提前送给了苏丝。

而帕里也充满激情地畅想他们的未来：他们要住在哪里，他要如何傲慢地对待那些因他娶了中国太太就冷落他的人。这样过了三四个月，苏丝发现他越来越不爱说话，又开始陷入沉思的魔咒中。一天晚上她问他打算什么时候从警察局辞职、开始找新工作，他不耐烦地回答说不着急，不管怎样，他也要干满半年才能离开警察局。然后他说他累了，就把她送回了家。

第二天晚上他又把她送回了家。之后几个晚上他更加直率地打发她出去，等她再次来到他的公寓，发现房间里放着很多行李箱和板条箱。

"你要去哪里？"她问。

"婆罗洲。"他像看陌生人一样地看着她，从钱包里掏出五百港币，递给她说，"你可以走了。"

"你要去婆罗洲多久？"

"多久？我被调到婆罗洲警察局了，再也不回来了。"

"那结婚怎么办？"

"什么？"

"结婚。"

他一脸困惑地盯着她，他的困惑是如此真实，苏丝几乎相信他真的是疯了或者忘记了。

"你他妈的在说什么鬼话？"他说。

"你说我们要在英国教堂结婚，住在北角，漂亮的公寓。"

他的眼睛充满怒火："你想干什么？要敲诈吗？"

"不是敲诈，你是我孩子的父亲。"

"这只是你自己说的。我可知道你们这些舞女，就是一群肮脏的妓女。好吧，我以后每个月会寄给你五十港币的赡养费。别再搞什么歪门邪道，不然你会后悔的。滚出去吧！"

两个月后孩子出生了，不久她就收到一张五十港币的汇票，之后的三个月也都收到了，然后就中断了。她再也没有收到帕里的任何消息。

苏丝生下孩子不久，玉兰就离开香港到日本的一家舞厅工作。香港舞厅的黄金时期已经过去，因为从大陆逃出来的有钱人都去了台湾，舞女们都感到经济拮据。不过东京为这些女孩敞开了大门，她们也想去那里体验异国风情。玉兰和其他五个女孩被一个留着小胡子的小个子日本男人雇走了，他安排她们乘飞机去东京。而苏丝因为孩子没办法去，在机场跟玉兰洒泪告别。

苏丝已经回到格兰纳达工作了，不过还继续住在玉兰位于九龙的房间里。乐于助人而又随和的玉兰觉得多住一个婴儿和一个保姆也没什么，不过按照当地的标准，她们的房间住的人已经算是很少了。现在玉兰走了，苏丝就在香港岛这边找了个房子，免得每天都要乘坐轮渡来来回回。她找算命先生询问了搬家的好日子，然后严格按照先生的叮嘱搬了家。然而，她刚租下房子就厄运连连：第二天她就发烧生病了，之后一周比一周严重，她渐渐消瘦，最后变得骨瘦如柴。她在床上整整躺了三个月。

在此期间，她的积蓄消耗殆尽，身体还没有完全恢复就出去找工作了。她乘电车来到中环，希望能重新回到格兰纳达工作。舞厅在一家百货商场的六楼，电梯坏了，她只能爬楼梯上去，爬到六楼的时候她感到头晕目眩，很不舒服。她注意到舞厅外面有一张新标牌，不过她不识字，不知道标牌上写的是什么。她进到里面，却发现这里已经变成了一家餐厅。

这次出门之后她又在床上躺了三周。后来保姆走了，因为苏丝已经付不起她的工钱了。孩子没有东西吃，没有钱，苏丝知道自己只能卖掉仅剩的一件首饰：艾伦在他们见最后一面时送给她的金手镯。她四处找，却没找到，一定是保姆拿走抵工钱了。

她又感到很不舒服，可是孩子一直哭，她跑到一个姐妹那里借钱，却扑了个空。她来到大街上，在一个拐角处徘徊，后来一个从码头回来的苦力找了她，付了她两港币。她觉得这段"站街女"的经历很耻辱，所以从未对人提及，连吉薇妮也没告诉。

第二天她在另一家舞厅找到了工作，只是有钱人少了，女孩多了，价钱就掉下来了，她挣的钱几乎不够付房租和请保姆。

后来有一天她在街上遇到一个在格兰纳达认识的上海女孩，那个女孩看上去很有钱，她告诉苏丝，她现在在一家专门招待欧洲水手的酒店工作，比起舞厅她更喜欢这个新工作，没有专横的经理把你推来推去，也不会白白浪费时间跟男人跳一夜的舞最后他还不要你。一切不再是乱糟糟的，你只需要带男人上楼，一切就都搞定了。

苏丝问她要在楼上待多久。

"哦，只是短时服务而已，"女孩说，"有时候也会有包夜，不过还是多做几个短时服务赚钱更多。"

苏丝摇摇头，她看不起这个如此堕落的女孩，这就是赤裸裸的卖淫。舞女从不觉得自己是妓女，她们只是舞厅现有的舞伴，如果她们很喜欢一个男人，就会把自己喜欢的带到床边，以此来换取金钱作为礼物。整个交易进行得很高雅，一开始总要共进晚餐，而且持续时间也很长，最起码是一个晚上。舞女看不起吧女，因为她们会随随便便接短时服务；吧女会看不起站街女，因为她们会在墙角接待苦力。

"我不知道你怎么能忍受这种事情。"苏丝说，完全忘了自己在大街上的羞耻经历。

那个女孩就是小爱丽丝，她毫不害羞地咯咯笑着。

"我喜欢啊，水手都很和善、很年轻，不像我们在格兰纳达接待的那些老头子。我喜欢年轻的。"她低头欣赏自己脚上刚买的新鞋子，"好了，我要走了，今天早上刚来了两艘美国船。如果你有兴趣的话，酒店就在渡船附近的河边。"

苏丝带着怜悯和蔑视看着她离开。然而那天晚上，她在舞厅游荡了五个小时，最后却空着口袋回到自己的房间。又到了必须面对现实的时刻。第二天她找算命先生算了算最适合换工作的日子。

算命先生说最好避开最近几日，因为正好是上旬的末尾；他建议中旬前期的某一天，说皇历上记载这一天宜出行、安门、纳畜、入殓及开市，吉时是下午三点到六点，他说只要按他说的去做，她新选择的职业就能昌盛成功。

一周后是那个月的十三号，下午苏丝就开始了在南国酒店的工作生涯。

II

她心不在焉地揪着两腿之间的毯子，说："一开始我很讨厌这个地方，对我来说真的很难。有时候我会对水手说：'你去找其他女孩吧！你太脏了！喝这么多酒！太粗鲁了！'其他女孩就会对我说：'苏丝，你太清高了！'"

不过后来她也习惯了。一个人可以逐渐习惯任何事情，一开始你会想：是外部境遇迫使我过现在这种生活的，我跟其他女孩不一样，她们是自愿的。我不能跟她们同流合污，我跟她们不一样。后来生活把你包围，变成你的世界，你就变成了你原来世界的陌生人。

"是啊，我想一个人会习惯任何事情的。"我说，心里想：比如战争。比如那些一两年前从未想到自己会生活在如此悲惨环境的人：有些人曾经生活在安全的天空下，现在却随时会下弹雨；有些人端着机关枪对着一群年轻人扫射，而这些年轻人是他曾在海德堡共饮啤酒的朋友，或是他在波恩亲吻的那个女孩的哥哥；还有些人无奈地清洗自己不得不用的厕所。哦，你可以习惯任何事情，即便是变成一个与水手上床的妓女。这些善良的女孩也许会惊奇地发现，在无路可走的困境下，习惯这一切是多么容易；她们很快就会开始相互讨论姿势和价钱；她们很快就会发现哪个水手更适合短时服务。这一切很快就变成了她们的世界。

我看了看手表，二十分钟前阿唐过来叫苏丝，说她男朋友已经醒了，要她回去。

"苏丝，你最好赶紧过去。"我说。

"马上，"她放下跷着的腿，斜身到床头柜上端起茶壶，把自己的杯子加满。她小啜了一口茶，皱着眉头说："我的孩子还在咳嗽，我真是担心死了。"

"你没带他去看医生吗，苏丝？"

"看了，我带他去了医院，医生说：'没什么事，孩子很健康！'可是他还是咳嗽，咳咳咳！咳咳咳！"

电话响了，我接了起来。是阿唐打来的，说水手又在叫苏丝了。虽然阿唐很有礼貌也很含蓄，不过他还是催促苏丝赶紧回去。

"否则的话，先生，"他说，"会影响我们酒店的声誉的。"

"不会的，阿唐。"我说。

苏丝极不情愿地起身朝门口走去。

"我走了。"

"不过听上去这个水手是个不错男孩。"我说。

苏丝冷淡地耸耸肩，学着水手的口吻说："苏丝，你真漂亮。"

"这是他对你说的吗？"

"所有的水手都这么说。"

"哦，你不喜欢吗？"

"我不在乎。'苏丝，你真漂亮。'然后他就走了，又来了个水手，'苏丝，你真漂亮'。有什么用？我希望同一个男人每天都对我说：'苏丝，你真漂亮。'是的，同一个男人！"

"我几乎每天都说啊。"

"不好。你又不是我真正的男朋友，又不上床。"

"上床就这么重要吗？"

"是的，很重要。"

"想也没有用，我又没有钱。"

"我之前跟你说过，我不要钱，我什么都不要。可是你会想：'不好，她刚从水手那里回来。'"

"可是你能理解的是吧，苏丝？"

"不，我跟水手在一起只是工作，不是爱，没有感情，就像陪人跳舞一样，只不过是要脱掉衣服，躺在床上。"

"也不完全一样吧。"

"不，一样。"

"如果我跟你做爱，我就会希望你能属于我，可是实际上你不属于我。"

"是的，属于。跟水手上床，身体内没什么感觉，内心没什么感觉。跟你上床，一切都有感觉。我欢喜，我感觉很美。我会想'他是我的男人'，你会想'她是我的女人'。我们属于彼此。"

"根本没这么简单。"

"不，很简单。简单到你根本不懂。"她准备走了。

"苏丝，听我说——"

"不听，没什么好说的。你说的话是比肮脏的喷喷喷女孩要聪明，可是肮脏的喷喷喷女孩懂得爱，而你不懂。"

"苏丝，再坐一分钟。"

"不，我要回到水手那里，脱掉衣服，在开船前再为他短时服务一次。"

"苏丝——"

"不。"

门关上了，她走了。

III

那之后我一直无法入睡，躺在黑暗中，依稀看到她站在门口，她的声音传入我的耳朵。

"我欢喜，我感觉很美。我会想'他是我的男人'，你会想'她是我的女人'。我们属于彼此。"

我想，多么简约，多么美丽的简约，一个不识字女孩的简约之美，一个没有受过教育、如同钻石般棱角分明的女孩的简约之美。

也如同钻石般坚不可摧。两千多个男人也无法摧毁她，她身体的一部分是他们触及不到的，她的贞洁是他们无法破坏的。

心灵的贞洁。

"我欢喜，我感觉很美，我们属于彼此。"

我被她的话深深打动，感动得直想哭。我想，我跟她在一起会很快乐。我躺在黑暗中，如同无眠的做梦人一样脑海里充斥着各种疯狂而奇怪的念头。我要把她从南国酒店拯救出去，我要娶她，我们到邻近的小岛上过简朴的日子。我们到长洲岛去，那里穿着黑裤子的妇女在铺着鹅卵石的乡间道路上闲聊，每天傍晚挂着波浪般风帆的渔船接连回到海港的怀抱，过了半个小时回来你会发现还有船不断回港，直到天黑，海港被挤得满满当当的。或者我们到佛岛大屿山去住，我画画的时候能听到寺院悠闲的钟声，我们可以种田养猪，跟寺院的和尚寒暄，在那里我会想"我的女人"，而她会想"我的男人"……我一直醒着，浪漫的田园生活依然展现在我的眼前，这时从美国战舰的扩音器里传来的声音响彻在寂静的港湾上空。

"听着。听着。"

天已破晓，星星都落到西面的大陆去了，曙光悄悄洒进我的房间。

"听着。"

光线一点点地照进来，我田园诗般的幻想如同银幕上的影像一般渐渐淡去。我看着廉价的衣柜，看着梳妆台和我们吃剩下的残羹冷炙，一切都现出原形。阳光，现实。我知道最终自己还是会像以前一样只是跟苏丝调调情，除非我能克服自己对水手的厌恶，跟她做爱。

我想知道怎样才能克服，我想："也许只是习惯一种新的方式——一个人可以习惯任何事情。"然后就睡着了。然而一切只是理论而已，并没有真的付诸行动。而且也没有机会实施了，因为那天她遇到了本。

贰 | 君子
好逑 |

/苏丝黄的世界/

第一章

/
/
/

　　虽然本·杰夫考特与苏丝是在南国酒店相遇的，可他并不是水手。战争期间他曾在海军服役，却不是普通的水手，而是指挥巡洋舰的长官，还因为在大西洋战斗中表现突出而被授予金十字英勇勋章，不过在那场战斗中他失去了自己的巡洋舰。

　　我对这场战斗了解甚少，因为我只听他提过一次，他对这场战斗的描述是"其实很有趣，我们狠狠揍了德国大兵一顿"。半年后他又丢了一艘战舰，靠着救生筏在大海上漂流了十天。他回忆说这十天是他一生中最精彩的经历，因为在这场孤独的生存之战中他充分发挥了作为男人的所有优秀品质。

　　本非常看重男子汉气概，还经常与人讨论。"对一个平民百姓来说男子汉气概有什么鬼用？但是对于销售空调来说，男子汉气概可就大大有用了！"

的确，他在销售空调方面做得非常出色。战后他收购了一家英国公司在香港的办事处，主要生产针对一室户的小型设备。从中国内地过来的大批人刚开始兴建房屋，他就开设店铺卖起了空调。新建的酒店和公寓需要大量空调设备，而他的商铺的销售为他带来了令人艳羡的收入。他在山顶买了一套房子，购置了一辆简约却很昂贵的汽车，还买了一艘游艇周末出海航行。三十五岁，他就成为了小有名气的成功人士。

然而，那天深夜一点钟他初次出现在我的房间时，我对此还一无所知。苏丝从酒店的另一个房间打来电话，说她要过来。我抗议说已经太晚了，她却急迫地保证说她的同伴既聪明又有魅力，总之是个不同寻常的人，让我一定不要错过认识这个人的机会，她保证我会把他引为知己。

五分钟后她带着一个高大的、肩膀宽阔的男人来到我的房间。他一身热带打扮，三十刚出头的样子，皮肤白皙，样貌英俊，只是脸上有过早粗糙和衰老的迹象。他站在门口处不住地摇晃，睡眼惺忪地看着我，透着些许敌意，咕哝着哼了一声。

很显然，我的知己喝醉了。

我朝苏丝看了一眼，希望她能明白我的不悦。然后我决心好好扮演热情主人的角色，就对他说："以前来我房间的都是水手，你是到访的第一位平民，我很荣幸。"

"哼。"

"这是我的男朋友本，"苏丝欢欣地介绍道，"我忘了他姓什么了。"然后她简单地带他参观了我的房间，很快就匆匆结束了，如同赶在历史纪念馆关门前两分钟赶紧参观完一般。本摇摇晃晃地慢慢走到房间中央，眼神闪烁，沉默不语。我猜想他大概并没有表现出来的这么醉，只不过在南国酒店这种地方遇到自己的同胞他觉得有些尴尬，所以就拿醉酒来遮掩自己的窘迫。

苏丝骤然结束了导游工作，甚至连磁带录音机都没有介绍。她拎起自己的包，说："好了，我走了。"

我惶恐地看着她，问："走了？"

"是啊，我只是去看我的孩子。"

她淘气地眨着眼睛，我突然明白她为何如此焦急地把这个醉汉带过来：她要我帮忙照顾这个人，而她好偷偷溜回家。我说："你这个小鬼！"

"我不会耽误太久的——十分钟。"

"不过你要是回家的话——"

"也许需要二十分钟。"说完她就走了。

我转过身看着这个眼神蒙眬、摇摇晃晃的人说："过来到阳台坐会儿吧，阳台上应该挺暖和的。"我心想，最好阳台上不暖和，正好让你清醒清醒。

他一屁股坐到阳台的椅子上，我在另一把椅子上坐下。我礼貌地问他是否住在香港。

"哼。"他说。

我决定换一个不那么私人的话题，就说据说香港港口是世界上最漂亮的港口之一。

"哼。"

"不过我倒觉得里约港更为壮丽，你去过里约吗？"我说道。

他却咄咄逼人地说："你他妈的太好奇了吧？"

"非常抱歉。"

"哼。"

沉默。我甚至想立刻回去睡觉，我正准备起身，他突然说："天啊，我喝醉了，我喝得烂醉如泥。"

"看来你不太舒服吧？"我同情地问道。

"这是我第一次来这种地方，"他咄咄逼人地瞥了我一眼，"你相信吗？"

"当然，如果你说是，那就是了。"

"我说是——他妈的第一次。"他觉察到自己的语气很不友善，有些羞愧，就用稍微平和的语气说，"我说，伙计，我们要不要喝一杯？"

"你应该有伴侣了吧？"

这句话真的是问错了，他再次冲动地爆发了："他妈的！别在我面前提伊丽莎白的事！"

"谁的事？"

"算了。能叫他们送点儿东西上来吗？"

　　跟刚才比起来他似乎没那么粗暴了，所以我打电话给酒吧，不久就有服务生送上来一大杯威士忌和一杯生力啤酒，威士忌是本的，啤酒是我的。本给了服务生一张钞票，让他不必找零了。手中有了威士忌，他稍微放松了些。

　　"真抱歉我刚才的浑蛋态度，"他说，"我一喝醉就变成这个样子。也许是因为清醒的时候我是他妈的最彬彬有礼的人。是真的，我刚才说的，我在香港住了很多年，这是我第一次来这种风月场所，第一次跟中国女孩鬼混。实际上，我一直是伊丽莎白的模范丈夫。"

　　"这么说伊丽莎白是你的妻子了。"

　　"她他妈的嫁给我就是来复仇的，伙计。"

　　接下来的一个小时，苏丝一直没有回来，他开始向我倾诉自己的婚姻问题。很显然游艇成了他妻子眼中最大的一根刺。本讨厌做商人，他说自从战后他从未真正地享受过生活——只有航海和航海中用到的策略、技能和知识能带给他类似海军生活的满足感。他逐渐迷上了航海，他热切地盼望每个周末能与游艇团聚，如同其他男人热切地期盼见到情人一般。然而，航海却让伊丽莎白很不舒服。她讨厌航海，讨厌被冷落，结果他们每个周末都以灾难性的争吵结束。

　　最终本同意只在周六去出海航行，周日一天都陪着伊丽莎白。然而这样的妥协并没有换来和平。虽然提出这种新安排的伊丽莎白不再抱怨航海本身，但本航海回来后她总是找其他的理由来抱怨：有客人过来吃晚餐，他却回来迟了；他匆匆跑去航海，答应过的事情忘记做了；或者他本可以搭别人的车过去，却自私地把家里的车开走了，她就没办法参加茶话会了——那可是她好几个月以来唯一想参加的茶话会。他们的争吵经常会持续整个周日，周一早上他去上班的时候总是感到疲惫不堪、筋疲力尽。

后来，他恼怒了，决定放弃航海，就卖掉了游艇，转而喜欢上去奇巧俱乐部。

奇巧俱乐部坐落在中环，你可以在里面喝杯清晨咖啡、吃午餐，或者跟朋友小酌一杯，因为你在那里总能遇到酒吧里认识的朋友。每天下班后，本喜欢到俱乐部来，喝上一两杯他就会忘记时间，回到家已经过了晚饭的时间。两人又开始吵架。不可隐讳的事实是，伊丽莎白无法忍受本撇下自己享受哪怕片刻的快乐，她想要完完全全地占有，可她却永远也得不到。

争吵越来越激烈，持续的时间越来越长，吵架的原因越来越琐碎、越来越荒谬。一周前的某个晚上，他们参加完鸡尾酒会，在车里就吵了起来，导火索不过是一个词——有人邀请本参加男人聚会，本不想去，就拒绝了，他说"不好意思，我得陪着伊丽莎白"，也可能是"不好意思，我想陪着伊丽莎白"。伊丽莎白坚持认为他说的是"得"，让他的朋友觉得如果他可以，他会很乐意丢下她——这无疑让她很丢脸。

整个晚餐时间争吵一直在持续，然后中断了一个小时，睡觉的时候又爆发了，伊丽莎白哭了，争吵却没有停止（大出她的预料），一直持续到凌晨四点钟。接下来的一周他们又吵了好几次。每天傍晚，本还像以前那样到奇巧俱乐部去，因为伊丽莎白最后终于同意了，条件是他只能喝一杯，不能多喝。然而喝酒这件事面临着与航海同样的命运——就算他严格遵守规定，伊丽莎白依然会借其他的事情间接地表达对他去俱乐部的不满。那天晚上他刚到家，伊丽莎白就抱怨说厨师阿袁修理熔断的保险丝时弄坏了餐厅的椅子，要是本不去奇巧，就会自己来修理保险丝，椅子就不会坏了。

本说："我明白了，也就是说阿袁懒得去搬梯子是我的错。"

"我没说是你的错，我只是说……"

一个小时过去了，吃晚饭的时候他们还在吵。本突然放下手中的刀叉。

"听着，我们都吵一周了，今天晚上我不想再吵一夜。如果你还这样，我就去奇巧了。"

"是你先挑起来的。"

"我不管是谁先挑起来的。我已经警告过你了啊。"

"那好，如果比起自己的家，你更喜欢奇巧的话——"

本一言不发，起身从家里出来，开车去了俱乐部。他拼命喝酒，故意买醉。不久一个名叫怀特布拉德的轮船测量员过来跟他一起喝酒，他个子小小的，一脸狡诈，头发稀疏，沉默寡言，他已经结婚生子，不过有人说他还跟自己的中国女佣有染。本很鄙视他。他们漫无边际地谈论着各种威士忌的优点。本看到怀特布拉德的眼睛一直瞅着一个人穿过房间，就转过身看了看。这个人是莫伊拉·王，二十六岁，既苗条又漂亮，是位资格医师。她是跟左翼政治新秀比尔·哈珀一起来的。

"不错。"本赞许地说。

怀特布拉德咕哝了一声，假装刚刚看到她。他总是努力掩盖自己对中国女孩的兴趣，一副碰都不愿意碰她们的样子。

"我还从未跟中国女孩交往过。"本说。

"哦，最好离她们远点儿，她们个个都是以美色骗钱，冷酷无情。"

他们又喝了杯威士忌，莫伊拉·王与她的同伴在附近的座位上吃中式晚餐。本看着他们，他已经喝得醉醺醺的了，他的注意力会异乎寻常地集中在某个人或某个东西上，并能察觉到一些惊天动地的真理，这些真理几乎像是灵魂启示，让他欣喜若狂，有种先知或圣人的优越感。本看着莫伊拉·王帮哈珀擦了擦筷子，又夹了些菜，他的脑海里突然如同闪电般出现一个全新的真理：中国女人身上具有西方女人已经失去的某种特质——她们会增强男人的男子汉气概，而西方女人却只会毁掉它。

他继续看着坐在那里吃饭的两个人。莫伊拉·王举手投足间的女性温柔让他想起伊丽莎白，他心中充满了怒火，因为长久以来伊丽莎白已经让他完全丧失了阳刚之气。他开始感到一种难耐的渴望。之前他从未对女人有过如此强烈的欲望，而现在他渴求女人——渴求温柔，渴求爱。他暗暗下定决心，扭头坦率地问怀特布拉德："我到哪里能找到中国女孩？"

怀特布拉德奇怪地看了他一眼，然后移开了目光，说："为什么问我？给我钱我也不愿去找。"

"别装了，怀特布拉德，"本说，"你知道去哪里找女孩。"

怀特布拉德说他曾听说中国舞厅里的伴舞女郎其实都是妓女——不过他也不知道是不是真的。

"我不能去舞厅，"本说，"人多嘴杂的，我有很多中国客户。"

"那就去中国酒店，他们通常都有女孩专门招待客人。"

"可是我不会讲中文，我不知道怎么告诉他们我想找个女孩。"

"你不需要说什么，只要在酒店里开个房间，你还没进去就会有六个女孩出现在你的门口。"

"六个？"

"各种各样的——任你选择。"怀特布拉德承认自己曾去过这种奇怪的中国酒店，当然目的并不是去找女孩——只是到最后你不得不选一个，因为她们会整夜敲你的门，让你连合眼的机会都没有。

"告诉我酒店的名字。"本说。

"这种酒店太多了，全是妓院。"

现在事到临头了，本却有些打退堂鼓。不过他的本性是很固执的，他觉得自己要坚持自己的决定，只要是能对抗伊丽莎白的事情，他都会去做。他又要了杯双份的苏格兰威士忌，为自己壮胆，然后走出俱乐部叫了辆的士。他跟司机说明了自己的目的，司机就载他来到湾仔后街小巷的一家酒店门口，他觉得太脏没有进去。然后司机把他带到了南国酒店。他在前台订了个房间，到了楼上的房间后一直没有女孩过来，他就叫来楼层服务员询问，结果被告知酒店真的只招待水手，他要是想找女孩就要到楼下的酒吧去。本已经清醒了许多，不愿在一群水手面前做这肮脏的交易，所以就给了服务员一笔不菲的小费，让他带几个女孩到房间来。然后他瘫倒在床上，头晕目眩。

不久服务员带来四个女孩，站成一列让他挑选。他用手肘撑起身体，逐个细细看了看。她们一个个眼神呆滞，一副冷漠的样子。对于喝醉的他，她们没有任何嫌恶的表情，因为她们根本懒得看他一眼。他哪个也不想要。他的欲望已经消退，现在他甚至希望回到伊丽莎白的身边。但是他依然固执地觉得应该坚守自己的决定，就指着倒数第二个女孩说："就这个吧。"这个女孩就是苏丝。

苏丝脸上立马露出光彩，似乎很高兴自己被选中。她很温柔、很贴心。他道歉说自己刚才太严苛，而她机智地回答说她根本不觉得他严苛。他想起自己此前对东方女性特质的大发现，觉得自己的观点再正确不过！然而不幸的是，他醉得太厉害，已经不中用了。

"很抱歉，"他竟然荒谬地觉得有必要为此道歉，"我只是喝了太多威士忌。"

"我想你很快就会好起来的。"苏丝鼓励道。

然而她的耐心服侍并没有起到什么效果，很快她就放弃了，拖着极不情愿的他来到我的房间。而现在他依然为自己的失败感到屈辱：他担心苏丝不相信自己真的只是因为喝了太多威士忌。

"我敢肯定她真的相信你，"我说，"不管怎样，这样大概最好不过了，你既摆出了反抗的姿势，又可以一身清白地回家，简直是鱼与熊掌兼得了。"

可是我的话并未能安抚他，他坐在那里出了一分钟的神，然后说："我还是觉得她不相信我只是因为威士忌。我觉得她以为我是性无能。"

我笑了起来，说："那好吧，这到底有什么关系呢？"

"也许我真的是性无能，"他顿了顿说，"哦，有些事我没有告诉你。我不知道伊丽莎白给你留下怎样的印象，也许我的话让你对她产生了误解，以为她是个怪物。其实她是个很迷人的女人；明艳、聪慧，是社交聚会中的灵魂人物。而我正好相反，又老又迟钝，有点儿招人厌。我想这也是我娶她为妻的原因之一。

"伊丽莎白过去经常谈论性爱，开一些敏感的、世俗的玩笑，让人觉得她随时都会跟男人上床。我曾暗暗对此表示羡慕，因为我自己非常单纯，又没有经验。我之前醉心于海军，完全着了迷，整个战争期间我从未有过女人。自从遇到我之后，伊丽莎白再也没看过别的男人一眼，这让我觉得受宠若惊，因为我打败了她所有的情人。后来我们结婚了，我却发现她还是处子之身，原来她根本没有情人，一切不过是空谈，实际上她是性冷淡。我有要求的时候，她不过是履行妻子的义务。"

他将手中的威士忌一饮而尽。我想也许伊丽莎白如此强烈的占有欲完全源于自己的性冷淡，因为一个无法在床上占有自己丈夫的女人，一定想在其他方面占有他。

"一段时间过后，我不再招惹她，这显然让她很不愉快。我已经一年多没有碰她了，其实这些并没有给我带来太多困扰，因为我一直觉得性事被过于夸大。唯一困扰我的事情是，我竟然不再为此感到困扰。我一直在想，我是不是性无能。当然这很滑稽，因为如果一个人对性爱不感兴趣，是不是性无能又有什么关系呢？也许他会为此感到庆幸，免得自己难堪，不用再履行那些可笑的职责。可是我却越来越困扰。一切太疯狂了，我实在搞不懂。"

"我不觉得这很疯狂，"我说，"没有人希望自己无能。"

"总而言之，这渐渐成了一种困惑，也是我今天晚上来找女孩的另一个原因——证明自己不是性无能。"

"喝了威士忌，你就没有机会证明了。"

"如果真是因为威士忌就好了。就是可惜了这么漂亮的女孩。啊，真是说曹操曹操到。"

苏丝突然出现在阳台的门口，气喘吁吁地说："不好意思这么长时间才回来，我的孩子病得厉害——咳咳咳，咳咳咳！我只好唱歌给他听，然后他睡着了，我就一路跑过来了。哦，我快累死了！等等，我要先喝口茶……"

她跳回房间，完全把我这里当成了自己的家。阳台门开着，本用欣赏的目光看着她，说："真是个迷人的小女巫。"然后转过头对我说，"只是我不太明白你是什么来头。"

"我只是她的朋友。"

"哦，听我说，老伙计，我只是想，我的意思是，我今晚是不行了，你介意我哪天再约她吗？"

我回答说:"我介不介意不重要,她完全自己做主。"

"是的,可是我的意思是——"这时苏丝端着茶杯出来了,他没有说下去。

"你知道保姆刚才告诉我什么吗?"她神采飞扬地说,坐在阳台的桌子上,荡着双腿,"她告诉我今天有个英国人来我家里,他看了看下水道,说:'呃,真恶心!'然后看了看我的孩子,说:'这个孩子真好看!'"她咯咯笑着说:"'非常好看、非常漂亮的孩子!'"

本说:"听我说,你明天十二点钟有事吗?"

"晚上?"苏丝漫不经心地说。

"不是,中午。"

"你只付了晚上的钱啊,你别忘了。明天你要再付我钱。"

"这个你不用担心。"

"那好,你来酒吧找我吧。"

本说他在这里太显眼,所以他们便商定明天中午在另一家酒店见面,之前苏丝在格兰纳达的时候经常光顾。然后本说要回家了,他的车还停在奇巧俱乐部外边,所以我就带他到后街的一个小洗车场,那里有辆的士,而且店主也不介意深夜一点钟被叫醒。

我回到自己房间的时候,苏丝正坐在床上看一本关于伦敦摄影的书。她可以坐在这里全神贯注地看几个小时,每当她仔细研究图片的细节时,眉头便皱了起来。

她把书举到我的面前,指着一张白金汉宫外人群的照片问:"这个女人,她手里拿的是什么?"

"好像是一块面包，"我说，"她一定是去买东西了。"

"也许她是想把面包送给女王呢，"她对女王很感兴趣。她合上书说："好了，我走了。"

"不要忘了明天中午的约会。"

"我可能不会去，那个男人醉得厉害，我估计他会忘记的。"

"我不这么觉得。"

"不管怎样，他可不擅长做爱。"

"难道不是因为威士忌的缘故吗？"

"不是，他那么高大，很强壮，但太担心，"她用红色的指甲挠了挠头，"太羞愧。他什么也做不了。"

苏丝可能没读过弗洛伊德，却能如此敏锐地看透人心。

第二章

/
/
/

　　然而她猜错了。第二天本不仅去赴约了，而且发现苏丝没出现后，他还乘的士来到南国酒店，打发司机到酒吧里把她叫出来，然后带她去了酒店——他们叫了中餐外卖，然后上床，结果证明本上次失败的根源真的不是酒精，分手的时候他们约定第二天的同一时间继续尝试。之后他们每天中午十二点都见面，到了第二周，已经无意向我汇报进展的苏丝终于可以略带满足地宣布："他现在可以了，之前只是太紧张了。"

　　其间，他们的关系有了长期发展的基础，因为本同意每月付她一千港币，买断她的专有权。苏丝很高兴又找到了一个固定男朋友，就不再与水手来往了。

自从本第一次来我房间后，我有一个月没见到他，因为他总是刻意避开南国酒店。后来某天早上，我漫步穿过中环，听到有人喊我的名字，转头看到本坐在汽车里向我微笑，他正在等红绿灯。他从驾驶座倾身打开了副驾驶一侧的车门，说："快，老兄，跳进来，马上绿灯了。"

我钻进他的汽车，为他的热情感到惊讶。根据我对他私人生活的了解，我以为他再见到我会很尴尬。

"门关好了吗？"汽车一下子蹿了出去，"不好意思就这么把你绑架过来了，伙计，不过见到你真的很高兴。你不忙吧？太好了，跟我到奇巧喝杯咖啡吧。我要去见伊丽莎白。"

"这样不会有些尴尬吗？"

"尴尬什么？"

"我是说，你怎么向伊丽莎白介绍我？"

"哦，总会有办法的。我一直希望你能见见她，自从上次在你房间里那么大肆地贬低她之后，我一直有种愧疚感。我那天喝多了说胡话，其实伊丽莎白她是个大好人，我肯定你会非常喜欢她。"

这比他的热情还让我惊讶。他说这番话的时候语气里的温暖和热忱会让人觉得他是世界上最忠诚、最贴心的丈夫，然而我明白，两个小时后的十二点钟，他就会与苏丝开始每天固定的午餐幽会。而且他也知道我对此一清二楚。那么他怎么可以如此不知廉耻地跟我谈论伊丽莎白？

"是的，我肯定你们两个会一见如故。天哪，太糟糕了，这个停车场……"我们四处巡游，寻找可以停车的地方，"这个月我已经被逮到两次了，我没伊丽莎白那么幸运，每次都能逃脱处罚。她厉害极了，你应该见见她。"他一脸钦佩地笑着，"她只要稍微施展魅力，警察就买账了，像雪糕一样被融化了……"

我们最终还是停在了"不准停车"的牌子前，然后迅速逃离现场，他说如果真的被罚款，至少也要停一段时间。我们来到附近大厦二楼的奇巧俱乐部。整个俱乐部是个大房间，里面摆着一张长长的抛光吧台，墙上挂着一块飞镖板，几张餐桌上摆着桌灯，灯上是英国酒吧招牌的装饰。俱乐部人很少，只有一位服务生和两位喝咖啡的女人。我们在摆着格兰比侯爵招牌灯的桌前坐下，本咧嘴对我笑着，看上去比上次见面要年轻十岁，他说："说真的，老弟，我那晚无意中去了南国酒店，真是太幸运了。"

我说："客人满意是我们最大的心愿。"

"苏丝是个了不起的女孩子，真的，了不起。"冷静、男孩般急切的表情、军官般浑厚的声音，他变回了典型的海军长官。他黑色的西服、坚挺的白色领子和整整齐齐的黑色领结都像极了海军制服。

"是的，她是个小可爱。"我说。

"告诉你我倒不在乎，她完全改变了我的生活。"他瞥了一眼服务生，确信他听不到我们的对话，然后亲密地朝我倾着身子，仿佛要告诉我战舰上的新雷达性能非常出色。"你看，老朋友，从小到大我一直觉得性爱是可耻的、肮脏的，是见不得人的事情，正派的人鲜少涉及其中。可是这些全是胡扯，因为性爱真他妈的很神奇，我们不该为此感到羞耻，而应该跪下来感谢上帝将性爱赐予我们。"

我笑了："啊，一周之前还说'履行可笑的职责'的男人！"

"我并没有胡说八道。那些心理学家说性爱是一切的根源，是完全正确的。如今我通过自身的体验也认识到这一点。我知道它可以影响一个人的整个观念：如何感受、如何做人。我是说，为何有些人如此浑蛋？他们为何如此刻薄、如此令人讨厌？因为他们整个人是扭曲的，内心已经干涸，因为他们感到挫败。我以为这个世界上大半的问题都是源于此——挫败感。"他接着解释说，"这都是因为我们从小接受的教育太过狭隘和无知。"每每想到自己在黑暗和无知中挣扎了那么久，他就感到恐惧。他的第一次性经历是十九岁那年与一位英国妓女发生的，他去找妓女只是因为他为自己仍是处子之身感到羞耻。那个妓女开价两英镑，然而脱衣服前又向他索要一英镑。他拿不出，她说："好吧，亲爱的，那就快点儿吧。"十分钟后他就出现在大街上了。接下来的几个月，他一直担心自己会染上病。之后他又笨拙地与一个未谙世事的同龄女孩发生了关系，却又担心女孩会怀孕。不久后他加入了海军，他觉得性爱不过是下层甲板上的一项运动，与女人完全无关，直到他遇到了伊丽莎白。然而他们结婚七年来，他还是继续无知地忽视性爱的重要性，是苏丝的出现让他终于开窍了。随着他们对彼此的了解，午餐幽会的成果也越来越丰富，更多的快乐和美妙在前方召唤着他们。

"可是伊丽莎白呢？"我问道，"你还没有告诉她苏丝的事情？"

"告诉伊丽莎白？哦，我亲爱的朋友！我绝对不会告诉她！"

"那你现在跟她的关系如何呢？"

"好极了。"

我正期待着本解释一下这个自相矛盾的悖论，这时他看到门开了，马上喜笑颜开。

"啊，伊丽莎白！她还把宾克斯带来了。这边，宾克斯！宾克斯，宾克斯，宾克斯！"

伊丽莎白松开了手中的绳子，她的狗就蹦蹦跳跳朝我们冲了过来，地板刚打过蜡，它跑起来有些打滑。宾克斯是条苏格兰狗，一张滑稽而悲伤的长脸，看上去已经很老了。它在本的椅子旁四脚朝天地躺下，本挠挠它粉色的肚子。

"傻小子！傻宾克斯！从来不觉得自己只是一只小狗，是不是？怎么样，宾克斯，是不是挠得很舒服？"

"亲爱的，不好意思我来晚了。"伊丽莎白说，"不过我待不了多久，我跟格温·马瑟斯约好在理发店见面，她想照着我的发型做头发。哦，亲爱的宾克斯，看看你！活脱儿就是詹姆斯·瑟伯的狗！"她的态度明显很虚假，我猜想大概是因为我在场，她才特意假装的吧。她三十岁出头，长相俊俏，穿着时髦的衣裙套装，她的衣饰搭配得非常完美，如同刚从时装图样上走下来一般。

"什么瑟伯的狗？"本问道。

"亲爱的，你真是孤陋寡闻！瑟伯就是那个了不起的漫画家，只画宾克斯这样滑稽可爱的狗。不要卖关子了，赶紧介绍你这位迷人的朋友吧。"她朝我绽开笑容，与她的衣服一样裁制得体而美丽。

"天啊，我竟然忘了！"本介绍了我和伊丽莎白，说我们是在奇巧认识的，我是个艺术家，住在湾仔某处的贫民区。

"真是令人毛骨悚然！"伊丽莎白惊叫道，"湾仔不是到处都是妓院吗？你是住在妓院里吗？"

"不是，我住在酒店。"我回答说，从法律上讲我住的地方就是酒店。

"真可惜！我真希望能住在妓院，我是说，身边都是生猛的男人不就是天堂吗！我现在真的要赶紧走了。亲爱的，我们中午能一起吃饭吗？"

"真抱歉，我已经跟客户约好一起吃午餐了。"本说。

"又有约了？你最近生意真是太忙了。不过没关系，这样你就能挣钱给我买新衣服了。每次穿着这些破布片出来，我都能听到整个香港的嘲笑声。好了，再见，亲爱的。"她吻了吻本的额头，而他笑着握了握她的手，说："走吧，宾克斯，不能再挠痒痒了，你现在有绳子牵着了。"

伊丽莎白一离开，本就自鸣得意地对我笑了笑，仿佛一个刚刚展示了亲情和家庭团结的骄傲家长。

"本，你真给皇家海军丢脸，"我说，"我不知道你是怎么做到的。"

"做到什么，老伙计？"

"愚弄伊丽莎白。"

"我没有愚弄她，我是说，我对她的感觉都是真心的，我从未像现在这么喜欢过她。当然，她也感受到了，而且也已经变得跟原来完全不同了。她甚至还建议我重新开始航海——再买一艘游艇。只是我现在对航海已经完全没有兴致了，它以前不过是性爱的替代品罢了。"

"本，你好得让人难以置信，"我笑着说，"可是我还是不明白伊丽莎白，天啊，她现在可是容光焕发啊！"

"这个我可以解释给你听。"他略带傲慢地笑着看我一眼，如同一个历经风雨的长官看着海军见习生，思忖他是否已经准备好去探索深奥的海上神秘，"只怕你听了会震惊。"

"一个住在南国酒店的人，对任何事情都不会感到震惊的。"我说。

"你还是会震惊的，因为我跟伊丽莎白已经恢复了正常的夫妻关系。"

"你是说，就在你跟苏丝私会的时候？"

"当然。"

"天哪！好吧，我想如果这也可以的话……"

"真的可以。"

他接着向我描述了上周末发生的事情。由于他周六和周日没有机会见苏丝，他特别害怕周末的到来，因为距离周一中午的时间如同一片辽阔的沙漠横亘在那里。上周六下午他和伊丽莎白与另一对夫妇一起去海边野餐。在去海边的车上，本轻率地发表了一通感言，说很嫉妒一些单身年轻人那么自由，之后他们的朋友沿着海滩漫步走远，伊丽莎白就怒气冲冲地指责他，说自己为他管这个家，为他累死累活，为他牺牲自己住在这倒霉的殖民地，所有这一切换来了什么？他却在朋友面前羞辱她，说宁愿做一个单身汉。

本想了一分钟，然后说："你说得对，我现在明白了。我不该说这么混账的话，我真的很抱歉，伊丽莎白。"

伊丽莎白目不转睛地看着他，气势立马弱了下来。最近这样不可思议的事情已经发生了好几次——本不再生气，不再怒气冲冲地争辩，而是承认她的抱怨很合理。而她一时还无法习惯他的这种反应。

"哦，你开口前要三思。"她弱弱地说。

"是的，我真的应该三思。"

两人陷入了沉默。他想起一个月之前，他们的争吵可以持续二十个小时，最后他筋疲力尽，比与德国潜艇的持久战还要累。而他现在却无法理解自己之前为何如此乖僻，为何当时就不肯承认伊丽莎白所说的话都是对的呢？即使她说得不对，那又如何呢？难道不能为了息事宁人而妥协吗？

她仰面躺在地上铺着的毛巾上，他看着她，说："你的身材真惹人爱，伊丽莎白。"

"你在说什么啊？"

"我都忘了，我爱上你就是因为你的好身材。"

伊丽莎白笑了，说她不知道他突然是怎么了，不过本注意到她脸上焕发出喜悦的光芒。是苏丝教会他赞美别人，他以前从不去赞美女孩子，因为如果女孩子很漂亮，她也许已经颇以此为傲了；而如果她不漂亮，那么去赞美她就完全不诚实了。他之前从不赞美苏丝，但这并没阻止苏丝赞美他，每一天她都会就他身上的某个品质大加赞扬。虽然他有时也会怀疑她过于夸大，可他总是会很感动，很高兴，因为愿意奉承本身就是一种奉承。也正是因为她的赞美，他才克服了性无能。他一直担心苏丝会嘲笑自己，而她不仅没有取笑他，还很肯定地说他身上潜伏着很强的男子汉气概，甚至还假装害怕他的男子汉气概会释放出来，因为到时候像她这样一个弱小的中国女孩肯定会受不了。这样的暗示如同魔法棒，他的力量不断涌出，来达到她的期望。

而现在他也学会了使用魔法棒，他已经明白，很多时候一声赞美可以软化人的个性，让她变得温暖。他又看了看伊丽莎白，她的脸上浮现一种类似温柔的表情。

她对他露出微笑，站起来说："我们去游泳吧。"

看着伊丽莎白身穿泳衣站在那里，他突然有种奇怪的感觉，有种强烈的冲动。他诧异极了，他一直以为自己对伊丽莎白的感觉早已经消散，从未想到自己还会对她有这种冲动。他追逐她来到海里，抓住她，两人开玩笑地打闹了一番。这时他们看到朋友沿着海滩回来了。

"谢天谢地，你们终于回来了！"伊丽莎白用一贯直白的方式大喊，"刚才我丈夫要强暴我！"

这句话对本来说是一个不和谐的音符。伊丽莎白常常讲这种粗俗的笑话，觉得这很俏皮，还经常肆无忌惮地使用诸如"强暴""妓院""引诱"这样的字眼，而现在这些话却将一场亲密而美好的嬉戏变成了鸡尾酒会上的笑话。他的欲望立刻熄灭了。

然而在回家的路上，他们坐在朋友汽车的后座上，伊丽莎白突然拉住他的手，也许是想起了他的那句赞美之词。他对她的欲望又涌了上来，几乎将他淹没。一回到家，他就强行占有了她，完全不顾她说要先去喂宾克斯。

他从苏丝那里学到了很多性爱技巧，他将这些技巧都用在伊丽莎白身上。她竟然有了反应和些许的激情，让她自己和本都感到惊讶。

"你到底是怎么了？"事后她问道，迷惑地笑着，"你之前从未这样过。"

"我知道，我以前是个糟糕透顶的爱人。"

"那你怎么就变了呢？"

"我一直为此忧心忡忡，所以就买了一本这方面的书。"

"最好让我也看看。"

"我觉得很不好意思，就把书给扔了。"

周日他再次有了冲动，不顾客人还有半个小时就要过来吃午餐，与伊丽莎白云雨一番。席间有位客人说伊丽莎白看起来容光焕发，还有一位客人说她异常安静。本自己也注意到，整个午餐下来她都没有提到"强暴""妓院""引诱"，也没有开任何有关于性爱的玩笑。自那以后，虽然他依然去见苏丝，但他和伊丽莎白的关系却再没有倒退到以前那样。

我笑着说:"哦,我真是见鬼了,一个月之前这个人还是性无能啊!"

"虽然你现在拿它开玩笑,"本说,"但我能看出来其实你很震惊。"

"是的,起初我是有些震惊。"

"这不怪你。不过这件事情可以这么来看,我们的婚姻以前怎样?一塌糊涂。而现在呢,是不是比原来好多了?"

"明显好多了。"

"那就面对现实吧,人类就是一种一夫多妻制的动物。在欧洲我们都故意去忽略这个事实,多么愚蠢啊!我们为什么不能像东方人一样欣然接受这个简单的真相呢?东方人对此事的态度就明智多了,每个有钱的中国人都养情人,而且大家还都觉得这是身份的象征。他们的行为与我现在所做的别无二致。那好,我们来统计一下。一方面,香港有几千个欧洲人,他们很不齿我这种行为,而另一方面,这里有几百万的中国人觉得这再正常不过。这不由会让人陷入思考。"他决然挥动手臂,看了看手表说,"天啊,都这个时间了!"

我自顾自地笑笑,船钟响了八下,要到驾驶台去了。

"见苏丝之前我还有几封信要写,"他把椅子推回原处,"顺便问一句,我想她应该很守规矩——没有再见水手吧?"

"没有,她对你很忠诚。"我回答说。

"我想也是。那我走了，你不介意吧?"

"走吧，"我说，"希望你的车停在那里没被警察逮到。"

"逮到可就不好了，"他露出标准的海军式笑容，"不过话说回来，如果一个人情场如此得意，又有那么一个绝妙的女孩等着，老伙计，还管他什么罚款呢?"

第三章

/
/
/

I

　　那天在奇巧俱乐部我对本说苏丝很守规矩，是千真万确的事实。然而几天后，她却做出了自毁声誉的事情。

　　那天晚上在酒吧，有个水手过来向她示好。由于她跟本只在午餐时间见面，晚上的时间她就会觉得百无聊赖，一般她会去我的房间跟我聊天，或者在楼下跟姐妹们八卦。要是有水手靠近她，她会简单地道歉说自己在"休息"。然而这次，这个水手不愿就此放弃，八个月前他曾是她的男朋友，自那之后他的船再也没来过香港。他真诚地向她保证说这八个月里他一直在想她，期盼着他们的船能再来香港。

　　他是个爱尔兰人，言辞很具有说服力，他还开出了之前两倍的价码来诱惑她。

　　苏丝想起了自己的孩子。从经济的角度来讲，与自己相比，这件事更多地关系到孩子的未来，她觉得自己没有权利替孩子拒绝这样的机会。再说了，这个水手是她认识本以前的男朋友，所以他就拥有某种优先权。

　　"那好吧。"她同意了，然后两人去了楼上。

　　一旦有了第一次，第二次就没那么艰难了，后来她就经常这么做。她不会刻意去寻找，只要有水手过来搭讪，而她也喜欢他的长相，愿意为他中断聊天，她就会让自己被水手说服。

　　我觉得她这样做不太合适，就过去劝告她。她非常恼火，让我不要多管闲事。过后她又心软了，为自己的无礼道歉，解释说她不会欺骗自己敬重的男朋友，可事实是她并不敬重本，她觉得他的性格不够坚强。

　　"皇家海军可不同意你说的话，"我告诉她，"他在战争中的表现非常出色，他是个英雄。"

　　而她却固执地无视海军法庭对本的认可，说："不，他很软弱。哦，我知道他身体硕大又强壮，肌肉强健，胸口宽阔，可是他宽阔胸口里的心脏只有这么大。"她用小手指的指甲比画了一下。

　　"我觉得他很好心啊，"我说，"不管怎么说，你也不该假借名目收他的钱，你这是在欺骗他。"

"是的，欺骗。"

"你不为自己感到羞愧吗？"

"不。"

然而一周后发生了一件小插曲，改变了她对本的评价，也使得她的背叛行为戛然而止。据我所知，一切始于那天晚上十一点左右。当时我正准备上床睡觉，突然响起了重重的敲门声，我心想肯定是哪个醉汉，就问："谁啊？"

"是我，本。"

我一打开门他就自己进来了，砰地关上了门，晃晃悠悠地站在我的床尾，一副咄咄逼人的样子，他明显喝过酒，不过没有第一次来我房间的时候那么醉，这次他还可以很好地控制自己。他坚定地扬起下巴，仿佛有敌人来犯，而他正冷酷地站在驾驶台上下令进入战斗状态。

他说："你最好赶紧穿好衣服，老伙计，我们有事要做。"

"到底发生了什么事，本？"

"是我的那个小贱人，她跟水手在一起。"

"天啊！你打算做什么？"

"把她揪出来。"

"你不能去……"

"赶快，伙计，行动起来。我们边谈你边穿衣服。"

我开始穿衣服，故意拖延时间。本开始讲述事情的来龙去脉：那天晚上他去参加一个有钱中国客户举办的男人聚会，举办地在一家超级豪华的中餐厅，足足有百货商店那么大。聚会上美食荟萃，威士忌应有尽有，小巧的中国女服务员与客人开开玩笑、调调情。这些女孩让他想起了苏丝，他开始想她，几乎无法抑制对她的渴望。聚会一散——在中国，一旦桌上的东西吃完了，宴会很快就结束了——他马上开车来到南国酒店，酒壮人胆，他直接走进了酒吧。却没看到苏丝，他问里面的一个女孩苏丝去哪里了，而这个女孩显然是苏丝的姐妹，说她也不知道苏丝的行踪。他又去问了另一个女孩，这个"屁股扭来扭去像是在跳巫毒舞一样"的女孩很好心，告诉他苏丝刚刚与一个美国人上楼去了。

我说："肯定是贝蒂·刘，她总是毫不掩饰地针对苏丝。"

"嘿，老兄，你就不能快点儿吗？"

"本，我们不能乱闯其他人的房间。"

"为什么不能？"

"这样做有什么意义呢？这个时候该发生的已经发生了。"

"这些就不用你管了，你只要穿上衣服就行。"

"本，这件事跟我可一点儿关系都没有。"

"好吧，如果你没胆量，我就自己去。"

说完他就倨傲地掉头大步走出房间。

几分钟过去了。阿唐神情不安地进来汇报说本一直问他苏丝在哪个房间，等他确定苏丝不在这一层后就去楼下继续搜索了。阿唐察觉到本现在的情绪很危险，恐怕他找到苏丝后会发生什么事情。阿唐求我去稳住本，不要让他做出什么暴力行为。

我很不情愿地答应说我会尽力，然后就去追赶本。我来到二楼的时候他刚问过楼层服务员。

"啊，你终于想通了。"他一边说，一边快步经过我的身边朝楼梯走去，"哦，她不在这层，所以只可能在下面那层了。"

我说："听我说，本。我知道我们应该做什么。如果我们知道她在哪个房间，你应该先给她打个电话。"我接着强调了这种方式的效果，"她听到你打电话肯定会更震惊。"

"我不想给她打电话。"我们来到一楼，他大步流星地走到楼层服务员的桌前，"苏丝黄，她在哪个房间？"

"啊？"

"再说一遍，苏丝黄。"

楼层服务员摇了摇头，他正在看一本中文电影杂志，里面是美国明星的照片。我没来过一楼，所以不认识他。

"不在这里。"他的眼神左顾右盼，明显是在撒谎。

本正要反驳几句，这时走廊尽头的一扇门开了，分散了他的注意力。一个瘦高的美国水手从里面走了出来，后面跟着娇小甜美的珍妮。水手在旁边房间的门口停了下来，一只手把白色的海军帽从后面转过来，另一只手用力地捶了捶门，叫道："嘿，汉克！"

里面有个女孩的声音回答说："你想干什么？汉克正忙着呢。"

"嘿，是你吗，菲菲？告诉汉克我们要去吃东西。"

里面传来汉克的声音："嘿，乔！"

"是我。是你吗，汉克？"

"是我。你们要去哪里吃东西？"

珍妮把脸贴在门上说："嘿，菲菲！我要带乔去凯旋餐厅，你要带汉克去吗？"

"当然去了，"菲菲回答说，"他弄得我好饿！"

"那好，"乔说，"待会儿见，汉克。"

"好的，待会儿见，乔。"

乔把手放在脑后，又转了一下帽子，还往前推了推，帽檐几乎压到他的鼻梁上，他只能拼命昂起头，才能看到前面的路。珍妮挽着他的胳膊，朝我们走过来，然后下了楼梯。

"上帝啊，这是什么地方！"本大叫一声，转身问楼层服务员，"告诉我，那个女孩在哪里？我是警察。"

"啊？"

"警察。"

他目不转睛地盯着楼层服务员，一边掏出自己的皮夹，打开来，摔在桌子上。皮夹的透明隔层里赫然是一张官方证件。我惊诧地看过去。本的动作那么权威，让我几乎相信了，心里嘀咕难道他真的是在执行什么秘密的任务，而我从不知晓。

我仔细看了一眼皮夹，那个证件只是他的驾照。

然而楼层服务员只粗略地看了一眼，脸色就吓得惨白。

"十四号，长官。"他喃喃地说。

本把皮夹装进口袋，举步沿着走廊往房间走去，我紧跟其后，楼层服务员也惶恐不安地跟在后面。在南国酒店，经理和所有的工作人员都对警察怀有敬畏之心。

菲菲和汉克的房间传来低低的私语声。一位上了年纪的阿妈正要到刚空出来的房间打扫，她眼睛细细小小的，宽阔的嘴巴往外凸着，露出几颗金牙，身上穿着蓝色外套、黑色棉布裤子，脚上套着白色袜子和黑色毡鞋。她手臂上搭着干净的床单，一进到房间就把床单扔到床上，随手关上了门。过了两个房间就到了十四号房，本抡起拳头，使劲儿地敲门。

"警察。"

屋内传来一阵窃窃私语，然后是惊慌失措的活动声音。本转了转门把手，房门闩上了保险闩。

"我给你们十秒钟，赶快把门打开。"

楼层服务员焦急地拍打着房门，把脸靠在门缝上，激动地用广东话劝说里面的人。我已经完全放弃了插手其中的念头，只希望不要闹出人命。我无奈地站在旁边，对本如此娴熟的表演不无钦佩。

本看着手表说："已经过去五秒钟了。"

房门开了一条缝，后面站着一个年轻人，正惊慌地提着裤子。他身材矮胖而健壮，宽宽的肩膀，手臂上刺着文身，胸口毛茸茸的如同一只大猩猩，婴儿般小小的鼻子朝上翘着。除了鼻子，他看上去像是个狠角色。

本一脚狠狠地踹过去，门哐当一声开了。苏丝穿着棉布胸罩和短裤站在床边，正要伸手去拿椅子上的旗袍，听到哐当的踹门声，她吓得爬回到床上。她蜷缩在床上，拼命将床单往上拉，一直拉到脖子上。我和楼层服务员尾随本进入房间，她一看到本，脸上就露出了万分惊奇的表情——她的表情是如此夸张搞笑，此后我每次忆及此事都不禁笑起来。她原本椭圆形的眼睛变成了圆形，眉毛高高耸起，嘴巴大张着，下巴几乎要掉下来。这样的场景几乎是直接从剧院搬下来的，就像话剧团里二流的演员表演的老式情节剧。

"天啊。"水手说。

他的声音又高又尖，却像水一样柔软，与他微翘的婴儿鼻很相衬，不过跟他大猩猩一般毛茸茸的胸脯格格不入。他的声音一下子让他显得很没有威胁性。

本说："穿上衣服赶紧出去。"

"天啊，长官，我们又没做什么违法的事。"他清了清嗓子，感觉胆子大了一些，"长官，我没听说哪条法律允许你随便闯进别人正在——"

"赶紧出去，"本神秘地向他眨眨眼，"这个女孩非法贩卖毒品。"

"天啊！"

苏丝终于回过神儿来，开始叫喊着责骂本，间或愤怒地用中文对着楼层服务员大骂。本不理她，转身问正在慌忙穿衣服的水手："你付她多少钱？"

"哦，长官，我要的是包夜服务。"

"多少钱？"

"一百港币。"

"她这是赤裸裸的敲诈。"说完掏出钱包,将一百港币的钞票递给水手。

"你不能拿!"苏丝大叫道,"他在骗你!他根本不是警察,他是我男朋友!你让他出去!"

水手紧张兮兮地说:"我不想掺和进来,我不想惹上任何麻烦,明白吗,仅此而已。"

"你害怕了?"

她试图激起水手的斗志,而他却站在那里,不安地笑着,像一个滑稽的大娃娃。他用手挠挠后脑勺儿,难以置信地盯着另一只手中的一百港币。

"天哪,长官!我从未听说哪个美国警察会贴钱出来。"

"马上滚吧。"

水手盯着手里的钞票,另一只手挠着头,怯懦地离开了房间。苏丝继续对本进行长篇大论的抨击,她挥舞着双手,床单滑落到她的膝盖。

"你把我当成什么了?你的女奴吗?我不是哪个人的女奴!你没有权力闯到这里来,我的男朋友已经把这个房间包下来了!"

本说:"闭嘴。"

"不!你闭嘴!滚出去!去死吧!"

本朝床边走去,从容不迫地抓住苏丝,打断了她一连串的谩骂。苏丝拼命地反抗,挣脱开来,逃到床的另一边。本毫不费力地探身抓住她的脚踝，如同扯着蜥蜴的尾巴一样把她拖回床的这边。在本庞大身躯的衬托下，苏丝看上去是如此娇小。她不停地乱踢，猛烈地摆动着手臂。本攥住她的胳膊，她扭着头一口咬住了本的手。本把她的头扳开，又把她的身体翻过来，被她咬过的手不断地滴血。她脸朝下趴在床上，本用手肘压在她身上，防止她挣脱，扬起另一只空着的手，开始打她的屁股。

他狠狠地打了许久。苏丝大喊救命，尖叫声响彻整个南国酒店。本终于停下来，苏丝躺在那里哭得像个孩子。我环视了一下房间，发现门口挤着几张惊讶的脸——镶着金牙的阿妈、三个水手、菲菲、周三露露和吉薇妮。

II

一个小时后，我们三个人坐在轩尼诗道上的一家北京菜小餐厅里。我们只点了一份什锦拼盘，大部分都是本用一只手吃掉的，而我和苏丝都不饿，就坐在那里喝茶嗑瓜子。

本说："我对中国烹饪懂得不多，但总体上而言，相比广东菜我更喜欢北京菜。"

整个过程基本上都是本一个人在说话，他很有风度地假装没有看到苏丝的愠怒和毫无反应，依然保持沉着、泰然自若，如同船长刚刚执行了严厉惩罚顽劣军官的苦差事，现在又在考虑如何弥补适才的冲撞并将整个事情做个了结。皇家海军更应该为他现在的表现而自豪。

"再来点儿茶？"他问苏丝，而她却摇摇头。他面带淡淡的微笑
瞥了一眼自己的手臂，被苏丝咬过的地方缠着手帕，"真要费心思解
释一番了，我估计只能一直包着，然后说被门夹到了。"

苏丝偷偷瞄了一眼本受伤的手，脸上露出不安的神情，然而她
突然想起自己应该继续生闷气，因为即使她已经不觉得生气了，她
的自尊也要求她继续坚持下去。所以她假装为咬了他一口而扬扬得
意，却伪装得很不像。

"几点了现在？"船长撩起袖口看了看手表，"我说，我得赶紧走
了！"

苏丝看着他站起来，想知道自己与本的合约是不是已经解除，
但骄傲的内心阻止她问出口。本付了账，我们尾随他出门来到汽车
前。他坐上驾驶座，砰地关上车门，手肘搭在开着的车窗上。

"我得赶紧走了，你们两个要自己回去了。"

他收回手肘，发动汽车。苏丝终于忍不住了，她刻意漠然地问：
"你明天还要我吗？"

"明天要你吗？"本茫然而惊奇地看着她（小东西的魂魄都要被
吓飞了！糊涂的大人物竟然没有意识到自己对整艘船来说是不可或
缺的！），"我明天当然还要你。"

"你不生我的气了？"她几乎不敢相信。

"不生气了，这件事以后我们都不要再提了。不过你以后要离
酒吧远点儿，不要再去了，明白吗？"他挂上车挡，箭一般地开

走了。

我和苏丝站在那里目送着汽车渐行渐远，两人都沉默着。我能感觉到她的快乐正蓬勃而出。我们沿着空荡荡的大街走回去，马路上散落着纸屑、旧香烟盒和被丢弃的果皮。在两家店铺之间，一个女人带着两个孩子睡在麻袋上，周围堆着他们的全部家当：铁罐子、煮锅和木头箱子。那个女人手里紧紧握着一个破旧的塑料袋子，袋口用绳子绑着。我们继续往前走，走过几家紧闭的店面，走过一家电影院，走过许许多多无家可归者的身边，他们躺在属于自己的一小片石板路上，躲避着来往行人的脚。我们走进从现代橱窗宣泄而出的灯光洪流中：橱窗四周摆满了各式各样的鞋子，袒露着胸脯面对空荡荡的街道、寂静的马路。我们停下脚步，一时间为这一切深深迷住，为它的不真实、为它荒谬地拒绝相信现在已经入夜，所有的人都上床睡觉了。

我说："这倒提醒了我，苏丝，我需要新鞋子。"

"是的。"她心不在焉地回答。

"或许凉鞋会便宜些，你觉得怎么样？"

我指了指橱窗里眼花缭乱的鞋子。通常情况下，苏丝对我的衣着持有强烈的意见，经常告诫我买任何衣服都要经过她的同意。而现在她却只匆匆看了一眼凉鞋，我觉得她根本就没看到，就机械地回答说："挺不错的。"然后突然咯咯笑起来，说："他打得可真疼！他在我屁股上打的那几下真的很疼！"

"我相信很疼。"

"疼得我在餐厅没办法坐下来，我本来想去要个坐垫，可是转念想：'不行，这样他就知道有多疼了，那我多丢脸！'"

"你真的喜欢这双凉鞋吗？"

她极其不耐烦地说："是啊，我告诉你了，很喜欢。"接着又说："是的，他真的很强壮，那个男人。胳膊抡得嗖嗖的！肌肉很发达！"

"哦，你经常这么说。"

"可是我以前对他有误解，我一直以为他的心只有丁点儿大。而现在我觉得他肯定有一颗宽大的心胸，因为我欺骗了他，我做出这么龌龊的事情，而他却说：'没关系，我们都不要再提了，我原谅你。'他能这么说肯定有一颗宽大的心。"

"你这么说我很高兴。"

"'不要再提了，苏丝。'我觉得这句话是如此美好，说出这样话的人也如此美好。"

我们继续向前走，走出灯光，回到黑暗的阴影中，苏丝的胳膊轻轻碰触着我的胳膊，而她却走进了另外一个世界，一个我无法进入的世界。于她而言，我已不再存在，哪怕我拐进路边的小巷，她也不会注意到，或许根本不会放在心上。

我的心隐隐作痛。

然而我却想，自己感觉到心痛又是多么荒谬。手臂强壮什么的最能俘获心思简单的女孩的心。看她们在电影院里为泰山如痴如醉的样子：泰山就是她们的理想男人。她们没受过教育、没有文化才会如此。坦白讲，如果她就是这种类型的女孩，又有什么关系呢？
我不该为她感到心痛……

　　然而我的心却越来越痛，我想这是我第一次为苏丝感到妒忌。

第四章

/
/
/

I

自那之后苏丝严格遵守游戏规则。她用行动证实了自己曾经说过的话，她曾说如果自己尊敬一个男人，连做梦都不会欺骗他。而现在她尊敬本，我知道没有什么能够动摇她的忠诚——至少她的忠贞可以确保自己的孩子能进香港最好的学校接受教育，然后到剑桥进修三年，接着就可以担当好莱坞电影的男主角。

而打屁股这件事就成了她生命中最为骄傲的事情之一了。在这个临水的世界里，客人之间相互分享女孩，并推荐给自己的朋友（"老兄，你选蒂芙一定不会错，她会让你真正感到骄傲……"），而一个嫉妒你跟别人在一起而想要你对他保持忠贞的男朋友，一个为此而愿意屈尊开车来到南国酒店、假扮警察、驱逐水手，又把你放在膝盖上打屁股的男朋友，就是白马王子、加里·库珀与万金油产业继承人三者合一的浪漫化身。

而如今苏丝会对我说："你知道吗，我昨天晚上一直没睡着，总在想本。我想啊，'如果我睡着了，有可能会梦到他，也有可能梦不到他，所以我最好醒着，这样就能时时刻刻想他了'。"或者她会说："我在想我是不是爱上他了？你觉得呢，罗伯特？你觉得我是不是爱上他了？"

"当然是了，你已经为他神魂颠倒了。"

"是的，我也这么觉得，"她若有所思地点点头，然后又满意地加上一句，"而且我恨他的妻子！我非常恨那个女人，所以我一定是爱上他了。"

她甚至还根据本的只言片语就断定总有一天本会与伊丽莎白离婚然后娶她。她问了我无数个关于伦敦的问题，这样有一天本带她到英国，她才不至于因为一无所知而让他蒙羞。

"苏丝，我觉得这件事没有多大可能。"我告诉她。如今我已经克服了自己内心的妒忌，也不愿让自己抱有任何奢望，免得自己失望、沮丧。

"可是本已经答应我了，他经常对我说：'苏丝，我要让你看看伦敦。你这样带有中国特色的皮肤在伦敦会显得更漂亮！是的，有一天我会带你去，让你看看那里的一切，我们会结婚，就在——'

我忘了什么地方了，就是某一座著名的宏伟的旧式教堂，女王就在
那里举行的婚礼。"

"威斯敏斯特教堂？"

"是的，威斯敏斯特教堂！他说：'我们会把你当作中国公主。'"

我相信这些话不过是本酒足饭饱之余，懒懒地躺在中国小旅馆
的床上随口说说而已，他并未想到她会当真。我对苏丝说，本想要
离婚怕是非常艰难。而她却欢快地回答说："哦，不必担心，本认识
香港所有的大人物，他只要去找头号英国长官说：'早上好，总督先
生，我的妻子很不好，我想要离婚。'然后头号长官就会说：'很好，
我会叫人处理这件事，我们两个一起去吃午餐如何？'"她现在对那
本伦敦摄影集爱不释手，她指着一幅伦敦塔守卫的照片说："看看这
个男人，多胖啊！我到了伦敦一定要对他说：'嘿，你太胖了，你吃
太多了！'"她的眼睛闪烁着快乐的光芒，突然眼神从书上收回来，
惊叫一声"哎呦"，装作很痛的样子。

"天啊，苏丝！怎么了？"

"那个守卫刚才对我说：'你太无礼了！'然后用长枪刺了我一
下！"

苏丝依然每天都来看我，不过她乖乖地不再去酒吧了。尽管她
曾经多次恳求本废除这项严苛的禁令，因为不去酒吧她就失去了许
多与姐妹八卦的乐趣，却被本严正拒绝了。不过，为了防止她晚上
再搞出什么恶作剧，本允许她到中环的一家新舞厅工作。这家舞厅
的客人既有中国人也有欧洲人，而且工作还算体面，因为并没有强

制要求女孩提供舞厅之外的服务。苏丝酷爱跳舞，几乎每个晚上都会过去，赚上十到二十港币，自己也很开心。如果她被包下，与客人一起出去吃晚餐，就会赚得更多些。不过她接受晚餐邀请前都会说明，除了吃饭之外不会提供其他的服务，而且她也不会让客人开车送她回家。她已经从过去的经验中学到，与其到时候费尽口舌解释你说到就要做到，还不如自己乘坐电车来得方便。

这家舞厅名叫阿斯托利亚。正是苏丝在阿斯托利亚舞厅工作期间，发生了一件让我遗恨终生的事情——让罗德尼·特斯勒进入了我们的生活。或者说是进入了我的生活，因为苏丝的全部精力都放在本身上，根本没有注意到他的存在。

故事的开端与本的故事如出一辙，源于苏丝深夜的一通电话，这次是从市中心的一家餐厅打来的，她被带往这家餐厅共进晚餐。我推断她这位客人不好摆脱，尽管她此前已经很明确地警告过他。他开始变得讨厌，而她已经看不到他身上的优点，除了他很聪明、很有品位，而且对绘画怀有狂热的兴趣。这些都是在晚餐期间获悉的，那时她正好提到我。苏丝觉得他应该是个画家，不过她不确定。他恳求苏丝无论如何都要带他来见我，让他看看我的作品。如果我同意苏丝会很开心，因为这样她就能摆脱这个人了。

我迟疑了一会儿，含糊地说："好吧，带他过来吧。"挂断电话后我的内心掠过一丝不安。在那之前除了阿唐、苏丝和少数几位女孩与水手，没有其他人见过我的南国画作，他们的赞誉之词让我很高兴，而对于他们的负面评价我也很容易忽略——"毕竟，他们都是门外汉，根本不懂。"我急匆匆浏览了一遍自己所有的画作。几分钟之前我还能毫不费力地发现其中的优点，甚至相信其中一两幅达到了艺术成就的最高峰。然而现在，以一个吹毛求疵的陌生人的眼光来看，我所有的自信轰然倒塌，内心的恐惧将我所有作品都扭曲为毫无意义的胡乱涂鸦。

我悲摧地想，天啊，真不该答应让他过来。我匆忙将其中最差的几幅画藏起来，剩下的按照最好的展示顺序排好，还特意制造出随意摆放的混乱状态，来掩饰自己紧张兮兮的前期准备。

二十分钟后，敲门声响起，苏丝带着一个年轻人进来了，二十五六岁的样子。他留着平头，显然是个美国人。他穿着华达呢西装，价值不菲却采用低调的英式裁剪，里面是一件真丝衬衫，口袋上绣着英文字母，领结打得整整齐齐，脚上是一双绒面革皮鞋。

他向我伸出手，脸上带着迷人而直率的男孩子气的笑容："很高兴认识你，鲍勃。我想他们都叫你鲍勃，对吗？"

他的手很柔软，指甲修剪得整整齐齐，戴着黄金的印章戒指。他的声音带着轻微的美式鼻音。然而我想，即使不是他的口音和发型，我还是能轻而易举地猜到他的国籍，他敏捷的握手方式和温和的笑容都仿佛在宣称："我是美国人，我为此感到骄傲。你不是在跟我一个人握手，而是在跟整个美国握手，跟帝国大厦、全美电视网、通用汽车和美国民主宪法握手。"

他的率真消除了我内心的不安，我很快就对他产生了好感。我不明白为何苏丝此前会那样诋毁他。

"一般别人不叫我鲍勃,"我笑着说,"不过你这么叫我也不介意。"

"那我希望你也不要介意我把你错称为瑞德?"

"瑞德?"

"是这样的,鲍勃,我以前有个同学跟你同姓,他叫瑞德·洛马克斯。听说你姓洛马克斯,我就不禁把你当成瑞德了。不过我想,你要是认识他或许不介意我把你们两个混淆,因为他是个非常好的人,非常非常好的人。这么说来,我觉得你们两个还真有很多相似的地方呢。"

"我真是受宠若惊。"

"你真该听听苏丝是如何夸你的,之前我还怀疑是不是你聘请的宣传代理人,现在见到你才知道她说的都是真的。我真是这么想的,瑞德。"他意识到自己犯了个愚蠢的错误,恼怒地弹着手指,然后又咧嘴笑着对我说:"瑞德,你不要掺和进来,听到了没?我们都知道你是个大好人,不过现在我和鲍勃有事要谈。事实上我们很合得来,我有种感觉,我和鲍勃会成为很好很好的朋友。"

他的这出舞台剧让我感到些许的困惑,我以为他是故意叫我瑞德的。不过我很快就抛诸脑后了,因为他开始称赞我的房间和拥有全景视野的阳台,他如此真挚而热情的欣赏让我觉得美国人是世界上最讨人喜欢的来客。我觉得他很有魅力。他说自己住在香港最昂贵的六国酒店,可他对那个地方感到很厌烦,因为几天前他到达香港的时候,这家酒店的客房已经被预订一空,他只能去住套房。他烦恼的倒不是高昂的价格，而是宽大的空间。住在这么大的套房里，他觉得很孤独，几乎迷失了方向。那些仿古家具和镀金器具若是在巴黎的里兹大饭店是最好不过的，而在这里却是他最不想要的东西。是的，在香港你想要的是氛围——就像现在这个地方。他对我的房间很着迷。

他说："鲍勃，我能去一下洗手间吗？都是因为吃饭的时候喝的那些茶，直接就下去了。"

"不好意思，我没有独立的洗手间。"我抱歉地说。

"不是吧，鲍勃！我宁愿拿六国酒店的独立洗手间来换你房间的风景，再赠送你一座镀金钟表。"

我带他出去，沿着走廊走到洗手间，解释说他可以选择中式厕所或西式厕所，不过中式的更卫生些。然后我关上门，回去找苏丝。我对她说："可是他人很不错啊，你为什么不喜欢他？"

"我不愿跟他上床他就生气了，说了一些可怕的话。"

"就是刚才那个家伙？我很吃惊。"

"他生气的时候很可怕，我都吓坏了。"

"那你先悄悄走吧，我来对付他。"

苏丝建议我不要惹恼他，只需要解释说她只是回去看看孩子，马上就会回来，然后她再打电话过来说她回不来了，因为孩子病了。我觉得没必要搞得这么复杂，不过没有时间跟她争辩，所以就答应了，把她打发走了。一分钟后罗德尼回来了，说："喂，我们另一位朋友去哪里了？"

　　我解释说她半个小时就会回来，让他随便看看，不必拘束。他感激地笑了笑，如此友善、如此温暖，我几乎为欺骗他而感到羞愧。

　　"你真是太好了，鲍勃。我觉得你真的很好客、很友善，现今你的这两大美好品质很让人感激。"

　　"为何是'现今'？"我问道。

　　"实话实说，如今美国股市很低迷。尤其是在这片土地上，我们实行新的对华政策，蒋介石击沉英国船只，再加上美国一贯对共产主义的恐慌。不过鲍勃，你要知道我们还是个年轻的国度，我们仍有许多东西要学习。而就外交而言，与你们英国相比，我们美国真的很笨拙。"

　　"我们也是从笨拙一步步走来的。"我回答，我对他的好感一分一秒地增长。

　　"你们英国人就是如此谦逊。鲍勃，你的画作呢？我非常非常期待看到你的作品。"

　　他说自己并不是画家，却对画画有着高于一切的热爱。这份热爱来自家庭的影响，他的母亲拥有一批纽约最好的艺术收藏品。实际上他正打算从意大利给她带一两件小艺术品回去，他这次环球旅行的终点站正是意大利。"我母亲是米特福特家族的一员，^①她的父亲在纽约成立了米特福特，没过几年他就过世了，现在米特福特由我

---

① 注：米特福特家族是英国显赫而古老的贵族家庭，米特福特男爵育有六女一子，出生在 19 世纪初 1904 年到 1920 年间。米特福特家的女儿集高贵的出身，显赫的婚姻和杰出的个人成就于一身，造就了旷世传奇。她们嫁入豪门，与两位英国首相沾亲带故，其中两姐妹因是希特勒的密友而臭名昭著。

舅舅经营。"他看到我一脸茫然，就笑着说，"你不知道米特福特吗？好吧，我想你从未去过纽约，因为它在纽约几乎是一家公共机构。实际上纽约还有一则关于此事的笑话，说每个经过米特福特的美国画家都会脱帽致敬，因为它曾让其中的很多人走上自立的道路。"

"米特福特是什么？画廊吗？"

"起初是家画廊，不过现在也出版艺术书籍，还经营一家代理公司，就像作家代理公司或演员经纪公司一样。你应该让他们来帮你处理这些作品，鲍勃。"

"你还是先看看画再说吧。"

"如果衣柜旁边那个光线柔和的画室就是我们要去的地方，我真是欢喜无比。"

我将自己的画一幅一幅地放在画架上让他看，感觉是在将自己的灵魂袒露给他，而他确实在非常热情地欣赏。他显然对绘画懂得不少，使用一些我不知其意的词语，还将我与那些我闻所未闻的画家相提并论。不过他的评价颇具洞察力，使得他的赞誉之词很有分量，我听了心花怒放。

"不过鲍勃，我必须承认，"他说，"就现代绘画而言，我更偏爱抽象派，常常觉得那些具象派作品很呆板，早已过时了。然而你的作品却一点儿也不死板，反而透出勃勃生机。比如这幅，这些女孩和这个水手，他们是如此的鲜活，我几乎能听到他们的心声！更为重要的是，我也能听到你的心声！"他力劝我选几幅作品送到米特福特，还说会给他舅舅写信推荐我。

"不过你要明白，我不能保证什么，鲍勃。你要知道，他们的态度都很商业化，他们只关心能从你身上得到什么。不过我觉得你的作品一定会让他们震惊，否则我就会很奇怪……"他突然停顿下来，因为这时电话响了。他看到我起身接电话，突然变得有些僵硬。

"喂，是我，苏丝！"听筒在我耳边颤动。苏丝总是对着电话大喊，好像不相信声音能传过来一样，"那个男人还在你那里吗？"

我赶紧把听筒紧紧贴在耳边，以防罗德尼听到。她的声音刺穿我的耳膜，我感到剧烈地疼痛，我真担心会不会因此留下终身伤害。我草草咕哝了几句，假装听到她儿子生病的消息感到很遗憾，然后就挂断了电话。

罗德尼立刻问："是苏丝打来的吧？"

我转身面向他，一时间被他的变化吓呆了。他僵硬地站在那里，身上每一块肌肉都拉得紧紧的，如同一只守候在兔子洞口的猎狗。血液涌上他的脸，他看上去不再年轻，而是像个中年人，眼中闪烁着怒火。

"是的，是她，她来电话说……"我刚开口就被他打断了。

"好吧，我猜也猜得到，"他的声音透着死一般的容忍和抑制，"我猜得到，鲍勃。她不回来了，是不是？"

"是的，她非常抱歉，她的孩子生病了。"

他一字一顿地说："扯淡。"

"我知道她的孩子一直咳嗽，她为此担心很长时间了。"

"我说扯淡，鲍勃。"

我们盯着对方。他眼中红色的怒火让他看上去如同一只危险的疯狗，我终于明白了为何苏丝会说她被吓到了。他继续用努力克制的语调说："这不过是她耍的卑劣伎俩，鲍勃，极其极其卑劣的伎俩。我不会就这么轻易放过她的，如果你能告诉我她住在哪里，我将非常感激。"

"罗德尼，你真的不能……"

"我刚才问了你个问题，鲍勃。或许你没听到，那我就再重复一遍，你可不可以告诉我她住在哪里？"

"我不知道。"我撒谎说。

"那好，鲍勃，我还以为你是我的朋友，我还以为今天晚上我交到了一个真正的朋友，我还想尽力回报他。可是现在看来我错了，你根本不是我的朋友，你对我心存不满，不然不会不告诉我她住在什么地方。"

"我对你没什么不满。"

"那就不要对我撒谎，鲍勃。她住在什么地方？"

"很抱歉，我不能告诉你。"

我的再次拒绝终于让他失控了，他勃然大怒，脸涨得通红，因怨恨而变得扭曲。他对着我一阵谩骂，指责说我从他进门的那一刻起就讨厌他，只不过因为他有利用价值才对他和颜悦色。抗议已经没有任何意义，因为我根本没有插嘴的机会。我束手无策地站在那里，大约五分钟后暴风雨终于过去了。然后他跌坐在椅子上，把脸埋在双手里，自怨自艾地啜泣起来。

"对不起，鲍勃，"他哭着说，"唉，天啊，对不起，对不起，对不起。我是那么渴望能跟你成为朋友，可是现在一切都被我搞砸了，都被我毁了。你就鄙视我吧。"

我保证说绝没有鄙视他，他很快就振奋起来，五分钟后他就恢复成最初的样子，一脸男孩般迷人的笑容，仿佛此前的一切都从未发生。他说："鲍勃，你真是个大好人，我非常非常喜欢你。那我想问你一个很私人的问题，你对我的第一印象如何？认真回想，我走进房门的那一刻，你对我的第一印象如何？"

我回答说："哦，从你的平头我就猜出你是美国人，我还想作为一个美国人，你的衣着打扮算是比较平实素雅的，我是说，你没有系领带什么的。"

"继续说。"

"所以，我觉得你很迷人、很友善，也很自信……"

"不好意思，打断一下，鲍勃，你是说自信？"

"是的，非常自信。你问我能否叫我鲍勃，你告诉我有个跟我同姓的家伙，等等，都显得很自信。"

他一副欣慰的样子，好像我的这番话正是他想听到的："鲍勃，你能这么说真是非常非常有趣，因为若是两年前，如果我到这样的房间来见一个陌生人，我会害怕得无法开口，而且，算了，也没人会注意我的裤子。实际上，我一进到你的房间就有种要被执行死刑的感觉。所以现在你明白了吧，你说觉得我很自信对我的意义有多大。我觉得这是你的真实想法。我现在要告诉你个秘密，在过来的的士上，我一直在想是称呼你为洛马克斯先生还是罗伯特，或者是直接叫你鲍勃，还特意准备了那个同姓的小故事。"

"这个故事是真的，对吧？你确实有个同学姓洛马克斯的吧？"

"今天晚上之前，我从没遇到过任何一个姓洛马克斯的人。"看到我惊愕的表情，他满意地笑了，说，"这个小点子是从一个美国人身上学来的。他是个非常非常成功的人，起初不过是个普通的推销员，他告诉我他的成功源于一个小小的破冰恶作剧。如果他遇到一个潜在客户，就会对那个家伙说自己认识一个跟他同姓的人，名叫瑞德，然后故意将这个家伙错叫为瑞德。这么一来，他们的关系就变得如同老朋友一样融洽，而他就顺利地做成了买卖。"

我说："好吧，我竟然相信了。"

"而且我问你能否去一下洗手间，你真的以为我要去吗？"

"我真的以为你要去。"

"其实不然，我根本不想去洗手间，我这么问只是因为以前我特别害怕告诉陌生人我想去洗手间，我会一直憋着，直到实在憋不住。而现在我只是想证明自己可以做到。每次证明自己之后，我都会在心里默默地为约翰·霍华德·索尔特博士祈祷。"

"他是什么人？"

"鲍勃，约翰·霍华德·索尔特博士是个非常非常聪明的人，他住在纽约，我希望有一天你能见见他，因为他是我最最尊敬和钦佩的人。"

约翰·霍华德·索尔特博士是一位精神分析学家，过去两年中，罗德尼每周有五天都要到索尔特博士那里接受五十分钟的精神分析治疗。后来索尔特给了他一个建议——其实分析师从来不会主动提出建议，不过索尔特的建议至少让罗德尼决定出去看看——他建议说若是罗德尼继续待在家里，他母亲强烈的占有欲会继续对他造成不良的影响，那么治疗就不可能完全成功。在精神分析过程中，索尔特也鼓励他多和异性接触，不要刻意抑制正常的定期性释放。因此罗德尼为自己开了一剂环球旅行的药方，这剂药方的治疗效果包括挣脱母亲的束缚以及从各种肤色的女性那里寻求性刺激。

如今他已经旅行了两个月，香港是他旅行的第三站，此前他到过夏威夷和日本。在前两个地方，他不仅寻找到足够的刺激，而且还得到了罗德尼所谓的"释放"。

然而，征服再多的女人（不如说是购买，因为大部分都是花钱买到的）也无法解决他最根本的自卑问题。他渴望女人爱慕自己，却觉得自己没人爱，也不值得去爱。如果哪个女孩表现出喜欢他的意思，他就会觉得这个女孩有问题，进而取消她继续交往的资格。似乎他倔强地想要证明自己是为人不齿的。而今晚苏丝的表现正中他的下怀。他曾听闻如果舞女喜欢你，就会跟你回家，而苏丝却拒绝了他，显然是对他的一种轻视。这种轻视对他而言既是伤害也是满足。

这种不快的心境显然让罗德尼陷入了悲痛，而我听他讲述这一切的时候却无动于衷。我为自己感到羞愧，因为毕竟这种精神上的折磨远比肉体上的病痛更值得同情。与感染肺结核或癌症相比，一个人更容易罹患精神疾病。我努力让自己心生同情，却始终没有成功。

于是我便明白了，因为他的话里总有些什么听上去并不可靠。他描述自己复杂的心理时带有太多分析性的关怀和饶有兴趣的说辞，而我意识到自己无法相信他的这些话，我怀疑这些不过是他的小道具，好让自己显得更有趣。这个小道具就是他的自伤自怜，好博得他人的同情，进而赢得朋友，影响人们——可惜在我身上并不见效。我不再相信两年前他是自己口中描述的那个受惊的小男孩，我不再相信他对同姓故事和洗手间事件的解释。我肯定这些都不过是他表演的舞台剧，其真正的目的并不是如他所说的那样，只不过是想激起我的兴趣和同情。我甚至觉得他有可能真的需要上洗手间，解决自己的生理需求之后顺便用这个小插曲来满足自己自伤自怜的需求——这样的理论给我带来某种恶毒的乐趣。

当然，这一切都不过说明他真的是神经质——不过是另外一种神经质。我怀疑这种神经质首要的问题是他们太有钱，根本不需要工作。作为一个穷鬼，想到财富会带来这么大的不幸，我觉得很欣慰。

我以为罗德尼会明显看出我对他并未产生同情，而事实上他根本没看出来，因为最后他起身离开的时候，非常热情地握了握我的手，感谢我无上的耐心和理解，还发誓说我是他多年来交到的最好的朋友。他的态度是如此真诚，我又开始喜欢他了，为自己如此错看他感到羞愧。直到最后，我们站在门口道别，他说了一句让我震惊的话。

"鲍勃，我觉得我要从六国酒店搬到你这里来，"他说，"当然，前提是你没意见。"

在这之前我曾隐隐约约猜测到他会提出这样的请求，可是我却没有做任何的防备，只能悻悻地结结巴巴地说我没什么意见。"哦，天哪，我当然没意见，我真高兴你要搬过来。只不过，哦，我这个人喜欢埋头做自己喜欢的事情，而且……"

"鲍勃，你无须担心此事，"他打断我说，"因为我知道对于画家来说，独处是非常非常宝贵的，我会对你的房间避而远之的。"

"其实还有另外一件事，"我稍微壮了壮胆说，"作为酒店唯一的房客，我有一项特权……"

"我知道，我从苏丝那里听说了，对于酒吧里每个女孩来说，你就是她们的耶稣。"他露出迷人的笑容，"你无须担心我会抢了你的特权，因为不会有人把我错当为耶稣的。"

他的话让人听了不太舒服，却一语中的。虽然他将我比作耶稣过于滑稽，不争的事实是我爱惜自己在女孩们中的地位，不希望有人将之"抢走"。我想要继续独享她们的尊敬，我憎恶有人跟我竞争。

我一下子泄了气，如同被扎破的轮胎："其实，如果你想搬过来，就搬过来吧。"

"谢谢你，鲍勃，你真是太大度了。我想我们会成为很好很好的朋友的。"

次日早晨他就搬了过来，跟我同一楼层，只隔了一个房间。九点钟的时候他一切安顿完毕。我心想，没想到他这么一个无可救药的神经质的人，动作却这么敏捷。

II

后来的事实证明，罗德尼的出现，并没有对我在南国酒店的地位带来任何影响，不过有很多人都惊讶于我选择朋友的口味。那些女孩很善于判断一个人的品性，每次都让我佩服不已，她们一眼就看穿了罗德尼：她们断定他是个骗子，远不能相信。然而，考虑到他惊人的财富，她们表面上对他很和善，一直用半眯的小眼睛看着他，除了身体什么也不会交给他。她们戏称他为"花心大蝴蝶"，这间酒吧从未出现过他这般飘忽不定的人。他堪称花心蝴蝶之王，他自称蝴蝶，一旦与某个女孩睡过后就会对她失去兴趣，对此他从不掩饰，还声称这是"我的小怪癖"。

他拥有令人震惊的性能力，跟他在一起过的女孩都声称他的床上功夫非凡，不久他就被大家幽默地当作一种尺度来评判其他男人，也成就了无数的笑话。他无趣地追求性爱，如同其他男人不屈不挠地追求事业一样，仿佛有义务一定要完成某项工作，不管这是否与自己或他人的意愿背道而驰。而他还会一本正经地谈论自己的性生活，如同白领在办公室谈论工作一般肆无忌惮。他对性伴侣几乎没有年龄、身材和体型的要求，他只追求新奇。所以在很短的时间内他几乎睡遍了南国酒店所有愿意跟他上床的女孩，甚至包括年纪不小的莉莉·卢和戴无框眼镜的多丽丝。不管怎样，她们两个都成功完成了交易，而可怜的吉薇妮半个小时后就被他赶出了房间，据他此后对我描述是因为她"缺乏想象力，还是一副懒骨头"，之后他又打电话从酒吧召唤另一个女孩上去。

总体而言他对女孩们还算大方，但时不时他会突发急性吝啬病，为小小五毛钱斤斤计较，乱发脾气，指责女孩们想要剥削他，还发誓说再也不会碰这些唯利是图的臭婊子。这种情况下，他还会谴责服务生故意少找他钱。而如果恰好我跟他在一起，账单来之前他就会找借口消失。他的吝啬病总会毫无征兆地发作，很快就成为女孩之间广为流传的笑话，她们说从他进到酒吧的那一刻就能看出今天是不是他的吝啬日：据她们说吝啬日他的脸会瘪瘪的，看上去很冰冷。

只有两个女孩拒绝跟罗德尼上楼。其中之一是周三露露，她拒绝是因为她要坚守自己的原则，鉴于罗德尼已经跟自己的几个姐妹有来往，她若再跟他有任何关系就很不道德。另外一个便是明妮·何，她只是因为极其讨厌他，这让人很诧异，因为明妮通常会不加选择地朝男人献媚，之前我从未见她不喜欢哪个人。然而她却连与罗德尼说话都忍受不了，而他一旦在她的桌前坐下，她就会立马石化，如同一只被催眠的兔子等待蛇的攻击。

这两个女孩被大家称为"良知抗拒者"，却让罗德尼一直苦恼不已。他没完没了地跟我讨论这两个女孩，对她们苦思冥想，后来还积极制造各种花招，试图粉碎她们的抵抗。有一次他在另外的楼层开了房间，然后想尽办法传话给明妮，说她的一个水手老相好正在那里等她。毫无戒备的明妮及时赶到楼上，经过一分钟的石化她终于解冻了，用实际行动证明了多情的小猫咪体内住着个母老虎，她挠破他的脸后逃脱了。

事后罗德尼对我解释说，他在大街上被一个喝醉的水手袭击，脸上的抓痕就是那个水手留下的。其实这种说法本身就很牵强，而且无论如何他也应该明白，真相总会传到我的耳中。然而一连几天他总是固执地重复同一个滑稽的故事，每次都添油加醋地描述一番，仿佛添加更多细节就能让这件事情变成真的一般。他甚至还坚持要我跟他一起去亲眼看看事件的确切发生地，有一次他还指着一辆经过的黄包车，说里面坐着的水手就是那天袭击他的人。

"好吧，那边就有一位警察，"我说，"为何不让警察逮捕他？"

"我又没有证人，他会抵赖的。"

我还没笨到直率地表露自己的怀疑，因为接下来就会是这样一幅感人场面：他会激烈地指责我对友谊的不忠和背叛，甚至还会痛哭流涕。到最后为了息事宁人我只能选择相信他的话。

如果两个良知抗拒者是罗德尼的肉中刺的话，苏丝无疑是他的眼中钉。如今我从未单独见过她。罗德尼用尽手段骗我答应他，不管苏丝什么时候来看我，我都要告诉他。既然已经答应他了，不遵守的话我心里还会有小小的歉意。然而他从不给我产生歉意的机会，

因为他总能辨认出苏丝的脚步声，每次苏丝刚走到走廊，还没进我
的房间，他就会闪电般从房间冲出来。如果当时他房间正好有女孩，
也阻止不了他：苏丝在他心中是第一位的，他会毫无顾忌地抛下别
的女孩，急匆匆加入我们。他对苏丝着了迷，声称自己疯狂地爱上
了她，还说自他离开美国以来遇到那么多女孩中，苏丝是唯一一个
不适用他的"小怪癖"的。他称她为"我的女神"。

罗德尼搬到南国酒店大约一个月后的某个晚上，苏丝十点钟左
右来到我的房间，关上门的时候她一脸厌恶。

"怎么了，苏丝？"

"我刚看到花心蝴蝶带着一个站街女进了房间。"

对于那些不喜欢的人，苏丝总不愿提到他们的名字，比如贝
蒂·刘，她总是称之为"那个广州女孩"，而罗德尼则被她叫作"那
个花心蝴蝶"。她之所以知道那个女孩是站街女，是因为她穿着棉布
睡衣，这种衣服是为舞女和吧女所不齿的。其实这绝不是罗德尼第
一次召唤站街女，因为他已经用尽了南国酒店的所有资源，而他对
下层女孩有种特别的偏好，所以比起舞厅他更倾向于到大街上寻找
猎物。不过这倒是苏丝第一次见到。

她抖了一下，说："呃，他真龌龊！"

就在这个时候，罗德尼进来了，他假装被苏丝的美丽所倾倒，
跪在她的脚边亲吻她的手——他每次进来都会上演这样的舞台剧。

"我的女神！"

苏丝轻蔑地抽回手，说："你还是回到站街女那里去吧。"

"什么站街女？"

"就是你房间里的那个女孩。你不要让站街女等太久，她们还要去接待那些从码头回来的苦力。"

"我这辈子从没见过站街女。"

苏丝不再理他，开始跟我聊天。很快她就提到第二天她不需要午餐期间赴约，因为本中午有个商务午餐。为了博得苏丝的好感，罗德尼约她去野餐和游泳，他会提供租车和盒装午餐。

苏丝起初拒绝了他，后来终于同意了，前提是我要跟他们一起去。我考虑到手头的工作，迟疑了一会儿后就同意了。然而，苏丝刚起身回家，罗德尼就故弄玄虚地说他想借明天的机会向苏丝提一些要求，所以祈求我明天早上临出发前能主动退出，这样他就能单独跟苏丝相处。我拒绝参与他的诡计，他就大吵大闹，到最后我只好妥协：我会跟他们一起野餐，午饭后我会借口自己需要独处提前离开，给他们至少半个小时的独处时间。就这样我终于获得了安宁，他终于肯让我上床睡觉了。

第二天一早，一辆豪华的别克停在南国酒店门口等待我们的欢快之旅。汽车头灯在阳光下熠熠发光，经过打磨的车身如镜子一般璀璨，映出小爱丽丝和莉莉·卢惊异的脸庞，她们正在马路边等着被带进酒吧。

一身制服的中国司机打开汽车后门，我们坐了进去——不，不是坐，是漂浮着——车垫真是太软了。我们挥手离开，汽车便稳稳地沿着曲折而陡峭的道路驶去。我们穿过太平山的山腰，然后开始下坡驶向岛屿的南岸。我们经过浅水湾的大饭店、白色的现代别墅和公寓、拥挤的海滩、中国百万富翁建造的英式城堡，最后来到了一处迷人的小海滩。

苏丝非常喜欢游泳，她换上泳衣，第一个冲进大海，我们也都跟着她下去。她游啊，泼水啊，笑啊，可是她所有的欢乐都只是对我，似乎根本没注意到罗德尼的存在。我们使劲儿朝对方身上泼水，最后笑得没有力气继续。这时罗德尼不顾自己被冷落的狼狈样子，勇敢地喊道："来啊，我来陪你玩会儿。"然后捧了一把水朝苏丝撩过去。

苏丝突然不笑了，冷冷地看着他说："怎么回事？你想淹死我还是怎的？"然后转身背朝他，笑嘻嘻地跟我继续玩起来。

罗德尼表现出往日没有的韧性，他不愿就此放弃。我们在阳光明媚的沙滩上躺下享受日光浴的时候，他跪在苏丝面前，又开始戏剧性的表演，这次是亲吻她粉嫩的脚。

"我美丽的女神！我为你而倾倒！"

苏丝轻蔑地扫了他一眼，收回双脚，缩在他够不到的地方，然后别过脸去，仿佛已经忘记他的存在，留着罗德尼傻傻地跪在那里。曾有那么一刻我真怕他会哭起来。我觉得他很可怜，所以接下来的半个小时，我们享用他精心准备的豪华冷餐的时候，我不懈地努力寻找话题，好让苏丝意识到他的存在。而她渐渐忘记了自己的敌意，午餐结束的时候她已经可以自然而热情地跟他讲话了。我觉得是时候履行我和罗德尼之间的约定了，所以就站了起来。

"我去方便一下。"我说着便朝岩礁走去。

我在岩礁堆里找了个舒适的地方躺下来，很快就在海水涨涨落落中打起了瞌睡。潮水淹没岩石中的缝隙发出咕嘟嘟的声音，退去的时候也发出很响的声音，我被潮水来来回回的声响惊醒，看了看手表，已经过去三刻钟了。我决定宽大地履行我们的合约，就又躺了十五分钟才起身回去。

我见到苏丝的时候她正在岩石间爬来爬去到处找我。看到我她愤慨地训斥说："怎么回事？你为什么就这么走掉了，留我一个人跟那个花心蝴蝶在一起？我非常生气。不要笑！我是认真的！"

"我非常抱歉，苏丝。可是他真的希望能跟你单独相处。"

"是啊，可是你知道他有什么目的吗？他想带我去……曼谷在什么地方？"

"泰国。"

"是的，泰国，他想带我去泰国。他每个月给我三千港币。"她不再生气，转而咯咯笑了起来，"真的，我说的都是真的。他跟我说，给你三千港币，是现在本给你的三倍。"

我盯着她，问："苏丝，你没接受吧？"

"接受？"她露出厌恶的表情，"我呸！你觉得我会接受他这样的花心蝴蝶并跟他一起走吗？"

"苏丝，我真高兴你没有接受，刚才我还真给吓到了。你走了我会很想你的。"

"我才不会跟那个人走呢，哪怕给我一万港币。我告诉他：'你为何不带那个站街女去，好让她歇歇，不用再天天接待苦力了。'"

我想苏丝的拒绝肯定会引发罗德尼的脾气：他祈求她，流下眼泪，然后终于爆发了，骂她是个骗子、忘恩负义，是专供水手玩弄的肮脏妓女。他的眼中充满危险的光芒，她肯定被吓坏了，赶紧逃出来，开始找我。现在她觉得罗德尼肯定怒气冲冲地独自乘车离去，把我们抛弃在这里。

然而，我们爬过最后一块岩石却看到他依然躺在海滩上。我们走过去，他站了起来，咧嘴笑了笑，如军人一般站在苏丝面前，然后行了个军礼。

"收到特斯勒中尉的报告，他想道歉，说他为自己跟女神讲话的方式感到非常非常抱歉。我想他刚才太过心痛，根本不知道自己说了什么呢。这样可以了吗？您原谅他了吗？点头一下代表'不'，点头两下代表'是'。"苏丝茫然地耸耸肩表示同意，他接着说："我觉得挺好。如果特斯勒这个家伙再这样跟您说话，只需要告诉我，看我不扭断他的脖子。"

我想缓和一下气氛，就说："不过在提供午餐方面特斯勒中尉确实值得我们骄傲，绝对是一场胜利。"

罗德尼没有接我的话，而是转向苏丝说："要不要再去游泳？"我疑惑地盯着他，一时间不明白他是不是故意冷落我，而他却一直回避不看我的眼睛。我突然意识到，自从我们重新碰面以来他还未看我一眼。

我笑了笑，说："哦，亲爱的，我是不是被遗忘了？"罗德尼继续别过脸去，假装没有听到我的话。我接着说："哦，别装蒜了，罗德尼。我做了什么对不起你的事情吗？"

他瞥了我一眼，眼神呆滞而疏远，回答说："我倒没听说。"然后转过脸对着苏丝，努力展开自然的微笑，说："现在走吧，我想再看你穿上泳衣，我不妨告诉你，我觉得你穿上特别特别漂亮。"

一个小时后，我们坐在回程的别克车里，他继续无视我。苏丝坐在我们两个中间，他滔滔不绝地讲话，试图吸引她所有的注意力。苏丝几乎没听他在说什么，她没有说话，而是在沉思，完全陷入了自己的思绪中。很快她打断了他的话，对我说："今天晚上我要去看算命先生，你想跟我一起去吗？"

罗德尼马上说："当然，我们晚上一起去，真是太好了。"

苏丝没理他，继续对我说："我觉得我应该去找那个藏传佛教高僧，虽然路很远，不过他会说上海话。湾仔的算命先生都不会说上海话，弄明白卦语非常重要，还是不要冒险的好。"

然后就是非常滑稽的三角对话，我和罗德尼分别跟苏丝讲话，彼此之间却无交流，罗德尼对我说的话从不接茬，除非苏丝转达过去。不过最后我们还是达成一致，我们先送苏丝回湾仔，让她回家看看孩子，然后她来南国酒店跟我们会合，最后我们三人一起去看算命先生。

苏丝住的地方街道太窄，汽车无法通行，我们就把她放在轩尼诗道上离家最近的地方，之后我和罗德尼一路沉默回到酒店。在南国酒店的电梯里我们依然保持沉默，然后分手回到各自的房间。我知道罗德尼不会长时间压抑自己的不满，所以等待着事情的发生。

我没有等太久。五分钟后有人敲门，阿唐走进来，满脸不安和疑惑，好像怀疑自己被拿来寻开心了。他递给我一封信，说："先生，是您的朋友让我送来的。"

他站在那里一脸好奇地看着我打开信封，里面躺着一张字条，字条上是罗德尼整齐而古板的蝇头小字，大写字母夸张地卷着，如同泥金装饰手抄本一样。他的字写在纸张的正中心，形成一个四张邮票大小的方形。

根据此前在车上的安排，我是否可以单独带苏丝去看算命先生，而你不再继续故意干涉，破坏我们的快乐？

罗德尼·特斯勒

我不禁笑了，告诉阿唐稍等片刻。我在下面写道：

不，不可以，你这个愚蠢的大白痴！

我把信交给困惑的阿唐，十分钟后他又回来了，手里拿着另一封密封的信，沮丧和好奇在他的脸上写满痛苦，看上去真的很可怜。我抽出一张新的信纸，上面写着：

那么我能否请你回忆一下我过去对你的许多友谊善举（而你根

本未曾想过要做出报答），帮个忙退出竞争？

我是否能再请你下次出言不逊时，把信装在信封里，以免被酒店的服务员看到？

罗德尼·特斯勒

我在下面回信道：

我拒绝退出竞争，因为这是我和苏丝之前就约定好的。我也拒绝再写什么字条，因为首先，这很幼稚；其次，可怜的阿唐，他的皮拖鞋都快被磨破了。

另外，没有出言不逊，所以不装信封。

我把字条递给阿唐，他犹豫了一下，问："先生，恕我多嘴，您是不是跟您的朋友吵架了？"

我笑着说："我想是的，阿唐。"

"先生，你们为什么吵架呢？"

"哦，这就是问题所在，我也不清楚为什么。"

阿唐拿着信走了，不过现在脸上的表情很坚决，几乎有些神圣，仿佛他被赋予了和平使者的光荣使命，不把我们的关系调解好他就不眠不休。然而，他一定大失所望，因为罗德尼一定是免了他的职，所以他也没有回到我的房间。过了大约十五分钟，又响起了敲门声，这次进来的是罗德尼自己。

他关上门，僵直地站在那里，说："好吧，鲍勃，我决定放下自尊，祈求你的可怜。鲍勃，告诉你实话吧，我爱那个女孩，我深深、深深地爱上她了，鲍勃，这让我……哦，天哪，如果你能明白……如果你能明白我有多么不幸……"然后他哭了起来。

他的眼泪总能软化我的心，我准备等他收住眼泪就告诉他，我一点儿也不关心算命先生，所以我一定会退出竞争。然而还不等机会降临，他在泪眼模糊中突然暴怒起来，不住地疯狂辱骂我。就在他狂风暴雨般的辱骂声中，我第一次意识到自己在海滩上犯下了滔天大错：我厚着脸皮坐他租来的汽车，吃他买来的午餐，却还一再让苏丝跟他翻脸。我使用的卑鄙伎俩包括告诉苏丝——他声称偷听到我窃窃私语——他经常召唤站街女；午餐期间用尽各种手段分散她的注意力，不让她看他一眼；还特意选择最混乱的时候走开。

我疲倦地说："罗德尼，你也知道这些都是废话。你跟苏丝根本没有可能，所以你想把所有的责任都推在我身上。好吧，我再也受不了了，我被你搞得筋疲力尽。你去找别人吵架吧。"

此后的半个小时我备受折磨，他的脸因怨恨而变得丑陋、扭曲，不住口地对我抨击谩骂，他可怖地堵在门口，不给我任何逃跑的机会。直到最后，他的狂怒自行消退了，他建议我即刻起程到伦敦、维也纳或者纽约去，而且还建议我去看精神分析师。罗德尼的结论是，他自己内心极其安定，而我却十分神经质。最近每次争吵后，他总会得出这样的结论，还说我热切期盼争吵的到来，因为这样我就能得以释放。五分钟后我们握手言和，双方同意按照原定计划三人一起去看算命先生。就在我们握手言和的时候，苏丝过来了。

别克车依然等在外面，我们再次爬进了后座。罗德尼这次表现得很好，苏丝一视同仁地跟我们两个聊着天。一切进行得很顺利，直到我们穿过香港的商业中心来到西区，我突然感觉到一种再熟悉不过的紧张气氛。

我看了一眼罗德尼，确定无疑，他坐在那里，每一块肌肉都再次紧绷起来，脸上浮现出熟悉的紧张而固执的表情。我正在疑惑到底是什么惹怒了他，他向前倾身拍了拍司机的肩膀，命令他停下来。司机放慢车速，寻找可以停靠的地方，然而道路两旁停满了汽车，没有一个空位。

"我说停车！"罗德尼怒气冲冲地喊道。

"怎么了？"苏丝跟我一样茫然，"发生什么事情了？"

罗德尼没有理她。司机顺从地将汽车停在马路中央，阻断了后面的车辆，漠然地坐在那里等着。

罗德尼下车狠狠地摔上门，他走到司机的窗口，掏出钱包。

"把这两个人拉到他们想去的地方，然后你就可以走了。"他说。

他递给司机一些钱，然后回来把头伸进后座的车窗，他的脸痛苦地扭曲着，充满怨恨，他的眼睛闪烁着憎恶的光芒，他的手在车窗上不停地发抖。

"这就是你们想要的，不是吗？"他说，"这就是你们一整天都在想的事情，就想摆脱我？那好，我希望你们现在高兴了。天哪，尽管想到我已经……"

他突然咬着嘴唇，闭上了眼睛，仿佛难以忍受突然袭来的自哀自怜。他很快掉头朝马路对面走去，完全无视来来往往的车辆，然后消失在拥挤的人群中。

我和苏丝面面相觑，我说："可是这到底是为什么呢，苏丝？他怎么突然这么伤心？"

"我也不知道，我刚才明明对他挺好的。"

我们后面的汽车愤怒地按着喇叭，司机漠然地点燃一支香烟。我告诉他继续往前开，他不慌不忙地丢掉火柴，把烟头捻灭在烟灰缸里，然后启动了汽车。

"我刚才对他很友好，"苏丝说，"你没看见吗？"她现在觉得很是愤愤不平，因为那么多好心都浪费了，"何况他还叫过站街女！我能跟他说话就很不错了，更不用说还对他这么友好。"

"我们说话的时候你没把手放在我的膝盖上吧？"

"没有，我一直没碰你。"

我们仔细回忆了刚才的对话，并没有发现任何冒犯罗德尼的地方，我们觉得一定是他自己臆想出来的，或者只是他的坏脾气自动爆发了，就像车轮的某个点，他的情绪在一圈又一圈的轮回中爆发了。我只是担心，他那么心烦意乱，会不会做出什么绝望的事情，比如自杀什么的。我对苏丝说了自己的担心，她摇着头说："不会的，他不会自杀的，至少今天不会。"

"他这种人真会做出这样的事情，好让我们感到抱歉，"我说，"可你为何这么肯定他不会？"

"我就知道，我看得出来。"

她确信无疑地告诉我，她的第六感非常准。如同盲人敏锐的嗅觉弥补了他们的视力缺陷，苏丝的第六感弥补了她的文化不足。她经常灵光闪现，虽然这些灵光什么时候闪现不可预测，也没有规律可循，但是每次闪现的时候都非常准，我不得不对此抱有绝对的信任。

"好吧，那就谢天谢地了，"我说，"我们就不需要为他担心了。"我朝窗外看了一眼，我们已经来到了香港最古老的区域，大海和山坡之间的空地足足有三百英尺宽，短短的街道一直通往码头。我远远瞥见往来香港和葡萄牙殖民地澳门之间的佛山号轮船，舢板的桅杆如同森林般在水面摇动。我问："我们快到了吧，苏丝？"

"是的，快了。"

"顺便问一下，你为什么要去看算命先生？"我知道她心里要是没有问题，是绝对不会去算命的。

"我只是想问他一些事情，"她闪烁其词地回答道，然后又说，"之后我再告诉你。"

"那好吧，苏丝。"

"司机，停车！我们要走过去——在山上。"

我们打发了司机，然后走上一条窄窄的小巷，小巷里挤满了大排档和行人，蜿蜒向前不断升高，最后消失在半山腰的别墅间。头顶的竹竿上晾满了衣服，我们像是走在隧道里。每走几步便有一段台阶，台阶越来越陡峭，我们慢慢地往上爬，与四个苦力抬着的轿子保持同步。轿子里坐着一个矮小的中国老女人，摇着一把廉价的纸扇子。我们拐进一个交叉路口，穿过一家菜市场，经过一片空地，第一眼望去这片空地似乎是个垃圾堆，再看一眼觉得是个巨大的养兔场，垃圾堆里到处是兔子的洞穴，第三眼才发现这是个住人的大杂院。事实证明的确是个大杂院，到处是破麻布袋、腐旧木材和压扁的罐子搭建的小棚屋。路上挤满了人，过了垃圾场便是一栋栋的住宅，我们拐了进去。我跟着苏丝沿水泥铺就的楼梯而上，楼梯上到处是垃圾和痰渍。整座建筑充斥着说话声、孩子的哭声和麻将的碰撞声。我们穿过一段黑暗的狭窄水泥走道，苏丝敲了敲门。

一个蓝蓝的光头出现在门口，光头下是友善的微笑，门后飘来饭菜的香气。门又敞开了些，露出算命先生饭渍斑斑的橘黄色僧袍，僧袍已经褪色，下端破旧不堪，拖在地板上。他跟我们握握手，邀请我们进去，咧嘴笑着，用上海方言跟苏丝聊着天。他本身是上海人，冒充藏族人只是为了提高自己的职业声望。

房间用麻布袋隔开，后面传来家人的低语，听上去人数不少，他一定事先告诫他们保持安静。后面还飘来油脂的香气，与线香焚烧的气味混合起来刺激着我们的嗅觉。线香如同烟花一样插在破旧的罐头盒里，盒子里装满沙土，放在算命先生廉价的小桌子上。旁边放着一本破旧的皇历、一串藏传佛教念珠和一片龟壳。桌子放在小隔间的角落里，其余的空间都被一张巨大的黑色木质靠背长椅占满，长椅雕刻精巧，镶嵌着象牙。算命先生让我坐在长椅上，让苏丝坐在桌前的椅子上，而他自己则坐在桌后的木箱子上。他把一副角质架眼镜架在耳朵上，算命就此开始。

　　算命持续了将近一个小时，整个过程肃穆而庄严，任何传统的占卜方法都没有遗漏。算命先生仔细查了查天宫图，还查阅了皇历；他看了看苏丝的手相，还摸了摸她头上的突起；他看着苏丝摇签筒，直到有一根签掉在地板上，然后查看这只签上的编码；他让苏丝将两片香蕉形状的木板掷在桌上，然后检查这两个木片的宿命位置。

　　我坐在那张平座直背的长椅上越来越不舒服，不舒服程度如同复利曲线一般爬升。我在平直的木椅上扭来扭去，突然发现有人在窥视我：有个孩子透过帆布帘子上的洞看着我。我直直地看过去，孩子的眼睛羞怯地躲开了。我把眼睛移开，不久我用余光看到那双眼睛又回来了。我再次迎上目光，眼睛又消失了。这个游戏持续了将近十五分钟，让我稍微从木椅的酷刑中分散些注意力。苏丝从椅子上转过身来的时候，我们还在玩着这捉迷藏游戏。

　　"好了，完事了！"

　　她的脸上露出满意的神情，显然这次算卦很成功。她打开包付了算命先生五港币。他笑着把我们送到门口，我在门口猛然转身，最后朝那个小洞眨眨眼，洞后的眼睛竟然也朝我眨眨眼。我们走下痰迹斑斑的楼梯，来到大街上。苏丝满脸喜悦，却一直沉默不语，她独自品尝着快乐。我们走过垃圾场，穿过菜市场。道路上遍布被人踩过的白菜叶子，空气中弥漫着浓浓的蔬菜腐烂味儿。

　　苏丝说："我要去英国了。"

　　"什么？你说什么，苏丝？"

　　"我要去英国了，"她兴高采烈地说，"三年之内。"

"我的老天，苏丝！你是认真的吗？"

"是啊，算命先生刚才告诉我的。本会带我去，他会在香港跟他的妻子离婚，然后带我去英国。"

"好吧，真是太好了！你来这里就是为了这个？"

"是啊，我还一直担心呢，担心本会跟我断绝关系。"她解释说，最近本经常取消他们的午餐约会，说是有商务午餐，而她对此越来越怀疑。她害怕他不再爱自己，她甚至开始怀疑本是否有了其他中国女孩。她非常担心，晚上翻来覆去睡不着，这样的情况已经有将近两周了。

我说："可是苏丝，我竟然一点儿也不知道！你为什么不告诉我？"

"我不好意思，我怕丢脸。"

"苏丝，这也太荒谬了，你竟然怕在我面前丢脸！"

"如果真是这样，那真的是太丢脸了，我会杀了自己的。不过现在好了，他还爱我。算命先生说有四个好兆头。"她兴奋地喊道，"是的，四个！他告诉我：'其实我只需要一个兆头，可是却有四个。第一个是你的天官图，第二个是你的手相，第三个是你摇落的签。然后你掷下的那两片木板又说，是的，我们同意。所以共有四个兆头说明你的男朋友还爱你！'"

"好吧，怪不得你这么兴奋。"

"他还说有两个好兆头表明我会去英国，不过他不确定是不是三年，他说有可能是两年半，也可能是三年半。"

我们沿台阶而下。天近黄昏，大部分晾晒的衣服已经收起来了，光光的竹竿直直地横在头顶。更远处的狭窄巷子将原来的行人驱赶到宽阔的街道上，电车咔嗒咔嗒驶过，城市的喧闹声朝我们涌来，听上去如同忙碌的工厂。

苏丝说："在英国我应该穿什么衣服呢？你觉得是穿中式的好呢，还是西式的好呢？"

"苏丝，你以后有的是时间来考虑这个问题，"我说，"三年的时间很长。"

"不，很快就过去了。你觉得我应该穿什么呢，罗伯特？"

"我觉得你应该坚持穿中式服装，你肯定能在伦敦引起轰动。"

"是的，"她点点头，"我也觉得中式的好。"

最后一丝日光散尽，我们走完所有的台阶后天已经黑了。大路两边的霓虹灯明明暗暗，闪烁出红的、绿的、白的、粉的、蓝的颜色。它们好像在说：不必为夕阳西下而伤感，太阳只会煞风景，现在它终于避开了，我们才可以开心起来，享受黑夜的狂欢。

一辆电车驶来，咔咔嗒嗒地发出火花。我们爬到上层车厢，电车摇摇晃晃在拥挤的人行道和林立的霓虹灯之间穿行。电车驶进中环昏暗的街道，那里一片寂静，已经进入了夜晚的安眠。过了中环便是湾仔，电车再次驶进灯光里、霓虹灯里、蜂拥的人群里。

"今天晚上我不想去舞厅了，"苏丝说，"我实在太高兴了。"

"那我们找个地方吃晚饭吧。"

"好啊，那我们去那家北京餐厅吧，"她咯咯笑着说，"就是本打我屁股后我们去的那个地方。"

到了餐厅她要求坐到上次坐过的位子上，这样就觉得离本很近。整个进餐过程她不停地讨论着本，讨论着去英国的事情。快乐让她容光焕发，美丽极了。可是我觉得她很遥远，她的梦幻世界我无法进入，仿佛有一层玻璃横亘在我们中间。晚餐结束后我问她是否想让我跟她一起走回家，她说："只要你愿意，你愿意的话可以跟我一起走回家。"她根本不在意是单程还是往返。

"不，我的意思是我还会回去的。"我说。

"好吧，晚安，罗伯特。今天晚上我会睡个好觉的！"

"嗯，好好睡吧，苏丝。"

我沿着街道踱到水边。路边的摊位上点着煤油灯，散发出白炽的光。我在一个水果摊旁停了下来，一串串荔枝挂在木头柱子和托梁上。年幼的时候，大人会给我荔枝罐头作为奖励，直到来了香港后我才吃到新鲜的荔枝。荔枝汁水很多，堪比上好的温室葡萄。小摊贩摘下一串荔枝，称了称，放到纸袋里。我从袋子里拣了一颗散落的荔枝，边走边闻。六七辆黄包车从我身边经过，车上坐着一伙水手。我转过临水的街角，看到他们停在南国酒店门口，正在付钱给车夫。他们进了酒吧，我走过酒吧门口，从酒店大门进了大堂。我站在那里等电梯下来，心里想着罗德尼，希望苏丝猜得对，他不要自杀。我希望他不要割腕，也不要悬梁自尽。

这时电梯下来了，电梯门哐哐当当开了，里面站着罗德尼。

他快步出来，低着头，根本没看路，而是直接朝我走来，几乎撞落我手中的纸袋，几颗荔枝滚落到地板上。

　　他赶紧道歉说："真是不好意思……"他看到是我，便没有说下去。他的眼睛充满敌意，变得呆滞又疏远，他拒绝认出我来，装作根本没看到我，迅速转身走了。他穿过推拉门进了酒吧。

　　我兀自微笑着，好吧，至少比发现他挂在梁上好多了。虽然他让人头疼，但我还是不愿他自缢身亡。我觉得自己仿佛做了件好事。

　　我捡起地上的荔枝，进了电梯。电梯操作工拉了一下绳子，我们便慢悠悠地上升，经过每一层楼的时候电梯便会发出神秘的哐当声。

第五章

/
/
/

I

　　两天后苏丝来到我的房间，跟往常一样是下午三点钟。她的脸色苍白，身体不住地战栗。即使是看到戴着黑色帽子的法官，听到自己被宣判死刑，她的脸色也不会如此惨白。

　　"苏丝！发生什么事情了？"

　　"没事。"

　　她假装欣赏靠在墙上的一幅画，说："这是你什么时候画的？"

　　"那幅画吗？几周前。"

　　她点点头，紧张无比却又刻意压抑自己。我知道她刚与本午餐约会回来，我大致猜得出来发生了什么：本抛弃了她。这样的结果我早已经猜到，我越想本所说的商务午餐，就越是不相信他的话，我无法跟苏丝一样相信算命先生所谓的兆头。

她看着画架上的帆布问："那是谁？"

"你。"

她胡乱地点着头，说："我刚才见了本。"

"哦，是吗？"

"我们结束了。"

我说："苏丝，我很遗憾。"但是我有些言不由衷。

"算命先生肯定是弄错了，本刚才跟我说：'苏丝，我们要结束了，因为我妻子什么都知道了。'哦，好吧，我们结束只是因为他的妻子。他还爱着我，你也知道。"我知道她自己也不相信，她这么说只是想挽回自尊。她知道自己的声音缺乏说服力，所以又说："哦，是的，他还爱着。他告诉我：'我非常爱你，苏丝，我这一生从未如此深爱过任何人。'"她紧张兮兮地站在那里，紧绷的小脸儿惨白，"好吧，我现在要去电影院。"

"电影院？苏丝，先别走，再聊一会儿，我去要些新鲜的茶来。"

"不，我想去电影院。我听说罗克西影院放映的电影特别好看，是个歌舞片，你也听说过的吧？"

"没听过。"

"哦，每个人都在讨论那部电影，我不想错过。"她走到门口，装出一副非看电影不可的样子。

"我能跟你一起去吗，苏丝？"

"不要，我自己去。我觉得你可能不喜欢看这部电影。"她打开门，停顿了一下，牵强地说："我只是担心钱的问题，真的。我不想结束只是由于这个原因。当然，如果他不爱我了，我也会觉得受伤，还好他结束这一切只是因为他的妻子。你也相信的，对吧？"

"当然，苏丝。"我撒了谎。

"哦，是的，不要担心，只是因为他的妻子。他还是很爱我的，你无须为此担心。"说完她就迅速出去了，关上了门。

II

本坐在阳台的椅子上，伸着腿，自鸣得意地把手放在肚子上，说："当然，男女关系中最重要的因素是精神陪伴，生理方面无关紧要，真的一点儿也不重要。"他看了我一眼，大度地说，"好了，你可以笑出来了，想笑就笑吧，老兄，我不介意。"

"不好意思，我只是想起了那天早上在奇巧俱乐部，你还觉得缺乏性爱是人类所有不幸的根源。"

"我那是胡说八道，完全胡说八道。我那时不过突发青春期症状，仅此而已。就像一个孩子得到了新玩具。不过我不后悔有这段经历，我觉得这对于我的成长至关重要，因为它给了我一种价值观。而我现在明白之前所说的全是废话，那些家伙太把性爱当回事了。"

我说："就像沙漠里的家伙太把水当回事一样。"

"我非常同意。"

"我是说，刚刚饮饱水的家伙总会低估水对于口渴之人的意义。"

"哦，我不管你说什么，反正我现在已经想明白了。我确信有一天你也会明白的。"他从未如此自大，"不管怎样，你得承认伊丽莎白对整个事情的处理方式非常高明，真他妈的太高明了。"

苏丝刚走几分钟，他就打电话来问是否能过来拜访我。他觉得应该跟我解释一下发生的事情。显然伊丽莎白已经知道了苏丝的事情，是本自己前一天晚上亲口告诉她的，不是出于忏悔，而是为了伤害她。似乎他那天在奇巧俱乐部所说的幸福婚姻并未持续多久，旧有的家庭摩擦重新回到了他们的生活中，他们又开始吵架，频率越来越高，直到前一天晚上的鸡尾酒会后达到顶点。酒会是在他们家举行的，其间本喝了很多酒，在伊丽莎白几句伤人话语的刺激下，他抓起最致命的武器疯狂地报复。他将与苏丝的午餐约会和一切出轨行为都一股脑儿告诉了伊丽莎白。

起初伊丽莎白并不相信他的话，后来她脸如死灰，一言不发地回了卧室。十五分钟后，本听到她开车离开了家，他又给自己倒了一杯威士忌，喃喃说了句："终于摆脱了。"然而半夜她还没回来，他开始担心，心中充满懊恼。他开始给所有的亲朋好友和酒店打电话，整整打了一个小时，可是没人见过她。他突然想起以前他们两人沿着岛屿另一侧的悬崖顶上散步的时候，她曾说过："如果哪一天我要自杀，我一定从这里跳下去。"他觉得她一定自杀了，一股莫名其妙的恐惧袭上他的心头。他打电话召来一辆的士，穿越整个岛屿来到悬崖边，沿着岩石堆寻找了两个小时。天破晓的时候他两手空空地回到家，家里没有任何她已经归来的痕迹，他又出门寻遍了所有的警察局。再回到家的时候已经八点半了，满心内疚与绝望，而伊丽莎白却站在门口的台阶上迎接他。

"哦，早上好，亲爱的。"她微笑着，如同往常迎接他从办公室回来一般的沉着冷静。这时她注意到他一脸狼狈，惊叫道："天哪，你到底干吗去了？"

她一整夜都跟朋友在一起，本午夜打电话过去询问的时候她请求朋友不要告诉他自己在哪里。听了她的痛苦遭遇后她的朋友很吃惊，还让她吃几片安眠药压压惊，不过被她拒绝了，她不愿求助药物，这样会显得她意志太薄弱。

"而实际上我睡得再好不过了，"她容光焕发地告诉本，"哦，对了，"她拿出一封信说，"这是我的最后通牒。"

这份最后通牒是她一夜安眠后用朋友的便条纸写的，上面罗列了继续跟他生活下去的所有条件，除了几条限制他活动的小条款外，还包括禁止下班后到奇巧俱乐部饮酒，当然还要立即与苏丝断绝关系。不过她也做出了让步，她说自己终于明白，当初反对他航海的做法是非常目光短浅的，这也无疑是促使他挣脱束缚、自贬身价找个中国女孩的重要原因，所以她决定恢复他每周六下午的航海活动。

"真是太高明了，"本再次赞叹，"是啊，怪不得伊丽莎白样样优秀。我觉得一百个女人里也没有一个能有她这么好的表现的。不，还要更少，一千个里面也没有一个能及得上她。"

我沉默着。我想也许伊丽莎白表现不那么好反而对他们的将来
更有益处。

本继续沾沾自喜地说："这成为了我们婚姻生活的一个转折点，
确定无疑。我们都吸取了教训，以后都会做得更好——基于精神上
的陪伴。当然我知道这一切对苏丝来说难以接受，不过不瞒你说，
我已经决定跟她断绝关系了。"

"是的，我想你已经冷静地考虑过了。"我说。

"老兄，我们就面对现实吧，那样的关系从一开始就是错的，因
为其中根本没有精神陪伴可言。不过我并不是在责怪苏丝，她这样
的出身、这样的职业，能做到现在这样已经很体面了。并不是因为
她没读过书、不识字，只是我们之间没有共同点，没有共同语言。"

"我和她很聊得来啊。"我说。

"坦白讲，我真是无法想象你们都聊什么。聊你喜欢的东西——
生意、政治、航海、刚读过的报纸——她的反应是什么？一副茫然。
你知道吗，有一天我发现她竟然没听说过温斯顿·丘吉尔。"

"不是吧，"我说，"你确定吗？"

"老伙计，我很确定。我对她说：'别装了，你肯定听说过温斯
顿·丘吉尔，他是二战时期的英国首相。'可是她根本不知道首相是
什么。"

"哦，可是她听说过毛泽东、孙中山和清明，—而且说不定比你
了解的还多。"

"我听说过前两位，后面那位仁兄我没听说过。"

"不是，仁兄，是中国的一个祭祀祖先的节日。"

"哦，我知道你说的是什么了。这又是件令人讨厌的事，因为这一天中国员工总是要求带薪休假，全都带着水桶抹布到墓地扫墓去了，我们只好关门不做生意。好吧，坦白讲，老兄，这正好证明了我的观点。我们面对现实吧，一个这样的女孩子，从小接受的教育就是荒谬的祖先崇拜，你怎么跟她建立精神陪伴关系？太不开化了。"

而他准备离开的时候，他浮夸的盔甲上出现了一条裂缝，露出潜藏在里面的重重疑惑。他从阳台椅子上站起来，朝栏杆外望了一眼，看到一艘航海俱乐部的帆船沿着码头附近的水域徐徐前行，被风扯紧的帆在阳光下泛着银色的光。他的眼中闪烁着殷切的期待。"周日我就可以跟他一样了。"他说。

我说："我还以为你只能在周六下午航海呢。"

我还没来得及说话，他就意识到了自己犯了严重的错误：他下意识里希望整个周末都可以去航海，也就是说周六下午和周日一整天，他可以自由支配，无须事先获得许可。

他说："是的，周六，我是说周六。"可是他眼中的光黯淡了，充满困惑。

这时他的注意力被海港上另外一件事物所吸引：一艘巡洋舰停靠在九龙一侧，驾驶台上的信号灯忽明忽暗闪烁着，正在给香港海岸电台发送信息。本望着灯光，默默地用嘴唇跟着念出每个单词。

　　我看到他眼中的困惑一扫而尽，再次充满了平静和满足，是我之前不曾见过的，仿佛一位船长站在驾驶台上，深知整艘船都在自己的控制之下，自己掌握着它的命运，这时他的眼中一定会闪烁同样的光芒，因为他觉得自己正在做男人真正要做的事情。我知道有那么一刻他回到了海军，回到了关系明确、目标明确、命令明确的生活中，那里没有女人、没有烦扰、没有纷乱的情绪，也没有性爱。

　　信号灯快速闪烁了几下，便熄灭了。他顿了顿才转身离开，眼中的满足感消失了，困惑重新爬了上来。

　　他掏出钱包，说："你能帮我个忙吗？我想给苏丝点儿钱，可是她一分也不要。你可以替我带她出去吃晚餐，稍微分散一下她的注意力。"

　　他给了我一百港币，拉开门，又停顿了一下。

　　"说实话，我觉得她对我一点儿也不在意，"他说，"我经常想，其实她爱的是你，她谈到你时的样子，会让人觉得她已经神魂颠倒了。"

　　"在你打她屁股之前大约如此，"我说，"你展现出来的健壮完全俘获了她的心。"

　　"哦，这我倒不知道。"

　　"事实就是如此，她一下子就成了你的女奴。你可以在伊丽莎白身上试试。"

　　"在伊丽莎白身上试试？老伙计，我做梦也没……"他突然改口，笑着说，"哦，也许周日就有事情做了，我会考虑一下的。"

III

"那个男人真是坏透了！我为每一个跟他有关的女孩感到可惜！就会说谎，说谎，说谎！他对我说：'苏丝，你真可爱！苏丝，你真漂亮！苏丝，我要跟我妻子离婚！苏丝，我要带你去伦敦！'是的，他说过五十遍、一百遍！可是现在呢，他却把我赶了出来！"

苏丝像爆竹一样在我的房间里毫无征兆地爆炸了。她根本没去电影院，而是沿着街道默然徘徊了三个小时。虽然她回来的时候感情依然压抑着，依然装作没有受伤，但是我看得出来她几乎到了临界点，所以我尽力引爆了她的情绪。十分钟后她受伤的情绪就漫了上来，一旦她的情绪有了宣泄口，就会夸张地上演一场舞台剧，穿着牛仔裤的女主角紧张兮兮、脸色苍白，突然变成恐怖的龙卷风，五分钟后我的烟灰缸就碎成了千万片。苏丝狠狠地把它摔在墙上泄愤。

我觉得这是个好现象，很为她感到高兴。不过烟灰缸的牺牲也提醒了我，赶紧偷偷地将房间里易碎的东西都藏了起来。

"把我赶出来！还要给我钱！"她趁我不留神拿到一支画笔，狠狠地抽打在床上，毯子上染上了几块颜料，笔头上沾上了几根毛线。她根本没注意自己手里拿的是什么，她的手上、牛仔裤上、脸上沾满了颜料。

"苏丝，让我帮你……"

　　她没理我，继续说："是的，他还要给我钱！我告诉他：'你以
为我是站街女吗？把你的臭钱拿走！'"

　　"好样的，苏丝。"她初次提到这件事的时候，情绪还没有爆发，
还说自己庄重而礼貌地拒绝了他的钱，不过她的夸张之词也是情有
可原。

　　"我不会让那个人好过的！明天我要去他的办公室，我要告诉所
有人：'你们的老板不是好人！我是个处女，一个良家少女，你们的
老板诱奸我！'"

　　那一刻她自己竟然信以为真，更加愤慨。她想尽各种方法来惩
罚他，她要去他家里告诉他的仆人，更甚者她还要写信给香港的头
号英国长官——至少是她口述我执笔——告发他假扮警察，还打她
屁股。他肯定会因此而身陷囹圄。"是的，他们会把他关进猴子房
里！关个两年三年！他罪该如此！"

　　然而将他送入牢狱的权力让她感到些许的畏惧，她的愤怒明显
平息了很多。

　　"希望关他三年，"我鼓励道，"这才公平。"

　　她含糊地说："是的，就该让他遭遭罪，那个男人。"她不知道
自己是否希望听到我诋毁本，似乎这只是她独有的权利，而我的诋
毁让她想为他辩解。几分钟后她果真开始为他辩解，将所有的罪责
都归咎于伊丽莎白的不良影响。最后她将自己所有的怒气都吹散了，
心情几乎恢复到正常。

　　我说："苏丝，你看你的脸，照照镜子。"

　　她照了照镜子，苦闷的脸上挤不出笑容，她说："什么，你是说这些颜料吗？我才不在乎。"不过她马上又努力笑了笑，说，"哦，假如我去了他的办公室，他们也不会知道我已经不是处女了，我肯定能给他带来好多麻烦！"

　　"我还是觉得最好给总督写信。"

　　她略带忧虑地扫了我一眼，唯恐我威胁她，说："不，不好。这样就惩罚不了他的妻子，应该被关进猴子房的是他的妻子。"她看着自己的手，咯咯笑着说："看我现在一身乱糟糟的！"

　　"接着。"我扔给她一块松节油，让她擦颜料，"折腾了这么久，你一定饿坏了吧，苏丝？"

　　"不饿，我什么也吃不下。"

　　"好吧，你怎么着也要去吃点儿。我没你那么高风亮节不愿要本的钱，他刚给了我一百港币让我带你出去吃晚饭。那就走吧，我们要大吃一顿。"

　　她无精打采地答应，把身上收拾了一下后我们就出发了。阿唐刚刚下班，我们等电梯的时候他咧嘴笑着说："你的朋友刚出去，你现在安全了，先生。"

　　"真是谢天谢地。"我说。

　　自从两天前的汽车事件之后罗德尼一直不跟我和苏丝说话，而阿唐觉得无法劝和我们，就将罗德尼的行踪汇报给我，免得我撞见他尴尬。

　　"那个愚蠢的花心蝴蝶！"苏丝扑动着双臂模仿蝴蝶，"我现在感觉好多了。啊，我现在觉得特别饿！"

"太好了，苏丝。我们去哪里吃饭呢？"

"去家小餐厅吧，不，我要去大餐厅。嗯，我们要去那种有音乐的高档大餐厅，要用那个男人的钱好好享受一顿！"

我们决定去九龙的一家餐厅，可以跳舞，还可以欣赏到卡巴莱歌舞表演。要去这家餐厅苏丝就要换衣服，所以我们约定三刻钟后在渡口碰面。我返回房间换上西装领带，然后沿着码头踱步打发时间。我到渡口的时候苏丝还没到，于是我就站在那里看三男一女在码头附近的小舢板上打麻将。天色已晚，他们就着马灯的光，蹲在货箱上，完全不顾小船来来回回地摆动。看着他们我就有些晕船，所以就走开了。这时苏丝坐着黄包车过来了，她穿着一件乳白色真丝旗袍，外面罩着一件织锦上衣，脚上是一双白色的鞋子。她挎了一只金色的手包，与织锦的金线很搭配。她的指甲也刚刚涂过。

"苏丝，你打扮得真漂亮，"我说，"而且这么快就打扮好了。"

"我很生气，刚才上车的时候把袜子扯破了。"她转头检查了一下尼龙长袜。

"你涂了唾沫了吗？"

"唾沫？"

"你不知道吗？那上船后我告诉你怎么弄。"

过闸门的时候她挽住了我的胳膊，说："你知道吗，我现在感觉很高兴！感觉美极了！"

她的快乐有些牵强，悲伤依然依稀可见，不过她已经接受一切都是既成事实，也下定决心不再因此生气。她欢快地将渡轮当作驶向美国的轮船，挥舞着手帕，仿佛是在对本说："再见！再见！很抱歉我要离开你，我要嫁给有钱的美国佬！"渡轮靠岸的时候她说："我还不知道纽约有这么多中国人，简直跟九龙一模一样啊！"

我们盘算着本给的钱足够我们打的士，不过渡口附近没看到的士，我们就乘了两辆黄包车。我们拐入弥敦道，在拥挤的巴士和汽车中间来回穿梭。车夫在颠簸中保持平稳前行，他们宽大的赤脚长满老茧，拍打着坚硬的城市街道。拉我的车夫身上的衬衫破了很多洞，我能看到他的肩胛骨起起伏伏。黄包车在红绿灯前走走停停，然后左拐，在一幢挂着红色霓虹灯招牌的大楼前停下来。招牌在人行道上投下一片光影，招牌熄灭光影便消失了，然后招牌上的中国字一个一个地亮起来，光影便重新出现了，越来越红，如同火苗被风愈吹愈旺。我们乘电梯到达顶层的餐厅，身穿白色无尾礼服的经理引领我们穿过拥挤的房间。用餐的不仅有中国人，还有欧洲人，很多都穿着晚礼服。餐厅里有个舞池，还有一支菲律宾乐队。苏丝镇定地跟在经理后面，早些年她在舞厅工作的时候经常被带到这样的地方，这里的规矩她比我熟悉多了。

经理把我们带到一个离乐队很近的位子，我正要怯懦地接受，苏丝却说："这里太吵了，那边的位子比较好。"

"那个位子已经预订了，"经理微笑着说，"你看到牌子了——预订。"

"坐在这里我们的耳朵会被震聋的。"苏丝说。

"很抱歉，只剩下这个位子了。"

"好吧，我们还是去其他地方吧。你们餐厅这么贵，我们可不愿花了钱还变聋子。"

"好吧，也许预订另一个位子的客人不会来了，我就为你们冒一次险。"

他带我们到预订的位子，拿走了牌子，恭敬地为我点燃香烟，然后招呼在其他桌前忙碌的侍者为我们服务。他走后我笑着对苏丝说："苏丝，这下他可算被镇住了，我也被镇住了，你真是太泰然自若了。"

"泰然自若，什么意思？"

"意思是你可以打败这个餐厅里的任何一个女人。"我朝侍者刚递给她的菜单点点头，"现在你想吃什么？"

她奇怪地看着我，我突然意识到她看不懂菜单，就笑着说："苏丝，我真是昏了头了！好吧，这恰好证明你泰然自若到我把什么都给忘了。"

"可你现在为我感到羞耻。"

"羞耻！苏丝，你再说这样的话我就把你放在腿上，像本一样打你屁股，因为我是如此为你感到骄傲，不住地看四周的人是不是在看我们。"

我真的为她感到骄傲，因为我从未见她如此美丽，一身白色的真丝旗袍，顺滑的黑发披在肩膀上，白皙的小脸儿，高高的颧骨，黑色的眼睛又大又圆。而她的美丽中又增添了一些拘谨和端庄，一部分是因为她按照中国习惯拘谨地坐在椅子上，后背挺得直直的，另一部分是因为她高高竖起的旗袍领子，如同维多利亚时期女士戴的领圈，尽量将皮肤遮掩起来。她的样子让我为之愉悦，为之着迷，越是不协调，越是让我着迷。

苏丝说："那边有人在吃北京烤鸭，你喜欢吃北京烤鸭吗？"

"我只吃过一次，特别贵，不过我很喜欢。我们再来点儿中国白酒。"

"温的？"

"哦，是的，温的。"

菜很可口，可苏丝却一直沉默，心事重重，只吃了一点点。席间我们没说多少话，只在北京歌手随着菲律宾乐队演唱的时候讨论了几句。这个歌手身穿一件长长的黑色旗袍，上面嵌满亮片，看上去如同一个美丽的瓷娃娃，而她唱起歌矫揉造作，如同被线操纵着一般。她旗袍的领子甚至比苏丝的还要高、还要坚硬，看上去脖子细长细长，就像一只长颈鹿。她刚上来的时候披着件蓬松的皮草外套，蓬松到你想朝她吹气，就像蒲公英一样，你特别想知道吹几口气能把所有的绒毛都吹掉。后来她把这件皮草外套放在身后的三角钢琴上，如同天鹅绒毛做成的大团粉扑。远远望去她不超过二十五岁，而苏丝却说她至少有四十岁，还说她是一个富商的小妾，解放前跟随富商和他的妻儿一同逃离内地。

她扯着吱吱呀呀的哀怨嗓音低低唱着中文歌，不断地重复着中国式的单调，不管歌曲是喜是悲都是同样的音调、同样的玩偶般的僵硬和矫揉造作。

"苏丝，我觉得你唱得也很好，"我说，"而且肯定比她更有灵气。不过她的领子那么高还能唱歌真让人惊叹。"

"已经算是低的了，她的领子，"苏丝回答说，有些嫉妒比她自己的领子高，"哦，是啊，高领子显得很伶俐。"

"我们跳舞吧。"

我舞跳得很糟糕，而苏丝如同其他舞女一样，舞姿很优美，而且她很善于转嫁自己的舞技，似乎一直被舞伴带着，轻得如同一片羽毛，而她的舞伴会相信一切都是自己的功劳。我沉浸在这种虚幻的良好错觉中，为自己的新才能沾沾自喜，我惯有的自我意识在舞池中奇迹般地消失了。我从未如此尽情地跳舞。以前我一直很困惑为何舞厅里的其他人都如此地充满激情，而现在，音乐的节奏丝线一般缠绕在我们身边，将我们围在茧的中间，我们的肢体精妙地配合着移动，浑然一体，这时答案便昭然若揭：我们相互之间的协调回应了内心的孤独，我们曾是不完整的两部分，现在合二为一，成为一个完美的个体，这种结合除了性爱无可比拟。

音乐结束了，将我们合在一起的蚕茧突然消失了，我们分裂开来，完整的个体再次分成两个不完整的部分。这样的感觉如同截肢一般，孤独和不完整让我恢复了自我，我觉得很尴尬、很滑稽。我觉得苏丝也有同样的感觉。我们沉默着回到桌前，好几分钟没说话。

然后苏丝直视着我的眼睛说："你觉得现在本跟他妻子幸福吗？"

"我很怀疑，苏丝，"我回答说，"不会太久。"

"为什么？"

"我觉得伊丽莎白肯定又会开始唠叨，管东管西，占有欲太强。"

"你怪她？你觉得都是她的错？"

"我觉得大部分是她的错，你不这么认为吗？"

她摇摇头，说："不。"

"可是我觉得你也这么认为，"我惊讶地说，"在我的房间你还说一切都是她的错。"

"在你房间的时候我还很伤心，当时说话根本不过大脑。而现在我觉得不是她的错，我觉得她不幸福，他的妻子不幸福。"

她接着表达了自己的观点，概括起来也许她自己都不明白，她说，伊丽莎白的唠叨和占有欲源于她内心的不安全感和爱的缺乏，而本根本无法真正地去爱任何女人，这才是问题的根源。她如今才意识到，自己醉心于本才会无视他性格的缺陷，而自己对他的第一印象是完全正确的。

"他不是个好男人，"苏丝说，"他不想伤害任何人，他善良、好心，但是他的心胸太狭隘，狭隘到装不下太多的感情。也许只能装下对他自己的感情，而装不下对其他人的感情。他不会真正地去爱任何人。"

"你真是太聪明了，苏丝！"事实已经不止一次证明她拥有比我敏锐的洞察力，让我更惊奇的是，她根本从未见过伊丽莎白，却能如此准确地推断出来。"无论如何，如果你真觉得本是这样的人，也许你对发生的事也不会太介怀。"

"你知道的，我依然觉得受伤，我的自尊受到了伤害，因为他让我很丢脸。就跟孩子的父亲抛下我去了婆罗洲时的感觉一样，我不爱他，只是有点儿伤自尊。"

片刻之后我们又起身去跳舞，我跟在苏丝身后在桌子之间穿梭，这时我听到有人喊："嘿，你好啊！"是我去的那家银行的职员。他是苏格兰人，很年轻，名叫戈登·汉密尔顿，在银行工作的时候非常和善，常常帮助别人。我对他笑了笑继续往前走，因为我急于走到舞池，不想中途停下来跟他说话。我看着走在前面的苏丝，白色的真丝旗袍紧紧地裹着她的腰肢和臀部，勾勒出凹凸有致的曲线，光滑的黑发瀑布一样披下来，发尾稍有不齐。不知道为什么，她的发尾深深打动我的心。她滑进我的怀里，那一刻奇迹再次发生，音乐的节奏再次将我们包裹成蚕茧，两个不完整的部分融合成一个完整的个体，我们飘浮在音乐中，如同海鸥徜徉在天空中，冲上云霄，旋转，低旋，没有了时间，没有了空间，只有合二为一的快乐。

一曲终了，我一时无法适应突然的分离，离开舞池的时候仍握着苏丝的手。这时我突然想起银行的戈登·汉密尔顿，就放开她的手让她先回到座位，我去跟汉密尔顿寒暄两句。他穿着黑色苏格兰短裙，戴着黑色领带，留着滑稽的八字胡，两只小眼睛闪烁着愉悦的光芒。他向我介绍自己身穿长晚礼服的妻子，眨眨眼说："我正跟伊泽贝尔讲你住的那个临水的地方，希望你别介意我透露了你的秘密。"

"这也不是什么秘密。"我回答说。

"那个地方听起来很吸引人呢。"他的妻子说，音调中带有家教良好的年轻女子才有的决然和豁达。为了再次证明她属于当今一代，与上一辈不同，她向我热心一笑，仿佛已跟我结成同盟，共同抵抗思想落后的父母。

"我说，你今天晚上可是艳福不浅啊，"汉密尔顿眼中闪光地说，"你们刚才在舞池跳得真不错！"

"几乎少儿不宜哦。"他妻子说，当今一代的年轻人都流行这样说话。

"真是光彩照人，"汉密尔顿说，"她是谁啊？有钱大亨的女儿？家财万贯，还有自己的汽车？"

"不是的。"

"哦，难不成她是临水酒吧里的女孩？不会这么光彩照人吧？"

我正要否认，却犹豫了一下，我的内心抵制自己撒谎，我说："实际上她是的。"

"天哪！不是吧！"哈密尔顿咧嘴笑笑，翻着眼睛，扯着自己的八字胡叫道，"哇，哇，哇！如果我还没结婚……嗯嗯！"

他的妻子一脸困惑，问我："问个愚蠢的问题，她不是……当然她不是，可是你刚才的话好像是说她在你住的酒店工作。"

"他刚才的话就是这个意思，"汉密尔顿说，"她就是在那里工作的女孩。"

"可是我以为她们只是……哦，只是，服务水手的……"她脸上充满恐惧，她想起我和苏丝刚刚跳过舞，就朝舞池瞥了一眼，涨红了脸，一副疑惑的样子。我觉得很抱歉，我知道她本没有恶意，现在却有些不安，因为她觉得自己不善察言观色，问了刚才那个愚蠢的问题，会让我很尴尬。

"别担心，伊泽贝尔还很幼稚，"汉密尔顿眨眨眼，想要缓和一下气氛，"我以后得好好教她些生活常识。"

我向他们道别，心里暗暗希望苏丝不要注意到投向她的目光，不要注意到我们在讨论她。而我走近的时候她一直看着我，脸上没有任何表情，我知道她已经看到了。

我坐下来，过了一分钟她说："你们刚才是在说我吧？"

"是的，那个男人是在银行工作的，他说你'光彩照人'。"

"那个女人一直看我。"她说。

"那是他的妻子。"

"她在想：'那个女孩真脏，她是个肮脏的啧啧啧女孩。'你是不是告诉她了？"

"我告诉她你在南国酒店工作。"

"为什么？你为什么要告诉她？"

"我不知道，苏丝，我只是无论如何都不能说任何关于你的谎话。我不知道为什么。"

她沉默了，脸上依然没有表情，不过通过她的眼睛能看到她正在认真地思考。沉默持续了很长时间，我转过头看着美丽的长脖子北京瓷娃娃，麦克风将她尖利的单调歌声和着音乐的洪流扩散到餐厅的每个角落，淹没了里面的每一个人。然后我转回来看着苏丝，惊讶地发现她的脸上带着满足的光彩，挂着神秘的笑容。

"苏丝！"我笑着说，"我还以为你会生我的气呢！"

她摇着头说："才没有。"

"你完全有理由生气的。不过你不生气最好了，我们可以再去跳一曲。"

她犹豫了一下，仿佛很困惑，问："你还想跳舞？"

"当然了，你不想了？"

"想。"

我们又跳了好几曲，我们走向舞池的时候苏丝故意放慢脚步，从汉密尔顿夫妇的桌前经过，那是去舞池最近的路线，她没有为了避开他们而特意绕路，她腰背挺得直直的，泰然自若，微扬着下巴，告诉人们她并不感到羞愧。舞毕回去的时候我们牵着手，她的脸上依然挂着神秘的光彩，可我并不知道这光彩因何而生。

我们跳完最后一支舞，我付了账。我们乘电梯下去，沿着人行道往前走，希望能打到的士，而我们的手依然相互握着。路上根本没有的士的影子，苏丝穿着高跟鞋走路很吃力，我到马路对面叫了两辆黄包车。

"我真希望他们有双人黄包车，这样我就不用放开你的手了。"我说。

"你想乘巴士回去吗？"

"你想坐什么？巴士还是黄包车？"

"巴士，这样就能继续牵着手了。"

　　我给了两个车夫一港币，感谢他们从马路对面过来，苏丝觉得没必要，太浪费，尽管本给的一百港币还剩下一半。我们转过弯走到弥敦道车站，上了一辆双层巴士，跟伦敦的巴士几乎一模一样，除了颜色不是红色而是绿色的。我们沿着狭窄陡峭的台阶爬到上层车厢，坐在左边前排的位子，在伦敦我最喜欢坐在这个位置：前排可以看风景，左边比较舒适，坐在右边车转弯的时候身体容易跟着倾斜。

　　苏丝依然心满意足地挂着神秘的笑容，我说："苏丝，我希望你能告诉我你为什么这么高兴。"

　　她说："因为你对那个英国女人说的话。因为你告诉她我是个肮脏的喷喷喷女孩。"

　　"我可不是这么说的，可是这有什么可高兴的啊？"

　　"'我女朋友是个坏女孩，她做肮脏的工作'，你大概是这么说的吧，不过你并不为此感到羞耻，你很骄傲，仿佛在说一个体面的好姑娘。然后你还邀请我去跳舞，你在那个英国女人面前把我带到舞池，握着我的手。是的，在那个英国女人面前握着一个肮脏的喷喷喷女孩的手！而你依然没有觉得羞耻，你看上去非常骄傲，仿佛我是一位公主！所以我感觉非常好，从来没有人让我感觉这么好。"

　　我一时语塞，只是紧紧握了握她的手，说："苏丝，我的甜心。"

　　"我的甜心。"她咯咯笑着。

　　"苏丝，我之所以那么骄傲，只是因为我真的为你感到骄傲和自豪。这也是为何我不能说任何关于你的谎话。我为现在的你感到骄傲，我不能假装你是其他样子。"

"本从未为我感到骄傲过，他觉得很羞耻。有一次我们去一家餐厅吃饭，他又害怕又羞愧，脸上直冒汗，不停地掉东西，还说：'苏丝，我觉得那个人认识我！苏丝，你赶紧躲起来！苏丝，我该怎么办！苏丝，你觉得他们知道你是个坏女孩吗？'"

"我知道的，苏丝，可是本也不容易，他这里有生意，还有妻子，他有很多顾虑，而我没有。"

"可是他从不觉得骄傲，即使是跟我单独相处的时候。他从来感受不到爱和幸福，什么也感受不到。哦，我对那个男人如此厌烦！跟他总是没什么好说的！"我想起本之前也如此抱怨，就不禁大笑起来。苏丝疑惑地看着我，问："怎么了？"

"没什么，我只是想起了本说过的话。倒是提醒了我，苏丝，你听说过温斯顿·丘吉尔吗？"

"你再说一遍。"

"温斯顿·丘吉尔。"

"这是什么地方？在美国吗？"

"苏丝，不是吧！这不是地名，而是人名。"

"我从没听说过这个人。"

我想起英国名字翻译为中文后往往与原来的发音相去甚远，因为这取决于中文译文的发音，而文字的选择一般很随意，通常根据名字的含义，而不是名字的发音。所以我变换了各种语音语调重复说了好几遍"温斯顿·丘吉尔"。

突然苏丝的脸上闪现出光芒。

"你是不是说……?"她说了个人名，听起来像"温书吉吉"，只是音调起伏很大。

我说："是的，大概是的。"

她像看笨蛋一样看着我，说："那你怎么不说呢? 为什么给他起那么一个奇怪的名字呢?"

"哦，不管怎样吧，这个人是谁?"

"你是说温书吉吉? 他是英国的头号长官，不过现在他已经退下来了。他经常叼着个大烟斗，是个大胖子，长着一张大白脸。哦，对了，我和吉薇妮在电影院看到他的时候，我还跟她说：'快看，那个温书吉吉跟我的孩子长得真像!'"

我笑起来，用胳膊把她揽过来，吻了吻她说："恭喜你，苏丝! 我真希望本能听到你刚才说的话!"她依偎在我身上，我们沉默了一分钟，她说："罗伯特，你知道本曾经说什么吗?"

"说什么?"

"他曾经说：'苏丝，你根本不爱我，你爱的是罗伯特。你肯定对他很着迷，看你提到他时的样子。'"

"是的，他也跟我说了，不过我觉得可能不是这样的。"

"不，是这样的。"

"苏丝，到渡口了，如果我们不赶紧，就只能去睡仓库了。"

我们赶上了最后一班开往湾仔的渡轮。香港岛沿岸的灯光招牌几乎都熄灭了，而九龙码头的游轮从头到尾闪着彩色的灯光，烟囱上绿色的霓虹灯描绘出游轮的名字。我们坐得稍微有些分开，紧握的手藏在我们身体之间的椅子上，因为苏丝说中国人认为在大庭广众之下表达感情是不礼貌的。我们在湾仔码头下船，我跟在苏丝身后走过踏板，过了闸门。她停在路上等我，头发淹没在黑暗中，我只能看到她白皙的脸庞、白色的裙子和白色的鞋子。

我拉起她的手说："苏丝，你会跟我回房间吗？"

她把白皙的脸转向我，说："你是说睡觉？你想跟我一起睡觉吗？"

"是的，我就是这个意思。我整个晚上都特别想要你，一开始我很为自己感到羞愧，因为你跟本才结束。可是我们今晚如此亲密，其他的都不再重要，我也不再觉得羞愧。那你会过来吗？"

她把前额抵在我胸口，头顶正好在我下巴下面，她说："我想去。"可是她声音里充满不确定，似乎只是不想让我失望才这么说。

"你怎么了，苏丝？是因为本吗？"

"不是，不是因为他。太可笑了，我不想说。"

"告诉我吧，苏丝。"

"好吧，"她顿了顿，"假如我是个普通的女孩，普通的英国女孩，今天晚上跟你一起出来。假如你很喜欢她，想要她跟你回去睡觉，你觉得她会去吗？"

"我不知道，大概她会拒绝的吧。"

她把头在我胸口点了点，说："我知道这很可笑，不过我希望对你而言，我是个普通女孩，我想拒绝。"

我笑了笑，说："苏丝，你真可爱。"

"我就知道你会笑话我的。"

"我不是真的笑，不是笑话你。"

"我明天会接受的。我只想拒绝一次，这样我就能记得自己曾经拒绝过。你明白吗？"

"当然明白。"

"那很抱歉我只能拒绝了，罗伯特，"她一本正经地说，"今天晚上我们过得很愉快，我也很喜欢你，可是你也知道，我是个好姑娘，我还是处子之身，所以我很抱歉，我不能跟你上床。"

"我真是失望至极，苏丝。难道没有可商量的余地了吗？"

"没有，很抱歉。"

"你要不要上去看看我的画？当然，我会克制自己的，哦，我会尽力克制自己的。"

"不要了，罗伯特。我那么喜欢你，我怕自己把持不住，我要回家了。"

"那我能送你回家吗？"

"可以，你可以送我回家，不过你只能送到门口。"

IV

所以第二天晚上我们沿着水边走向南国酒店，即将成为一对情侣。我们去了电影院，然后沿着轩尼诗道的拱形游廊走回来，经过拥挤的咖啡厅和灯光通明的店铺，拐进林肯街，小吃摊上的汽灯发出嘶嘶的声响，男人们像黑猩猩一样蹲在长凳上大声地喝汤。我们沿着水边经过工作坊，经过麻将室，经过海军裁缝店和"欢迎皇家海军雅典号的所有船员"的招牌，穿过码头边缘的大片阴影，然后我停下脚步，提心吊胆地看着一个醉醺醺的男人跟跟跄跄走在舢板的狭窄踏板上，突然跌倒了，还好没有落入水中，然后又爬起来继续蹒跚前行，如同马戏团的小丑在钢丝上假装要跌落的样子吓唬你，却又在最后一刻稳住了脚步。我看着他走到甲板上，平安地躺下，才转身去赶苏丝，然而看到她我又停住了脚步，两脚生根似的站在那里一动不动。

她停在不远处等我，路灯淡淡的微光笼罩在她身上，这微光如同云层缝隙里透出的天国之光一样神秘，打在她的脸上、她的手上、她旗袍裙子下露出的腿上，给她蒙上一层不真实的面纱。看着她勾起了我内心记忆的影子，如同一只飞鸟闪过，我捉不到它。然后突然我捕捉到了：是我儿时见过的一幅画。我刚上学时有一本插图版《圣经》，里面有一张淡淡的彩色插图，画的是耶稣在耶路撒冷的大街上显奇迹。图画的前端是耶稣的肩膀和举起的手臂，身后是一堵

　　白墙，上面装着带栅栏的窗户，两个衣衫褴褛的麻风病人蹲在墙角，被疾病折磨得体无完肤，他们前面的另一个麻风病人刚才还跟他们一样，现在却站立起来，完全康复了。他的身上就笼罩着这种淡淡的、来自天国的光，正如苏丝站在路灯下的样子。

　　那一刻我被一种奇怪的念头攫住，我觉得又有一个奇迹发生了：苏丝一直想以处子之身去爱一个人，而现在她的贞洁修复了，她站在那里纯洁无瑕，她叔叔的强暴和接客的污点都如麻风病人的疾病一样奇迹般地洁净了。她的脸明媚灿烂，闪烁着纯洁无瑕的美丽。她的表情一如我记忆中麻风病人的表情，一半谦恭，一半惊奇。

　　而我自己也为这奇迹深深打动，一时间只知道傻傻盯着她看。她没有动，看着我，仿佛明白我心里的想法。

　　然后我走过去，揽她入怀，亲吻她白皙无瑕的脸庞，她任我亲着却没有回应，扬着脸一动不动，带着些许微笑。突然渡口上传来洪亮的汽笛声，我们都不禁朝渡口望去，然后回到了现实，我知道根本没有奇迹，没有躯体的康复，也没有超自然的洁净。

　　然而，当我们沿着码头继续前行，走出路灯的笼罩，走进阴影中，我依然能感觉到她身上隐隐发光。虽然自从刚才看到她站在路灯下后我并没有跟她说话，她却仿佛有着跟我相同的想法，她对我说："罗伯特，你知道吗？我今天一天都在幻想你是我的第一个男人，我知道这不是真的，可是我却觉得是真的。"然后她略带害羞地微微一笑，"而且我觉得很害怕。是不是很可笑？就好像我这是第一次，我都不知道该怎么做。"

我说："我也很害怕。"

"我非常害怕。"

我想，奇迹终究是存在的。不是让她的身体重新变得完整，而是她的心。因为爱就是奇迹，可以抚平过去，可以洁净心灵，可以用纯洁无瑕的神秘和惊奇填补一切。这是苏丝自己的奇迹，这是信仰的奇迹，她想让我成为她的第一个男人，我就是她的第一个男人，而对于我来说也是一样，过去不复存在。

我们穿过马路朝南国酒店走去，稍微拉开些距离。因为我们很快就要成为恋人，过去的熟悉感一下子消失了，我们对彼此来说几乎是陌生人，就如同你从新的路径回家，熟悉的家也会变得很陌生。我们进了酒店大堂，谢天谢地里面没人，我们现在的情绪微妙而和谐，我很害怕被打破。我们站在那里等电梯的时候，我祈祷不要有水手或女孩从酒吧里出来，我祈祷我们上楼后也不要碰到眼神呆滞、心中无爱的男女从房间里出来，不要有任何能想起苏丝过去的东西。我只是后悔没有带她去其他酒店，那样就不用担心这些了。

电梯下来，门打开了，里面只有电梯操作工。我松了一口气，随着苏丝进了电梯。

令我痛苦的是，当电梯咔嗒咔嗒上升的时候，我们听到愈来愈愤怒的吵闹声，越往上去声音越响越刺耳。到了三楼，电梯门打开的时候我们被吵闹声包围，电梯外是我在南国酒店见过最激烈、最火爆的场面。

吵架的是周三露露，被酒吧经理和两个女孩拼命抱住，她奋力想挣脱，几个人合力才将她拖住。她的脸因愤怒而变得异常丑陋，冲着一个水手大骂不止。而那个水手也一脸愤怒，脸涨得通红，醉醺醺的，也冲着周三露露大喊，一直重复着同一个词，这个词本身的含义是做爱，后来不知怎的就被人们用作辱骂或鄙视别人最狠毒的词语。

走廊上挤满了女孩和水手，他们从房间里跑出来看热闹，衣衫不整。穿过他们回到我的房间几乎不可能，我们沮丧地站在电梯口看着走廊里的场景。我之前见到的周三露露安静而自制，说话轻柔，从不大声。而现在愤怒让她语无伦次，她也选择用同样的词语回敬水手，他骂一句她就重复一句。

经理也在大喊着调解，不过他的声音被两个人愤怒的骂声掩盖了。那句脏话在两人之间毫无意义地来来回回，一次比一次响亮，如同一只网球被两个发疯的球员来回地击打。

水手准备走开，嘴里依然谩骂不止。这时周三露露挣脱了束缚，一头朝他撞来，将他撞了个趔趄，然后用手疯狂地捶打他的脸。酒吧经理、两个女孩和几个水手合力拉住她，扯破了她的旗袍。她被拽开了，水手倨傲地吐了口口水，掸了掸衣服。小爱丽丝从离电梯最近的门口伸头观看，突然咯咯笑了起来，拉了拉身边水手的手，说："嘿，回来吧，杰克，有那么有趣吗？"杰克个子小小的，很年轻，有些驼背，胸膛晒得黑黑的。小爱丽丝把杰克拖进房间，他正准备关门，却看到了苏丝，就又把脸探了出来，咧嘴笑着。

"嘿，苏丝。"

苏丝转头看着他，脸上没有任何表情。

"我是杰克，"他笑着说，"你还记得我吗，杰克，杰克·博伊。雅典号，去年六月。好吧，回头见，可以吗？"

他关上了门，苏丝转过面无表情的脸，看着走廊里的闹剧。被周三露露袭击的水手再次准备离开，却又停了下来，回头冲着周三露露、酒吧经理和走廊里所有的人最后骂了一句，然后下了楼梯。

围观的群众渐渐散去，经理、周三露露和少数几个人继续站在走廊里怒气冲冲、面红耳赤地大喊着。我们从人群中挤过去，我闷闷不乐地跟在苏丝身后，感到很沮丧、很扫兴，不知道我们是否能找回刚才的情绪。

而我一关上门，将走廊的声音隔在外面，转身看到苏丝站在房间中央，脸色苍白，半含羞涩，好像她从未来过我的房间，我就明白我们可以很快找回原来的情绪，外面发生的一切也没有像我担心的那样影响到我们。因为她身上依然带着些许光辉和惊奇，这意味着奇迹抵挡住了攻击，抵挡住了周三露露丑陋、愤怒而扭曲的脸，抵挡住了衣衫不整的水手，抵挡住了被重复了无数遍的脏话，抵挡住了与"雅典"号杰克的相遇，而她的感情依然完整如初。

我打电话让二楼的服务员送茶水过来。我们端着茶杯来到阳台，靠在栏杆上。海港对面的灯光映在半岛酒店的窗户上，挂在游轮的索环上。游轮烟囱上霓虹灯组成的名字远看是一团团绿色。

"那艘船还在那里呢。"苏丝说。

"是啊，我想应该明天才走吧。"

她说："我还是害怕。"

"我也是，不过我们不会有问题的，是吧？"

"是的。"

"我们睡觉去吧，苏丝。"

她没有动，我走进房间，待了一会儿就先上了床。苏丝依然偎在栏杆上，后来她走了进来，没有看我，而是站在梳妆台前，慵懒地摸着我的梳子、我的书、我的新烟灰缸，昨天她把旧的摔碎后阿唐换了一个新的给我。她拿起梳子若有所思地梳着头发，看着镜中的自己。然后她放下梳子，开始解领子上的扣子。她松开领子，开始摸索腋下的拉链。她将拉链拉开一个小口，然后停下来。

"罗伯特，把灯关了。"

我笑了，说："你不会害羞了，不敢脱衣服吧？"

"是的，害羞——在你面前。"

我按下墙上的开关。阳台的门敞开着，我可以看到苏丝的轮廓映在天空中——内地的天空，中国的天空。

她褪下旗袍，弯腰脱掉脚上的长袜，头发倾泻下来，盖住了她的脸。她走过来钻进被窝，躺在我的身边。她的身体冰凉而未知，从未有人触碰过，因为奇迹已经将之洁净，已经没有任何触碰过的痕迹。我心想，这是开始的时刻，这是最美妙的时刻，两个不完整的部分再次合二为一，成为一个完整的个体。

而后发生了一件奇怪的事情，就在那完美结合的一刻，就在那没有自我意识、没有分离的一刻，苏丝突然啜泣起来，如此猛烈而突然，就像有人在不住地摇晃她的身体。我被吓坏了，因为她的身体如此娇小而脆弱，我害怕她无法承受这样猛烈的摇晃。

啜泣停止了，我们又分开为两个部分，她躺在一边，轻声抽泣。

然后她翻过身，摸索着握着我的手，说："罗伯特，是不是很好笑，我之前从未这样哭过。"

"真的很奇妙。"

"可是我都忘了，我之前从未有过男人，是吧？你是我的第一个男人。"

"是的，怪不得你会哭。"

"作为一个处女，我还可以吧？"

"作为一个处女，你非常出色。"

"是你有过最好的处女吗？"

"我之前从未有过别的处女，也从未有过别的女人。"

"我是你的第一个女人？"

"是的，当然，你是我的第一个女人，我是你的第一个男人，我们的世界才刚刚开始。"

第六章

/
/
/

I

第二天上午我九点钟醒来，苏丝还在酣睡。我越过她的身子伸手到床头柜拿了一本小说来读，可我心中实在太欢欣，根本无法集中精力，我放下书，看着身边熟睡的苏丝。她的脸如同婴儿般恬静，眼睑轻柔地闭着，睫毛像日本小扇子一样舒展着，一根根清晰可数。我想也许她在做梦，中国人会做什么样的梦呢？我希望她的梦如同中国诗歌描绘的那样，有亭台楼阁，有假山绿水，有鸟叫蝉鸣，有温润的米酒和满满的爱。

整整一个小时她一动没动，之后微微动了一下，叹了口气，翻个身，换了个舒服的姿势又睡着了。

"醒醒，亲爱的苏丝，"我叫道，"快醒醒。"

她像一只贪睡的小猫一样呜呜了几声，然后说："亲爱的。"

"醒来了。"

她翻过身依偎在我身上，咯咯笑着，欣喜震颤，说："真美妙。"

"什么真美妙？"

"'亲爱的。'你低沉的声音非常美妙，砰砰！"

"我让阿唐送茶水过来，等他进来时注意看他的脸色。"

我用床头的电话打给阿唐，苏丝闭着眼睛将床单拉到下巴处。阿唐敲敲门，端着茶壶进来了。他看到苏丝停下了脚步，两只眼睛瞪得如同铜铃一般。然后他回过神儿来，走到床头柜前，眼睛尽量不往床上看，努力保持不动声色。他把原来的茶壶从垫子上端起来，然后放上新茶壶。我觉得不能再折磨他了，就说："你是不是很惊讶，阿唐？"

他抬头看到我朝他微笑着，脸上立刻如释重负，绽开笑容。

"是的，先生，我很惊讶，也很高兴。"

我知道阿唐真的很高兴，因为他一直担心我没有女朋友，他曾经怀疑我要么有问题，要么是警察的卧底。而现在，我跟其他人一样，床上躺着个姑娘，一切就再好不过了。他倒了两杯茶，高兴地笑着，离开了房间。苏丝一直没有睁眼。

"亲爱的，"她咕咕哝哝地说，"砰砰！"

十一点钟阿唐又来到我的房间，手里拿着我送洗的衣服，脸上依然挂着笑容。他汇报说罗德尼问他苏丝是不是还在我这里，他机智地声称自己不知情。

"他怎么知道苏丝在我这里？"我问。

"先生，二楼的服务员昨天晚上告诉他的。"

说完他出去了，苏丝坐起身来说："哎，几点了？我得走了，我要去看我的孩子。"

"我能跟你一起去吗？"

"不可以。"

"为什么？"

"因为你没有说亲爱的。"

"亲爱的，我能跟你一起去吗？"

"砰砰！当然可以。"

我们穿上衣服，走路去了她住的地方。她白色的晚装旗袍和锦缎外套在早上非常引人注目，尤其是在狭窄而拥挤的小街上。苏丝住的地方在两条街道交汇的角楼上，下面是一家冥币店，专供各种纸糊的殡葬用品，人们买来烧给另一个世界的亲戚。五颜六色的纸糊模型挂在门外展示，如同西方的圣诞节装饰，有纸衣服、纸房子、纸轮船、纸汽车，还有一摞摞百万大钞，据说只要烧给死去的亲人，他们就能在阴间使用。在湾仔，这样的店铺比杂货铺还要多。苏丝一直觉得住在冥币店楼上很不吉利，不过总比住在隔壁的楼上要强得多，因为隔壁是卖棺材的。

通往她房间的楼梯在棺材铺和冥币店中间，我跟随苏丝沿着陡峭狭窄的楼梯上去。整个房子破旧不堪、摇摇欲坠，楼梯平台上堆着垃圾，散发出饭菜味儿、尿臊味儿和拥挤的人群的味道。两层楼上每个低矮的房间里都挤着十到十五个人，从开着的门我能看到孩子们正往嘴里扒米饭，母亲正在给婴儿喂奶，胡子拉碴的男人百无聊赖地躺着，挺尸一样。里面传来一阵说话声和争吵声。我们爬完最后一段黑暗的楼梯来到顶层，顶层两个房间的租客都是独住，所以楼梯口打扫得很干净。我们进了苏丝的房间，房间很小，却非常干净，不过墙角和小阳台上都高高堆着各种各样没用的东西。中国人都喜欢收藏，苏丝就是个典型，她舍不得扔掉任何东西，哪怕是个空瓶子、空罐子、旧纸箱子，或者是一根绳子。

保姆蹲在地板上帮苏丝缝补旗袍，孩子正在玩一个旧铁罐，看到苏丝回来了就用罐子敲打地板，欣喜若狂地展开笑脸，不住地流口水。苏丝把他从地上抱起来，完全不顾自己白色的真丝裙子被他的口水弄脏了，宠溺地用中文跟孩子说着话。

"苏丝，孩子真可爱。"我口中这么说，但是每次看到他那张欧亚混血的苍白可怜的小脸儿，我的心总会隐隐作痛，而且我觉得跟同龄的孩子相比，他严重发育不良。

"他还是咳嗽，"苏丝说，"咳咳咳，咳咳咳！喂，你为什么老是咳嗽呢，我的小淘气？"她挠挠孩子的肚皮，又把他逗乐了，"我的小漂亮！我的小可爱！你赶紧跟我男朋友说几句好话，说不定哪天他会给你拍张照呢。"

我记得自己曾经许诺给她的孩子拍张照片，不过我的相机坏了，

也不值当修。所以我建议带孩子去专业摄影师那里拍，我整个早上
都在想送他什么礼物好呢，而拍照就是最好的礼物。

苏丝听后很高兴，花了几分钟挑选跟孩子合影的旗袍。出于礼
节，她让保姆举着毯子，自己在毯子后面换了衣服。保姆得知自己
也可以跟我们一起去后非常高兴，一直笑不拢嘴，露出满口金牙。
她农妇一般棕色的脸上爬满皱纹，不过她那双晶亮的小眼睛还一如
少女般清澈。她穿着蓝色外套，宽松的黑色棉布裤子，脚上是一双
黑色的毡鞋，银灰色的头发用一把廉价的塑料大梳子盘在脑后。苏
丝很喜欢这位老妇人，不过老觉得她很笨，经常不耐烦地对她厉声
呵斥。保姆毫无怨言地听着苏丝的训斥，因为苏丝虽然口不饶人，
但她可以赚钱，可以穿漂亮的丝绸衣服，还住得起单独的房子。她
很羡慕苏丝能从外国水手那里赚那么多钱。

保姆收起毯子，然后把孩子放进自己背后的背带里。很快孩子
就吮吸着拇指睡着了。

"准备好了，好看吗？"苏丝说，"好了，我们走吧。"

我们沿着狭窄的小巷朝轩尼诗道走去，保姆慢吞吞跟在后面。
这条路上有好几家照相馆，我们在第一家门口停下来。展示窗口的
正中间放着一张英国年轻水手的彩色照片，淡黄色的头发，淡粉色
的脸颊，天使一般蓝色透明的眼睛。其余的照片都是中国夫妇的合
影，如同欧洲人拍照时一样姿势僵硬地端坐着，女孩子留着卷曲的
烫发，年轻的男人头发梳得溜光，穿着白衬衣，戴着领带，胸前口
袋里整整齐齐放着手帕。与伦敦火车站附近的英国人别无二致，不

同的只是他们的容貌。

苏丝说："这家看起来挺不错。"我们就走了进去。

摄影师是一个高傲的中国年轻人，头发油光可鉴，一口美国腔，态度很强横。而苏丝很清楚自己想要的是什么，坚决地提醒他不要忘了自己的身份。她自己选定姿势，指挥那个愤懑的年轻人何时按快门，他若不及时照做，苏丝还会指责他。

"怎么回事？你一直在那瞎搞，还能指望我的孩子一直坐着不动等你？不，等一下，我要再把他逗笑。"她很快就把他逗笑了，似乎她可以任意选定他脸上的表情，大笑、微笑、表情严肃、皱起眉头凝重思考。

所有照片的背景都是同一块画风粗糙的影布，上面画着露台栏杆、花草石亭。苏丝先帮孩子单独摆了几个姿势，然后是她和孩子，然后是保姆和孩子。终于我也被牵连进去，苏丝让我站在椅子后面，她抱着孩子坐在椅子上。

"可是苏丝，这样拍照就像我是孩子的父亲。"我抗议说。

"是啊，你有意见吗？"

"没有，我乐意至极。"

她咯咯笑着说："以后我会跟孩子说：'看，这个人就是你父亲，你这么好看就是遗传自他！'"

"那你可要好好解释一番了。别再逗我笑了，不然拍出来的照片不好看。"

拍好之后我好不容易才从她手中抢过手包，自己付了钱。我接过收据，我们就离开了照相馆。孩子在背带里睡着了，保姆拖着脚带他回去了。我和苏丝站在人行道上，电车在灿烂的阳光下嘎嘎驶过。

"苏丝，我们现在干什么去？"

"看电影？"

"不，我们随便上一辆电车，在顶层坐到终点。"

"好的。"

我们登上一辆开往筲箕湾的电车，筲箕湾是个造舢板的小渔村，不过坐上车几分钟后我突然想起来那天是周六，下午可能会有赛马大会。苏丝从未看过赛马，她说想去看看，所以我们就下了电车，然后换乘另外一辆返回市区。我们在中环下来，在一家粤菜大饭店用午餐，三四十个女孩端着盘子在里面走来走去，盘子里放着各式菜肴，你想要什么就可以拿什么，有白切鸡、鸭片、鱼翅汤、猪肉、炸大虾，还有蒸笼里的各种粤式特色菜，这些女孩走来走去，从不停歇。

我们两个要了十二道菜，之后一个女孩过来数了数空盘子和空蒸笼，开出账单。我知道这类自助的餐厅不会太贵，结果账单出来比我想象的还要便宜。

"那我们就有更多的钱去赌马了，"我说，"走吧，苏丝，我们去碰碰运气。"

赛马场在跑马地，就在湾仔后面，仰望便是大片大片新建的公寓和在峭壁每个突出岩架上擅自搭建的小屋。赛马场跑道中心是足球场，赛马正在进行。我们到的时候第一场比赛已经结束，身穿黑色裤子、头戴宽边斗笠的妇女正沿着跑道一字排开，赤脚将翻起的草皮压平。一支穿着中国制服的管弦乐队演奏着《诗人与农夫》。

看台和围场挤满了人，其中有很多英国商人和他们的夫人，还有穿着骑士上装的军官，手里拿着手杖。然而他们还是被中国人所淹没，很多中国人非常富有，穿着高领长衫或者做工考究的英式西装，他们的夫人穿着旗袍，身上喷了撩人心魂的巴黎香水。

"这里漂亮女孩真多，"苏丝说，"我真怕会失去你。"

"你胡说什么呢，苏丝，她们都及不上你的万分之一。"

"我要一直拉着你的手，防止你变成花心大蝴蝶。"

赛道上没有博彩公司，我们便朝英国博彩公司 Tote 走去。向苏丝解释其实赌马非常容易，因为很多中国人生来就爱赌博，苏丝自己也经常玩麻将、接龙和其他赌博游戏。我们每人选了一匹马押注五港币，我选了一匹名叫"担忧"的赛马，因为它的名字很好地诠释了我下注这五港币时的心情，而苏丝选了七号，因为七是她那天的幸运数字。

我们离开博彩公司朝围栏走去，苏丝突然紧了紧握着我的手。

"那个花心大蝴蝶！"

我看到罗德尼朝我们走来，专心地看着自己的赛马出场表。他穿着淡绿色鲨皮呢西装，戴着绿色波点领结，脚上穿着一双仿麂皮鞋。看得出来他刚去过理发店，因为他的头发刚剪过，剪得非常短，看上去就好像他的头皮上涂了一层树胶，上面洒了点点头发楂儿。

"苏丝，快走，他没看到我们。"我说。

然而就在这时，罗德尼的眼睛从赛马出场表上抬起来，我假装并没有想避开他，打招呼说："嘿！"

罗德尼从我们旁边走过，假装没有看见我们。

"他就不是个好人。"苏丝说。

"不要紧，不能让他坏了我们的心情。"

我们站在人群后面，等待赛马开始。女人总是对其他女人怀有强烈的兴趣，苏丝开始全神贯注地研究我们周围的女性，她认真察看她们的脸庞、她们的发型、她们的首饰、她们的服装、她们的鞋子。不久人群传来叫喊声。

"我们过去看看，苏丝！"

她很不情愿地从一个中国女孩身上收回目光，这个女孩很漂亮，戴着钻石领夹，留着可爱的顽童发型。不过赛马很快就消失在足球场上扬起的灰尘中，她又开始继续研究。

一两分钟后，骑手们又出现在我们面前，一个个经过终点标杆。苏丝选中的七号落在后面。

"谁赢了？"苏丝问，"是你的马吗？"

"我还没看到我的马呢。"这时"担忧"雀跃着跑过来，背上却不见了骑手，它看上去很淘气，一副开心的样子。"不是吧，我的马最后一名。我估计骑手放弃了赛马，去参加足球比赛了。"

苏丝拉拉我的胳膊，朝那个发型可爱的女孩点点头，说："很俏皮，你不觉得那个女孩的头发很俏皮吗？"

"是很俏皮，不过你可别打什么主意，我是不会让你把头发剪了的。"

"她闻起来也很香呢，味道真好闻。"

"下一场比赛你选哪个？"

"七号。"

整个下午她坚持押注七号，赢了两场。第一场她的马是二号种子，所以赢得不多，第二场她的马没被寄予什么希望，结果她赢了两百港币。我只赢了一次，最终赔了十港币。我们没再撞见罗德尼，不过有一次在人群中我被挤到他的身后，但我们两个都转开目光，就像电影里的间谍无意中见到彼此却假装不认识一样。自那之后我们没再看见过他。

苏丝赢的第二场是倒数第二场，我们去领了奖金就提前离开了，以避开退场高峰。已经有很多人在排队等电车了，所以我们决定步行走回湾仔。途中我进店铺买香烟，出来的时候苏丝不见了，我左右寻找了几分钟，又急又恼，她竟然不打招呼就走了。这时我看到她从一家店铺里出来。

"我还以为你丢了呢，"我恼怒地说，"你干吗去了？"

"我去给自己买了点儿香水。"

"香水？"

"就像那个短发女孩一样。"

她举了举手中的小包裹，一副开心的样子，我突然笑了起来，将怒火抛诸脑后。我们穿过轩尼诗道，沿着岸边走下去。

我们转过南国酒店的街角，一辆的士停在门口，罗德尼从里面

下来。我们在原地等，让他先乘电梯上去，然后我们才进去。我们
到楼上的时候他的门半开着，我们蹑手蹑脚经过他的房间，悄悄溜
进我的房间。我打电话让服务员送茶水过来，然后我们端着茶壶来
到阳台上。

"你想看看我的香水吗？"苏丝问，一边把小包裹递给我，"你打
开。"

我解开绳子，打开棕色的包装纸，里面根本没什么香水，只有
一个小银匣。

"真漂亮，苏丝，"我说，"可是我不明白，你为什么说这是香
水？"

"因为要给你惊喜，这是给你的。"

"给我的？苏丝，别闹了！"

"真的，给你的礼物。"

"苏丝，你疯了！你肯定花了不少钱吧！"

"我没花什么钱，是七号马花的钱。"

"苏丝，我不知道说什么了，我真不希望你破费。"

"我买来是配你的发梳的。"她拿着小匣子进了房间，我跟在她
身后也进去了，她把小匣子放在梳妆台上的发梳旁边，说："你看，
都是银的。"

"可是这把梳子根本不是纯银的。"

"不是吗？正好七号马给了你这个小匣子，因为你是个非常重要
的人，你配得上纯银的东西。"

"苏丝，你真好。"

"你可以用这个小匣子装香烟，或者装纽扣。嗯，我觉得装纽扣挺好，要是你的纽扣掉了，你就放在这个匣子里，等我来了帮你钉上。你明白吗？"

我吻了吻她，心里非常感动，就起身走到门口去锁门，我刚把手放在门闩上却一下子愣住了。门下方是窗式风口，由向下倾斜的板条组成，所以你能看到外面，但外面看不到里面。而我通过这个风口看到了绿色鲨皮呢裤腿和一双仿麂皮鞋，站在那里一动不动。我等了一会儿，然后使劲儿地插上插销回到房间中央，这时响起了敲门声，我走到门口打开门。

"我能进去吗？"罗德尼问。

"你请便。"

他神态严肃、眼神呆滞地走进来，径直去了阳台，瘫坐在椅子上，把脸埋在手掌中。我和苏丝站在那里看着他。

"如果你们知道，就不会这么做了，"他说，"你们就不是如此无情了。"

"如果我们知道什么？"我问。

"知道你们对我的伤害有多深，我每天晚上都在悲泣中睡去。"

"对不起，罗德尼。"

他依然把脸埋在手中，说："好吧，你们赢了。你是我唯一的朋友，我需要这份友谊。所以我决定为了友谊接受你们的条件。"他抬起脸，站了起来，两脚立定站好，像军人一样伸出手，说："好吧，鲍勃，我们握手言和吧。"我们庄重地握握手，然后他和苏丝也握了握手，说："祝你们好运，希望你们都能非常非常幸福。"

"哦，谢谢。"我尴尬地回应说。

"好了，谢天谢地现在终于都过去了。"他摇摇头，仿佛刚从噩梦中醒来，双手挠着头发根根竖起的平头。突然他抬头看着苏丝，带着哄骗的笑容，如同一个做错事的淘气小男孩，知道自己稍微施展魅力就可以重新获得大人的宠爱。他说："假如现在有个人想喝茶，他该如何做你才能满足他呢？"

苏丝看了我一眼，然后进屋去拿杯子。罗德尼又坐下来，紧皱双眉，身体越过椅子朝我倾斜着。"鲍勃，我有件事想问你，"他认真而谦卑地问我，如同小学生请教博学的教授，"你不要生我的气，记着我只是一个蠢笨的、歇斯底里的美国人。不过我承认自己也被这个问题给难住了。好吧，我的问题是，你说从这里到中国内地分界线到底有多远？"

"我想大概三十英里吧。"我回答说。

"大概三十英里，好的，回答正确。那中国内地共有多少人？"

"大概有四亿。"

"大概有四亿，好的，回答正确。那就是说三十英里外有四亿中国人，而在香港，你们英国人不过区区几千人。然而从今天下午赛马场上的情况来看，你们英国人可一点儿也不畏惧，泰然自若。鲍勃，我就想知道这个，你们到底是如何做到的？你们疯了吗，还是我疯了？"

一个小时后他还没走，苏丝已经退回房间，在里面重重地叹气，砰砰地摔玻璃杯，还不时用威胁的眼神盯着我，仿佛在说："如果你是个男人，就把他给我赶出去！"

终于我起身在阳台上不耐烦地来回踱步。罗德尼完全无视我的提醒，继续滔滔不绝地说，问我各种可笑的问题，仿佛故意惹我，让我拒绝他递出的橄榄枝，再次冒犯他。

我给了他十几分钟的时间让他自己主动离开，可十分钟之后他还没有要走的意思，我就直白地告诉他我要工作了，他必须走了。

那种充满敌意的呆滞眼神又回到了他的眼中。

"对不起，鲍勃，我只是太喜欢跟你聊天了，我还以为你也想借此机会让我明白，友谊对你也很重要。可是显然是我错了。"说完他一眼也没有看我和苏丝就径直走出了房间。

他走后我默默闩上门。后来苏丝出去一个小时看孩子，她回来后我们去街角的餐厅吃了晚餐，晚上十点钟左右的时候我们已经在床上了。

二十分钟后响起了敲门声。

我紧紧抓住苏丝，我们紧张地闭着眼睛，尽量不去听敲门声，以免心情被破坏。我知道罗德尼能通过窗式风口看到房间里的灯光，不过看到了他也无能为力。

"我给你带了一瓶苏格兰威士忌，"门外响起罗德尼的声音，"我想会派上用场的。"

然后是长长的停顿，我们躺在床上痛苦不堪。

"我只是给你送过来，送完就走。"他接着说。

请走开，我们无声地请求他，求你了，赶紧走开。然而我们依然听到他站在门外，呼吸越来越浓重，越来越激动，越来越充满憎恨。

"好吧，如果这就是你想要的，"他说，"那我们这次就做个了断吧。"

他走了。我们听到他房间的门关上了。我们依然被紧张感压迫着，挥之不去，良久都没有说话。

II

接下来的两天我一直没有出门，因为我不想打破魔咒，而苏丝也只出去了几个小时去看她的孩子。早上她会带孩子来我的房间，我们在阳台上铺上毯子让他玩。他开始蹒跚学步，我们一人蹲在一边，扶着他摇摇晃晃地往前走，他挥舞着手臂，不停地流口水，有时还会仰面摔在毯子上。每次苏丝抓住他，挠他的痒，他总会乐不可支。

"嘿，你要想成为电影明星，就赶紧学会走路！你长大了，肯定是一个高大威猛、长相英俊的明星，就像加里·库珀！而且你的声音肯定低沉有磁性，就像我的男朋友，你还会跟你的女朋友说：'喂，亲爱的'，砰砰，就像这样！"

中午十二点钟她会带孩子下楼，交给等在码头的保姆。然后小工挑着扁担送来我们的午饭，阿唐把我们让他温的那瓶米酒送过来。

第二个早上阿唐在我的房间停留了五到十分钟，用纯正的广东话跟苏丝聊天，而苏丝的广东话已经说得跟英语一样流利了。阿唐走后我问苏丝他们说了些什么。

起初她含糊其词不愿说，经不住我的一再逼问，她告诉我阿唐很想知道，为什么我们做了那么久朋友，直到现在才成为恋人。

"那你是怎么回答他的？"我问。

"我实话实说了。我告诉他我以前想跟你上床，可是你说：'不行，只要你还跟水手在一起，就不行。'"

我沉默了。魔咒即将打破。我们到底要去往何处？我曾想给苏丝钱，可她拒绝了。我偷偷将钞票放进她包里，之后这些钞票总会出现在我的衣兜里。我知道她肯定是在花自己的积蓄，不断地从藏在房间地板下面的罐子里拿钱。这个罐子里大概有三千港币，这些辛辛苦苦攒下的钱是为了她孩子以后的教育，免得他像自己一样目不识丁，她甚至还梦想攒更多的钱送他念香港大学。每周她都会往罐子里存点儿钱，而现在她却为了我从罐子里取钱，想到这些我就很难过。

这时阿唐端着一壶新茶进来，他的到来分散了我的注意力，我将这个棘手的问题抛诸脑后，再次将自己沉溺于爱的魔咒。天地间只有我和苏丝，只有这个房间，外面的一切不复存在。这一天剩下的时间，我一直保持着这种状态，沉迷于虚幻的幸福中。

第二天早上我们坐在床上喝茶，直到将近中午十一点钟，苏丝才起来穿衣服。

"苏丝，你今天早上还要带孩子过来吗？"我问。

她摇摇头说："不了。"

"不了，为什么？"

"今天不带他过来了。"

我疑惑地看着她穿好衣服，她走到门口，停下脚步说："好吧，我今天晚上回来。"

"今天晚上？苏丝，你到底在说什么？"

"假期结束了。"她直直地看着我的眼睛说，"现在我要回去工作了。"

"苏丝，别开玩笑了！过来坐下，我们谈谈。"

"没什么好谈的。"

她打开门，我跳起来使劲儿把门关上。

"苏丝，你不能就这样走了，我们再想想其他办法。我们可以借钱，我们可以找本借钱。"

她再次摇摇头，说："不，我们借钱，也许假期可以再持续一周，然后还会结束，就像今天一样。"

"至少我们还有时间好好想想，我们可以帮你找份工作。"

"是啊，一个月一百港币。"

"你可以赚更多。"

"不可能，我不识字，只能赚一百港币。"

"我可以补给你两百，这样就够你生活了。"

"是的，够生活了，却要看着我的孩子长大做苦力，看着他给人送饭，扁担压得肩膀生茧。"

"苏丝，我们至少要好好考虑一下，找到最好的办法。"

"不，我已经想了很多了。我整天整夜地想该怎么办，可是没有其他办法。"她再次打开门，"好了，我走了，我大概晚上十点钟回来，也可能是十一点钟，看情况吧。"然后出去了，门在她身后关上了。

我在床上躺了很久，终于无法忍受一个人单独待在房间里，就出去到街道上散步，一直走到午饭时间。我没有胃口，不过饭总是要吃的，所以就进了一家小餐馆，要了一碟煎饺，一港币。盘子里有十二个饺子，我却只吃了两个。我坐在那里喝了一个小时的茶，然后付账出门来到轩尼诗道。我不知道自己应该做什么，我害怕回到南国酒店，我怕撞见苏丝和水手在一起。我看到一家电影院，就走进去买了一张票，想看场电影分散自己的注意力。放映的是一部美国电影，刚刚开始，男主角看到自己的女朋友跟其他男人亲吻，气得发狂。我心想，天啊，只是接个吻就气成这样，如果你知道自己的女朋友正在楼上跟水手在一起，你又会有何感想呢？之后是一段纪录片，讲的是朴茨茅斯海上阅兵，水手们在巡洋舰的甲板上列队整齐，我心想：不知道你们中有多少人曾来到东方大地，不知道你们中有多少人曾来过南国酒店，不知道你们中有多少人曾跟苏丝在一起。然后又放映了《唐老鸭》，我就想：好吧，鸭子都是滥交的，所以它们也不会介意自己的女朋友摇摇摆摆提供短时服务。

看完电影后我回到南国酒店，电梯正好停在一楼，我上去的时候没有遇到任何人，关上房门的时候我大松了一口气。

　　不久生意就忙了起来，每过几分钟我就能听到电梯哐当哐当地上来，一对对男女经过走廊，进到房间，关上门。有时候关上门我依然能听到他们的声音。我知道苏丝会尽可能避免到这一层来，可是每次有女孩的声音我都觉得是苏丝，后来我实在忍受不了，就又去了电影院。我回来的时候已经晚上九点半了，我出去坐在阳台上，然而声音听得更为真切了，因为邻近房间的阳台都是敞开着的，所以我又回到房间里。几分钟后门上响起了轻轻的敲门声，苏丝走了进来。

　　她无比自然地进来，仿佛什么也没有发生，就像一个普通的女孩下班回到家，心情很愉悦。可是我知道，她在努力假装如此，好让我信以为真；而她的内心焦虑不安，很想知道我的感受。

　　"今天晚上我收工早，"她说，"酒吧里太吵，我有些累。"

　　我什么也没说。她脱掉锦缎上衣，套在衣架上，然后把衣架挂在衣柜里的横杆上，她总是把自己的衣服挂在左边。她关上衣柜门，一直避开我的眼睛，假装低头看自己的手。

　　"今天早上我手上扎了根刺，就是找不到在哪里，你帮我看看？"她把手伸向我。

　　我说："苏丝，这样不好。"

　　她缩回手，抬起脸，沉着地看着我。

　　"你不想要我了？"她问。

　　"我当然想要你，苏丝，可是不应该是这个样子。你明白吗？"

"不明白，"她摇摇头说，"我不明白。昨天你还爱我，对不对？"

"是的，非常爱。"

"可是今天的我就是昨天的那个我，我去上班，然后回来，什么也没变。我还是原来的那个人。"

"我还是受不了，苏丝。"

"那好吧，我们结束了。"

她转身走到衣柜前，拉开门，取下她的上衣，衣架在横杆上空空地荡着。她穿上上衣，看都不看我一眼，然后关上衣柜门，朝门口走去。

"苏丝！"

"干什么？"

我们站在那里看着彼此。"苏丝，这样太可怕了。"

她转身打开门，犹豫了一下，又回头看着我。

"我很爱你，你也知道的，罗伯特。我爱你就像爱我的孩子一样多，或许更多，只是你已经是大人了，而我的孩子还很小。我的孩子需要我，所以我必须先为他着想。你明白吗？"

"我明白，苏丝。"

"那就好，我走了。"

她走出房间，关上了门。我听着她的脚步渐渐消失在走廊中，一个水手提高声音，恶狠狠地跟阿唐争吵："狗娘养的，你……"然后是电梯门哐哐当当的声音。突然传来一阵低沉的咯咯笑声，是小爱丽丝，没有人像小爱丽丝那样咯咯笑。我走到阳台，在一张柳条椅上坐下，椅子嘎吱嘎吱作响。咯咯笑声突然停下来，接着是"砰"的关门声。一艘商船无声无息地驶出港口，拖着幽灵一般的白烟。

第二天我没见到苏丝。我一整天都待在房间里，等着她敲门，可她却没有出现。我没有下楼去酒吧，我怕在里面看到她和水手在一起。

第三天情形还是如此，第四天也一样。第五天我再也无法忍受，就下定决心去找她。我朝门口走去，这时响起了敲门声，阿唐端着茶壶进来了。他心神不宁，一直避开我的眼睛，我问他发生什么事情了。

"没什么事，先生。"

"那你为什么不敢看我，阿唐？"

他极不情愿地抬起眼睛，说："先生，你知道特斯勒先生已经走了吗？"

"罗德尼……走了？"

"是的，今天早上走的，先生。"

我说："阿唐，你原原本本告诉我。"

他垂下眼睛。

"他还带走了你的女朋友，先生。他们去了曼谷。"

第七章

/
/
/

　　实际上是阿唐弄错了，罗德尼是打算带苏丝去曼谷，可他们最终也没能离开这块殖民地。这些都是我后来从吉薇妮那里得知的，罗德尼和苏丝离开南国酒店前她曾见过他们。好像苏丝不太信任罗德尼，觉得他会把自己丢在异国他乡，就谨慎地要求先试一段时间，所以他们就去了新界的一家小宾馆，离九龙大概有十二英里。这家宾馆坐落在海边的景点附近，深受欧洲人和中国人的欢迎，尤其是度蜜月的夫妇或者周末相聚的情人。苏丝把孩子和保姆也带上了，把他们安顿在附近的渔村。

　　从某种程度上来说，这比他们待在身边更让我难受，我真希望他们立刻就远走高飞。每天晚上我都会梦到苏丝，我梦到她回来了，我站在画架前画画，她跷着腿坐在床上，亮晶晶的眼睛闪着淘气的光芒。一天晚上我还梦到我们又去了赛马场，在拥挤的人群中牵着手，可是罗德尼却出现在我们面前。他身躯巨大而怪异，如同一只饥肠辘辘的猛禽朝我们扑来。我紧紧抱住苏丝，唯恐她被罗德尼抓走，可是他却走到人群中不见了，我不再恐惧，满心欢喜苏丝依然在我身边。早上醒来的时候却发现这不过是一场梦，我伸出胳膊摸了摸身边，空空如也，她已经不在了。想到又一个没有她的日子就要开始了，熟悉的疼痛又袭上心头。我闭上眼睛想要继续睡，好让这一天缩短一些，让自己少受一个小时的痛苦。

而我却迟迟无法入睡，我开始希望她能过来找我，因为她离九龙不过几英里远，她肯定会来市中心买东西或者看电影吧？那她一定会来看我的吧？每一天，我都会找很多貌似合理的理由，证明她会选择这一天来城里，然后我会坐等她的到来，每次电梯门的哐当声都让我全身紧张起来，一次次地辨认她逐渐走近的脚步声。有一次脚步声停在我的门口，然后响起了敲门声，我的心几乎跳到了嗓子眼儿，我欣喜若狂，朝门口奔去，打碎了一只玻璃杯，然后猛地拉开门，门口站着的却是阿唐，他目瞪口呆地望着我，一定觉得我昏了头。

某天早上醒来，我被一种从未有过的情绪攫住，我突然对南国酒店和与它有关的任何人、任何事都产生了厌恶。这种情绪持续了很长时间。

在此之前我一直用浪漫的眼光看待南国酒店，我对它产生了真切的感情，对这里的女孩们也怀有真切的感情。尽管她们的职业从本质上来讲极不光彩，一次次毫无意义地向陌生人出卖自己的肉体，可她们总是让我惊叹，惊叹于她们顽强地抵制堕落，惊叹于她们良好的举止、敏感的心灵和高傲的自尊，惊叹于她们在性交易如此贫瘠的土壤上竟然开出如此美丽的花朵，充满善良、温柔、慷慨和爱心。我不只在苏丝一个人身上看到纯真的心。

即使是对那些水手，我也极为宽容。我曾亲眼见到，他们毫不掩饰地寻求肉体的欢愉并非是为了满足自己的性欲，只不过是为了逃避孤独。对于他们的酗酒和淫欲我不以为怪，因为每个人的心里都有各种各样的种子，如果这些种子的孕育环境不同，吹拂的春风不同，沐浴的阳光不同，那么就极有可能某些种子疯狂成长而其他种子永不发芽，所以每个人都有可能变得好色而贪杯。我曾见过一个喝醉的粗人几乎把一个拒绝跟他上楼的女孩扼杀，我心想："我也可能成为这样的人。"所以对他心怀哀怜。后来那个女孩还恳求酒吧经理不要把这个人交给海警，说："他刚被关了三十天，我们不希望他这么快就被送回去。"我被她如此深厚的情感打动，因为她不仅让那个水手免受牢狱之灾，也拯救了我。

而现在，所有的怜悯都消散了，我的感情走向另一个极端。在我的眼里，这些水手蠢笨粗暴，他们如此酗酒、如此恬不知耻地随意滥交就是对人性的践踏。甚至是那些女孩也让我反感：她们身上那些我曾经为之称赞的品质都变成了肤浅，或者不过是她们用来促成交易的手段。她们良好的举止只不过是东方人虚伪的面孔，她们善良、温柔和慷慨的表面下掩盖的是麻木不仁和贪得无厌。纯真的心灵？这是我犯过的最低级的错误，将纯真和无知混为一谈。

伴随着这种厌恶感而来的是我完全失去了画画的能力，因为我画画是基于对周遭人事的共鸣，基于我内心的怜悯和慈悲。这些情感一直不充盈，而今却全然枯竭了。我的想象被幻灭蒙蔽，过去的作品如今看来是如此多愁善感、如此虚伪、如此华而不实，让我感到厌恶，不忍卒看。我失去了继续作画的冲动。几周之前，拿着调色板和画笔站在画布前，我很明确地知道自己想要什么，只是自己能力有限，画不出心中的景象；而现在我站在那里，茫然地盯着画布，没有了动力和目的。如同开启一段没有方向的旅行，我对要去的地方也毫无兴趣，只是第一点我就选择了放弃。

有一天我收到一封来自纽约的信，是米特福特寄来的，就是罗德尼的舅舅经营的那家画廊。两个月之前，我和罗德尼的关系还比较和睦，他写信向他舅舅推荐我，他舅舅回信要我寄几幅作品过去，所以我就及时寄了一些蜡笔画和油画。罗德尼走后两天，我收到一份正式通知，确认我的画已经收到，现在我又收到这封信，署名是亨利·C.威因鲍姆，根据信头上的信息，他是罗德尼舅舅的合伙人。信共有两页，满纸赞誉之词。我的风格、技巧和主题的独创性都得到了他们的认可，而且信中还承诺，如果我多送几幅作品过去，他们就会在纽约帮我办一场个人画展。写信的人还很客气地给我提了个建议——信绝不可能出自威因鲍姆之手，因为他肯定很清楚创作冲动的本质，不会特意这样提醒一个画家——说我应该画一两幅香港全貌图，以便更好地展示南国酒店的背景和位置。

如果是一个月之前收到这封信，我一定会乐上天。而现在我正处在厌恶和幻灭中，这封信读来却是如此讽刺。实际上读信本身就是一件很艰难的事，因为提到我的画也会让我觉得厌恶。我严重怀疑信中的措辞过于夸大，而且还特意强调了主题，显然说明他们对感官的兴趣远远大于艺术本身。即使是有望发财也无法让我摆脱冷漠。我把信丢到一边，也没有回信，心想等哪天再给他们写几句吧。

在我心中幻灭的不只是南国酒店和我的作品，还有整个湾仔。走在我原来为之亢奋而欢欣的热闹大街上，如今却觉得自己是个陌生人，有千万堵墙将我和那些忙碌的、聒噪的、随地吐痰的中国人隔开。我开始怀念自己之前避之不及的欧洲人，只是碍于面子才没有给那些英国熟人打电话，因为我之前觉得他们很闷，草率地对他们不予理会。而今正是他们的迟钝让我怀念，因为这迟钝让我觉得舒服、熟悉，充满英国气息。后来有一天在银行，戈登·汉密尔顿过来跟我聊天，他抚着八字胡对我说："你一定要过来吃晚饭。"我竟然如此感激他邀请我，恨不得过去搂着他的脖子。

我想起上次我们在九龙那家餐厅的偶遇，就疑虑地问："可是你妻子呢？我想她可能不怎么待见我。"

"别担心，她很为那天晚上的事情感到羞愧。"汉密尔顿的眼睛闪烁着光芒，"其实那天晚上我根本没法入睡，她一直念叨着：'那些可怜的女孩，怎么才能帮她们呢？'我告诉她：'我也不知道，不过我敢肯定她们赚的钱可比我在银行赚的多，若说她们如何帮助我们，那方法可就多了。'所以你若能去我家吃晚餐，伊泽贝尔一定会很高兴。那就说定了，周四晚上八点钟。"

"我非常期待。"也许他根本无法得知我说这句话时是多么真诚。

第三天晚上，我乘坐山顶电车到半山车站，然后走到汉密尔顿的公寓。对于一个银行职员来说，他的公寓极其宽敞，陈设也很奢华，因为他妻子很富有。到了他们家之后我才发现那天晚上是个宴会，共有十几个人参加。伊泽贝尔·汉密尔顿热情地欢迎我的到来，急切地为那天晚上的冒犯表示道歉。她递给我一杯酒，陪我闲聊了一阵，然后把我带到其他客人中间。

那一套乏味的殖民地鸡尾酒会社交模式就此展开，对此我已经非常熟悉，起初是在马来亚，然后是来到香港后的前几周。我感觉自己走进一个房间，里面有台留声机不停地转，唱片纹道有些磨损，唱针有些迟钝，而播放的是同样一张旧唱片，里面的每词每句我都烂熟于心。我深知不会有任何不同的话语，也不会有任何新鲜的观点。而今当乏味变为现实的时候，我内心的怀旧消散了。

之后我们便开始晚餐，饭桌上大家讨论的话题转到一个中英混血的女孩身上，她到剑桥读书，取得了前所未闻的学术成就，获得了律师资格，然后回到香港从事律师职业，帮助那些跟自己一样的欧亚混血儿。

"我承认她非常聪明，可是她的自卑也一目了然。"

"我曾见过她一次，太盛气凌人。"

"这就是欧亚混血儿的问题所在，如果你对他们好一点儿，他们就会得寸进尺，以为自己跟你一样优秀。"

"就我个人而言，我是不会邀请她去我家的。"

"我也不会，不过若是在大街上遇见她，我还是会很礼貌地跟她打招呼。我觉得一个人无论如何都要有礼貌。那天我告诉她：'亲爱的，这一切也由不得你选择，你知道我说的是什么，这不是你的过错。我知道有些人心胸很狭窄，抱有偏见，不过从小我就懂得人要有礼貌，所以我对待欧亚混血儿与对待其他人别无二致。'"

"你知道吗，她与迪克·基特里奇可能有暧昧？"

"可能？亲爱的，她可是大肆宣扬，你觉得她会错过这么一个炫耀的好机会吗？"

"前些天有人问我：'为什么不能跟欧亚混血儿结婚？'问这话的当然是个刚从国内过来的年轻人，还很稚嫩。我回答说：'你想听好笑的答案吗？'他说：'不想。'所以我说：'那好，原因是没有人这么做。'他说：'不知道耶稣对此会有何看法？'我回答说：'我不知道，说实话，虽然我是个虔诚的基督徒，但我对这个问题一点儿也不在乎，因为有太多人从未到过中国就已经将自己的意见传递给主，而主若不在这里居住一段时间，是不会自己随便评判的。'"

他们对其他人如此缺乏慈悲之心，尤其对那些流淌着我们一半血液的不幸混血儿缺乏慈悲之心，在我看来比南国酒店的任何一种罪都要来的更肮脏；而我对南国酒店女孩的尊重与情感排山倒海般重新涌上我的心头，因为她们从来不会如此褊狭和寡情。

饭毕我们转移到会客厅，不久又来了一位客人，是个六十多岁

的男人，头发花白，黑黑的脸上爬满皱纹，如同皲裂的龟壳，两只
眼睛闪着精明的光泽，礼节古老刻板。他名叫奥尼尔，是个中国通，
迫于压力刚刚关闭内地的业务来到香港，他准备在香港暂留两个星
期，然后起程返回英国。他说自己有另一个聚会，所以未能早点儿
过来，不过我怀疑这只是他的借口，真正的原因是他唯恐这个晚会
过于沉闷乏味。后来不知怎的，话题又转回到欧亚混血儿身上，整
套殖民地的陈词滥调又重新开始了。奥尼尔听了一阵，转头大声对
戈登·汉密尔顿说："既然我很快就要永远离开中国了，我想我也可
以说出来了，我的祖母是中国人。"

　　他的声音很大，每个人都听得一清二楚，大家都被震惊了，都
一言不发地看着他。他长满皱纹的皲裂脸上果真保留着中国人的痕
迹，还有他那双黑色闪亮的眼睛，也许其他中国通也有这些痕迹，
说来奇怪，在中国居住久了，就会烙上中国的印记。

　　"我很高兴过去三十年里我从未因此感到困扰。"奥尼尔继续对
汉密尔顿说，似乎完全没有意识到所有人都在关注他。

　　这时那个自称从小彬彬有礼、还声称自己对欧亚混血儿毫无区
别对待的女人说："不过，奥尼尔先生，您的祖母一定出身大家庭，
出身真的很重要。"

　　"不是，其实她是我祖父妻子的保姆。"

　　他的这句话又让大家陷入了沉默，只有藏在柜中的骷髅发出嘎
嘎声响。里面有两具骷髅——中国血统和私生子。

　　终于，一个声音高亢而直爽的女宾客打破沉默，转移了话题。

"希尔达，我有没有告诉你，我明天不能去打桥牌？"她的声音给整个会客厅带来生机，"我不想让你失望，可是明天我要参加教会活动。你也知道，让那些可怜孤独的小男孩见一见我这个真正的英国女人意义很重大。"

半个小时后奥尼尔说他年纪大了，喜欢早睡，就起身告辞了，我借故跟他一起离开。我们沿着通往电车半山车站的马路漫步，香港岛和海港的灯光在我们脚下铺开。

"您是故意跟他们开玩笑呢，还是您的祖母真是中国人？"我问他。

他呵呵笑了笑，说："我有两个祖母，一个来自伦敦西南富人区的里士满，另一个来自诺威奇的伯里圣埃德蒙兹小镇，所以我只是开了个玩笑。有时候我也会像孩子般调皮，忍不住要开玩笑。"

我笑了，说："他们可是大吃一惊，过去三十年竟然从来没有人跟您提过此事！"

"你当然不能太把这些人当回事，现如今他们已经没有多少意义。这种心态与孕育它的帝国一样是注定要落败的，可他们却总觉得是这种心态孕育了帝国，其实根本不是这么回事，这种顽固的心态不过加速了自己的衰败。说句不怕得罪主人的话，我估计今天晚上参加宴会的大部分客人都是不值一提的人物，而那些真正的帝国建造者，才是一流人物。"

我们相谈甚欢，为了能继续讨论，我们没有乘电车，而是沿山而下走回市区。我们走到奥尼尔所住的告士打道时，他邀我去小酌一杯。我觉得他很有魅力，而且我正在跟他讲南国酒店和苏丝，所以我就同意了。喝完一杯威士忌，我也讲完了我和苏丝最后一面的故事，他说："放她走你真是太傻了！非常傻！"

我看着他明亮的眼睛，不确定他是不是在开玩笑。"你是说我不接受她、接受水手和一切是太傻了吗？"

"当然！愚蠢透顶！在我看来，她是一个性格鲜明的女孩，而且还醉心于你。而对于女性来说，生命中最大的快乐往往来源于异性，所以我知道这样一个女孩不可小觑。每个人天生都有缺点，可能有人喜爱昂贵的珠宝，可能有人对未来伴侣要求过高，抑或急着寻找未来伴侣。如果她开始把你当作目标，情况就很糟糕了。所以我觉得与这些缺点比起来，几个水手不算什么。"

我笑了，说："我觉得您说这些话有些言不由衷，如果您是我，也一定会像我这么做的。"

"荒谬至极，亲爱的朋友。我也曾面对同样的境遇，可我并未像你一样。她是汉口一家剧院的戏子，非常漂亮。她是一个有钱绅士的情妇，不过这位绅士年龄太大，已经无福消受。她还与另外一个有钱人有来往，纯粹是为了钱，因为她有一大家子要养活。后来她爱上了我，我也用真心回馈她。

"而她并没有告诉第一个男人任何关于我和第二个男人的事情。如果他发现了，一定会非常不快，作为她的第一个拥有者，他充当着丈夫的角色。另一方面，第二个有钱男人充当着情人的角色，他对第一个男人的存在一清二楚，当然也不会有任何反对意见。实际

上这反而给了他一定的满足感，因为他觉得自己每天都在给第一个
男人戴绿帽子。当然他对我的存在一无所知，如果他知道了，肯定
会采取激烈的行动。

"而对于我自己，是整场戏中最后出场的，我对前面两个人的情
况很了解，对他们的存在也没有任何异议。我反而对此十分赞许，
因为他们让我不必承受经济负担，而且这个女孩也不会胡闹，用情
至深。"

"那如果她找了第四个情人呢？"

他的眼睛闪闪发光，说："我应该会很生气，不过这只能证明做
爱本身并不重要，其重要性完全取决于你所持有的观点。而在我看
来，你不应该因为那些水手感到沮丧，正如我不会因为汉口情人的
两个有钱主顾感到沮丧一样。你应该像我一样感到满足，因为你利
用了他们的经济优势。"

我笑着说："您可真是玩世不恭。"

"恰恰相反，我是个不折不扣的浪漫主义者。这个世界上，没什
么比两个相爱的人更能打动我。我年事已高，再轰轰烈烈爱一场就
是出洋相了，我如今最愿意做的，就是能给年轻人一些意见，就是
告诉他们：不要把一切都想得过于完美，不要因为小小的困难而浪
费了宝贵的青春年华，一句话，就去爱吧。"

"恐怕对我来说现在做什么都太晚了。"我说。

此后我见过奥尼尔几次，十天后我去码头送他返回英国。他走
了之后我觉得自己失去了在香港唯一的朋友，就又陷入了沮丧。临

走前他给我的忠告是:"去把那个女孩追回来,或者就忘了她再重新找一个。不管你做了怎样的决定,都要坚决地去执行。"我知道他的忠告是金口玉言,就考虑第一种选择,把苏丝追回来。虽然姿态很高很富有激情,可我仍然觉得自己无法面对那些水手,也许我们只不过回到以前的情况。那就去酒吧再找个女孩?不行,从某种意义上来说这种行为等同于背信弃义,也会因此失去她们对我的尊敬。

所以我什么也没做,继续每天一醒来便开始惧怕这阴郁难挨的一天,继续每天热切地等待着敲门声。

后来有一天,我听蒂芙说她在市里见到苏丝了,她出来买东西,还说不会来看我,她既然已经决定跟罗德尼在一起,就不能来找我。到现在,一直支撑我的希望也破灭了,我陷入更为糟糕的状态,一种从未有过的孤寂和颓废,精神空虚,一切似乎都是徒劳无功,灵魂一片黑暗。这种状态并不完全是消极的,如同某些病痛一样,它也有积极的一面:至少它如同血液里的毒一样让我感受到疼痛。我逼自己工作,站在那里手拿画笔,看着画架上画了一半的画,茫然不知如何完成,仅仅是克服自己的惰性、让自己站在这里就已经让我筋疲力尽了。我的内心一片漆黑,所以就放下画笔出了门。我在大街上走来走去,孤寂和颓废如影随形。我回到房间,独自坐在阳台上,外面壮丽的景色对我来说毫无意义,如同一堵砖墙一样不会给我带来任何愉悦。我打开一本书,却无法静下心来读。没有人来,不会有人来了。我听到隔板后面的隔壁阳台传来男人的低语、女人的笑声。我闭上眼睛,除了疼痛我感受不到自己的存在。这长长的孤寂的疼痛。

我再也忍受不了，心想：我要接受奥尼尔的建议，我要下定决心，我要去楼下找个女孩，我要结束这孤寂。这样我生命的乐趣就会重新回来，我就可以开始画画了。

我来到楼下的酒吧，心中有种负罪感，就好像自己在伸手偷朋友的钱。我在桌前坐下，吉薇妮过来跟我聊天。

我想，不行，不能找吉薇妮，我和她太熟了，她就像我的姐妹一样。

我看着周三露露走向点唱机，投了一枚硬币，按下按钮。我想，她很漂亮，她很美丽，我可以喜欢上她。可是她的那些原则呢？她会说我是苏丝的男朋友，所以就会拒绝我，那我肯定会觉得羞愧，因为我竟然张口要她跟我交往。不，不可以找周三露露。

吉薇妮说："哦，太好了，菲菲来了。昨天晚上打麻将的时候我借了她五元钱，现在要还给她。我失陪一下。"

她走开了。我看到蒂芙在桌子之间来回游荡，猴子一样丑陋的小脸和一双闪亮的绿豆眼。蒂芙活力十足，一双美丽的长腿，穿着高开衩裙子，露出大腿。

我心想，是了，就是蒂芙了，她就是我要找的药。

我迎上她的眼睛，她就含笑过来了，在我桌前坐下。透过桌子边缘，我能看到她裙子下面露出的大腿。我们聊了一会儿，我告诉她我想让她去我房间。她露出困惑的表情，说："可你是苏丝的男朋友啊。"

"她已经走了好久了，蒂芙。"

她沉默了，心事重重。我从不知道蒂芙也会沉默。然后她迟疑地说："好吧，不过……"多丽丝·吴从桌旁走过，她赶紧闭口。她对我们的对话感到羞愧，不希望有人听到。

"不过什么，蒂芙？"

"不过你最好先上去，"她说，"我不希望任何人看见。"

"为什么？"

"我就是不希望别人看见，不为别的。"

我留她坐在那里，先回了房间。我担心她不来，那一刻我非常希望她能来，因为我觉得她很有魅力，我很喜欢她，而且我知道她能给我想要的东西。灵魂的暗夜之后，蒂芙会给我带来曙光。

门口响起敲门声，蒂芙进来了，情绪依然很低沉。我们喝了会儿茶，聊了会儿天，直到彼此感觉轻松些。我告诉她，我跟她太熟，谈钱不太好，所以就当是我送她一份礼物。我打开她的包，放了几张钞票进去。她一脸尴尬，不过也没说什么。她走到梳妆台前，拿起那个银匣子。

"这是苏丝送给你的？"

"是的，蒂芙。"

她点点头，忧心忡忡的样子。我们走到阳台倚靠在栏杆上，她心情终于好起来，开始兴高采烈地喋喋不休，还不时咧开大嘴笑着。我牵着她的手回到房间，她把手抽回去，打开手包。她在包里搜寻了半天，也没找到要找的东西，就把包合上了。

"我忘了一样重要的东西，"她说，"我要去取。你不介意等我两分钟吧？"

她走了，关上了门。五分钟过去了，她还没回来，我有些焦躁不安。这时我发现梳妆台上放着一些钱，压在苏丝送我的银匣子下面。我数了数，正好是我放进蒂芙包里的钱。

我呆立在那里，看着手里的钞票。电话铃响了，我拿起话筒，是蒂芙从酒吧打来的。

"我给你打电话是要跟你说对不起，"她说，"可是我很喜欢苏丝，她是我的朋友。"

"可是天哪，蒂芙！她已经走了，跟我的朋友，我所谓的朋友！"

"完全是两码事，那只是她的工作，而你是苏丝真正的男朋友。"

"做她的男朋友还真给我带来了很多好处啊！"

"好吧，你去找其他女孩吧，不要来找我。我不想让苏丝的男朋友来找我。"

她挂了电话，我也啪地把听筒摔在桌子上。我非常生气，心想，你这个小妓女，你这个专门伺候水手的妓女竟然敢如此玩弄我？你为何不当面告诉我，而是悄悄溜走然后打电话告诉我呢？难道你害怕我会强暴你吗？

你就摆出一副高高在上的架子吧，我心想，一个像蒂芙这样专门伺候水手的妓女竟然摆出架子拒绝我，把我的钱扔在我脸上，不偏不斜。

我让自己一直处于这种愤怒中，因为相对于内心深处的羞辱，愤怒更容易承受。然而后来愤怒消散了，羞辱却依然存在。我知道自己已经没有勇气再到楼下的酒吧邀请其他的女孩，再遭受一番拒绝。

我对自己说，这就是乱下决心的后果。我出门去看电影，不过是为了让自己不再想邀约失败的事情。我找了个后排的座位坐下，前面坐着一个水手和一个中国女孩，这个女孩显然已经被完全西化，没有了中国人原有的矜持，两人不停地相互爱抚。女孩的头发垂在肩膀上，映在电影屏幕上的轮廓像极了苏丝。我心中充满渴望，无法遏制，最后我不顾打扰一排的人，换到了其他座位。

从电影院出来天已经黑了，飘着蒙蒙细雨。我在细雨中沿着湿滑的马路走啊走，渴望依然攫住我的内心，极其强烈。

我心想，到处都有站街女，我可以去找个站街女。

我拐进一条街，女孩们都站在门廊里，有些是因为小雨，有些是因为她们年龄太大，门廊里比较昏暗。有个女孩打招呼说"你好"。朦胧的身影看上去苗条而年轻，一道黄色的光斜斜地洒在她的肩膀上。"你好，你是英国人吗？"她充满期待地朝我移了移身体，一部分面颊映在灯光里，涂了脂粉的脸松垂而苍老。我慌忙逃出这条街，沿着水边朝南国酒店走去。

有个女孩撑着伞走在我的前面，湿润光滑的路面映出她优美的剪影，优雅的脚踝，纤细的腰肢，浓密的披肩长发。

我对自己说，这不行，她又不是站街女，她可能只是去乘轮渡。我拼命压制看到她之后心中重新涌起的又一轮渴望。

突然之间我认出了她，穿着高跟鞋摇摇欲坠，臀部左右扭动。

她走过南国酒店的大门，走到酒吧门口停下脚步，收起雨伞。

啊，她就不会有什么问题了，贝蒂·刘不会有问题，我心里想，贝蒂·刘对苏丝没有什么顾忌。

她一只手搭在眼睛上朝玻璃门里看，另一只手敲着玻璃，期望引起里面水手的注意，好让他出来把自己带进去。她听到我的脚步声，回过头来，展开笑脸，忽闪着浓密的睫毛轻声说："哦，罗伯特！"她的手轻轻抚着我的手臂。

"罗伯特，你最好了，你能带我进去吗？"

"当然可以了，贝蒂，"我说，"不过是进另一扇门。"

第八章

/
/
/

I

相对于中国人，西方人更熟悉贝蒂·刘这种女孩，她们总是夸张地展现性感以掩盖自己的性冷淡；她们散发出诱惑的光芒，似乎一经引诱便无法自持；她们哄骗每一个男人，把性爱当成胡萝卜吊在男人鼻子前，引诱他们来到卧室门口，结果却愤怒地大声喊叫要维护自己的贞操，将可怜的男人拒之门外。

而贝蒂·刘并没有把我拒之门外，因为这是她的谋生之道。不过她确定了我的心思后，就立马褪去了性感的引诱，如同褪去多余的衣服，变得唯利是图、冰冷、不耐烦而又木然。我强忍内心的退缩，完成交易。之后她穿上衣服准备离开，同时也穿上了无形的性欲，而我也重新为她吸引，虽然刚刚被她哄骗过。而她对自己态度的变化浑然不知，因为这是一种条件反射，她根本不知道自己在做什么。她也不知道自己已经无法取悦我，因为她一次性付清了所有款项，她天性冷淡，不明白其实可以用其他方式支付。

而她如此空洞的表现只会让我感到厌恶，她沙哑低沉的声音，她亲密缠绵的样子，她忽闪忽闪的眼睫毛。她走出房间的时候，我甚至不忍看她扭来扭去故意挑逗人的臀部。

我再也没叫贝蒂来我的房间，也没叫其他女孩，可是伤害却不可避免。贝蒂到处宣扬我们之间的交易，所以第二天南国酒店的所有女孩都已经知道了这件事情。更过分的是，她还不遗余力地利用这次事件打压苏丝，煞费苦心地告诉大家她已经取代了苏丝在我心中的地位，我和她在交往。而我一到酒吧，她就热切地迎上来，跟我坐在一起，就像是女朋友在行使对我的占有权。

我觉得其他女孩不会被她的言行欺骗，可一切确实有了变化，因为我这唯一一次过失便足以毁灭她们对我的特别敬意。她们依然对我很有礼貌，贝蒂不在的时候她们也会过来跟我说话，因为她们彬彬有礼，不愿让我发现她们感情的变化。可是她们不再找我帮忙，不再跟我讨论苏丝，也不再随意跟我开玩笑。甚至是最在意友谊的吉薇妮，言行举止间也有了微妙的变化。在她看来，我以前异于常人，而现在事实证明我与水手并没什么区别。

我开始尽量避开酒吧，逐渐喜欢上独自一人徒步走到后面的山丘。而我内心的孤寂和颓废渐渐逝去，生活的乐趣苏醒过来。某一天，我无比欢欣地发现自己内心还存留一点儿火焰——灰烬中的火焰。我原以为火苗已经彻底熄灭，而画画就会成为毫无意义的枯燥工作。这火焰是我唯一小心翼翼呵护的部分，是我本性中仅存的声音在说："我要做我自己，我不要成为别人。"我充满柔情爱意地呵护着这一点儿火苗。不久我就开始画画了，我找出米特福特的来信，重新读了一遍，内心充满喜悦，如同刚刚收到一般。我还回了信，承诺说一个月内就会寄几幅画过去，包括威因鲍姆先生建议的一两幅"背景"画。

有一天我在中环附近画素描，心中已经有了大致的样子。我看到一个欧洲女孩正在用手柄发动一辆名爵小汽车，就过去帮忙，结果摇了两下就扭伤了手腕，我原本想借机展示自己的男子汉气概，不料忽然就落得如此羞愧的下场。我又检查了一下引擎，希望自动启动器能有用，结果发现电池酸已经泄漏，所以我们只好打电话给汽车修理厂。

机修工很快赶过来开始修理，我对那个女孩说："我们去喝杯咖啡吧。"因为我觉得她挺漂亮，有着快乐的棕色眼睛和含笑的嘴巴，我思忖着等会儿就告诉她我的想法。

我们去了附近一家名为牛乳工厂的咖啡厅。她很早就注意到我的素描本，过了一会儿就问道："我一直以为画家都无可救药地不切实际，不过你好像对汽车挺了解的。"

"我在马来亚种植园工作的时候有自己的汽车。你是做什么工作的？"

"我在圣玛格丽特工作。"

"是学校吗？你不会是老师吧？"

"不是的，是医院，我是护士。"

她名叫可伊·弗莱彻。当天晚上我们又一起吃了中餐，四天之后我们又见了一次。之后我们每隔一晚见一次，一般都是在她休息的日子。我对她讲了南国酒店和苏丝的事情，她似乎并不介意，不过听到奥尼尔建议我不顾水手的存在接纳苏丝时她很震惊。我并没有告诉她贝蒂的事情，因为我为这段插曲感到羞耻，自己也不愿提起；而且我也怕告诉她之后，就要解释自己当时如何渴望女人，她很可能会把自己跟这件事联系起来，就会以为我要么在压抑自己的欲望，要么就根本不喜欢她。而事实上两者都不对，我只想让事情顺其自然地进行。

一天晚上我们去九龙看中国戏，之后沿着弥敦道往渡口走去。可伊在一个橱窗前停下脚步，指着一件格子呢军装式衬衫对我说："你现在就需要这个，你还没有一件没修补过的衬衫，至少我没见过。而且这样的衬衫不显脏。"

"你这是在拐弯抹角批评我，"我说，"好吧，反正看起来也不贵。"

这是家印度商店，尽管时间很晚了还在营业。不过窗口展示的那件衬衫太小了，他们也没有适合我尺寸的库存。胖胖的印度店主满脸带笑地搓着双手，说："我明天就给你拿一件，你明天下午再过来，可以吗？"

走出门后可伊说："我应该跟他定在后天才更稳妥。"

"或者是大后天。"

后来我把衬衫的事情忘得一干二净，将近一周后我才乘坐渡船去了九龙。那家商店离码头只有几百米，就在半岛酒店旁边的街道上。我一进去印度店主就认出我来，他微笑着跟我握手，说："你是来取衬衫的吧？"

"是的。"

"明天再来吧。"

我说这样来来回回太麻烦了，他就说可以降价卖给我，最后价格降到很低很低，显然这么低的价格他还是可以确保利润的，我甚至为自己当初温顺地接受他的开价感到懊恼。最后我答应再过来取，他再次伸出潮乎乎而松弛的手跟我握了握，我就离开了商店。

街道对面有一辆机场巴士，停在半岛酒店外面。看到这辆巴士让我想起了苏丝和罗德尼，不知道他们已经去了曼谷，还是继续住在新界。我这个念头刚起，就看到一个熟悉的身影站在酒店的台阶上——是罗德尼！

就在此时另外一辆机场巴士停下来，挡住了我的视线，我还以为自己一定是看错了。可能是我脑海里正在想一个人，他的样子就会出现在陌生人身上，这种事情常有发生。

不过我应该去证实一下，所以我穿过马路，从两辆机场巴士中间走到人行道上。那个人依然站在台阶上，不过却背对着我。我看到他的仿麂皮鞋、英式西装和熟悉的平头，我没有看错，就是罗德尼。我想他一定是看到我了，所以故意转过脸去不愿跟我打招呼，因为他目不转睛地看着敞开的大门，可大门里什么都没有，大堂空空如也。

"罗德尼！"

我的声音如同发令枪，他听到后立马迅速往前冲去，消失在酒店门里。这时，站在人行道上检查上车乘客的空姐抬起头来问："咦，特斯勒先生去哪里了？"

我冲上台阶去追他，他背朝外站在中国丝绸陈列窗前，肩膀上还挂着泛美航空公司的安全气囊。我抓住他的胳膊，叫了一声："罗德尼！"

他很不情愿地转过身，眼神疏远呆滞，充满敌意，说："哦，是你啊。"

"罗德尼，你要去什么地方吗？"

"是啊，我正要走，"他说，"我要离开这里。"

我看到他包上贴的航空标签上印着曼谷字样，我问他："苏丝在哪儿？"

"很抱歉，我现在就要走了。"他转身朝门口走去，我拉住他的胳膊。

"罗德尼，苏丝在哪儿？"

那位空姐出现在门口的台阶上，说："哦，特斯勒先生，要上车了。"

"我马上过去。"罗德尼回答说。

我依然抓着他的胳膊问:"罗德尼,她在哪里?"

他突然怒气冲冲地转向我,说:"你给我听好了,我不知道,而且我也不在乎,我没时间站在这里跟你废话。"

他猛地挣脱我的手臂,跑下台阶,经过空姐身边,穿过马路,上了巴士。我跟着他跑下台阶,问空姐道:"我能上开往机场的巴士吗?"

"欢迎您乘坐,五港币。"

看到我上了巴士,罗德尼狂然大怒,坚决不肯让我坐在他的旁边,所以我就坐在他身后。我探身跟他说话,他却别过脸去。去机场的路上他一言不发,不过到了机场我继续缠着他,跟着他下了巴士来到候机大厅,他检票和托运行李的时候我一直纠缠着他。检票员说:"特斯勒先生,距您海关检验还有半个小时,您可以去休息室喝些咖啡。"我跟着他来到休息室,跟着他在桌前坐下。我一直吵着让他告诉我苏丝在哪里,过了一会儿他把脸埋在手心里,开始不停地颤抖,似乎在哭泣。他的手依然蒙在脸上,激动而含糊地说:"好吧,你想知道我就告诉你,她鄙视我。"

"谁,苏丝?"

"家里人问我在香港干什么,我告诉他们:'我跟肮脏的妓女睡觉,她们鄙视我。'"

刚开始的一两周他和苏丝的关系不算太差,然而他对她的猜忌越来越重,甚至不允许她离开自己的视线。而他的猜忌主要是由于她的孩子，因为她每次去村子里看孩子都不让他跟着，他就开始胡乱猜忌，说她根本不是去看孩子，而是去会中国情人。

他自己明明知道事情并非如此，因为他曾跟踪她到村子里，看着她走进保姆和孩子所住的房子，又等着三人出来，还一路跟着她们去了海滩。然而后来说起此事，他却说看到苏丝去了另一座房子，跟一个男人一起出来。他还详细地描述了这个荒诞故事的每个细节，就如同那次他引诱明妮·何不成，就编造了自己被喝醉的水手袭击的故事。他上次在大街上跟我说那个坐黄包车的水手就是袭击自己的人，而这次他在村子里随便指个过路人，硬说看到他和苏丝一起从房子里出来。这种谎话很难让人信服，因为苏丝根本不认识那个人，罗德尼对此非常清楚。可是他却深陷其中，一旦撒了谎，他就觉得自己应该顽强地编造下去。也许他潜意识里希望苏丝憎恨自己、鄙视自己。他成功了，因为没过多久他就从苏丝的眼睛里看到对自己的憎恶和鄙夷。他很大方地多给了她很多钱作为礼物，希望以此来博得她的好感，可是给了之后他又立马偷回来，还反过来污蔑苏丝把钱弄丢了，说她根本不在乎自己送给她的礼物。他这样做似乎是想告诉自己，自己的钱也不受欢迎，哪怕是给钱也无法转变自己被鄙视的命运。

最后苏丝对他忍无可忍，几次要走都被罗德尼拦下，后来她就开始耍花招，一天早上直接带着保姆和孩子消失了。他知道后勃然大怒。他发现少了一只手提箱，就想起诉苏丝偷窃，把她送进监狱。他的报复计划还没有想好，的士司机把苏丝送到九龙后又载着他的手提箱回来了，还转告苏丝的话说离去得仓促，就先借用了他的手提箱，向他表示道歉。

　　这些是两周之前的事情了，罗德尼回到九龙，就住在半岛酒店。他觉得应该继续自己的环球之旅，就预订了最早一班去曼谷的机票。几天后的晚上，他在弥敦道遇见了苏丝，他祈求她回到自己身边，还说如果她答应就取消去曼谷的航班。而她却断然拒绝了，说自己在九龙找了间房子，现在在附近的一家酒吧上班。罗德尼放她离开，然后悄悄跟着她，最后却在拥挤的人群中失去了她的踪影。那是他最后一次见到苏丝。

　　我问罗德尼："关于她上班的酒吧，她还说了些什么？"

　　"什么也没说，不过我猜测应该是个猎艳的场所。"

　　"可是我不明白，"我说，"如果她还是做这种工作，为什么不回南国酒店呢？"

　　罗德尼欲言又止，垂下眼睛，漫不经心地耸耸肩说："我不能告诉你。"

　　这时墙上的扬声器发出噼里啪啦的声响，然后是一个女人的声音要求所有乘坐泛美航空飞往曼谷、仰光和加尔各答的乘客去海关办理手续。罗德尼站了起来，把气囊搭在肩膀上，说："好了，再见，鲍勃。"

　　我说："罗德尼，你真的不知道她为什么不回南国酒店吗？"

　　"我已经告诉过你了，我不知道。"

　　"我就是想知道答案。"

"很遗憾你一直觉得我是个骗子。"他转过脸去，犹豫了一下，说，"唉，反正也管不了那么多了。如果你真想知道原因，我就告诉你，就是因为你她才不回去的。"

"因为我？"

"她听说你在跟贝蒂·刘交往，她很不高兴。"

"我明白了。谢谢你告诉我，罗德尼。现在我们是同一条船上的人了。"

"什么意思？"

"我的意思是，她现在也鄙视我了。"

"她才不鄙视你呢，"他飞快地说，似乎很妒忌，就好像被她鄙视是一种无上的光荣，他不愿任何人跟自己争抢。"如果她鄙视你，就会回去的。不过你不用担心，她很喜欢你。我是她唯一鄙视的人。"

"好吧，如果你坚持这么认为的话，"我笑着说，"我就不扫你的兴了。"

我朝他伸出手，他却视而不见，眼睛又充满敌意，说："我不喜欢你这样说话，鲍勃。"

"罗德尼，别当真，我只是……"

"鲍勃，你这句话非常非常令人不快。没想到你竟然会说出这样的话，我还以为自己离开香港还留下一个朋友在这里，唯一的朋友。现在看来是我错了。"他迅速转身消失在通往海关的门后。

我冷冷地对自己笑了笑，心想，他才不会觉得留下朋友在这里，他的自怜自哀是个嫉妒心极强的情人，才不允许他交任何朋友。

我走出候机室，站在钢丝栏杆前，看到有乘客从大楼里出来穿过停机坪朝飞机走去，我大喊"罗德尼"的名字，还挥了挥手，想让他带走一份美好的记忆。然而好几位乘客回过头来看我，罗德尼却没有回头，继续固执地朝飞机走去。飞机起飞的时候我再次挥了挥手，希望他透过窗户能够看到。飞机快速爬升，盘旋着，长长的影子映在海港上，如同一只敏捷的鱼掠过水面。我一直看着，直到飞机消失在视线之外，然后乘巴士返回九龙寻找苏丝。

II

弥敦道附近有许多猎艳的酒吧，我去的第一家名叫风车房。去酒吧之前我在电影院消磨到晚上七点钟，因为只有晚上酒吧才有故事上演。风车房酒吧是个小酒吧，促狭的空间里挤着十几张带有玻璃罩的桌子，桌子上放着廉价的调味瓶，柜台旁的小黑板上用粉笔写着炸鱼、熏肉荷包蛋和鸡蛋土豆条的价格。留声机哑然播放着歌曲，声音细弱而绝望。两个士兵和一个百无聊赖的中国女孩坐在一张桌前，三个人都闷闷不乐，似乎在期待什么事情的发生。九龙是看不到水手的，因为水手不允许到九龙来，他们只能去香港岛寻欢作乐，九龙这片活动场所是留给驻扎在新界的士兵的。

我坐下的时候那个女孩一直盯着我，她迎上我的眼睛，露出小心谨慎的暧昧的笑容，如同站在丈夫身边的妻子面对自己情人的微笑。因为与士兵坐在一起无事可做，过了一分钟她就借故来到我的桌前，脸上挂着友好的职业微笑，与下午那位空中小姐脸上的微笑别无二致。我觉得她们的工作有很多相同的要求，只是酒吧女没有统一的制服，而且不能像空中小姐一样拒绝那些好色的顾客，反而要对他们很友善。

"我在找一个名叫苏丝的女孩，"我问她，"苏丝在这里工作吗？"

她摇摇头，又说有个 OK 俱乐部，风车房生意不好的时候她偶尔去那里工作，两周前刚来了一个女孩，不过她不太确定她的名字是不是苏丝。很快她就想了起来，确定说这个新来的女孩名字就叫苏丝。

我很怀疑她这么快回忆起来不过是想取悦我，不过 OK 俱乐部就在附近，我就过去了。这家酒吧比风车房要大得多，酒吧柜台前懒散地站着七八个女孩。我刚落座，其中三个就带着僵硬而虚假的笑容朝我走来，剩下的几个作为备选徘徊在后面，她们脸上挂着同样虚假而明亮的笑容，她们的眼睛如同拍卖师一样随时准备迎上你的眼神。我向她们解释了我的来意，得知我根本不是她们的潜在顾客后，她们马上隐去自己的职业态度，放松下来，不再是僵硬的木偶玩具，按下按钮就自动地微笑、抛媚眼、宽衣解带躺在床上，现在她们恢复为普通的女孩，友善而有生气。我向她们打听苏丝的消息，她们六个人都摇摇头，然后我问她们谁是新来的，其中一个回答说："是我，我叫露露。"

我忍不住大笑起来，六张精心装扮的小脸困惑地看着我。

"你一定是周一露露。"我笑着说。

我将南国酒店周三露露和周六露露的故事告诉她们，当我解释去诊所做检查的原因时，她们涨红脸庞，咭咭地掩嘴笑着，如同一帮少不更事的纯洁少女。然后她们聚拢起来商量如何寻找苏丝，她们很愿意帮忙，因为她们都很浪漫，甚至比大多数女孩还要浪漫，因为这份性爱职业的本质是反浪漫的。而最浪漫的事莫过于一个男人到处寻找某个女孩，而不愿为任何其他女孩做停留。一个女孩取来纸和笔，她们围在我旁边绞尽脑汁回想周围的酒吧，我一一记下来，然后她们又按照走访的路线重新列了个名单。之后我动身去名单上的第一家酒吧，露露要陪我过去，因为她觉得我自己根本找不到地方。她带我到酒吧门口，在马路边向我道别，然后咭咭地掩嘴笑着说了一句："周一露露！"就很快跑开了。

我去了六七家酒吧，都很小，里面只有为数不多几个女孩和几个零散士兵。这些酒吧都不像南国酒吧一样依附于酒店，里面的女孩只能靠酒水回扣过活，士兵一般会为她们买杯鸡尾酒，所谓的鸡尾酒不过是可乐，价格却是杜松子酒的价格。偶尔士兵也会带女孩到附近的酒店去。其中一家酒吧有个名叫苏丝的女孩，我等了半个小时，才有人把她从外面找回来，结果却是个又矮又胖的姑娘，身体就像个大圆球，顶着一个小圆球脑袋，滚圆的胳膊从旗袍袖口里伸出来，手腕如同洋娃娃一样皱成一节一节，连着丰腴的小手，手指上戴满戒指。她整个人像是被打气筒吹起来的一般，似乎再多打一下就会爆炸。她大约四十岁，脾气很坏，得知自己无缘无故白跑一趟后很不高兴，我走的时候她还在找经理抱怨。出门后我叫了辆黄包车，走了这么久我的脚已经很酸了，而且只剩下最后一家酒吧了。

这家酒吧名叫欢乐屋，是我到过所有酒吧中最小的一个，就像一家小型夜总会，里面有个舞池，桌子都靠在墙边，打着玫瑰色的柔和灯光。整个酒吧只有两三张桌子前坐着人，而且其中一张桌前坐着的都是等待猎物的女孩，还有两个女孩在空空的舞池中翩翩起舞。我坐下来，有个女孩走了过来，我照例问她这里有没有一个叫苏丝的女孩，她回答说："有的，我们这里有个女孩叫苏丝。"

"苏丝黄？"想起自己刚刚等了那么久，结果却等来一个气球一般的苏丝，我就追问了一句。

"是的，黄美玲。她在后面跟其他姐妹打麻将呢，今天生意太冷清。我去叫她。"

她穿过一道挂着天鹅绒帘子的门出去了，不一会儿酒吧后面的留声机开始播放《寂寞七日情》，是我和苏丝向来最喜欢的曲子，在南国酒店的时候我们还把这首歌定为我们的主题曲，每次听到都会勾起我的无限回忆。而现在响起这首歌绝非偶然，我相信一定是苏丝点播的。想到这些我的心里充满了喜悦和欣慰，她一定是听说我来了很高兴，才会有如此多情的举动。

然后她出现了，掀开门帘停留了片刻。虽然在光秃秃一盏灯的照耀下仅能看到她的剪影映在后台的砖墙上，可她的轮廓是那么熟悉，蓬松的齐肩长发，凹凸有致的腰肢和臀部曲线，让我一下子觉得她是如此亲近，似乎已经走进我的怀里。我心潮汹涌澎湃，再相逢的时刻我在脑海里想象过无数次，却没想到会有如此多的感情涌上心头。

她放下门帘，将阴暗的过道和潮湿的砖墙隔在外面，走进房间。灯光很昏暗，她没看见我，停顿了一下，四处张望。我站起身，她看到我，慢慢穿过舞池朝我走来。

"你好，苏丝。"她僵直地站在那里没有说话，我突然不敢确定她是怎样的心情，也不敢确定《寂寞七日情》是她要求播放的。为了安慰自己，我说："听，是我们的主题曲。"

她微微点点头，仔细听了听，原来她根本就没注意到，而现在她听到了，却无动于衷。最终证明一切不过是个巧合。

她冷冷地问："你为什么来这里？"

"苏丝，坐下，我们好好谈谈。"

她迟疑了片刻，僵直而犹豫地坐在椅子边儿上。玫瑰色的灯光下她的脸朦朦胧胧，不过从她的情绪来看，她的脸上应该没有任何表情，她的眼睛一定很警惕，眼神闪躲，不会泄露任何内心的想法。服务生走过来问我们要喝点儿什么，苏丝摇摇头，我为她点了一杯鸡尾酒，为我自己点了一杯生力啤酒。

"喝点儿可乐对你不会有什么伤害的。"我说。

而她再次问："你为什么来这里？"

"因为我想你，苏丝，你不知道我有多么想念你。"

"你为什么对我说谎，你不是找了其他女孩，现在有人陪了吗？"

"你是说贝蒂·刘？"

"我不知道，"她说，她的自尊不让她承认，"我只是听说你现在有女朋友了，我没听说她叫什么名字。我也不关心，你有没有女朋友我一点儿也不在乎。"

"苏丝，关于贝蒂的传言都是胡说八道的。"

"我听到的不是胡说八道。是了，我听说就是这个女孩，我想起来了，就是这个广州女孩。我听说她现在是你的固定女朋友。"

"她才不是呢。她确实来过我的房间一次，那个时候你刚走，我感到非常寂寞，根本无法工作，我知道所有女孩中只有她不会因为你的缘故而拒绝我。可是整个过程糟糕极了，每一分每一秒我都感到厌恶。自那之后她再也没来过我的房间。"

"你为什么一再骗我？"

"我没有骗你，苏丝。"

"骗了！就是骗了！你一直都想要那个广州女孩，我记得你曾跟我说：'那个广州女孩让我兴趣盎然，很性感。每次看到她撩人的走路姿势我就兴奋得不能自抑！'"

"我可不是这么说的，"我说，"总之我快疯了，就像在跟一袋大米上床一样。现在我见不得她走路摇摇摆摆的样子，看到就觉得恶心。"

"那你还让她做你女朋友？"

"我没有，苏丝。"

"你有，每个人都跟我说她是你女朋友。"

"所以你才不回南国酒店的？"

她迟疑了一下，然后仰起脸，眼睛大胆地看着我，虽然我根本无法看清楚，她说："是的，就是这个原因，我觉得回去太丢人了，我会很没有面子。回到南国酒店我会羞愧而死的。"

服务生送来我们的饮料，他把鸡尾酒放在苏丝面前，暗红色的液体中插着一根小棒，上面放着一颗橄榄，好让这杯可乐看起来更像鸡尾酒。他从生力啤酒瓶里倒了一杯，把酒杯和酒瓶放在我的面前，然后走开了。

"苏丝，请先听我说完。"我再次跟她解释贝蒂的事情，说了我对贝蒂的感觉，以及她如何假装自己依然是我的女朋友。苏丝终于相信我说的都是实话，然而她相不相信似乎并不重要。

"那好，我相信你，"她说，语气中不见了往昔的热情，"你现在高兴了？"

"不，我不高兴，苏丝。你这样像刺猬一样对我防备，我就不高兴。而且你在这里工作我也很不高兴，因为在这里你赚不到什么钱。"

"今天是周五，酒吧这么空荡荡只是因为今天是周五的缘故。"

"其他时候会好很多吗？"

"是的，有时候会很忙，我赚了很多钱呢，光是酒水我就赚了不少，还不算去酒店赚的钱。"她意识到自己的话很没有说服力，就接着说，"不管怎样，我从那个花心大蝴蝶身上攒了不少钱，快有两千港币呢。"

"苏丝，你为什么不回南国酒店呢？"

"我永远不会回去的，我会一直待在欢乐屋。"

无论我说什么都无法让她改变心意，也无法让她转变对我的态度。我邀请她跳舞，希望能借助舞池的魔力将我们再次融合在一起，而她却断然拒绝了。不过后来她总算答应让我送她回家，我们到佐敦道乘坐巴士，然后搭乘轮渡到了湾仔。她根本不住在九龙，而是依然住在湾仔那个冥币店上面的房间，她跟罗德尼走后还明智地保留着这个房间。她告诉罗德尼她搬到九龙，只是为了防止他过来找她。

在渡轮上我提醒她这是我们初次相遇的场景，并自作多情地握住她的手，而她却小心地把手抽了回去，朝座位外面移了移身体。我们沿着湾仔的水边走过去，一路上几乎没说什么话，然后在她的房子外面道了别，她把脚放在狭窄的台阶上，说："现在我们算是结束了。"

"我还能再见到你吗，苏丝？"

她狠狠地摇摇头，我转身穿过空荡荡的狭窄街道朝水边走去。我还无法接受这是最终的告别，走着走着我突然想到一个再见她的理由。我抽屉里还放着我们那天早上在轩尼诗道拍的照片，是她跟罗德尼走后我取回来的，所以她还没见过。我一回到房间就把照片拿了出来，把我自己要求多洗的照片抽出来，然后把剩下的装进信封。我决定第二天晚上去欢乐屋交给她。

第二天早上醒来的时候下着倾盆大雨，是我到香港后第一次下雨，除了我遇到贝蒂·刘那天的毛毛细雨。而阿唐端着茶壶进来说：

"先生，阴雨天要开始了。"

我在床上坐起来，说："哦，天哪，阿唐！快看！"

阳台门外一片狼藉。阳台的一边不断有雨水溜进来，而另一边的雨水打在石头栏杆上形成瀑布，水花四溅。地板上积满了水，阳台上的一切都被雨水淹没，包括几块画板和我所有的颜料。我和阿唐一起把所有的东西搬到屋里，之后我花了整整一个小时把能擦干的东西擦干，又重新布置了一下房间，好把阳台上搬进来的东西都放妥当，还要给自己留个画画的空间。同时我还不断地提醒自己，一定要给可伊打个电话，因为前一天晚上我本来跟她约好的，但是为了找苏丝我只好取消了约会，匆匆在医院给她留了个字条，还没来得及解释。我不愿给她打电话，不过最终还是强迫自己打了，却没有提苏丝的事情。我跟她约好下午六点半在格洛斯特喝咖啡，然后我再去九龙。

六点钟的时候天还在下雨。我没有雨衣，就小跑着穿过雨幕到附近的商店买了一把油纸伞，这种油纸伞跟雨伞一样好用，而且很便宜，只需要一港币，丢了也不可惜。我到格洛斯特的时候可伊还没到，我就先为自己点了一杯咖啡，刚点好她就进来了。她欢快地走到我的面前，说："哦，果真如此啊。"我问她什么意思，她解释说："你昨天推迟了跟我的约会，我就觉得一定是因为苏丝。而现在你一脸的倦容和羞愧，我就知道自己猜对了。所以你不用觉得愧疚，因为从昨天开始我已经有足够的时间来接受这件事情了。"

我向她讲述了过去一天发生的事情，还告诉她苏丝的再次出现给我带来了巨大的影响。我问她如果我再去找苏丝，她会不会觉得我疯了。

"你是说从你的角度来看，还是从我的角度，抑或是从她的角度?"她问。

"我想应该是从她的角度来看，"我说，"你觉得她是真的不想再见到我吗? 还是她心底还是希望我能专横一点儿，义无反顾地打破一切阻碍?"

"大多数女人无疑更喜欢'专横和义无反顾'，"她说，"不过根据你对她的描述，我觉得她并不想再见到你。"

"那么说来我今天晚上还是不要去见她了，我应该把照片给她寄过去。"

"不，你一定要去，不然你永远不会死心，而且还会怪我乱出主意。"

"哦，那好吧，反正我也要去九龙取衬衫。"

"至少给你自己找个过去的理由!"

"可伊，在我处理好与苏丝的事情之前，我觉得我们还是先不要见面了。"

"你自己决定好了。不过我还是开车送你到渡口吧，外面真的是倾盆大雨。"

大雨中海港灰蒙蒙的一片，我登上渡轮，来来往往的船只若隐若现，如同在大雾中穿梭。到了九龙码头我决定奢侈一次叫了辆的士，因为我不想到欢乐屋的时候被淋成落汤鸡。路上我在印度店铺停了一下，店主露出大大的微笑，握了握我的手，说我应该是为取衬衫而来，我开玩笑说我打赌衬衫还没到。

"啊，你输了，你输了！"他开心地笑了，死灰色的圆脸绽开菊花一样的笑容，骄傲地举起我要的衬衫。然后他把衬衫叠好装进棕色的袋子里，露出丧气的表情说："你太精明了，这个价格还不够我的成本。唉，我可是做赔本买卖了。"

"那你就是不想卖给我了？"我抱着一丝希望问他，因为这件衬衫在阳光下看起来很不错，可外面灰暗的雨天一下子让它变得不合时宜又过于花哨。

"哦，不，买卖就是买卖，"他赶紧堆满微笑说，"我一定要言而有信，是不是？"

到了欢乐屋外面我付了的士钱，冲过马路到了酒吧门口，手里攥着装衬衫的包裹。一港币买来的油纸伞已经不知去向了，有可能丢在可伊的车上，或者是渡轮上，抑或是印度店铺里，我已经想不起来了。我走进酒吧，大雨把士兵都拦在家里，整个酒吧依然很空。而苏丝是为数不多几个有生意的女孩之一，她正跟一个年轻的一等兵坐在一起，他瘦瘦高高，一张光滑的高中生模样的脸庞，如此天真无邪，似乎根本不知道剃须刀是什么，他的神情很显然表明他是来自上流社会，正在服兵役。我问他能否跟苏丝说句话，他礼貌地站起来，在长椅和桌子之间局促地弯着身子，如同高中生站在校长面前一般。

"你随意，老兄，"他说，"希望我没有介入你们之间的关系？"

“没有。”

“那就好。”

酒吧里灯光太昏暗，根本看不清照片，所以我们就走出挂着天鹅绒门帘的小门，来到充满厕所味道的过道，就着无罩的灯泡仔细看照片。我把照片带过来苏丝很高兴，她看到孩子趴在地上好奇地看着照相机的照片时不禁咯咯笑了起来。然后翻到我站在她身后、俨然像是孩子的父亲的那张照片，她无声地端详了一会儿，表情很含糊，没有说什么就把照片放在最后，开始看下一张，又是她孩子的单人照。

“在海边的渔村住了那么久，他现在气色好多了。”她眼睛闪闪发光，“真的，他现在可漂亮了，脸颊胖乎乎、粉嫩粉嫩的，就像英国孩子。看，就像这样！”她鼓起脸颊让我看，“而且他现在也不咳嗽了，哦，真的，全好了，咳嗽。”

“苏丝，真是太神奇了！”

“他现在一点儿都不咳嗽了，我想大概是因为海边的空气比较好。还有游泳，是啊，他每天都游泳，在海里！不过就是经常有大风浪，呼呼就过来了！就这样把他打翻了。”

她开心地咯咯笑着，心情非常好，比昨天放松了很多，我一时觉得我们之间所有的阻碍都消失了。我很庆幸自己没有把她的话当真，我很庆幸自己过来看她。然而过了一会儿，她把照片举到灯光前，我把手放在她的手上，帮她举得更高，我一触碰到她的手就感觉到她突然有了变化，明显是对我的一种抗拒，如同被叮了一般，我只好沮丧地把手缩回来。这时我才明白，自己刚才是想错了，所有的障碍依然存在。我心里想，可伊说得对，苏丝根本不想见我，她不想要我了。也许我用尽全力能够冲破所有的阻碍，可是这终究不是她想要的。

我说："好吧，苏丝，我现在就走。"

"好的，"她看着我的眼睛，"因为如果只有一杯酒，不如倒掉的好。你还记得吗？"

"我记得。"她以前曾告诉过我一句中国谚语，大概意思是如果只有一杯酒，喝完就无法再斟满，就不如不喝的好，因为喝一口就会勾起更大的欲望，就想再喝一口。欲望得不到满足就会很痛苦，远远超出一杯美酒所带来的愉悦。

所以我们如果继续交往却做不了恋人，就会有满足不了的欲望，就会带来折磨和痛苦。

"那好吧，再见，苏丝。如果你想见我，随时都可以来找我。如果有什么事情，随时可以给我打电话。"

"好的。再见，罗伯特。"

我转身穿过天鹅绒门帘，走进粉色的房间。我走到放衬衫包裹的桌子前，那个高中生脸庞的一等兵再次弯着腰站起来，一丝不苟地恪守礼节。

"老兄，很冒昧地问一句，"他说，"这里到底什么规矩？"

"你指的什么？"

"我的意思是，我对这里的事情一无所知，可是刚才那个女孩，我是说，她真的太漂亮了，我真想……哦，老兄，坦白说，她会不会陪到底？"

"你还是去问她自己吧。"

我拿起包裹离开了酒吧。马路被大雨冲刷得凹凸不平，我沿着弥敦道在灰暗的大雨中踽踽独行。雨水刺痛我的脸，冷冷地拍打着我的肩膀，我紧紧握着手中的包裹，手指将棕色的袋子抓破了，雨水灌了进去。

Ⅲ

大雨一直下了一周多。滂沱的雨声大了又小，小了又大，起起伏伏一直没有间断，一会儿如鼓声般越来越响亮，一会儿又渐渐变小，轻声细语般滴答着。虽然香港正处于雨季，但这样长时间的大雨也很罕见，很多地方都积涝成灾，成百上千的小棚屋被冲下山坡，街道变成了长长的灰色河流，依稀可见一个中国人撑着黑色的雨伞，赤着脚，棉布裤子卷到膝盖处，正在躲避一辆孤零零的电车。从我的阳台上望出去再也看不到什么风景，看到的只是连绵不断的灰色雨帘。

雨越来越大，而海港的军舰却越来越少，南国酒吧的生意日益萧条。女孩们在角落里织着毛衣，哈欠连连，伸手到包里找硬币投到点唱机里。喜剧家菲菲英勇地保持高昂情绪，到最后她的喜剧细胞也消耗殆尽，大张着嘴打了个长长的哈欠，闭上眼睛低声说："到了美国佬发薪的日子记得把我叫醒。"然后就睡着了。而瘾君子大爱丽丝，穿着肮脏而潮湿的衬衫从码头走进来，坐在一张空桌子前，把酒吧里唯一的水手从珍妮的怀中勾引过来，然后带他去了楼上。每个醒着的女孩都愤慨地对她的行为指责了半个小时。

有一天我在酒吧跟吉薇妮学习打麻将，经理过来说吧台有电话找我。只有苏丝会打到酒吧找我。我跳起身冲到吧台，结果却是可伊打来的。

"你不奇怪我为什么会打电话给你吗？"她问。

"当然不奇怪，"我回答说，"不过你怎么知道我在酒吧呢？"

"我不知道啊。"

"哦，那可能是接线员猜测我在酒吧。不管怎样，你打电话来我很高兴，可伊。"

"我只是想问问那天晚上你和苏丝怎么样了？"

"你对她的判断是正确的，她不想再见到我，所以我就再也没去骚扰她。"

"哦，天天下雨下得我心情很郁闷，你要不要跟我一起出去吃晚餐？"

"好啊，我很乐意。"

我们吃了中餐，看了电影。从电影院出来的时候大雨还在无情地冲刷着大街。能见度只有几米，我们坐在汽车里只能以每小时五英里的速度慢慢爬行。我们在南国酒店外面停下来，坐在车里聊天，等着雨逐渐变小，因为可伊还要一个人开车回家。

"今天上午你接到电话发现是我，声音里充满失望。"她说。

"哦，没有的事，可伊。"

"你这个人很不会说谎。你原本以为是苏丝打来的，是不是？"

"哦，一般情况下若是打到酒吧找我……"

"也就是说你和她还没有真正结束。"

"我有一种感觉，她总有一天会打电话给我的。可是这种感觉很可笑，因为她根本不会打来。可伊，你下次是哪天休息？"

"周四。"

"我们可以见一下吗？"

"如果在这之前苏丝没给你打电话就可以。"

"她不会打的。那我们周四见。"

我跑过人行道，站在酒店门口看着她开车离开，车轮将马路上的积水溅起很高。我到酒吧喝了杯啤酒，然后上楼进了房间。十分钟后电话铃响起。

"喂，我是苏丝。"

我惊讶得说不出话来，激动地咧嘴笑着。我原来以为是可伊打电话告诉我她已经到家了，或者告诉我她周四不能出来，所以要更改见面的时间。

"苏丝！"我叫道，"你的声音听起来很远，而且还非常小！"

电话那端一直没有说话，我能听到周围有中国人在喋喋不休，听上去像是在店铺。我收起笑脸，因为我意识到一定是出了什么事。

"苏丝，怎么了？发生了什么事？"

她还是久久不说话，最后用微弱的声音说："是我的孩子，我的孩子死了。"

叁 | 执手
偕老 |

苏丝黄的世界

第一章

她站在街角的人行道上等我，似乎完全没有注意到倾盆而下的大雨，湿漉漉的头发贴在她的头上、脸颊上，垂在肩膀上，如同小老鼠细长的尾巴。闪亮的丝绸旗袍湿透了，紧紧裹在她的身上、腿上，裙子的开衩处撕裂了，一直延伸到大腿处，白色高跟鞋上沾满了泥巴。她浑身上下湿淋淋脏兮兮的，如同刚从池塘里捞出来一般。

我朝她奔去，我的脚踩在马路上水花四溅，湿漉漉的衬衫因为一路奔跑而变得温热。她在电话里只告诉我她的孩子死了，其余什么也没说，我不知道具体发生了什么事情。我跑到她的身边，她依然站在那里一动不动，圆圆的小脸儿苍白无力，没有任何表情。

我说："苏丝，我可怜的苏丝。"

她的手臂空虚地垂在身体两侧，大雨淋在她苍白的脸上，水滴顺着下巴流下来。

"我的孩子没了。"她说。

"发生什么事了，苏丝？他病了吗？"

"不是，保姆也没了。"

"你是说她死了？保姆死了？"

"是的，都没了。"

"苏丝，怎么会这样？"

"很多人都没了，你看。"

她朝自己房子所在的拐角处扬了扬头，我顺着她的目光看过去，大街上很多人站在大雨中，簇拥的人头和雨伞在闪动的灯光下映出黑色的轮廓。我们朝街道走去，挤过簇拥的人群，每个人的眼神都那么呆滞，每个人的脸庞都那么沉默。人群再往前是拿着电灯和火把忙碌的男人，他们所在的地方要高出街道少许，像是个平台。我们挤到人群的最前面，有条绳子横亘在马路两端。所谓的平台不过是一堆碎石瓦砾，几乎堵塞了整个路口。突然间我注意到苏丝的房子不见了，整个街角消失了，空空地直面着天空，两侧是一层层张着大嘴的房间，有的房间里还站着床和橱柜，有的地板被严重撕破，家具颤巍巍地悬在里面。我一度以为这里落了炸弹，因为眼前的一切就像伦敦战时的情景。

"苏丝，发生了什么事？"我问道。

"房子倒了。"

“你是说发生了爆炸？”

“不是，就是倒了。”

“可是怎么会倒了呢？”

“因为下雨，”她说，“雨下着下着房子就倒了。”

那天晚上她从欢乐屋回来得比往常要早一些，因为下雨没什么生意可做。而她回来的时候却发现房子不见了。房子已经倒塌了半个小时，幸存者不断被救出，然而救出来的都是住在下面几层的租户，而孩子和保姆生还的希望不大，因为他们是从最高层跌下来的。可她却不肯离去，直到找到孩子的尸体她才肯相信。

“我们过去问问，苏丝。”我说。

我们从绳子下面钻过去。一个中国警察本要拦住我们，但看到我是欧洲人就犹豫了一下，我趁他改变主意之前就催促苏丝赶紧过去。我们艰难地爬上碎石堆，冥纸店已经荡然无存，棺材店楼上的房间也几乎全部倒塌，不过棺材店却有一半依然屹立，树干掏空制作而成的长长棺木依然整齐地堆在里面。指挥挖掘工作的有中国警察也有英国警察，苦力们用柳条篮将碎石一筐筐运走。一具尸体被担架抬着从我们身边过去，不过脸已经模糊一片，无法辨认是男是女。还有很多尸体被半埋在瓦砾中，要一个一个抬走。警察们有条不紊地干着活儿，毫无抱怨，似乎对这样的工作已经习以为常。一位中国警察在一个被木头半埋的身体旁蹲下身，用手扒开木头下的碎石，摸了摸被埋者的心脏，然后大喊：“这个人还有心跳。”

一位英国警察说：“稍等片刻，约翰，我马上过去。”他正在检查另一位被半埋躯体的人，"这个人已经不行了。"他后退了一步，踩在了那位中国警察的手上，"对不起，约翰！"

"没关系。我说，我们要把这块木头抬走。"

"我觉得这块木头就是那根一直阻碍我们进展的该死横梁的一部分。"

另一位警察冷冷地说："可惜这东西再也无法撑起房子了。"他戴着警监的银色徽章，站在那里一副悠闲的样子，雨水顺着他的鸭舌帽滴下来。

"长官，这根横梁得有好几米长，"年轻的警察说，"我们要把两头截断。"

警监严厉地说："用锯子锯。你的锯子是用来做什么的？那个家伙还活着，赶紧把他挖出来。"

"好的，长官。喂，那个拿锯子的呆子去哪里了？"

警监又放松了下来，我朝他走过去，问："长官，你们救出来的有小孩子吗？"

"有六个。"他看着手下的人寻找下锯的合适点。

"我们能看一下吗？"

他抬起头，扫了苏丝一眼，又略带好奇地看了我一眼，最后觉得实在没时间研究我们的事情。

"在帆布下面。"他说完就转过脸继续查看锯木头的情况。

我们又爬下碎石堆。一副担架正被抬上救护车，上面躺着一个年轻人，梦魇一般语无伦次地喊叫着。他的裤子已经撕碎了，雨水溅在他的私处。他的脸死一般的苍白，气若游丝。沿街放着好几块帆布，尸体间的空隙处凹下去盛满了雨水。一个中国警察朝一块帆布点点头，示意下面盖着孩子的尸体。我掀起帆布，上面积蓄的雨水哗啦啦淌下来，漫过我们的脚。下面是六具小尸体，其中四个脸上血肉模糊，已经无法辨认。最小的一个光着身子，脸朝下躺在那里，小屁股还没有我的拳头大。有两个看上去跟苏丝的孩子大小相仿，不过其中一个是女孩。苏丝在另一具尸体旁弯下身，抓起孩子的手，仔细查看他的手指和掌心。灯光昏暗，她看不真切，然后她放下手，开始查看孩子的脚。突然她把身体朝下弯了弯，似乎认出了什么，又抓起手掌看了看。这时一个英国警察拿着手电筒护送一个穿着棉布裤子的中国女孩过来。他看到苏丝就把灯光照在孩子身上，好让她看清楚。苏丝很快把孩子的手放下，摇摇头。那个中国女孩看着孩子的尸体咪咪傻笑，警察拿着手电筒一个个照过去，而她一个比一个笑得厉害。我问警察是不是有孩子被送到医院了。

他说："有个女孩，不过不确定有没有救活。"穿着棉布裤子的女孩又傻傻笑了一声。警察看了她一眼，然后对我说："神经兮兮。我以前觉得这些中国人都是无情的狗杂种，现在看来都是些神经病。不用多想，这个女孩的心都碎了。"

他用手电筒又帮我们照了几块帆布，看看有没有保姆的尸体，却没有找到。目前只发现二十七具尸体，有四位幸存者被送往医院，所以这位警察说加起来肯定有一百多人遇难。他还说今天下午九龙也有一处房屋倒塌，情况跟这边一样，都是 1939 年到期需要拆除的旧建筑，却因战争爆发而没拆除，战后难民蜂拥而至，人口一夜间倍增，新房子一时无法满足激增人口的需求，所以这些旧房子再次幸免，未被拆除。

此后我们回到碎石堆旁边站着，这时我突然想起苏丝攒的钱，她放在罐子里藏在地板下。

"是的，我知道。"我提醒她，而她却沉闷地回答说。

"可是你知道里面有多少钱吗，苏丝？"

她耸耸肩膀说："我忘了。"

"应该挺多的，你跟罗德尼在一起的时候存了不少。"

"是的，我想大概有五千港币吧。"

"天哪，这可是三百多英镑啊！"

"是啊，没了。"

"也许能找到呢。"我说。

"有这些苦力在，是找不回来了。"她的声音依然单调沉闷而淡漠，"反正也无所谓，这些钱本来就是给我的孩子准备的，如果我的孩子没了，我也不需要这些钱了。"

"好吧，我们过去看看。"

我带她走到个人财产申领处，碎石堆里发现的东西都被交到这里，由专门的守卫看管。有一堆煮东西用的破旧罐子，各种家具的残骸，一些旧鞋子、旧衣服，还有一只钟表，竟奇迹般地还在走着，不过雨下这么大，也许走不了多久。守卫让我们在罐子堆里找了找，却没找到苏丝的存钱罐。她漠然地耸耸肩，与失去孩子相比，丢了钱对她来说算不了什么，也许她根本没有意识到，在这个世界上她已经一无所有了，除了身上湿透的衣服。她从欢乐屋回来后连手包和雨伞也丢了。

她开始颤抖，也许是因为震惊，抑或是因为寒意。她的牙齿不住地打战，脸庞和嘴唇看上去冰凉。我说也许再待下去也没什么用，可她却不愿离开。

"我要等我的孩子。"她说。

"苏丝，我会在这里等的。"我说，"你去店铺里避避雨吧，让自己暖和暖和。"

"不，我要等。"

"好吧，我去找点儿白兰地，让你的身体暖和一下。"

我走上大街，为了使警用卡车和救护车通行无阻，警察已经封锁了街道。店铺都已经关闭，不过有个别店主站在门口观望。根本买不到白兰地，好在我找到一家服装店，就买了件男式毛衣给苏丝，在门口帮她穿上。她所有的注意力都放在碎石堆上，根本不知道自己在做什么，也根本没有注意到毛衣袖子太长，所以我就帮她卷了起来。雨水不断打进门廊，我四处张望，为她寻找更好的立足之地，避免毛衣被淋湿。我记得在帆布旁边有一辆被遗弃的黄包车，就跑过去把车拖到碎石堆旁边，让车门正对着救援现场。车身向下倾斜，雨水都被车篷挡在外面，所以里面的座位还是干的。我把苏丝从门廊带到黄包车旁，扶她上了车，然后把防水橡皮布盖在她的膝盖上。她没有说一句话，坐在车里一动不动，只是牙齿依然轻轻打战。被火炬照得通明的碎石堆上每抬下一副担架，她的眼睛就跟随着一路下来。我自己也觉得很冷，就四处走动，在石堆上爬上爬下让自己暖和起来。我不断回头看着黄包车里苏丝一直向外张望着的苍白小脸儿。

不久警察通过汽车上的扬声喇叭用粤语、普通话和英语宣布不会再有幸存者了，无人认领的尸体和亲属不愿处理的尸体政府会出资埋葬，明天一早政府会提供亲属身份识别服务。挖掘工作继续进行，不过警察建议人们早点儿回家。

我回到苏丝身边，让她也早点儿回去休息，可她却摇摇头。

"我要等我的孩子。"

又一个小时过去了，突然我为之一振，扫却了寒意和麻木，因为我认出从我身前经过的担架上躺着的是保姆的尸体。看来孩子的尸体也会很快发现。过了一两秒钟，我正要过去告诉苏丝保姆的事情，却看到她从黄包车上下来，朝着另一副从碎石堆下来的担架走去。似乎她被某种本能牵引，因为坐在黄包车上根本看不清担架上躺着的是谁。她停下来看着担架从身边过去，这时我赶上了她。担架上躺着一具孩子的尸体，那么娇小，如同一小块残缺的物体放在担架中央，却由两个健壮的男人抬着，看上去很是荒诞可笑。孩子的脸血肉模糊，上面沾满了碎石，难以辨认。而且还缺少一只胳膊。

苏丝目不转睛地盯着孩子，一直跟着担架。半个小时前雨已经停了，小孩子的尸体排成一排，没有盖起来。担架放下来，孩子的尸体被抬下来跟其他尸体放在一起。苏丝在旁边弯下身，那位英国警察用手电筒照在孩子脸上，白色的光束下立刻出现一种惊人的、几乎不真实的透明和清晰，如同一幅上了漆的超现实静物画。警察很快移了移手电筒，让光束照在孩子的身体上，脸庞淹没在阴影中。苏丝抓起孩子的手，展开他的小手指，然后放下来想去抓另一只手，却抓了个空。她一脸茫然，如同刚放下某件东西转眼就不见了。她小心地翻动孩子的身体，寻找丢失的手臂。警察触了触她的肩膀，对她摇摇头。

"没了，"警察对她说，"找不到了。"

苏丝盯着孩子的身体，似乎不相信他的一只手竟然不见了。孩子肯定是有手的啊。然后她看到被撕裂的肩膀上空空如也，本该连在上面的手臂不见了。她对着空空的肩膀想了一会儿，然后将注意力转向孩子的脚。她将两只脚逐个仔细检查，然后用手握着两只脚跟又检查了一遍，小心翼翼地放下。

"是的，"她说，"是我的孩子。"

她站起身开始往外走。

"不好意思，"旁边的警察说，"稍等片刻！嘿，小姐！"苏丝停下脚步，四下里看了看，"怎么埋葬呢？您想自己埋葬吗？"

"不，"苏丝说，"就这样吧。"

"让我们来处理吗？"

"是的，你们埋吧。"她又掉头往前走。

我追上她，问："苏丝，你无须担心葬礼的费用，我会替你打点好的。"

她摇摇头，说："不，就这样吧。"

"你确定吗，苏丝？你确定不是因为钱？"我实在无法理解她的想法。我知道，在中国小孩子的葬礼很简单，不像大人的葬礼那样有身穿孝衣的长长送葬队伍和一路吹吹打打的乐队，即使是家境殷实的父母也只是给别人几元钱让他们把死去的孩子拉走。苏丝如此焦急地等待孩子的尸体，等到后却又如此随随便便就遗弃了，完全出乎我的意料。

可是她却摇着头说："不，不是因为钱。"

"苏丝，我也希望不是因为钱，"我说，"因为现在无须顾忌要向我借钱，我知道你很快就会重新站起来的。"

她看了看自己的手，似乎在找手包，突然意识到自己连手包也丢了。她顿了顿，说："你能借给我十港币吗？"

"当然可以，苏丝。可是你需要的可不止十港币。"

"现在我只需要十港币，我要给孩子买点儿东西。"她看到我一脸茫然，就认认真真地说，"我的孩子没有死，我们刚才看到的不是我的孩子，那不过是他的躯体。我的孩子已经去往别的地方，以后我还要继续照顾他，我要送礼物给他。"

我开始明白了，问："你是说纸糊的礼物？"

"是的，纸糊的。因为他现在去了新地方，他需要很多东西。"

附近有很多冥纸店，可惜都已经关门了，最后我们找到一家没有门而是用木栏杆围着的店铺，透过栏杆望进去，屋里燃着一盏煤油灯，发出昏黄的光。墙上的神龛下，一个男人躺在木床上，他穿着蓝色的运动短裤，白色的汗衫上破了很多洞。我们敲了许久的门才把他叫醒，他坐起身把脚伸进木拖鞋，嗒嗒穿过店铺走到门口，他移开一根木栏杆让我们进去。店里堆满香烛、爆竹、各种神像，以及中国宗教仪式上所用的各种行头，还有几个架子上放着圆珠笔、航空信封和卫生纸。天花板上悬挂着各种纸糊的模型，苏丝选了几样，店主用竿子一个个摘下来。她选了一座桥，好让孩子走到另一个世界，另外还选了三套不同大小的衣服、一叠百万冥币和一艘船——即使她的孩子不想成为一个航海家，他总可以把船租出去。她还买了一座兔笼大小的纸房子，因为如果他有自己的房子，就可以随时修葺，下雨的时候也不会说倒就倒。她想买的东西中只有一件已经卖光了，不过在她的央求下，店主取来剪刀和糨糊开始现做，把一叠黄色的薄纸粘在红色的封皮里。

"这些是什么，苏丝？"我问道，"是书吗？"

"是的，教科书。这些书会教我的孩子读书写字，长大了就不用做苦力了。"她让店主在每本书的封皮上都写上书名。

离开店铺的时候我们都感到彻骨的寒冷，我们拿着苏丝买来的东西穿过空寂的大街。

我对她说："苏丝，你想去南国酒店，还是另找一家酒店？"

"去南国酒店。"她回答说。

"好的，肯定还有房间。"

她沉默了一会儿，然后含糊地说："好的。"

我说："苏丝，如果你愿意，可以到我的房间。我只是觉得今天晚上你想一个人静一静。"

她摇摇头说:"不。"

"你是说你想到我的房间来?"

"是的,不过前提是你希望我过去。"

"我当然希望你过去。"

我们回到南国酒店的时候已经凌晨四点半,阿唐坐在桌子后面睡着了,我把他叫醒,让他送干净的毛巾过来。我们一遍一遍地擦拭着身体,直到寒意退去,身体重新暖起来,然后坐在床上喝热茶。苏丝再次陷入沉默,她的眼睛写满伤痛。她看着椅背上湿漉漉的旗袍、溅满泥巴又扯破了的长袜和严重损坏的鞋子——这是她生命中仅剩的东西。她求助一般地转向梳妆台上放着的那堆纸制品,然后站起身来。

"好了,现在把这些礼物给我的孩子送过去。你有火柴吗?"

"我有打火机。"

她把这些纸糊的模型拿到阳台,放在水泥地上,然后又走了进来。

"我还是把门关上吧,不然烟太大会熏得你咳嗽的。"她说。

我钻进被窝。透过阳台玻璃门我能看到她蹲下身,把那些纸糊的东西按照顺序摆成两排,她是那么小心翼翼、那么谨慎周到,时不时调整排列的顺序。她穿着我的睡裤,上身穿着我的衬衫,因为睡衣已经破旧不堪,我早就丢弃了。她点燃打火机,举起第一个物件点燃。她一直举着,直到火焰烧到她的手指才丢掉,然后低头看着它继续在两膝间的地板上燃烧殆尽。火焰熄灭了,她从灰烬中捡起邮票大小未烧尽的纸片，用打火机重新点燃。阳台的风将灰烬扬起，吹到玻璃上。她烧了一些冥币和一套衣服，然后拿着打火机回到房间。

"没火了。"她说。

我把打火机重新装满油，她回到阳台关上了门。十分钟后只剩下那座纸房子，她点燃了放在地板上，火焰一下子蹿起来，足足有阳台栏杆两倍高，然后突然熄灭了。她把剩下的纸和竹架子烧完，就回到了房间，门依然开着。阳台上传来灰烬的味道，而她的眼睛现在异常平静。她脱下衣服钻进被窝，我关上了灯。我能感觉到黑暗中她一直醒着，过了片刻她轻微动了动，然后朝我翻过身来，我触到她满脸的泪水。她无声地哭了一会儿，然后不再颤抖，一动不动地躺在那里。过了一会儿她悲凉地说："你知道吗，罗伯特，我并非真的相信这些礼物，我不相信我的孩子能得到这些礼物。"

"你不相信吗，苏丝？可是你刚才烧的时候是相信的，不是吗？"

"半信半疑，"她说，"我只相信一半。你知道吗，当我看到孩子血肉模糊躺在那里，我心里想：'如果我相信我的孩子就这么没了，我会难过到心碎，我会心痛到发疯。所以我才骗自己他并没有被碾碎成泥，而是活在另一个世界，我以后还要继续照顾他。'你明白吗？"

"我明白。"我记起那天我们在渡轮初见，她假装自己是纯洁的富家少女。她明白自己在做什么，却相信自己所说的一切。相信，却又不相信。她一向擅长于此。

　　"现在我已经无须再照顾任何人了，只有你。"她紧紧抱住我，把脸埋在我的脖颈里，"你想让我留下来照顾你吗？"

　　"我当然想了，苏丝。你想待多久就待多久。"

　　"我再也不会离开你了，除非你对我说：'苏丝，你走吧。'"

　　"可是我没有钱。"

　　"我不要什么钱，现在不一样了，我以前需要钱都是为了孩子。"

　　"你总归是需要钱的，你需要买衣服啊。"

　　"有一套衣服就够了。"

　　"一套衣服我还是买得起的。"

　　"就算你买不起我也不在乎，我可以穿着你的衬衫待在房间里，我不需要出去。"

　　"待久了你会厌倦的。"

　　"不会的，照顾你就够我忙的了。我要给你缝扣子，我要给你擦鞋子，我要给你梳头发，你喜欢别人给你梳头发吗？"

　　"我不知道，以前从没有人给我梳过。"

　　"我还可以给你刮胡子，给你织袜子。你喜欢什么颜色的袜子？"

　　"黄色的。"

　　"那好，我给你织黄色的袜子，帮你做一切一切的事情。我要做你最好最好的女朋友。"

　　"我从没有这么好的女朋友。"

　　"可是你想要我吗？你不会只是假装吧？"

　　"没有，我没有假装。"她把灯打开，我问："怎么了，苏丝？"

"我要看看你是不是在假装。"

"我有没有?"

她把灯关上,轻轻地躺在我的身旁,说:"没有,我觉得你没假装。"

第二章

/
/
/

接下来的那段日子是那么快乐和美妙，我的创作也比以往任何时候都要顺利。

以前只要有别人在房间里我就无法认真画画，因为我会觉得忸怩不自然。然而我却发现苏丝的存在让我很坦然很舒服，而且时日一久这渐渐变成一种习惯，她不在房间我几乎无法工作。她有无穷无尽的耐心，我画画的时候她就盘着腿坐在床上，有时一坐就是数小时，看看画册抑或只是想自己的事情，她似乎具有一种沉思的天性。时不时她会打破沉默随口问我一些问题，然后会给出自己的结论。

"我觉得南国酒店一定让上帝很高兴，"有一次她久久思考了宗教的问题后如是说，"你看，我觉得上帝并不在乎男人和女人是否结婚，他没有让动物结婚，没有让鱼儿结婚，也没有让花儿结婚，世界上的花儿肯定像人类一样也有男女之分。"

我说："那你觉得对于上帝来说，我们就和动物、花儿是一样的吗？"

"是啊，只不过我们的大脑更聪明罢了。我比猫咪的大脑聪明，可是它跟你我一样都有生命，而且也许上帝更喜欢猫咪呢。我不明白其他人都是怎么想的，只是我们都明白，上帝给予我们生命和做爱的欲望，即使我们死了，还有很多的猫咪、花儿和人会继续下去。这就是上帝所关心的，就是让这个世界继续下去。所以当他从天国俯瞰人间，发现南国酒吧是那么忙碌，每个水手都想跟女孩做爱，他肯定会满意地搓着手说：'看来我干得很不错，这些水手对女孩们兴趣盎然。'"

我笑了，对她说："如果上帝看到女孩们去看医生堕胎，又会作何感想？你觉得他还会满意地搓着手吗？"

"不，我觉得上帝肯定不喜欢女孩们把孩子打掉，我觉得上帝看到她们堕胎肯定很生气。"

我们每天都会出门散步，每次散步都是一次全新的旅程，因为幸福让人的感官变得无比敏锐，即使是最熟悉的街道也会不断冒出新的发现。我们踏遍所有的小巷，我们坐在大排档上大快朵颐叫不上名字的动物内脏，我们认真钻研药店橱窗上每一台复杂的设备，我们把海马晾在沙滩上，我们把珍珠碾成粉末，我们把蛇腌在大玻璃罐里。我们乘着渔船在水上漂一整天，我们攀上太平山顶，我们嘲笑虎塔的粗俗。我们发现了许多极具香港特色的声音：按摩工一路吆喝走过每条街道；卖勺匠手里握着一把瓷调羹，扇子一样来回拨弄，发出哗啦哗啦的声响；晚上木拖鞋嗒嗒的声音回荡在空寂的大街上；当然还有麻将室的声音。我们却忘记另外一种声音，直到清晨我们被机关枪一般震耳欲聋的爆炸声惊醒，然后我们笑着看了一眼对方，不约而同地大喊："鞭炮！"

　　这些庆祝活动来自三艘装饰华丽的帆船，满载喧嚣的度假者缓缓驶过海港。不久后阿唐告诉我们那天是船民守护神妈祖的节日。我们被鞭炮带来的节日气氛感染，就乘巴士来到一个小渔村观看节日游行，人们抬着摆满烤乳猪和粉色饺子的神龛走在长长的队伍中，带着面具的舞狮走在最前头。我们在庙里拜了香，给妈祖烧了纸，吃了一顿美美的叉烧。一整天鞭炮不断在我们身边响起，震动我们的耳膜，烧焦我们的衣服。

　　每天我至少抽出一个小时为苏丝读书。我从大英律师图书馆借了许多书，逐渐找到技巧，学会用简单的语言解释复杂的事情。苏丝的求知欲很强，她对任何读物都充满好奇，不管是小说、自传还是游记。不过她最喜欢的莫过于莫泊桑的《羊脂球》，这本小说讲述了妓女羊脂球与同车的资本家被普鲁士军官扣留，军官一定要羊脂球陪她过夜才肯放他们通行，而羊脂球出于爱国心断然拒绝，可起初那些嘲笑她身份的资本家都过来逼迫她为大家牺牲自己，羊脂球出于无奈做出了让步。苏丝对这本书里的每句话每个字都深深着迷，她让我把这故事读了又读，每一次她都很感动，一次次地问我书里的人物是不是真的，羊脂球是如何走上卖身这条路的？她每天接待多少客人，每次收多少钱？她遭受过怎样的悲惨经历？她为什么一直没有结婚？

她把这个故事转述给酒吧里的姐妹，她们都很喜欢，央求她讲了一遍又一遍。只是莫泊桑在故事结尾让这个可怜的小妓女遭人嘲笑、独自流泪，苏丝不喜欢这样愤世嫉俗的结局，就自己编造了一个完美而浪漫的结尾。随着她讲述的次数越来越多，结尾变得越来越浪漫，到最后羊脂球不但与心爱的人喜结连理，还生儿育女，有了幸福的家庭。而这时悲剧悄悄来临，为了让自己与羊脂球更贴近，她安排羊脂球的第一个孩子横遭车祸，死在马路边，而且也是个男孩，被马车碾压得面目全非，还少了条手臂。不过她很快就有了第二个孩子，如果莫泊桑泉下得知自己笔下的女主人公最后成了六个孩子的母亲，一定惊讶至极。

这个故事深深打动了酒吧里的每个女孩，她们经常围在苏丝身边听她讲故事。没过多久，身材娇小而丰满的珍妮便被大家昵称为馄饨，成了中国版的羊脂球。

如今苏丝俨然成了酒吧里的女王，我们之间的关系给她带来了尊严和地位，因为这样一段长久的感情是每个女孩的浪漫梦想，在她的姐妹们眼中她就代表着成功。我此前的过错和失宠再也无人提及，因为我将苏丝带了回来，他们把我们当作一对已婚夫妇看待与敬重。她们会带着小礼物正式拜访我们，还会自觉起身告辞好让我们单独相处。最常来看我们的是吉薇妮和新来的女孩玛丽·纪，玛丽是个非常害羞、经事不足的女孩子，苏丝对她很是照顾，经常给她一些严肃的忠告，很担心她的处子之夜。我经常看到她们两个女孩在阳台上交头接耳，苏丝一副关切的母亲模样，而玛丽对这个较自己年长的成功者充满敬畏。看着她们我不禁对自己微笑，觉得她们真是像极了学校里的学姐和学妹。

而如今苏丝向姐妹们提及我，不再是"我的男朋友"，而是"我的丈夫"。她向我坦白此事，有些羞愧自己过于亲昵，说："我觉得'丈夫'更好听些，不过我应该先征求你的意见。"

"苏丝，我不在乎你怎么称呼我。"

"不过我告诉她们，我们不会真的结婚。我说：'我丈夫是个大人物，有一天他会成为名人，你们会在报纸上看到他的名字，会在电影院的新闻片里看到他的身影。所以他不能娶我，他终究是要离开我，娶一个英国女孩为妻的。'"

"我不知道，苏丝，我从没想这么远。"那天下午，我和苏丝一番云雨后躺在床上。每每这个时刻，我的心里总是对苏丝充满无限的温柔，因为云雨的时候她给我一种极其成熟的感觉，这与她平时孩子气的表现相去甚远，让我内心最深处受到触动，给我一种极大的满足感。我们静静地躺了很久，然后苏丝说："那个蛛什么是什么意思？"

"蛛丝吗？"我记得午餐时给她读的书中出现过这个词。

"是的，蛛丝。"

我解释了这个词的含义，然后我们接着讨论蜘蛛如何结网。我

对蜘蛛很着迷，在马来亚的时候我曾花时间去研究它们如何吐丝，
还想知道它们如何在两棵树之间拉出第一条丝线。（我发现蜘蛛首先
会在第一棵树的树枝上拉出一条线，一直悬挂在那里，等待风把它
们吹到第二棵树上，之后再把丝线拉紧固定，这样就架起了空中桥
梁，它们就可以在两棵树之间任意往来了。）苏丝认真聆听，问了很
多问题，我取来一张纸和一支铅笔，告诉她不同品种的蜘蛛会结出
不同类型的网。我们都为蜘蛛这种自然的本能感到惊叹，小蜘蛛一
生下来就能结出完美的网来。苏丝对各种知识如饥似渴，我打心里
为她感到高兴，而且我也能从中获得某种创造性的满足感，如同小
学教师看到学生在自己的教导下茅塞顿开一样。她缺乏教育，她没
有文化，这些一度最让我动心，而将来也许我就不再拥有这样的她。
因此就在一瞬间，就在我们讨论蜘蛛的时候，我突然想：跟苏丝在
一起我很快乐，比任何时候都要快乐，我想娶她，一生相伴。

在那之前我一直以为这样的婚姻是绝无可能的，我甚至从没考
虑过。你可以与酒吧女孩一起生活，但不会跟她们结婚。可是我为
何不能与苏丝结婚呢？我毫不在意她的过去，而且她的过去与我们
如今的生活已经非常遥远，我甚至可以坦率地跟她讨论她过去的经
历，如同在讨论一个毫不相关的女人。而且她的过去让她不同寻常，
让她更为有趣，让她内心的善良与纯真变得愈加美好，因为历经了
过去的一切，她的善良与纯真却没有泯灭。

想要娶她的冲动攫住我的心，我几乎想中断关于蜘蛛的讨论，
就在彼时彼刻向她求婚，然而我内心的声音不停地提醒自己："别傻

322 苏丝黄的世界
The World of Suzie Wong

了，你知道自己会后悔的！你想娶她不过是因为她的无知满足了你的虚荣心，因为她让你觉得自己像神一样。"

"这有什么不好呢？"我不服气地回答内心的声音，"难道我不可以享受这种神一样的感觉吗？而且她有的时候给我另外一种截然相反的感觉，她让我觉得自己很谦卑，因为她的想法比我更纯真、更新奇。我从她身上学到的并不比她从我身上学到的少，我每时每刻都能从她身上学到东西，通过她的眼睛看世界，一切都是那么新奇。"

内心的声音说："好吧，也许在这里与她结婚倒是不错，不过不能把她带回英国，你的朋友肯定都不愿接待她。"

我说："让他们见鬼去吧。不过我觉得肯定会有人愿意接受她的。"

内心的声音说："是的，他们愿意接受她，然后把她当成展览品。'天哪，最迷人的夫妇要来我家里吃晚餐了。他的夫人曾是香港一家水边酒吧的妓女，真的，千真万确，我敢发誓……不，不，不要穿衣服，乔治说得对，也许她更习惯脱衣服。'"

我说："那我就不带她回英国，反正我也很喜欢东方。"

内心的声音说："即使在东方她也将成为你社交生活中的话柄。"

我说："你的意思好像我很喜欢社交似的。我不是殖民地公职人员，我只是个画家，很多画家都会跟自己最喜欢的模特结婚，我不是第一个。"

内心的声音说："好吧，即使不为你自己，为了苏丝你也要遏制

自己的冲动，在自己百分之百确定之前不要对她提及此事。你知道
自己不过是一时激情，过一周你就恢复理智了。"

然而接下来的几天里，我的这份热情非但没有消退，反而越来
越强烈地攫住我。是的，我要娶她，我无比愉悦地对自己说。我决
定一有合适的机会就向她求婚，后来发生了一件事让我暂时搁置了
求婚的念头。

这件事来得非常惊奇，也很意外。那天上午十一点钟，我正在
画架前作画，突然响起了敲门声。苏丝正在阳台与吉薇妮和玛丽聊
天，听到敲门声她就急匆匆穿过房间去开门，因为她觉得自己有义
务不让我受到任何打扰。我听到她与阿唐低声说了几句，然后她关
上门走到我的身边，炫耀似的拿出一封信。

"给你的电报。"

"我的小天使苏丝，帮我打开。"我对她说，心里很明白她一定
非常享受在吉薇妮和玛丽面前为我拆信。

她满脸骄傲，小心翼翼地在两位观众面前拆开信封，将信纸递
给我。我从没见过这么长的电报，所以我起初怀疑是不是给我的，
不过我看到是从纽约的米特福特寄过来的。电报洋洋洒洒十二行，
大致内容是美国一家具有国际发行量的著名画报想把我的香港绘画
作为一个专题来展示，而且还希望我能继续画一系列《日本印象》，
他们不仅会付我稿费，还会免费送我到日本待两个月，其间的所有
费用都由他们承担。

香港画作和将来日本画作的费用都是以美元计算的，数额很大，

我觉得一定是电报传送过程中数字后面添加了几个零。按照我和苏丝的生活水平，这笔钱足够我们维持一年。

电报的最后三行劝告我不要鄙视美国这种商业化的作品亮相方式，因为这会大大增进其他画展对我的兴趣。

其实这样的劝诫完全是没有必要的，我很快就回电报说我无条件接受，并要求他们确认费用的金额。两天后我收到了回复，此前的金额是正确的。自从罗德尼离开后，我第一次希望他能在现场，因为如果没有他，这一切都不会发生，我是如此高兴，如果他在，我一定会搂住他的脖子感谢他。

一个小时后又来了一封电报，说明其中一部分钱是去日本的往返路费，我可以到汇丰银行去提取第一笔费用，并建议我即刻起程去日本。

我取了钱，买了一张到东京的英国海外航空经济舱机票。他们支付了我头等舱的费用，我用剩下的钱带苏丝去购物。自从房子倒塌她失去所有财物后，她只买过两件便宜的旗袍和几件贴身衣物，因为她不喜欢花我的钱。不过现在我们可以为所欲为地花钱了。我们买了鞋子、袜子、牛仔裤、旗袍，以及她分别良久的女性小物件。然后，我们拎着大包小包回到银行，让戈登·汉密尔顿以苏丝的名义开了个账户。她有了自己的第一个支票簿，汉密尔顿告诉她，如果她需要钱，随时可以去找他，他会帮她填好支票，而她只需要签个名即可。她坐下来，微微咬着舌头，极其认真地写了一份签字式样，"Suzie"中的 Z 写得极大，很不连贯，而且还前后颠倒。而汉密尔顿却说:"好极了,写得真好。我希望每个人的签名都像你的这样容易看懂。"十八个小时后我坐在飞机舱里,飞机起飞的时候我透过窗口最后看了一眼苏丝,她穿着新买的牛仔裤,在铁丝网护栏后跳着向我挥手告别。

几个小时后飞机在冲绳停降加油,即刻再次起飞,当时正是日落时分,飞机飞行在距离海面两万英尺的高空。我看着光亮一丝一丝从天空中消失,直到变成漆黑一片,唯有远方的地平线残留一道长长的耀眼橘黄色。突然间橘黄色的地平线上出现一个锥形的轮廓,空姐说"那是富士山",这就是我对日本的最初印象。

半个小时后飞机降落在羽田机场,我乘坐机场巴士来到东京,晚上借宿在帝国酒店,第二天一早就去拜访那家美国杂志在东京的办公室。

"可乐?"美国经理问我,然后转头说,"山口小姐,来两瓶可乐。"我们坐下聊天,玩弄着手里的可乐瓶,用吸管啜饮冰凉的可乐。然而办公室的奢华让我感到很压抑,而那位经理也显然把我当作享有盛誉的著名画家。我觉得自己像是个骗子。我起初开始画画完全是出于消遣,而如今我却拿自己的喜好来换取金钱,心中充满罪恶感,无法摆脱。每提一次我巨额的费用,我的脸就会红一次。后来经理开始讨论我在东京的奢侈住行费用,我不断地提醒他,我的要求其实很朴实。最终我成功说服他将每日花费降低到我在香港两周的生活费外加偶尔去舞厅的用度。我还成功减少了需要参观的地方,因为我知道少走动、多观察才能成就好作品。对于我的画作并没有硬性的地点或者主题要求，我们一起研究出一个大致的计划，先在东京住一周，之后去京都和南方待一个月，然后回到东京一周，最后去南部的北海道两周。

此后我从国际标准的帝国酒店搬到一家日式风情酒店，我顿时觉得自己被陌生的世界和陌生的时代所淹没。一进房门我就要脱鞋，穿着袜子在房间里走来走去，蹲在一尺高的桌前吃饭，在巨大的浴池里洗滚烫的热水澡，铺个垫子睡在地板上，还有一群叽叽喳喳的女仆每天穿着和服围在我身边，全力伺候我更衣。我每次进出她们都会等候在门口，跪在地上向我鞠躬，双手放在膝盖前的垫子上，前额一定要触到地面。

酒店的老板娘做过艺伎，如今三十多岁却依然很有风韵。我刚到酒店的时候她出来迎接我，身穿和服，梳着旧式的发型，如同日本版画上走下来的人。

第二天我看到一个身材苗条的女人穿着宽松长裤在花园散步，头发用手帕系着，手腕上戴着重重的瑞士珠宝。我想她肯定是个美国人，然而她转身向我微笑的时候，我才认出她竟然是一身现代装的艺伎老板娘。

住在我隔壁的房客却以相反的转变方式让我大吃一惊。刚到酒店的那天晚上，我在走廊看到他提着皮革公文包，穿着黑色上衣和条纹西裤，白色的衬衣领子很坚挺。而一个小时后我从他的门口经过，通过敞着的推拉门我看到这个身材矮小的商人蹲坐在地板上，房间的摆设是典型的日本朴素风格：一只花瓶里插着两朵花一片叶子，墙上挂着一幅简单的轴画。黑色的西装已经换成和服，不留一丝西方的痕迹。这样的场景如同日本历史电影里的画面，我甚至期待看到一群喘着粗气的武士突然跳出来，用弯弯的武士刀把他杀戮。

日本人的这种双重生活随处可见。虽然这个现象并非我最早发现，但我觉得这是他们固有的一种特征，而且很有意思，所以我决定把它当作我绘画的主题。这件重要的事情定下之后我就踏上了南下之旅。

此后的一个月充满了无穷的魅力，我从未到过如此赏心悦目的国家，从未遇到过如此和善好客的人们，唯一遗憾的事情是苏丝不在身边。我惊奇地发现自己对她的思念是如此之深。离开香港前我曾想向她提及结婚的事情，却一直没有说出口，因为我心里暗暗期待到了一个全新的国家、遇到不一样的人之后我会忘了她。然而现在，我独自一人旅行，却时常感到孤独的痛苦，而乡间美丽的风景只会让这痛苦更加浓烈。每每有愉快的事情发生——不论是日光城的壮丽让我屏息，还是盘腿吃着寿喜烧，抑或是晚上漫步在树林间，无数的萤火虫在身边闪烁——我总会对自己说："这一切是多么美好，如果有苏丝在身边我会多么开心啊！"因为看到眼前的美景她一定会很开心，而她的陪伴总能触动我内心最童稚的快乐，我能从她的眼里看到不一样的世界，我能分享到她最纯真的想象。

在京都的时候我收到她的第一张明信片，是从东京的办公室转寄过来的。临走的时候我给了她几张写好地址的卡片，告诉她只需要在上面签上名字，隔段时间寄给我，好让我知道她一切安好。而我收到的这第一张明信片竟然是我开玩笑随便乱写的，我在上面写了"我爱/恨你，自你走后我找了零/二/六/七十三个水手"。第一句话她留下了"爱"，第二句话留下了"七十三"，后面标着星号，指示着下面吉薇妮的笔迹：

关于水手，不过是个玩笑。你走后我哭了很多次。回来的时候你若还有余钱，能否帮我带一把粉红色的雨伞？可以收小的那种。我见过日本的雨伞，非常漂亮。

爱你的，

苏丝

下面的名字是她自己签的，Z 写得很大，而且是颠倒着的。

一两周后我回到东京，办公室收到她另外两张明信片，每张明信片上面都有吉薇妮代写的言语。还有一张明信片上是十几个女孩的签名，先是中文名，然后是括号里的英文名，最显眼的是菲菲和周三露露。我不知道办公室的日本秘书是如何处理这张明信片的，不过当经理问我"你收到信了吗"，他奇怪的眼神告诉我，这张卡片一定在所有人手中传阅过了。

我用了整整一个下午的时间给这些女孩买了小礼物，也给苏丝买了几件。我毫不费劲儿就找到了雨伞，因为有一家商店专卖雨伞，别的什么也不卖。里面的雨伞各式各样，颜色艳丽，风格现代，还可以当作遮阳伞用。我买了一把粉底蓝花的雨伞，上面的绘画如同钢笔的墨水喷洒的一般，而且按照苏丝的要求，伞柄可以收缩。这把伞只要一英镑，可是看上去如此新颖和漂亮，足以在英国的阿斯科特引起轰动。

几天后我又收到了苏丝的一张明信片，上面依然是吉薇妮的笔迹。

> 发生了一件讨厌的事情。那个广州女孩说了很难听的话，我很生气，不过其他女孩都站在我这边，所以现在已经没事了。吉薇妮会写信告诉你事情的始末。那个广州女孩太坏了。
>
> 爱你的，
>
> 苏丝

这张明信片让我很不安，我知道"那个广州女孩"指的是贝蒂·刘，自从苏丝回到南国酒店后她总是不断找碴儿，因为在那之前很长一段时间她一直声称我是她的男朋友，而苏丝的再次出现让她很恼火，她再也没有机会暗中中伤苏丝了。曾经有两三次她的疯言疯语让苏丝难过好几天，而现在她显然是趁我不在，肆意发泄自己的怨恨。

我焦急地等待着吉薇妮的信，三天后的早上终于收到了，信来得很及时，如果再迟一天我就要去北海道了。我拿着信穿过马路，来到办公室对面的日比谷公园。打开后我却发现，虽然信封上的地址是吉薇妮写的，里面的信却是完全陌生的笔迹。显然这件事情已经严重到要由更熟悉英语的人来代笔了。

尊敬的先生：

在吉薇妮和苏丝的要求下，我给您写这封信。她们说是您的朋友，有件事情希望让您了解。不过我首先要声明，我与这件事情没有任何关系，与这件事情涉及的各方也没有任何私交；不过作为皇家海军上士，我崇尚公平与公正，我来这家酒吧只是为了小酌一杯，作为有妇之夫，我并无其他不良念头。后来我看到上面提到的两位小姐闷闷不乐，就希望能以自己的绵薄之力帮助她们。

她们希望我告诉您，17 日下午三点左右，另外一方，即一个名叫贝蒂的女孩在酒吧对苏丝出言不逊，后者忍无可忍，用剪刀捅了前者，造成她受伤住院。苏丝被警察拘留了一夜，这一夜她异常难过。18 日上午，苏丝被送往地方法庭，通过她自己的努力和其他心怀同情的女孩的帮助，苏丝被保释。她们还希望告诉您，现在已经无须担心，因为公意认为苏丝的行为是正当合理的，因为另外一方的态度具有伤害性。她们希望您还记得她们。

最后，我再次申明我写这封信只是为了伸张正义，如若造成任何误解，请见谅。不过我看到苏丝小姐行为正派、品性端正，我感欣慰。

您真诚的，

英国海军上士
R.O. 布里奇斯

在这下面写着："你何时归来？"之后是苏丝的签名。她的签名轻快活泼，上面压着吻痕。

这封信让我很是担心，心中充斥的只是信心而不是安心。显然所谓的"公意"认为苏丝的行为正当合理，不过是酒吧里的公意——女孩们的观点。而法官的观点无疑相去甚远，更何况还用了剪刀。

剪刀是最令我担心的，她到底在酒吧用剪刀做什么？剪刀是从哪里来的？从包里掏出来的吗？

可是她的包里从来不放剪刀的，我也从未见酒吧的哪个女孩用过剪刀。如果剪刀是她特意带到酒吧去的，事情就严重了，因为这样就构成了故意伤人罪。确定无疑。

事情是这样的吗？我越想越是无法确定。我想起她曾因为贝蒂一句怠慢的话就沉思了许久，我想起她当时的眼神。如今回想起来我才明白她眼中承载了多么深的伤害。那个时候我一心扑在画画上，不想被打扰，所以我对她眼中的伤害视而不见。也无怪她会如此受伤，因为贝蒂的每句话都正中她内心最敏感的地方——她的自尊心。

苏丝的自尊心通常表现在一些小气琐碎的事情上，不过我都能原谅她，因为正如酒吧里其他女孩一样，她的自尊心代表着她的自信和向上的愿望，代表着她拒绝走向堕落。真正开始堕落的女孩往往会丢弃自尊心这道防护。

自从她的孩子去世后，苏丝的自尊心就完全集中在与我的关系上，这是她仅有的有形资产。对于她来说，这个世界上最重要的事情莫过于保全这份资产完整不受侵害，不仅要事实上如此，在其他女孩眼中也要如此。然而贝蒂却经常恶意诋毁苏丝和我的这段感情，让苏丝很没有面子。想到这些，我觉得苏丝极有可能是带着怨愤蓄意伤害贝蒂的。

我憎恨自己如此蠢笨，竟然没能预见潜在的危险：我自私地只顾着自己，不想费心去理解她，最后造成这样的后果。如果我不那么自私，也许一切都不会发生了，一切的罪孽都是因我而起。我坐在公园里，不知道自己是否应该即刻回香港帮她渡过难关，是否应该绕过北海道，明天就回去。

可是这就意味着违约，意味着背信弃义。这是我作为画家得到的第一份工作，难道就这样半途而废吗？

可是不回去不就是对苏丝背信弃义了吗？这难道不是考验我对她忠贞与否的第一次机会吗？

我在日比谷公园里来回徘徊，犹豫不决。最后我决定按照原计划去北海道完成自己的工作，毕竟只有两周，然后再赶回香港，应该赶得上帮她出庭做证，虽然她并未在信中提到庭审的日期。我离开公园，走到马路对面帝国酒店里的邮局，给苏丝发了份电报，让她联系一位名叫海恩斯的律师。他是我在香港唯一知道名字的律师，虽然我对他一无所知，也从未见过面。我只是某一天在报纸上看到他是一起租金案件的辩方律师，一个小时后碰巧又在市中心的办公楼入口处看到他的名字，由于这些巧合，他的名字就深深刻在了我的脑海中。我还告诉她不要担心，不管发生什么事我都会在背后支持她，并向她表达了我的爱意。

　　我还给海恩斯发了封电报，然后突然想起忘记告诉苏丝我回去的日期了。我到酒店门厅的英国海外航空柜台确认了自己的航班时间，然后回到邮局又给苏丝发了封电报告诉她我的归期，并再次让她放心，我说已经给她买了粉色的雨伞，然后表达了更多的爱意。做完这一切之后我乘的士回到酒店，那群小麻雀跪在酒店门口迎接我，我刚在木台阶上坐下，就有两只小麻雀过来帮我解开鞋带脱下鞋子。我让的士在下面等着，小麻雀叽叽喳喳簇拥我回到房间，帮我打包东西。我把所有的画捆起来，交给老板娘保管。然后小麻雀们又在门口跪下，咯咯笑着，摇着手指，示意性地拉着自己的头发，告诉我要跟北海道毛发茂盛的土著姑娘好好相处。我坐上的士，一路奔向机场，在起飞前十分钟赶上了飞机。

第三章

/
/
/

"那些警察故意跟我为难，真的！他们把我关在监狱整整一夜！不是那种真正的监狱，是警察局的小监狱，比监狱还不如！"

我们站在航站楼外等待去香港岛的巴士。从日本回来的飞机晚点了三个小时，可我一出飞机踏上停机坪就看到苏丝穿着牛仔裤站在铁丝网栏杆外，兴奋地伸长脖子、踮着脚尖，不停地挥舞着双手，似乎自两个月前我离去那天起她就一直站在那里。我不在的这段时间，香港进入了盛夏，天气变得酷热潮湿，比马来亚更甚。我穿着衬衫汗流浃背，只好掏出手帕不停地擦拭前额和脖颈，而苏丝开始愤慨地讲述自己在警察局受到的严酷折磨。

"唉，那个地方简直太可怕了，里面都是可恶肮脏的家伙！是的，那些可恶的警察，他们把我当成站街女一样对待！"

我问："苏丝，贝蒂怎么样了？她一切都还好吧？"

"那个广州女孩？"苏丝说，"哦，她很好，你不要担心。"

"我只是关心你，我真担心如果她有个什么闪失你要面临什么后果。她还在住院吗？"

"我希望她一直住院。"她漠然地回答说。

"难道你不知道吗？"

"哦，她还在住院，不过我还没说完监狱里的悲惨遭遇呢。哦，简直不堪回首！我跟他们说：'你们放我出去！我不是坏女孩！我的男朋友是英国人，他现在去日本为一家美国大公司工作，一周赚的钱比你们老大一个月、一年赚的还要多。看，这是他给我的支票簿，我想写多少就可以写多少，银行就会一个子儿不少地给我。我男朋友是个大人物，等他回来了就有你们的好日子过了，他会让你们这些警察尝尽苦头！'可是他们还是把我关到那个恐怖的地方，我整整一夜都没合眼！"

我说："苏丝，我希望你能把事情的经过从头到尾跟我说一遍。"

"我告诉过你了，那个广州女孩说我坏话，我就拿剪刀刺了她。"

"那她到底说了什么？"

"哦，我不大记得了，"她慌忙回答说，"我只记得她说的话很难听，我真希望当时能多刺她几下。"

"谢天谢地你没多刺她几下！那你拿剪刀做什么？"

"我刚好带着。"

"可是到底……"我话还没说完，她就不耐烦地打断了我。

"你为什么这么担心那个广州女孩？她这样都是活该，每个人都这么说，每个人都告诉我：'苏丝，你做得对，你做了件好事。'他们都祝贺我，除了那些愚蠢透顶的警察！"

在巴士上，在开往湾仔的渡轮上，我一遍又一遍问她事件的详细过程以及贝蒂到底说了什么话惹怒了她，可是她总是含糊其词，左右推诿。我们回到南国酒店的时候，我对整个事件的了解依然跟在东京时一样少而又少。

从机场回来的路上我的衬衫已经被汗水湿透，还开始长痱子。苏丝在房间里放了花迎接我的归来，她帮我扒掉黏糊糊的衣服，又取来一套替换衣服。我把脸浸在脸盆里，苏丝拿海绵帮我擦背。洗过之后我觉得神清气爽，准备跟苏丝坦率地谈谈她不愿透露贝蒂事件具体细节的原因。我让她躺在我身边，说："苏丝，我们现在从头说起。现在是下午三点钟，你坐在酒吧里，你是一个人吗？"

"不是，我跟吉薇妮坐在一起。"

"好的，那贝蒂在哪里？"

"她刚进酒吧，屁股扭来扭去从我们身边炫耀地走过。我觉得她走路的姿势真恶心，她就是想……"

"好了，那谁先开口的？"

"她说……那个广州女孩，她说我坏话。"

"说你什么坏话？"

"我不记得了。"

"你一定记得，苏丝。如果她的话那么难听，让你忍不住动手伤人，你不可能忘记的。"

"我只记得她连续两天说了同样恶毒的话。"

"她说了什么？"

"我不记得了。"

"苏丝，看着我。不，认真看着我。好了，你说的是实话吗？"

"不是。"

"你的意思是你记得？"

"是的。"

"那告诉我是什么？"

她移开眼睛，说："我不能讲。"

"可是到底为什么不能讲呢？"

她沉默不语。这是她第一次如此坚决地拒绝我，我感到很迷茫、很受伤。

"好吧，我们暂且不提这些，"我说，"告诉我她第一次说了那些话之后发生了什么。"

"我告诉她：'你敢再说这样的话，我就杀了你。'"

"你不是认真的吧，苏丝？你不是真这么说的吧？"

"是的，我就是这么警告她的。我说'我就杀了你'。"

"哦，天哪！"

苏丝无忧无虑地讲述道："她说：'我呸！我想什么时候说，就什么时候说，我明天还要说。'所以我就出去买了把剪刀。"

"你什么？"

"是的，在轩尼诗道拐角处的第一家店铺买的。我买了把大剪刀，有十几厘米长。我没办法拿给你看，因为警察把剪刀带走了，不，是偷走了！"

"你买了剪刀之后呢？"

"我放到手包里随时准备着。第二天下午那个广州女孩扭来扭去地走过来，又说了一遍那句话，所以我就掏出剪刀，她正要走开，我对她说：'你这个肮脏的广州女孩，你的想法太龌龊了。'她转过身来，我把剪刀插在她的两乳间。她说了那样的话，我本来想插破她的乳房，可剪刀却插在了两乳间，所以我又拔出来，想重新刺一下，结果被吉薇妮和其他人拦住了，那个广州女孩倒在地上，流了很多血，像个傻子一样哇哇乱叫。其实她都是装的，根本没那么严重。"

"哦，真是要谢谢吉薇妮，我只能这么说。"

"不，我想杀了那个女孩。只可惜吉薇妮拉住了我。"

"你不会到现在还很遗憾吧？"

"当然遗憾了。那天之前我已经警告过她，所以她活该，她没有任何理由。一想到吉薇妮把我拉开我就很生气。"

我说："苏丝，你听着，你肯定不知道这件事情有多严重，虽然你没杀死她。坦白讲，我很奇怪他们竟然把你保释出来了。"

"我一点儿也不担心。你去楼下问问，他们都会说：'苏丝你做了件大好事。'我会在法庭上把事情的经过都说出来，我会告诉他们我事先警告过那个广州女孩，他们会理解的。"

我说："他们会理解过头的。苏丝，我们要认真想一想。首先你要告诉我贝蒂到底说了什么，因为我不知道的话就没有办法帮你。现在，告诉我她到底说了什么？"

"我不能说。"

我说："苏丝，看在上帝的分上！难道你不明白这意味着什么吗？你会被送进监狱的。"

"我把事情的真相告诉他们，他们就不会把我送进监狱的。"

"他们会的！他们真的会把你送进监狱！你不是一时冲动才攻击贝蒂，而是先威胁要杀了她，然后真准备杀了她。我们要好好编造一个故事出来，可是在这之前我得知道她到底说了什么话。所以你现在必须告诉我。"

"不。"

然后我的脾气就爆发了。如果天气凉爽一些我是不会发脾气的，可是那时天气是那么炎热，一切都黏黏糊糊的，内心的任何一丝愤怒都会在体内快速生长。我怒气冲冲地指责她，她哭起来，我继续责骂她和她愚蠢透顶的自尊心——她之所以不愿意告诉我贝蒂说的话，不过是害怕丢脸。我告诉她，她这样做非但没有挽回面子，反而会摧毁我对她的最后一丝尊重。

到最后她眼含泪花地对我说："好吧，我告诉你。"

"谢天谢地，你终于肯说了，谢天谢地，我终于让你明白了。"

她告诉我之后，我所有的愤怒骤然消失了，取而代之的是无地自容，因为她一直在努力挽回的不是自己的颜面，而是我的颜面。

而且事情的起因竟然是那么微不足道。贝蒂恶毒地攻击苏丝说我是个变态，喜欢另类怪异的性交方式。她告诉苏丝，那次她来我房间，我就要求她在这件事情上配合我，她拒绝了，而我却承认曾经跟苏丝尝试过，因为苏丝更乐于取悦我。

第二天在酒吧里，贝蒂经过苏丝身边的时候抛出"变态"两个字，就让苏丝差点儿杀了人。

"要是哪个人想污蔑你，我就会杀了她，"她说，"我告诉她，'你可以污蔑我，但不能污蔑我的男朋友'，因为对于我这样的喷喷喷肮脏女孩来说，再脏一些也算不了什么，可是这些脏话不能加在你身上，因为你是个好人，身上没有一丝污点，不管是身体上还是心灵上。谁要是讲你的坏话，诽谤你，我就杀了谁。"

我说："苏丝，我不知道该说什么。只是我从未感觉到自己这么肮脏，竟然说出刚才那样的话。"

"我没放心上。现在你明白了吧，我用剪刀捅了那个广州女孩，是不是做了件好事。"

"我依然希望你没有这么做，苏丝。我真的很担心。"

"你担心太多了。"

"海恩斯怎么说？"

"哦，他就是个愚蠢的小老头儿，什么都不明白。他说：'他们会把你关进荔枝角女子监狱。'不过我听说法官是个非常善良、非常好心的人，他一定会明白的。"

"苏丝，问题是，就算法官再好心，法律也没有心。法律不会允许用剪刀杀人，哪怕这个人罪有应得。"

然而我无法让她明白事情的严重性，我到阳台上去苦苦思索，大约二十分钟后回到房间。

"苏丝，我从你身上得到一个教训，"我对她说，"那就是不管你做了什么决定，不管这决定是好是坏，你都要坚持自己的决定，大胆地采取行动。好吧，我们要做一件坏事，我们要做一件严重违法的事，叫作做伪证。我们要精心编造谎言，用心记熟，然后到法庭上认真背诵，尽管我们要对上帝起誓要说真话。因为如果我们不说谎，他们就会把你关到荔枝角六个月或者一年，与其这样，我宁愿自己因为做伪证而下地狱。好了，现在我们先想想剪刀的事，你什么时候买的？"

"那个广州女孩第一次出口伤人之后我买的。"

"不，你不是那个时候买的，而是好几周之前买的，你的房子倒塌之后，你所有的东西都没了，所以你要重新添置剪刀。而且你不是在轩尼诗道上的店铺买的，而是在某个街摊上买的，我们可不想让警察去调查。"

"我不想说谎，发生什么事，我就怎么说。"

"苏丝，如果你不想被关进监狱，就听我的话。如果你自己想不明白，就要全心相信我。"

"好吧，你想怎样就怎样吧。"

"那好，我再问你，你什么时候买的那把剪刀？"

"我的房子倒了之后。"

"在什么地方买的？"

"街市上。"

"那你平时都是放在什么地方？"

"最上面的抽屉里。"

"不，你经常放在手包里，因为你在酒吧缝缝补补总会用到剪刀。贝蒂从你身边经过辱骂你的时候，剪刀在哪里？"

"在我包里。"

"不是，在你手里，你当时正在缝东西，刚好在用剪刀。当时你勃然大怒，朝贝蒂冲过去，无意中用剪刀刺中了她，你根本不知道自己在做什么。"

"不，这样说不好，因为其他女孩都在场，她们什么都看到了。"

"几个女孩看到了？她们离得很近吗？"

"有吉薇妮和小爱丽丝，还有周三露露，还有多丽丝·吴，一共四个，她们都看到了。"

"去把她们叫过来，就说我们有非常重要的事情要商量，让她们来我的房间。"

四位女孩都比我奢望的更愿意配合。起初我最担心周三露露，她那么有原则，一定会不为所动，拒绝在证人席做伪证，然而，她最重要的一条原则是帮助有麻烦的朋友，也就摒弃了其他的顾虑，平静地接受了安排，还提出很多好的建议。我原以为多丽丝也是块绊脚石，一开始她的确态度不明朗，有些冷淡，女学究一样的嘴巴

紧闭着，一副为难的样子，无框眼镜后面的眼睛闪烁不定。末了她
唯一的意见是明白地提醒我，如果她去法庭做证，就没办法在酒吧
赚钱了。等其他人都起身离开，我让她单独留下来，给了她五十港
币，并承诺事成之后会再付给她五十港币。既然已经决定要舞弊，
也就没必要计较这小小的贿赂了。

　　然后就剩下海恩斯了。我下楼走到轩尼诗道，登上电车，一路
叮叮当当在蒸炉一样的大街上穿梭，一股股热气透过大开的窗户打
在乘客的脸上。下了电车后我又走了两分钟，爬了一段楼梯，终于
来到海恩斯办公室的时候我已经筋疲力尽了。他的办公室很大，陈
设古典，却四处悬挂着中国委托人赠送的匾额，显得有些格格不入。
桌前的椅子上空空的，没有一丝有人坐过的痕迹。然后我注意房间
一角有个石膏板搭建的小隔间，如同豪华住宅里随意搭建的厨房。
小隔间的玻璃门后有些动静，一位职员走出来，帮我打开门，我走
了进去。里面开着空调，温度很低，我湿透的衬衫变得湿冷，汗水
如同冰水一般流下来。我的感觉像是从锅炉房一下子来到了冷藏室。

　　"将整个……呃……办公室都装上空调太贵了，"海恩斯说，"在
这里待了二十年，我还是无法忍受这炼狱般的高温。外面情况怎么
样？"

　　"非常热。"

　　"我下午还要去法庭。"

　　他露出一脸愁苦。他个子很高，长手长脚，有些焦虑不安，他
的膝盖在桌子下动来动去。这张桌子太小，还不到外面办公室那张

大桌子的四分之一，他的腿放在下面显得非常局促。

"哦，我不得不说我并不……呃……十分看好我们的前景，"他愁眉不展地说，"我只希望我们不要轮到弗雷德·戈尔。"

"他是谁？法官吗？"

"是的，弗雷德是个很讲规矩的人，不过对待那些……呃……女孩一贯很严格。我们只能祈祷正好轮到查理·郭。不过恐怕即使是查理也会判她一两个月。"

"你是说监禁？"

"我说的再好也是徒劳。你也知道，她是有预谋的——还特意去买了剪刀……"

"哦，不是这样的，"我说，"剪刀是她几周前买的。"

他惊愕地看着我。

"恐怕不管她什么时候……呃……买的，她总是特意放在手包里了。这些事实都表明她是故意……呃……伤人。我是说，她特意打开包掏出剪刀……"

"可是剪刀早已经掏出来了，她当时正在用剪刀。"

"那位……呃……小姐可不是这么说的。"

"你的中文怎么样？"我问。

"我的中文？一句也不懂。"

"哦，她的英文也糟糕透顶。这中间显然是有误解。"

他打量了我良久，然后移开眼睛，很不自在地在小桌子下倒腾着两条腿。

"也许……呃……是吧。不过我担心警察会传唤证人，她们的证词也许跟你说的不符。"

"这个你不用担心，"我说，"只有四个人目睹了当时发生的事情，我知道她们看到的跟我刚才说的一致。"

"如果这样的话……呃……我们可以提出不一样的意见了。"

"最坏的可能是什么？"

"哦，如果正好是查理·郭审理此案，可能需要三百港币。"

"如果是弗雷德·戈尔呢？"

"五百港币。"

"他们是否可以不判她入狱。"

"他们可以，但他们……呃……不肯。"

"庭审大概在什么时候？"

"恐怕要四五个月之后吧。"

"四五个月？"

"法庭的案子排得满满的，你要知道。"

"那我们就暂且把这五百港币搁置起来吧。"

他送我到空调小隔间的门口就不肯再往外走了，他尴尬地向我道别，犹豫了一下又说："呃，关于那个……呃……那位小姐英语糟糕造成的误解，我忘了告诉你，我当时请了……呃……译员。"

我一时不知道该如何回答。

"那不好意思我要关门了，热气……呃……都进去了。"

第四章

/
/
/

I

"苏丝，作为同谋我们合作得很好，我想我们应该在其他方面继续这种同伴关系，比如婚姻。苏丝，你愿意嫁给我吗？"

"你怎么了？热昏头了？"

"天气变热之前我就一直在想这个问题。苏丝，你愿意吗？"

"不好意思，亲爱的丈夫。"

"别傻了，你不能一边叫我'丈夫'，一边拒绝嫁给我。可是你为什么不愿意？"

"你是个大人物，也许有一天会成为有爵位的贵族，洛马克斯勋爵。"

"这两者有什么关系呢?"

"那我就会是勋爵夫人,酒吧女勋爵夫人。'您好吗,酒吧女勋爵夫人?我听说您婚前曾跟两千个水手同床共枕。'"

"我不在乎你跟过多少水手。你非要嫁给我不可,我才能天天把你当模特来画。"

"不行,亲爱的丈夫,你要娶的是一位英国女孩。"

我正在画她,而她慵懒地躺在闷热的床上,一只手百无聊赖地从小碟子里拣着瓜子。我放下手中的调色板,挨着她坐在床边。她小小的乳房雪白而平滑,如同未成熟的少女;而乳头已经成熟,皱皱的很骄傲。她的孩子以前是个爱咬人的小魔鬼。

我用手抚摸她的大腿。

"苏丝,你的腿真美,像日本女人一样。"

"你怎么知道?你还说自己在日本从没交往过女孩。"

"我没有。"

"我不信,你肯定交往过女孩。"

"好吧,我交往过。"

"那我就杀了你。我亲爱的丈夫,把剪刀递给我!我要刺死你!"

"苏丝,你愿意嫁给我吗?"

"不愿意,你去找个英国女孩结婚吧。"

II

"你喜欢我的新鞋子吗？"莉莉·卢问。

"喜欢，"蒂芙回答说，"听我跟你讲这个美国佬的事情。"

"四十二港币，这双鞋。"莉莉·卢接着说。

"这个美国佬问我：'短时服务多少钱？'"蒂芙自顾自地说，"我说'五十'。他说'好的'。我觉得他肯定是疯了，一次短时服务五十港币！然后他给了我些钱，我说：'喂，这是什么？这不是港币。'他回答说：'不是，是美元，你刚才说五十美元，是吧？'你知道五十美元是多少港币吗？"

"我从来没买过这么贵的鞋子。"莉莉·卢说。

"两百呢，"蒂芙说，"两百港币啊！"

过去四天里美国军舰挤满了海港，他们到来之前的一周女孩们就已经知晓，因为这些船是她们的衣食来源，她们比海军部和海事法庭还要了解这些船的动向。她们说这次会有十七艘轮船停靠在香港。某天早上我走出阳台，看到轮船已经到港了，不过只有十六艘，我还取笑酒吧里的女孩，说她们的信息不可靠，大不如以前了。结果我是自取其辱，她们漫不经心地对我说，由于我对海军事务不了解，遗漏了一艘船——航空母舰从来不会驶进海港，而是停靠在大庙湾附近。

蒂芙说："两百港币，只一次短时服务！"

"我昨天晚上被包夜了，"莉莉·卢说，"才六十港币。"

"这么多钱让我很担心,"蒂芙露齿而笑说,"没有钱的时候我一点儿也不担心。有了钱只会让我担忧。"她看着桌子对面丰满性感的珍妮问:"嘿,你干吗呢?"

珍妮根本没时间回答,她正忙着在餐巾纸上的一列数字前打钩,这些数字是十七艘军舰的编号。最后一列数字她犹豫不定,就拉了拉旁边男朋友的袖子,她这位新交的男朋友喝多了,醉得不省人事。

"喂,乔,你们轮船的编号是多少?"

美国水手睁开惺忪的睡眼,问:"你说什么?"

"你们的轮船,编号是多少?"

"四二六。"

珍妮在最后一列数字前打个钩,然后一脸满足地转向蒂芙。

"你知道吗?这支舰队的每艘军舰上都有我的男朋友。"

III

"你刚才念的那个词,是什么意思?"

"Matador?这个词是西班牙语,意思是斗牛士。"

"什么是斗牛士?"

"斗牛是西班牙一项非常受欢迎的运动。他们会把一头凶猛的公牛放进竞技场,斗牛士就要凭着手中的剑把牛杀死,竞技场四周有成千上万的观众,他们都大喊'加油'。"

"西班牙人不是信天主教的吗?"

"是的，的确如此。不过英国人也会带着猎狗去狩猎狐狸和水獭。"

"可是你上周读的那本书里不是说天主教徒应该善待动物，因为动物和人类一样都是上帝创造的。"

"我知道，苏丝，可是人类的大脑是很奇妙的机体，它可以相信任何它觉得合适的事情。比如它今天觉得黑色是白色，明天就变成了红色，甚至同时是白色和红色。你不要低估了人脑的精妙。"

"那么也许有一天天主教徒会说：'男人应该娶二十个妻子。'"

"是啊，穆斯林就认为男人可以拥有好几个妻子，他们也同样相信上帝。"

"好吧，接着往下读吧。"

"不，我们要聊聊妻子这个话题。苏丝，跟你在一起我莫名其妙很快乐。我们就这么疯下去，然后结婚吧。"

"不，你要找一个纯洁的少女。天主教的男人都应该娶纯洁的处女为妻。"

"也许有一天他们会说，男人可以娶一个在南国酒店工作两年的女孩为妻。话说回来，你就是纯洁的处子之身。"

"你真这么认为吗？是啊，你刚说过，大脑会相信任何事！"

"你是个聪明的处女。我就是爱你这一点，你让我觉得自己像是皮格马利翁。"

"像什么？"

"没什么。你嫁给我好吗？"

"不好。"

"苏丝，你能不能不说'不'？"

"不能。"

Ⅳ

电话铃响起，苏丝拿起电话。

"他现在很忙……好吧，"她把听筒递给我，"是那个男人。"

我想了一会儿，从她说"那个男人"的轻蔑语气中我猜测到，罗德尼再次出现了。然而结果却是海恩斯。

"哦，我们可能不需要等那么久了，"海恩斯说，"法庭进行了一些调整，庭审定在下周。而且我们轮到了想要的法官，由查理·郭审理。"

"真是谢天谢地。"

"摊上老查理事情就好办了，他对……呃……女孩很是关注。"

我把这个好消息告诉苏丝，她非常高兴，她很期待能在听证会上好好宣泄自己对贝蒂的怒气。

"我要告诉他们那个女孩很坏，"她说，"我要把一切都告诉他们。"

"苏丝，你不能这么做，你要照我告诉你的去说。"

"我忘了你都告诉我什么了。"

"别担心，我会提醒你的。"

　　庭审那天是周四，前一天下午我花了一个小时对苏丝和其他四个女孩进行了训练，提出各种各样的问题刁难她们。第二天上午我们一起搭乘电车来到中环，不过小爱丽丝并未出现，因为她前一天晚上跟男朋友去了另一家酒店。我们下了电车一路爬上陡峭狭窄的街道。治安法庭紧挨着警察局和旧城监狱。法庭有很多审判室，大厅里挤满了各色各样的人，他们来参加不同的庭审。苏丝欢快地走开，自己去出庭，而其他三个女孩远比苏丝还要紧张，她们紧张地站在一起，谁也不敢说话，羞怯地看着身穿卡其色制服的警察。我把她们领到证人报到的房间，然后回到空荡荡的审判室坐下。除了闷热的空气和头顶转动的吊扇，一切与英国的治安法庭别无二致。才到上午九点半，潮热的空气已经相当可怕，一路爬上来我的衬衫和裤子都湿透了，紧紧贴在身上。不久海恩斯也到了，用手帕不停地擦着脖子，苦恼地说："真希望我们的庭审能放在高等法院。"

　　"高等法院？"我警觉地问，"为什么？"

　　"高等法院有空调啊。"

　　我原本坐在后面的公众长椅上，而他让我往前移，坐在空无一人的记者席，因为我坐在那里会"感觉更像是家人"。

　　不久就有人陆陆续续进来，庭审便开始了。气氛友好而随便，真的如同一个家庭聚会，而我所能做的就是不让自己插嘴乱说话，我确信即使我说话了，也不会有人介意的。查理·郭是广东人，不过已经完全西化了，他个子小小的，眼睛明亮，身手敏捷，不时打断诉讼进程闲聊几句或幽默地说些题外话。还有那位年轻的中国检

察官，似乎没有任何恶意，态度亲切而温和，想到我们是在利用他
我就觉得心中有愧。

传唤的第一位证人是多丽丝。几个女孩中我对她最没有信心，
生怕她会在证人席上转而背叛我们，揭露我们的密谋。我坐在那里
焦虑不安，结果不过是我杞人忧天，她冷冰冰却一字不差地陈述了
我教给她的每一句话，而那位好心的中国检察官既没问她尴尬的问
题，也没有要为难她的意思。

整个审讯过程进行缓慢，因为法庭上使用的语言是英语，而对
证人的审讯要通过译员进行。那个译员是个油嘴滑舌而又自命不凡
的年轻中国人，个子不高，穿着无可挑剔的西装，喜欢使用艰涩难
懂的术语。多丽丝在证人席上站了大约十五分钟，她离开审讯室之
后查理·郭眨着眼对检察官说："我估计她接不到多少生意，对吧？"

"我不知道，先生。"

"我的意思是，她的眼镜，"查理·郭轻笑着说，"她戴着这样
的眼镜应该不会揽到很多生意。我依稀记得当年我在伦敦求学的时
候——你也许不会相信——不过大街上真的有这样的女孩！当然了，
她们都不是我喜欢的类型！不过我觉得这种情况跟在伦敦一样，是
吧，海恩斯先生？"

"呃，大概是吧。"

"好，我们继续。你还有什么撒手锏？"

吉薇妮和周三露露都滴水不漏地做了证。然后传唤的是贝
蒂·刘，她刚出院，她的样子我几乎没认出来，因为她没有化妆，

也没有用假睫毛，走进来的时候腰肢几乎没有扭动。她顺从地站在
证人席上，并没有过多地责难苏丝，而是拼命地洗白自己。她坚持
说自己在南国酒店从不陪水手上楼，她只是去酒吧聊聊天、喝喝酒。
这样的借口给她其他的证据蒙上了厚厚的怀疑，无意中帮了苏丝最
大的忙。海恩斯询问她究竟说了什么惹怒苏丝，她闪烁其词。海恩
斯不断施压，她终于屈服了，那位年轻敏捷的译员用专业的英语翻
译了她的回答："我对她说，我听说她的男朋友品行不端，沉迷于某
种非自然的行为。"

查理·郭轻笑一声，说："哦，其实她描述了更多细节，不过我
们的译员显然觉得这些话有污视听，海恩斯先生。她的回答你满意
吗？"

"我觉得这位证人已经充分……呃……清晰地表明了自己的态
度，"海恩斯回答说，"我没什么要问的了。"

最后传唤的是苏丝，她穿着蓝色的丝质旗袍从被告席上下来，
格外美丽。她走进审讯室的时候，查理·郭眼中露出欣赏的光芒，
对检察官使使眼色，说："我真想把她抱起来带回家。"他与站在证
人席上的苏丝说话的样子，就如同叔叔面对漂亮的侄女，心中无比
懊恼地提醒自己两人有血亲，所以要控制自己的行为。

然而苏丝自己差点儿让我们的精心计划毁于一旦。她依然坚信
自己攻击贝蒂是合情合理的，把我的警告抛到九霄云外。那位好心
的检察官向她问话，她置之不理，而是想直接与治安法官对话。她
一心想告诉法官贝蒂·刘到底是一个怎样卑劣而邪恶的人，她知道

他听得懂自己的话。而查理·郭不得不斥责她这种突然的愤慨爆发，并要她安静下来。

"她倒是很有勇气，我得为她说句话。"查理·郭眼睛发亮地说。

然后海恩斯反复询问了她很多问题，她回答得都很顺利，最后他要她保证，自己是不假思索刺伤贝蒂的，当时自己被愤怒冲昏了头脑，现在她为自己所做的一切感到抱歉。这样的保证对于她无疑是难以下咽的苦药，她无法说出口。抱歉？就为伤害那个广州女孩？就为惩罚她说出那样不堪入耳的话？我看到她内心在不断地挣扎，我的心几乎要停止跳动。突然她用中文大喊大叫起来，我听不懂她在说什么，但我知道这表明她并不感到抱歉，她觉得贝蒂是罪有应得，而且……

她突然停了下来，因为她看到了我的眼睛。有那么一瞬间她的眼中写满挑战，而我一直盯着她的眼睛，试图将我的意愿通过眼睛传达给她。她渐渐有些羞愧，看着译员说了几句话，她的语气透露出她的心声，似乎是在说她根本不相信自己所说的话，她这么说只是为了取悦自己的男朋友，因为她的男朋友固执地认为自己做了合情合理的事情却要被关进监狱。

"是的，我为自己的所作所为感到抱歉。"谄媚而自满的年轻译员翻译了苏丝的话。为了这句话我开始对他产生好感，因为他真的是一位好演员，说话的语气中补足了苏丝严重缺乏的真诚。"我非常抱歉。"

这时便到了午饭时间，大家轻松地讨论了一下庭审是下午继续进行还是推迟到明天早上。查理·郭亲切地说他没什么，由海恩斯和检察官决定。海恩斯用手帕擦擦额头，第二十次抬头看看天花板上的电扇是否在转动，他说他真的希望下午能待在办公室里，不过他并没提自己的办公室装有空调。然而检察官说他明天早上在九龙还有一宗案子，所以只有当天下午有时间。

午休期间苏丝仍然被监禁，我陪同海恩斯到巴黎烧烤吃午饭，餐厅是他选的，因为里面有空调。这家餐厅非常贵，不过他把我们的案件处理得很好，我不介意他在午饭上花多少钱，甚至还建议点瓶酒庆祝一下。

"酒？"他说，"天啊，还是不要点了！喝了酒会更热的。"

"那好吧。今天下午我们要做什么？"

"三点钟之前会结束的。我们只需要做个总结陈词，然后郭法官会认定她有罪，我会请求从轻发落。我会说虽然她脾气暴躁，不过她是个好姑娘，而且现在与一位极其正直的男朋友安顿下来。之后查理会对她说教一番，说自己是手下留情，希望她能吸取教训，最后会罚她两百港币。"

"你之前说是三百港币。"

"事情比我预期的还要顺利。"

一个小时后我们回到法庭，一切都按照海恩斯预测的进行，不同的是最后的结果，苏丝没有被罚款两百港币，而是被判入狱。

V

我们不能责怪海恩斯没有预料到这样的判决，因为他并不清楚为何宣判会突然提前，直到查理·郭在训诫中点明，我们才明白事情的原委。

"近来在舞厅和酒吧工作的女孩给我们惹了不少的麻烦。"他说话的时候眼神没有闪烁，因为他把所有的眼神闪烁都留在了午饭前，甚至把原来的自己也留在了午饭前，只剩下一个非人的法官。他突然变得如此权威，身材似乎都比早上那个眼神闪烁的灵巧小鸟要高大好几倍。他接着说："我们过去对她们非常宽容，可她们竟然以为自己可以凌驾于法律之上。目前法庭接到很多诸如此类的案件，我们就将几个提前审理，以此来告诫这些女孩不要再胡闹。而你，黄美玲，用一把剪刀严重伤害了其他女孩，你应该庆幸自己不是站在高等法院，不然等待你的会是更严重的指控。而且在我看来，你对自己的所作所为并没有丝毫的悔意。因此我要采取严肃手段，罚款并不能让你充分认识到自己的错误，所以我要判你入狱。"他顿了顿，在纸上写了什么，然后头也不抬地宣布："三个月。"

我一时无法接受这样的现实，听了他前面的话我还以为会罚更多的钱，但我没想到会是监禁。而站在几米开外的苏丝穿着蓝色旗袍，是那么美丽。他们不可以把她带走锁进荔枝角监狱。不可以。

译员用上海话重复了一遍法官的话，说："三个月。"

苏丝的眉头皱了起来，她也不敢相信这样的结果。她看着法官，

希望他能给出一个合理的解释，可是法官一直埋头书写。被告席上
的中国警察对她说了句什么，而她却没有听到，两个警察就拖着她
的胳膊，把她带出了被告席。她绝望地四处张望，想寻找我的身影，
却迷失了方向，眼神落在其他人的身上。她被警察的脚绊了一下，
差点儿跌倒在地，等她终于回过神儿来重新寻找，却被迅速带出了
门外。

　　我目瞪口呆地坐在那里。主席台上的法官从椅子上站起身，而
他却不再是法官，他已经脱去权威的外衣，恢复为原来那个眼神闪
烁、小鸟一般的查理·郭，如同一个人熟练地脱掉圆顶礼帽和外套，
戴上纸帽子和假鼻子。

　　"好了，我要去看牙医了，"他对检察官说，"就是去洗洗牙。我
老婆说如果我不把牙齿上的黄斑去掉，她就不跟我一起出门。都是
抽烟熏的。"

　　检察官回答说："你没试试新出的红点香烟吗？我听说这种香烟
不会熏黑牙齿。"

　　"红点？一听这名字我就不敢碰，说不定身上会长满疹子！"

　　他轻声笑了笑，穿过主席台后面的门出去了。海恩斯用手帕擦
着脖子走过来，一副筋疲力尽的样子。

　　"哦，我不知道该说什么，"他说，"我不知道该说什么。"

　　"不是你的错。"我对他说。

　　"我应该想到其中有蹊跷，我应该事先预测一下。"

　　"他们把苏丝带走前我能去看看她吗？"

"恐怕不行，只有她的律师——我才能去看她。如果你愿意的话我可以帮你捎个话。"

"他们把她带出来的时候我总能看到她吧。"

"你只能看到警车。"

"那我也要等着。你能告诉她我会一直等她吗？"

我和吉薇妮等在法庭的大门外，两个小时后警车过来了，迅速穿过庭院，一位警察站在路上不断地示意警车向前进。车窗上是深蓝色的玻璃，我们看不到里面，不过我们还是不停地挥手飞吻，也许坐在里面的苏丝能够看到我们。警车摆尾开上大路，消失不见了。我们走下山坡，回到城中，转弯沿着码头向前走。很多汽车在排队等候车辆渡船，警车排在最前面，要到对面的九龙去。渡船慢慢靠过来，船上的汽车依次开上斜坡。最后一辆汽车下来后，警车便沿着斜坡开下去，开进渡船有顶盖的甲板上不见了。其他的汽车鱼贯而入，一分钟后水波又荡漾起来。我们站在岸边目送渡船慢慢离开码头，我突然意识到吉薇妮握着我的手。我们一直看着渡船渐行渐远，消失在一艘抛锚的商船背后，然后我们默默地转身朝皇后大道的电车站走去。

第五章

/
/
/

I

　　南国酒店的女孩中只有瘾君子大爱丽丝曾进过荔枝角监狱，她曾因为向水手提供毒品被关了一个月。那天晚上我问她里面是什么样子，她露出厌恶的表情，颤抖着说："很可怕，那是个可怕的地方。你要一直干活儿，只要你停下一秒，他们就会打你。真的！他们才不管你的死活，真的会打死你。"

　　"这些女人他们也打？是真的吗，爱丽丝？"

　　"真的！很多女人天天挨打。"

　　周三露露说："我没听过这种说法。我听说荔枝角还不错，也没有人挨打。”

“我可是进去过的人，不是吗？”大爱丽丝说，“我曾在那个可怕的地方待了一个月，每天都有人死去，我出来的时候带着一身的虱子。”

菲菲露齿一笑说：“他们都很诚实的。如果你带什么东西进去，出来的时候他们都会还给你。”

我问爱丽丝：“我什么时候能去探望苏丝？”

“明天。”

“可是她今天才进去啊。”

“是啊，你明天就可以去看她了。”

大爱丽丝实在是不靠谱，我不再相信她的话，也不相信她所说的每天挨打的故事。不过我给监狱打电话询问探视的时间，结果证明大爱丽丝说的是对的：他们允许第二天就去探监，好让那些刚入狱的女人安排家事。所以第二天我便乘坐渡船去了九龙，然后搭乘巴士去了荔枝角。我在监狱等了片刻就被带到会见室，对着一个铁丝网围着的隔间，铁丝网后面是一段短短的走廊，有女看守来回巡视，再过去是更厚实的铁丝网。后面站着一个悲伤而苍白的小人儿，头发剪得短短的，未化妆的脸上没有一点儿血色，身上穿着粗劣的灰色工作服和明显大了几号的裤子。

我说：“你好，苏丝。”

“你好。”

她的嘴角下垂，眼中盛满泪水。另外一个隔间的女人正在号啕大哭。我终于明白为何监狱在犯人伤口未愈合前不允许探视了。

"酒吧的女孩都让我替她们问候你,"我说,"听说这件事之后她们都很难过,我们都翘首等待你出狱。"

她无法言语。她什么话也说不出口,只是一动不动地站在那里,手臂垂在身体两侧,嘴角下垂,眼泪不住地溢满眼眶,顺着脸颊流下来。我又说了许多话,而她一直没有开口,怕自己会禁不住痛哭失声。我知道她忍受不了多久,就马上说:"苏丝,我要走了,不过我每一分每一秒都会想你。"然后我转身走出隔间,没有回头。监狱准许的探视时间是二十分钟,而我却在里面待了不到五分钟。

这次探视让我心烦意乱,接下来的好几天我都无法工作。每当我想集中精力,脑海里浮现的就是铁丝网后面那张苍白的小脸儿和泪汪汪的眼睛。一周后我决定暂时离开一段时间,就把一本素描和几件旧衣服塞进旅行箱,坐船去了大屿山岛,来到丛山中的寺庙。庙里的僧人提供住宿和粗茶淡饭,费用很低。这里远离尘嚣,非常安静,而且所在地势较高,很是凉爽。寺庙坐落在一个小山谷里,山谷的底部是大片的稻田,向上的山顶矗立着一座宝塔。寺庙的神殿里供奉着落满灰尘的木刻菩萨,供桌上摆着各种水果,香炉里燃着线香,焚香的味道弥漫整个庭院。神殿后面的房间里,一个僧人盘坐在宝座上吟诵经书,每句吟诵结尾他的声音便提到最高。他一边吟诵,一边拉动绳子,绳子一端的横木撞在寺钟上,低沉的声音回荡在稻田的上空。我走进房间,坐下来画他,而他的眼睛依然盯着经书,丝毫没有留意我的存在。我还画了其他几幅画,有僧人弯腰在稻田劳作的，有端着饭碗、拿着筷子蹲坐在院子里用膳的，还有在神殿里祷告的。

周末寺庙里涌进来一群散步的人——三位在政府部门工作的英国女孩，几位急于炫耀英语的中国学生，还有一位沉默寡言的中年英国男人，他穿着迷彩服，戴着阔边帽，眼神顾盼游离，如同在战争中与自己的军营失去了联系，现在到处寻找。晚饭后他又独自出去散步，甚至在黑暗中也不断寻找；剩下的人在马灯的照耀下玩游戏，互相叫着对方的教名，玩得很愉快，如同一群青年宿舍的学生。午夜那位英国人回来的时候我们还在玩，不过他不愿意加入到游戏中，而是径直去睡觉了，第二天早上天还未亮他就离开了。吃过午饭后其他人背上背包，沿着山路而下，准备坐船回到香港岛，他们的身影越来越小，只剩下僧人的诵经声、焚香的味道和铁丝网后苏丝的脸，我再次感到孤独。

我在大屿山逗留了两周，我本想继续待下去，可惜没把颜料带过来，而我想重新开始画画。所以我在某个周五离开寺庙，避开新一轮的周末游客高峰。

回到南国酒店后我接到海恩斯的一张留言条，说他要找我。当时已经入夜，所以我给他家里打了电话，他说："我有个好消息要告诉你，从另一方面来说是坏消息，不过我想你听了应该会很高兴的。荔枝角把苏丝送进了监狱医院，我觉得他们对待病人的态度还很和善，所以她的日子应该会好过一些。"

他去荔枝角探视其他委托人的时候顺便询问了苏丝的情况，得知她在入狱体检中照例做了胸透，结果发现她有结核病的迹象，自那之后她就一直住院了。

"可是她的病情严重吗？"我问。

"不严重，我想大概是因为发现得早。从某种意义上来说这反而是件好事，因为如果在外面她根本住不进医院，现在医院都人满为患，想闯进医院比闯进银行还要困难。人们都说如今在香港只有遇到房屋倒塌，作为受伤人员才能进医院。"

由于人口稠密，肺结核在香港非常流行，听了海恩斯的话我并没有很讶异。其实在这之前我曾一度怀疑苏丝是否患上了肺结核，因为她一直咳嗽不断，而她却坚持说是孩子去世那晚受了寒气所致。我让她去政府医院做个免费的 X 光检查，后来她终于愿意跟我一起去，而我却收到纽约的电报，我们又因为日本之行而兴奋不已，完全忘记了检查的事情。等我从日本归来后，她的咳嗽似乎已经痊愈了。

得知她的病情并不严重之后，我很为她生病的消息感到高兴。比起牢房或者严酷的工作环境，我倒是宁愿她躺在病房里。（虽然理性上我并不相信大爱丽丝所说的在监狱里会挨打，可我还是忍不住想象苏丝挨打的景象，穿着黑色制服的高大女看守对她拳打脚踢，如同集中营里披着人皮的残忍刽子手。）我大大松了一口气，心想等苏丝出狱的时候，也许肺结核也治好了。

然而那天晚上我又听到另一个震惊的消息。我把苏丝生病的事情告诉吉薇妮，她却毫不惊讶，说："我知道她会被送进医院，不过之前我什么都不能告诉你，因为苏丝不让我说。"

"不让你说什么？"

"不让我告诉你她得了结核病。"

"你的意思是去荔枝角之前她就知道自己有病？她怎么知道的？她不是没去医院检查吗？"

"医生告诉她的。"

"什么医生？你是说她去看医生了？"

"没有，医生过来看她的，她病得太重了。那时你还在日本，是贝蒂事件发生之后。我们一起去看电影，回来的时候电车上特别挤，苏丝说：'我没办法坐电车，里面没有空气，我会窒息的。'可是路上又没有黄包车，我们就走路回来，她觉得特别累。我说：'苏丝，你需要喝点儿冷饮。'所以我们就进了酒吧，她开始不停地咳嗽，突然我发现她手上、衣服上、膝盖上全是血，好恐怖。她非常虚弱，周三露露和我一起把她扶到楼上。我打电话给中国医生，他看了后说：'你的肺部有问题，得了肺结核，最好住院。不过现在进医院很困难，所以你要卧床休息，我会告诉你吃什么药。'苏丝告诉他你很快就回来了，她恐怕会传染给你。医生说：'我会再给你开点儿药，防止病菌通过口腔传染给你的男朋友，每日三次，冲水服下。'你回来之后，她总是偷偷吃药不让你知道，她跟我说：'吉薇妮，你在阳台上跟他说话拖住他，我去屋里吃药。'"

"可是她到底为什么不告诉我呢，吉薇妮？"

"她怕让你烦心。她用剪刀刺伤贝蒂的事情已经让你很烦心了，你都没办法好好工作；她怕告诉你这件事情后你会更心烦，完全无法工作了。她说你没办法工作的时候脾气很暴躁，也没有工作顺利的时候那么爱她了。再说了，就算你知道了也无济于事啊。"

"至少我会尽量安排她住进医院，最起码会让她得到妥善治疗，而不是吃些没用的药。"

"我觉得这些药不是没用的啊，那么贵，肯定是好的。那些防止病菌传染给你的药每盎司要十一港币呢，她每天都要喝一盎司。"

"天啊，太可怕了！"

"而且她也为自己生病而感到羞耻，她说有时你说她很美，她就会觉得很羞耻，心想：'可是我身体里面很丑陋，我生病了，还咳血。'这也是她不愿意嫁给你的原因。"

"吉薇妮，我真希望能早点儿知道这些事情！"

"不管怎么说，她现在住院了，我相信她很快就会好了。"

两周后我又去荔枝角探望她，发现苏丝确实看起来好多了，比任何时候都要好。监狱的病房墙壁雪白，采光和通风都很好，比外面的公立医院还让人觉得舒服，只是窗户上都有护栏，病房门也装有铁栅。苏丝靠坐在病床上看画册，她的头发蓬松而有光泽，如同刚洗过一样，脸色红润，整洁干净，而且特别怡然自得。

"苏丝，你看起来美极了！"我惊叹道，欣慰地笑着。直到这一刻我才松了一口气，我原以为这次见面会跟上次一样，准备抵挡更多泪水的攻击。我说："我真希望能吻你一下。"

"哦，好啊，我已经搞定了，我告诉那个女人你要过来。"她轻描淡写地说起中国女看守，似乎她是自己的女仆一般，"我告诉她你是个大人物，你会想吻我。我告诉她：'到时候你不要看我们。'"

我只是轻轻拥抱了她，女看守有些不自在，故意朝窗外望去。

"是的，她是个好人，那个女看守。"苏丝谦虚地说。

"医生怎么样？"

"是个混血儿，非常和善。"

"一切都好得让人不敢相信，每个人都这么友好吗？"

"不是，有个女看守就很讨厌，她有时候来这边。她说：'你的事我都知道，黄美玲，我知道你以前跟男人上楼，你是个坏女孩，肮脏下流！'你知道她做了什么吗？"

"什么？"

"她想拉我的手。"

"拉你的手？怎么会，她不是说你肮脏吗？"

她一副扬扬得意的样子，说她爱上我了。

"天啊！"我笑着说，"那你怎么办了？"

"我告诉她：'你走开！我来医院是治病的，你现在却让我觉得恶心！'"

"哦，可不能跟女看守这么说话。监狱长呢？你也这么跟监狱长说话吗？"

"啊，是呢，中国女监狱长非常好。"

"我想也是！"

"她来过一次，我对她说：'早上好！你们的猴子房真不错！'"

"苏丝，你今天可真爱开玩笑！"

"我说的是真的，我对她说：'我很喜欢你们的猴子房，你是否介意我在这里多待几天？'她回答说：'当然可以，黄美玲，你想待多久就待多久，如果女看守找你麻烦，就直接告诉我。'我说：'谢谢你，我非常喜欢你们的猴子房，我觉得这里是天下最好的猴子房！'"她童稚般顽皮地咯咯笑着。

"苏丝，看到你恢复到原来的样子真是太好了。"

"我今天很高兴，我男朋友过来看我了。我对那个女看守说：'他会来的，你放心，他不会忘的。'可是我真害怕你给忘了，那我会很丢脸的。"

"哦，有件事我要批评你一下。我在日本的时候你病了也不告诉我，我非常生气。"

"病了？谁说我病了？"

"苏丝，这样可不好，我都知道了。"

她极不情愿地承认了，却一副毫不在乎的样子，好像这件事微不足道。不过发现我已经知晓此事后，她无意中透露来到监狱之后她又吐了一次血，就在那天我探视她之后，无疑是心理的苦痛所致。正是因为这次吐血她才被送进医院，而不是海恩斯所说的 X 光检查。她向我保证说现在她的病已经基本上治好了，等她离开监狱的时候就能痊愈了。

然而，我从医院出来恰巧遇到苏丝的医生，她驾驶一辆小汽车刚刚停下来。从她欧亚混血的外貌上我猜测她可能是苏丝口中的医生，陪同我的女看守证实了我的判断。我走上前去问："我能问您一下黄美玲的病情吗？"

"你是谁？"她反问道，"你是监狱的人吗？"她三十多岁，轮廓鲜明，眉清目秀。她的语气生硬，言外之意似乎是："有话直说，不要废话。我不管你是杀人犯还是强奸五岁少女的坏蛋，都别跟我废话。"她穿着白色棉质长裙，手里拿着一个用玻璃塞塞紧的瓶子，里面是黄色的液体，可能是酸液，也可能是尿液。

"不是，我只是过来看望她，"我回答说，"我是她的朋友。"

"你是画家吗？"她见我一脸诧异，就解释说，"哦，不要担心，我可比你自己还要了解你。那个小女孩可喜欢闲聊了！她现在情况非常好，不会死的。我们及时对她进行了治疗，不过她还要在这里待多久？六个星期？这可不大好，她出狱后至少还要在医院住两个月，不然过不了几个月她的病情还会复发。"

"您能把她从这里转到公立医院吗？"

"不可以。"她用那双中英混血的眼睛直率地看着我，"比里面那位女孩还要严重的病人都会被公立医院赶出来，好给更重的病号腾出房间。你没什么关系可用吗？"

我想起圣玛格丽特医院的可伊·弗莱彻，可是自从那天晚上她载我回南国酒店后我们就再没见过面，分别的时候我还对她说"周四见"，她在雨中开车离开，我到楼上就接到苏丝的电话说她的孩子死了。之后我打电话取消周四的约会，她还善解人意却直率地说："哦，我就知道。"然后挂断了电话。所以我不大可能去找可伊帮忙。

我说："没有，我不认识什么人。"

"那好吧，反正你还有足够的时间。如果你不想让她的肺再出问题，就最好找家医院让她出狱后立即住进去继续接受治疗，或者缓一段时间也行，中间让她度个小假也不错。话我就只能说到这里了。她是个不错的女孩，希望你能找到一家医院，我可不想让我们的前期工作白白浪费。"说完她转身轻快地离开了，走到医院门口又回头略带嘲讽地笑着说："顺便说一句，我奉劝跟她关系亲密的人也都去做个检查，她吃的那些药抵抗传染的效果跟这个差不多。"她晃了晃手中的瓶子，我依然不知道里面装的是酸液还是尿液。

"好的，我会去检查一下。"

几日后我到湾仔的一家诊所，排在一群中国人中间等待免费的X光检查。诊所的英国医生看到我很惊讶，对我说："喂，你来这里做什么？"我告诉他我就住在湾仔，他严肃地说那我真应该好好检查一下。第二周我过去取检查结果的时候，他却说："啊，老兄，你可真幸运。肺部没什么阴影，体健如牛。"

II

我开始到处奔走，想为苏丝找到一个床位，这才发现香港有那么多家医院。最大的一家结核病医院是帕西基金会的拉顿济医院，不过这家医院并没有任何希望，他们未来几个月内都不会有空床，而且他们也只接收比苏丝更严重的病人。其他医院的情况也是如此。大批人涌入香港，给香港带来的不仅是更多的病号，平均发病率也不断飙升，因为人满为患的代名词就是疾病蔓延和卫生条件低下。香港政府竭尽所能应付这始料未及的局面，马不停蹄地建造医院和疗养院。然而大部分肺病患者只是到中国郎中那里抓几服药，根本没有接受任何治疗，他们在拥挤的房间里病情不断加重，日渐消瘦，他们的呼吸把病菌传播到恶臭的空气中，然后寂然死去。然而他们呼出的病菌却传染给其他人，更多的人病倒了，又将病菌传染给更多的人，最后也寂然死去。

终于我走投无路，只好去找可伊。在此之前我曾去过圣玛格丽特医院碰运气，却同样一无所获。我再次来到医院，写了一张字条让人给可伊送上去，简单解释了我来找她的缘由，我说很不好意思找她帮忙，如果她不愿意见我，我也可以理解；不过我知道她那么宽宏大量而且心地善良，一定会下来见我的。十分钟后她穿过医院的入口大厅出现在我面前，脸上却带着没有任何感情色彩的冷冷微笑，用生硬的语气说："罗伯特，你可真有脸！我都为你感到羞愧！你难道没看到医院的情形吗？为了抢一张床位，排队都排十里长了。别说我帮不了你，就算我能帮你，这就意味着其他人失去了机会。这些你都没想过吗？"

我说："我想过。"

"你的意思是说，只要能安排你的朋友进来，你不在乎其他人会怎么样，哪怕他们会因此丧命？"

"是的，我不在乎，我已经决定这么做了。"

她很吃惊，很快又温和地笑着说："好吧，你说的都是实话。不过我不能不在乎。"

我说:"可伊,一个人不能为所有人而战斗,可我要为苏丝而战斗。我知道这么做不对,我应该让她排队等待,让她的病情在等待中日益严重,或者就此香消玉殒。可是我不能这么做,因为她对于我来说,比那些我不认识的人都重要,因为我想看到她痊愈,因为我要娶她为妻。"

可伊惊呆了,说:"你不是吧?"

"她还没同意嫁给我,不过我想等她出狱后,她就会同意的。"

"我看你是疯了。"

"也许是吧。"

"完全疯了。好吧,那我只能祝你好运了。"

她向我伸出手,我知道自己再次被拒绝了。不过她陪我朝门口走去的时候,我感觉到她的情绪有些缓和,我们在门前台阶上停下来,气氛有些尴尬,然后她问:"你是真的吗?是认真的吗?"

"你是说跟她结婚?"

"是的。"

"我知道这件事跟我没有任何关系,不过只是同居不是更好吗?不用套上婚姻的枷锁?"

"我想跟她结婚。"

"我真的为你感到可惜,因为她是那样的人。"

"我已经想得很清楚了,"我说,"一点儿也不可惜。"

"如果她只是与你一夜风流的女店员,你是不是就不会娶她了?"

"可能不会吧，不过如果她是女店员，就不会是苏丝了。她的过去成就了现在的她，已经成为了她的一部分。"

"那你为什么要娶她呢？"

"可伊，我们一起吃晚餐如何？"

"哦……那好吧。"

我们去了一家中餐厅，我一直向她解释与苏丝结婚的理由，却无法让她信服，她依然摇着头说："也许是我有偏见，可是我真的觉得你很傻。"对此我一点儿也不奇怪，因为我也没能让自己信服。我列出的条条理由都是那么肤浅，我总觉得自己遗漏了最重要的原因，虽然我一时不清楚到底是什么。晚饭后可伊带我去参加派对，地点在山顶的一家公寓。派对上都是寻欢作乐的年轻人，他们刚从英国过来，还没有沾染上殖民地的陈规陋习。房间隐秘角落的高保真密纹唱机传出新近流行的美国黑人低音歌手性感的声音，我们随着歌声翩翩起舞。一个沉默寡言的家仆把我们的杯子加满杜松子酒饮料。大家讨论着音乐、书籍和电影，这些高深的话题让我难以应对。有个留着小胡子的年轻人朝我走来，他在香港的大学教授英文，他说曾在伦敦的展会上看过我的马来亚画作，被深深地打动了，所以就记住了我的名字。他觉得我"很有天分"。他的赞誉之词让我很感动，他不仅记得我的名字，还记得作品的细节，对其中的优缺点提出了不错的见解。然后他又接着谈论艺术批评理论和现代画家的作品，可我对理论和画家的名字知之甚少，他问及我的作品，我也说不出个所以然来。我为自己的无知和语无伦次感到羞愧，我清楚地意识到自己每说出一句话，他对我的尊重就减少一分。终于所有奉承的话已经说尽，我开始觉得无聊，在这所富丽堂皇而整洁干净的现代公寓里，四周飘扬着动听的歌声，手里端着马提尼美酒，听着旁边的人大谈特谈干净卫生的艺术理论，我突然觉得自己患上了幽闭恐惧症。这时那位上了年纪的中国家仆过来帮我斟满酒杯，我注意到他的眼睛——深邃内向的中国小眼睛，属于另一个遥远世界的眼睛。突然间仿佛一扇窗向我打开，我呼吸到新鲜的空气。哪怕只是望一眼那遥远的世界，我就已经得到了拯救，仿佛有个声音在告诉我："不要担心，你并没有困在这个房间里，这只不过是你生命中最微不足道的一个小角落，外面还有整个辽阔的世界任你驰骋探索。"那一刻我突然醒悟自己一直在寻找的答案。如果我娶了可伊这样穿着漂亮晚礼服、口里嚷嚷着"这场喜剧真不错"的女孩，我就等于把自己关在这个房间里，并锁上所有的门窗。然而若是我与苏丝结婚，就如同从窗台飞跃下去（也许可伊会说这是自取灭亡）。

凌晨时分，派对依然在继续，可伊与一个英俊的年轻人坐在沙发上，相谈正欢。我悄然离开，一个人慢慢走回家，脑海里不断回旋着豪华整洁的房间与窗台上的飞跃。关于苏丝的一段模糊记忆突然涌上心头。那天晚上我散步回来在南国酒店的大堂碰到她，她刚和一个水手从楼上下来，正要告别。水手的样子我已经想不起来了，只记得他用手转了一下海军帽，脸上挂着假装的扬扬得意，正如每个男人离开妓院时总想掩盖自己欲望熄灭后内心的幻灭感。苏丝已经从水手身边离开，她的脸色苍白，有些疲倦，已经完全忘记了水手的存在。她看到我后脸上闪过一丝尴尬，因为她希望我爱她，却知道我对她的工作抱有成见。她多希望我能晚一会儿再回来，也就不会看到她与水手在一起的一幕。然而片刻后她就意识到尴尬毫无意义，不过是逃避现实；她的脸上立刻换上另一种表情，似乎在说："我有自己的世界和生活，也许你无法理解，但这些都是我的一部分，我不能假装这一切都不存在，哪怕会因此失去你。"她的眼神中带着一丝伤感和悲哀，更多的是骄傲。现在回忆起来她的表情是如此美丽动人，我知道自己一定要把她画下来。

一有了画画的冲动，我连忙看了看四周，赶紧从马路中央走到路边。每到这种时刻我总害怕自己会突然被车撞倒，或者爆发战争，或者发生什么灾难，因为未完成的画如同未出生的孩子，让我觉得自己有责任保护这个新生命。我加快脚步赶回酒店。平时我不会在晚上作画，因为灯光下颜色会失真。然而我的冲动是如此强烈，我决定试试，一回到房间我就把一张新画布放在画架上，开始作画。

我画了整整一晚。我的思维是如此清晰，我的记忆是如此鲜活，哪怕苏丝就在我面前我也不可能画得更好。我没有一丝困意，黎明来临，我看着画布上的颜色，觉得很满意，虽然整体的色调不是我原来想象的样子，却出奇地衬托出我想要表达的感情。

整幅画画完后已经是上午十点钟，我将记忆中的场景丝毫不差地重现在画布上：水手站在苏丝身后，斜戴着海军帽，而苏丝正从水手身边离开，眼神中带着伤感、悲哀和骄傲。阿唐第四次进来送茶水，他站在画架前面欣赏了好久，看得出来他被打动了。这时电话响起，是可伊打来的。

她说："我已经尽我所能帮你了，虽然我不知道为什么要帮你。我刚才给住院登记员说了将近一个小时的好话，他终于同意六周后给我们一个床位。"

"可伊，真是太谢谢你了！"

"他不想让其他病人太过失望，最早只能安排在这个时间了。她应该能支撑到那个时候吧？"

"可以的，时间刚刚好。监狱里的医生说中间度个假对她的身体有好处，我想带她去澳门。"

"我一直都想去澳门呢。"

"你可以跟我们一起去啊。"

"如果我去的话你们肯定会觉得很有趣的！"

我挂断电话，阿唐还在研究那幅画，他说："先生，你画的真好，她看起来很伤心。"然后他又说："先生，她一直在看我，真是奇怪，我刚才站在那边，她看着我，现在我站到这里来了，她还在看着我。她的眼睛在跟我说话。"

"跟你说了什么？"

"她的眼睛说：'我有满腹的心事，却不知该如何说出口。'先生，你是要表达这个意思吗？"

"是的，阿唐，这正是我要表达的意思。"我回答说。

<h1 style="text-align:center">III</h1>

离苏丝出狱还有三周，时间过得是如此缓慢，阿唐每天进我的房间都会说"哦，只有十天了"或者"只有九天了"。他特意查了查皇历，欣喜地发现苏丝出狱那天是农历十月十四，适宜搬家迁徙，就郑重地宣布："这一天最适合出狱了。"

"我觉得哪一天都适合出狱，阿唐。"我说。

"当然不是了，先生。如果她农历十月十三出狱，出来后可能会很不幸。十四的话就会很幸运了，所以说这一天最合适。"

我在等待中几乎耗尽了所有的耐心，终于盼来了她出狱的那天，然而我却没能去监狱大门口迎接她。我已经跟她说好会在门口等她，那天早上一大早就从南国酒店出发，可是却那么不走运，去九龙的渡轮在半道上跟一艘锈迹斑斑的破旧拖船相撞，拖船的领航员大概是鸦片烟吸多了，对渡轮的汽笛声充耳不闻。虽然两艘船都没有什么大碍，可两位船长却拖拖拉拉到处检查，结果我们就在海港中央滞留了将近半个小时。我开始狂躁不安，几乎要哭出来，我甚至想跳下船游到对岸，但我又舍不得随身携带的行李，我本想接到苏丝后就直接一起去澳门。最后船开始颤动，终于动了。渡轮靠上九龙码头，踏板放下来，我提着两个手提箱，背着一大包画布，拼命挤上岸。码头附近没有的士，我带着行李跟跟跄跄走到大街上，拦下一辆的士，说了句"去荔枝角监狱"，就瘫坐在后座上了。我们来到荔枝角，却没有发现苏丝的踪影，门口的人说她等了半个小时，然后走了。的士司机建议去巴士车站找找，我们开车转过街角，就看到苏丝孤零零一个人站在那里，身上穿着那件蓝色的真丝旗袍，脚上还是那双白色高跟鞋，熟悉的白色手包依然挂在她的手上。

"苏丝，我真的很抱歉。"我将事情的原委向她解释了一番。

"没关系。"她淡淡地说，好像她真的不介意，然而我知道对于出狱她期待了那么久，这样的结果很是扫兴。

我说："苏丝，我们今天去澳门。"

"澳门？去干什么？"

"我已经帮你安排了医院，不过我觉得你最好先去度个假，远离所有熟悉的人。"

"好啊。"

"你好像并不很期待。"

"我随便啊，你想去哪儿我们就去哪儿。"

我们来到码头，登上了"佛山"号轮船。离开船还有半个小时，我们在空荡荡的餐厅坐下，苏丝点了一杯可口可乐，我要了一杯咖啡。其他乘客进来坐在我们旁边，苏丝扫了他们一眼，却没看他们的眼睛。她的样子羞怯而不安。

"别担心，苏丝，"我说，"看不出来的，不会有人知道你去过哪里。"

她没有说话，沉默了几分钟后她突然说："好吧，我要走了。"

"走了？你什么意思？"

"我不想去澳门，你自己去吧。"

"我不明白，苏丝，怎么回事？"

"我在猴子房里想了很多，我有大把的时间用来想事情。你是个大人物，你可以去找任何你想要的女孩，你可以找个漂亮有钱的英国女孩，或者找个家世良好的中国姑娘。你不过是好心，对我感到歉疚。你可能会想：'我不想伤害苏丝，我必须好好待她。'可是这样不好，所以我现在要走了，我要离开你。"

"苏丝，你说的都是什么胡话！"

一时间我不知道如何阻止她离开，幸好此时我听到踏板收起，她已经没办法下船了。香港渐渐退到远方，她高兴起来，对澳门之旅的兴趣渐浓。我让她去换掉身上的真丝旗袍，她跟着女服务员出去了，回来的时候已经换上了牛仔裤和凉鞋，眼神闪烁，她咯咯笑着说："你知道那个女人对我说什么吗？她说：'你的衣服真漂亮，你肯定很有钱！'"她跑到栏杆的另一边，看着黄褐色的小岛一个个被轮船甩在后面，一艘艘渔船散布在海天之间，远望如同一只只玩具船。

"你知道吗，今天早上我一点儿也不想离开猴子房。"她对我说，"我想：'我在这里无忧无虑的，也许等我出去了我应该去偷窃，或者再用剪刀刺伤那个广州女孩，这样他们就会把我送回来。'可是现在我觉得很好！我感觉很美好！"

她愉快地看着海面，旁边驶过一艘骄傲的大船，八张帆都被潮热黏稠的海风鼓得满满的。船上挂着红旗。几分钟后，大海突然变了颜色，不见了深蓝色，取而代之的是奶茶一样的颜色，里面裹着从珠江卷带而来的泥土。

"还有多远到澳门？"苏丝问。

"我估计还要一个小时，"我回答说，"对了，我忘了告诉你了，我们要在澳门结婚。"

"结婚？谁说的？"

"澳门是最适合结婚的地方，你会嫁给我的，对不对？"

"不对。"

"那我就只能逼婚了，在澳门这个邪恶的地方逼婚还不是件小事情？我会买通负责婚姻登记的官员，让他躲在桌子下面，然后我问你要不要再来一份烤鸭肝，你说'好'，那个官员就跳出来说：'谢谢，这是你们的结婚证！晚上好啊。'"

她咯咯笑了，接着我的话说："第二天我问你：'亲爱的，你要不要再来份炒饭？'你说'好'，那个人就又伸出头来说：'谢谢，我宣布你们现在正式离婚了。'"

然后她不再说话，呆呆地看着栏杆外的大海。过了一会儿她说："我曾梦到我们结婚了，我在大街上，到处人山人海，我能看到你，却怎么也到不了你的身边，因为人太多了。我哭了，你把所有人都推开，说：'都走开，你们这些笨蛋，她是苏丝，是我的妻子。'然后所有人都闪开了，我也醒了。"

"醒来后发现你不是我的妻子，你是高兴还是难过？"

她没有回答，沉默片刻后她说："我不能嫁给你，因为我有病，我之前怕传染给你，吃了中医开的药，那些药很不好，荔枝角的医生告诉我的。"

"可是我没被传染上啊，"我说，"再说了，两周后你就可以住进圣玛格丽特医院了，你肯定能痊愈的。"

"我不觉得，我觉得没有人会痊愈。"

"当然可以痊愈了，苏丝。你现在都快好了，再住一两个月的医院你就没事了。"

她再次沉默下来，转身走上甲板，独自凭栏。过了一会儿她就下来了，对我说："罗伯特，你是我遇到过的最好的人，没有人像你这么心灵美丽。我好喜欢你。"

"太好了，苏丝，那你就是答应我了？"

"是的，如果这是你想要的。我会为你做任何事情，如果你想结婚，我就跟你结婚，如果你想跳海，我就跟你跳海，任何事情。"

"这儿的海里有太多泥沙，最好不要跳下去，我们还是结婚吧。"

到了澳门我们乘坐脚踏三轮车去酒店，车子比黄包车要宽敞，能坐下两个人，还可以把行李放在脚边。脚踏车车夫穿着破旧的卡其布短裤，戴着无顶的草帽，只有帽檐，看上去如同戴着破旧的光环一般。与香港比起来澳门显得静谧了许多，有一种颓废和衰败的气息。我们经过一家天主教堂，原本是西班牙巴洛克建筑，与周遭的环境融合起来就像一张中国通的脸，越来越像中国人。

我们把行李扔在酒店就让脚踏车夫带我们去英国领事馆。他咧嘴笑了笑，点着头说他明白。五分钟后他停在一栋由葡萄牙东非军队把守的建筑前，他们佩带着步枪和刺刀，脸色如同咖啡豆一般黝黑。

"可以吧？"他问。

"不可以，"我回答说，"这里是葡萄牙政府，我们要去英国领事馆。"

"好的，我知道了！"

他愉快地骑车离开。后来我们终于在一间破旧的办公室找到了英国领事馆，吊扇吱吱作响，看上去很危险，似乎要掉下来削掉哪个倒霉蛋的脖颈。一个美丽的混血打字员坐在机器前，精致的小脸儿苍白而羞涩，黑色的头发浓密蓬松，脖子上戴着金色的十字架。领事是个秃顶的大胖子，额头上汗津津的，白衬衫的腋下部位出现新月形的汗渍。我们到领事馆的时候他正在写私人信函，他恼火地听着我们的请求，钢笔依然停在信纸上。

"给你们个建议，"他说，"你们最好去一下香港，在那里结婚。"

"可是我们刚从香港过来，"我回答说，"我们想在澳门结婚，你应该有权受理。"

"哦，实话跟你说吧，之前从没人来找我登记结婚，我根本不知道流程，所以我觉得也没什么好说的。"

"那就查查是什么流程，"我说，"我的意思是，总该有相关的条例规定吧？"

　　"我没时间，"他厉声说道，"我很忙的。"他突然想起笔下的信函，我颠倒着看到信的开头赫然写道：亲爱的休吉。他想用记事簿把信纸盖上，又改变了主意，身体后倾靠在椅背上，信函赤裸裸地放在桌子上，似乎在宣布："看吧，我就是对你撒谎，我不介意让你知道，这正说明你在我心目中是多么渺小。"

　　我本想刻薄地反驳他，但我注意到苏丝很不安：来到领事馆她已经很紧张了，如果我再跟领事大吵一架，她只会更难过。所以我只好委曲求全，转而开始奉承领事，说我们冒昧占用他的宝贵时间是因为在来澳门的轮船上我们听说他心地善良温和，乐于帮助有急难的人——用来描述他这种"性本不恶，却头脑愚钝、懒惰闲散"的人再合适不过了。奉承话的效用果然很明显，几分钟后那位瘦弱单薄的美丽打字员翻遍了书架，将各种厚重的领事书卷堆满他的桌子，而他随意地翻看着，不时大喊："该死！我竟然不知道我还可以做这些！"末了，他开始极力想为我们办理结婚登记，等最后发现根据条例规定我们要预先通知，三周后才能办理，他的失望之情一点儿也不比我们少。他还焦急地问我们："我希望你们三周后还在这里吧？你们不会已经离开了吧？"

　　"不会，我们应该还在这里。"我回答说。

　　"那就好，"他说，"那就好。这样的话，我想想，鲁格罗尼小姐，把我的记事本拿来了吗？啊，在这里！这样的话就是周三过来，上午可以吗？十一点半如何？"我想，他终于有真正的好事可以告诉他亲爱的休吉了，也许我们走后他会继续写信说："我再也不会抱怨说这份工作如同一潭死水，日复一日没有任何变化，今天我摇身一变，成了一位脸庞红润的牧师！"

他把我们送到门口，用微汗的手跟我们握手道别，还幽默地眨着眼告诫我们婚前不要逾矩。然后我们走进闷热潮湿的大街。

第六章

接下来的几天苏丝心情很愉悦，满面春光。她最喜欢做的事情就是扮作未来的洛马克斯夫人，一副趾高气扬傲慢的样子。

"你好啊，我是洛马克斯勋爵夫人，我的丈夫是很有名气的勋爵。什么，你竟敢对我无礼？那好，我去告诉我的丈夫，他会把你送进猴子房，关上十年。"她咯咯笑着，突然又很担心，唯恐我们还没等到结婚的日子就接到可伊的电报。一旦医院有了病床，我们就要马上赶回去，她问我："罗伯特，你说电报今天会不会来？"

"不会的，今天不会来的。"

"真的吗？"她的心情马上明朗起来，又回到角色扮演的游戏中，"下午好，皮卡迪利勋爵先生。我的丈夫不在家，他去威斯敏斯特大教堂跟女王一起喝下午茶了。"

"苏丝，不能去威斯敏斯特大教堂喝茶的。"

"不好意思，皮卡迪利勋爵先生，我是说去女王家里喝下午茶了。"

澳门坐落在半岛的最末端，只消十分钟就能从半岛一边的海傍街步行到另一边的海边，而从市中心步行到半岛之外的海峡也只需要二十分钟，海峡是天然的边界线，你能看到海峡另一边的街道飘扬着红旗。当然，天气如此炎热，你不可能真的步行过去，不过你可以乘坐脚踏三轮车到处逛逛。过去澳门是通往中国的大门，繁荣了数个世纪，而今这个大门却被关闭了，不再有贸易往来。我们下榻的酒店有两层都设为赌场，每个房间都可以按铃让服务生送来鸦片或妓女。其实服务生还可以送来赌场中介人，如果你想把事情一次性做完，完全可以一边赌博，一边吸鸦片烟，同时怀里还可以抱着姑娘。

我们这层的服务生名叫阿武，一只眼睛有点儿斜视，另一只眼睛日夜燃烧着渴望牟利的光芒。每次看到苏丝不在我身边，他就会悄悄走过来，用那只正常的眼睛盯着我，另一只眼睛傻傻地望向天花板，暗暗地小声对我说他可以帮我找一个十六岁的葡萄牙女孩，远比苏丝更漂亮。他提到苏丝语气很轻蔑，似乎连苦力都不愿自降身价投入到她的怀抱。然而不到一个小时，他单独遇到苏丝，又小声夸赞她有种独特的气质，是我无法理解的，而她完全可以创造自己的命运。他说可以帮忙介绍走廊那头的葡萄牙官员，只收她百分之三十的佣金。

到了第二周苏丝高昂的情绪消失殆尽，她变得消沉颓废。有一次我去她的房间发现她正在哭，那天下午吃晚饭的时候她又泪流满面，我问她怎么了，她却只是摇头。其实不消问我也知道个中的原因，漫长的等待对她来说是种煎熬，她开始怀疑答应嫁给我是不是个错误，开始为自己的过去感到羞耻。她已经不愿谈论过去，甚至不愿提及南国酒店。有时候我会故意提起，想要证明我并不在意，而她却一下子涨红了脸，假装没有听到我的话。而今她不再担心电报突然到来，反而期盼早日收到，因为这就证明我们的婚姻并非命中注定，她也就可以趁机取消自己的决定。

第三周她的绝望和沮丧有增无减，每天从早到晚她不是在沉思就是在哭泣。忧愁让她变得陌生，我自己也对我们的婚姻产生了怀疑。就在我们约定去登记结婚的前一天，她终于崩溃了，说无法再继续，她要回香港，回到自己的姐妹身边，回到熟悉的生活，因为那一切才是最适合她的，也是她的命运。一个水边酒吧工作的女孩，一个供水手消遣的妓女，一个犯有前科的囚犯，为什么要假装成别的样子呢？不了，她要回到南国酒店，她下定了决心。

我说："苏丝，如果这是你想要的，我不会阻止你。可是我觉得这不是你想要的，回到过去是最容易不过的事情，而继续向前却很困难，因为一切未知，你被吓到了。"

我向她提起那天早上发生的一件小事。我们沿着海傍街散步的时候遇到一对从香港到澳门度蜜月的英国夫妇，我们之前曾在赌场见过，他们都很友善。我们相互问好后我要介绍苏丝给他们认识时，却发现她已经走开了，背对着我们站在码头边。我过去叫她过来，她却坚决不肯，还哭了起来，说她觉得那对英国夫妇很可憎，不明白我为什么会跟他们做朋友。不过我明白她悲伤的真正原因是害怕他们鄙视她，我使尽浑身解数想要说服她这种担心是没有任何根据的。

"实际上他们在赌场就对我说他们觉得你非常迷人，"我对她说，"他们根本一丁点儿鄙视都没有。你越是害怕人们鄙视你，就越觉到处充满鄙视，每一张新面孔都是一面镜子，映射出你的内心。可是即使他们真的鄙视你，你也不应该转身走开。人们会根据你对自己的看法评判你，如果你为自己感到羞耻，他们就会指着你说：'呸！'因为每个人都或多或少会为自己感到羞耻，而你的羞愧给了他们信心，让他们觉得自己胜过你。而如果你勇敢地面对他们，看着他们的眼睛，心里想：'是的，我是个水边酒吧的妓女，可是我并不为此感到羞耻，我跟你一样觉得自己很好。'他们就会对你生出尊重之心。你知道是谁教给了我这些？正是你。你曾经常常看着人们的眼睛，你曾经是那么勇敢。其实现在的你依然有着这样的勇气，只是被你最近的小焦虑抹杀了，如同一只老鼠从下面一口一口啃噬你的勇气。"

她没有说话，不过不再哭泣，说想一个人静一会儿，我就去了顶楼的赌场。一个小时后她走了进来，一副谨慎镇静的样子，让人一眼就能看穿她内心的紧张，正在不断跟自己的恐惧和疑惑做斗争。

她直直地看着我的眼睛。

"你还想跟我结婚吗？"她问。

"当然了，苏丝。"

"你确定吗？即使看到我这几天的异常行为？"

"我很确定。"我说的是实话，因为她的勇气又回来了。

"那好，我答应嫁给你。"

"太好了，苏丝。我们现在要去给你买件新裙子，结婚就要穿新裙子。"

那天晚上她一直很安静。第二天早上她要独自梳妆打扮，我就出去喝了杯咖啡。十一点钟回到酒店大堂等她，二十分钟后她从电梯走了出来。樱草黄色的平纹旗袍很贴合地凸显了她曼妙的曲线，裁剪得体的裙衩微微露出尼龙长袜。

"不好意思，让你久等了。"她说。

"苏丝，你真是美极了，我很为你感到骄傲。真希望我们是名流权贵，四周挤满了人群和闪光灯。"

"我不希望，我不需要其他人。"

"可是我希望全世界的人都来看你，我希望他们知道你是多么美丽，我希望所有的男人都想要你却不得，因为你是我的。"

我还为她买了一束小花饰，三瓣烟蓝色的精致兰花跟她樱草黄色的裙子搭配起来再完美不过。我为她别在胸口，然后走上大街拦了一辆黄包车。我能闻到苏丝身上的香水味和明媚的发梢上微弱而熟悉的香气。她的手在我手中紧张地颤抖，她已经紧张得说不出话来。我们走到英国领事的办公室，她把手缩回自己的保护壳内，一副镇静、漠然而冷淡的样子，似乎这个场合让她觉得乏味。我心想她现在可真是神秘莫测，如果这是我第一次见到她，根本猜不透她心里在想什么。

领事看到我们很开心，他定是很担心我们不会来，他就没机会主持结婚，失去了一次新奇体验。然而那天下午香港总督要来澳门正式访问，他要提前做准备，所以他一心想争取时间。

"好，都准备就绪了？"他站在桌子后面对我们说，似乎觉得坐着为我们主持结婚有失礼貌。他的额头亮晶晶的都是汗水，腋下干净的白衬衫也出现了新月形的汗渍。我们站在他的对面，头顶上是吱吱作响的危险电风扇，后面站着两位证婚人——一位是鲁格罗尼小姐，头发乌黑茂密，戴着金色十字架，一张白皙纤瘦的欧亚混血漂亮脸庞；另一位是泰德·罗斯，是个衣衫褴褛的英国乞丐，穿着破烂的卡其色衬衫和短裤，每天在大街上遇到他总是纠缠着不放，编造各种悲惨遭遇赚取人们的同情，我答应给他二十港币请他过来做证婚人。

领事局促而庄严地宣布结婚的流程，生怕自己这么庄重太傻，思忖着是否应该更加欢快些。我们低声说愿意，然后我将一枚普通的金戒指戴在苏丝的手上。她很吃惊，之前她曾试探性地提及戒指的事情，而我却说我们都已经同居了那么久，买戒指完全没有必要。而今她明白了我的用心，忍不住热泪盈眶。领事要求我们签字，她弯起手指抹了抹眼泪，用中文写了黄美玲，然后用罗马字体写了苏丝黄。

"我说，新娘一定是被幸福冲昏了头脑！"领事轻声笑着说，他终于可以放松下来开开玩笑了，"你看她把Z都写反了！"

我回答说："这是她特有的商标，如果哪天她突然不这么写了，我就要申请离婚了。"

"不好意思要赶你们出门了，"领事说，"不过走之前我还是要祝你们好运。"

他拉开抽屉拿出一瓶葡萄牙红酒，我被他的善意深深打动。鲁格罗尼小姐拿来几只玻璃杯，他打开瓶塞斟上红酒，然后端起酒杯正式地祝贺一番，又随意添加几句说："说真的，我真的希望你们能过得幸福美满，因为你们两个真的是一对佳偶。我可不是随便说说，我是真心这么觉得，你们两个，都很讨人喜欢。"他变得很激动，为了说明我们两个有多好，他又接着说："我真的这么觉得，那天你们走后我就告诉鲁格罗尼小姐，我说，哦，让鲁格罗尼小姐自己告诉你们吧。我当时说什么来着，鲁格罗尼小姐？"

"你说他们真的很不错。"鲁格罗尼小姐的声音轻柔而充满渴望，带有浓重的欧亚混血口音。

"对了，"领事说，"我第一次见到你们就说你们很不错。再次祝你们一切都好。"

苏丝不住偷偷打量手上的戒指，鲁格罗尼小姐轻柔地说着话，泰德·罗斯耳后褐色的老茧泄露了他的秘密，是抽鸦片烟时木枕留下的痕迹。他狡猾地盯着领事，瞅准时机凑了过去，开始上演自怜自哀的戏码，急切得有些语无伦次，生怕领事不让他说出口。

"很有意思，老伙计，"领事冷冷地打断他，"可是你要知道你是白费力气。新婚夫妇，来，再干一杯。"

他把酒倒入我们的酒杯，我一饮而尽，苏丝偷偷地把我们的酒杯交换了一下，因为她不太爱喝酒。领事说必须把我们送出门了，在门口他热情地跟我们握了握手，诙谐地眨着眼说："好家伙，希望我流程都走对了，要是有个疏忽，你们没结成婚，岂不是太他妈的尴尬！"他看到罗斯还赖在办公室里，期待我们走后能跟领事说句话，就故意站在一旁让罗斯出来。鲁格罗尼小姐突然冲回自己的桌前，从包里拿出一个镀金的粉盒，跑回来硬塞给苏丝，说："哦，一个小东西，也不是什么新的，不过是个小礼物，你要是用不到就扔了吧。"我们来到门外，罗斯愤恨地咕哝着，说领事侮辱了他，还说我们要是跟他一样了解领事的话，就会明白虽然领事位居要职，却根本不配给他提鞋。我给了他二十五港币，多给了他五港币，不过他正满怀愤恨，根本没有注意到。

"谢谢你帮忙。"我对他说完就钻进苏丝身边停着的脚踏三轮车。车夫站立着，将全身的重量都压在脚踏板上，三轮车向前驶去，我回过头，看到罗斯依然站在人行道上喃喃自语，似乎根本没有意识到我们已经离去。

我在幸福小巷的一家餐厅预订了午餐，鹅卵石铺就的狭窄小巷飘散着焚香的味道，跟它的名字一样迷人，也只有这样的街道才称得上幸福小巷这个名字。这家餐厅的特色菜是烤乳鸽，上好的葡萄牙红酒很便宜。我们沿着狭窄的楼梯来到二楼，这家餐厅如同大部分的中式餐厅一样被分割成一个个的隔间，我们的隔间悬挂着装饰用的镜格，中国人认为镜子可以带来好运。服务生用盘子端来散发着消毒剂味道的热毛巾，用夹子夹着分别递给我和苏丝，我们擦了擦手和脸。他为我们倒上淡茶，把我们用过的毛巾放在盘子上端走了。我们一边嗑瓜子，一边等待午餐。从悬挂的镜格里我能看到不同角度的苏丝，她随意地将手放在桌子上，好随时看一眼手上的戒指。

"看镜子里我有好多新娘，"我说，"多么美好的一天啊！"

"每个新娘都有戒指吗？"苏丝问。

"哦，当然了，我可是一视同仁。"

"那可花不少钱呢，这么多戒指。"

"我买戒指的店里也有镜子，所以只需要付一份钱。"

"你知道吗，罗伯特，我不敢相信我们真结婚了。"

"我知道，是不是很好玩？我们以为结婚后会感觉大变样，可实际上并没有太大变化。"

"你现在真的是我的丈夫吗？"

"真的，你若不信我把证书拿出来给你看。"

"也许你亲口告诉我，我才会相信。说：'苏丝，我是你丈夫。'"

"苏丝，我是你丈夫，而你是我最最珍贵、最最美丽的妻子。你穿这条裙子真是美极了，让我忍不住心生邪念。不过现在已经不能再成为邪念，因为我们已经结婚了。"

"也许现在我们结婚了，你就不是想跟我上床了，而是要我为你洗衣做饭，你就去跟其他女孩上床。"

"这里有那么多你，够我享用好长时间了。"

"今天下午你想要哪一个？是最大的圆镜子里的那个吗？"

"不是，她有些不真实，我今天下午就要桌子前坐着的这个。"

那天晚上可伊发来电报，三天前我曾给她发电报询问消息，她回信说大概一周后会有床位，不过我们总算放心了，因为她终究是没有忘记这件事。我和苏丝都很高兴还有一周的自由时间，而苏丝的身体情况也不错，似乎也不用着急把她送回医院。不过我还是让她悠着点儿，每天下午都要休息，而且我们总是很早就上床睡觉。我从香港带了很多不错的书，不过一直都没机会读，因为婚前苏丝心情很烦乱，我根本无心读书。而今我每天都会为她读上一段，然后我们会对书中的内容展开讨论，尤其是关于对错的问题。她对伦理道德很着迷，特别是这些事关她自己，她想知道从哪些标准来看她自己的生活是错的；而她的思维是那么准确而富有逻辑，总是能从我自以为无懈可击的论点中找出问题。我们总会回到她伤害贝蒂·刘的事情上，讨论她离开监狱后是否还是一样顽固不化。虽然到最后她的逻辑陷入矛盾，她不得不承认自己错了，可她总会立刻淘气地眨着眼睛说："可是我还是希望能用那把剪刀把她刺得更狠些，因为她罪有应得！"

"你真是没救了，苏丝。"

"不管怎么说，她都跟你上过床，每个跟你上过床的女孩我都很嫉妒。"

"幸好我对你过去的男朋友不抱有同样的心理。"

"看吧，你还是不懂爱！因为我的男朋友完全是另一码事，那只是为了钱。"每次提及这个话题，我们就会争论好几个小时。

我也画了不少画，婚后我工作的状态非常好。我们住的房间拥挤促狭而且灯光昏暗，我很想念南国酒店的阳台，不过我的心情如此愉悦，外界的物质条件并不重要。而且正是在澳门这间狭小的房间里，我完成了自己最喜欢的苏丝的画像，直到今天我依然觉得这幅画是我最好的作品。那天是我们结婚后的第三天，午后热浪滚滚，她躺在凌乱的床上，自己也很凌乱，却很是宜人。她四肢伸展着躺在那里，姿势很滑稽，就像是刚从高处跌落一样，而她无意要变换姿势，显然对自己这副跌落后的残骸感到极大的满足。她身上散发出一种自我满足的光芒，极具女性气质，如同一只被乳汁胀得鼓鼓的乳房。正是这个时候我突然想把她画下来，可是当我从房间的另一边仔细观察她的时候，她的表情有了变化。毫无疑问我的表情过于沾沾自喜，对于这个毁灭的场景和自己作为男性的征服者角色感到自鸣得意，而苏丝的眼中闪烁着半是嘲弄半是挑衅的光芒，似乎在说："好吧，就算你征服了我，那也不过是因为我想要被征服，等我再尽情享受片刻，一分钟后我就会重新独立起来。"这正是我要画的，我想展示自我的个性总是要降服于爱情。

我们也在赌博上消磨了不少时间。有时候我们去酒店顶楼的赌场——一个装饰华丽的破旧大房间，在澳门的全盛时期定是极其奢华——不过大多数时候我们会去幸福小巷那家灯光昏暗而又烟雾缭绕的中国赌馆，有种鸦片馆的气氛。那里总是挤得水泄不通，光脚的苦力和三轮车夫，穿着木屐、戴着破旧毡帽的鸦片贩子，穿着长衫的富商，赌注从二十分到几千元，大小不等。

我们也会沿着嘎吱响的黑暗楼梯爬上二楼，从阳台上俯瞰下面的桌子，把我们的赌注放进篮子里，顺着绳子送到楼下，然后就趴在栏杆上看赌场荷官的长棒从白色塑料筹码堆中每次分出四个来，最后剩下筹码的数量，便是中彩的数字。荷官远还未分完，人群中便传出长长的叹息，定是哪个眼尖的人在荷官的指挥棒之前就算出了剩余的筹码数。

我是个冲动的赌徒，总是输，而苏丝却很谨慎，严格按照规矩来，每次都能赢回来。可是极度紧张的情绪和污浊呛人的环境对她的身体不好，每次离席她都是筋疲力尽。之后我坚决不允许她再去赌馆，于是我们只在酒店的赌场小赌几把过过瘾。

我们经常在赌场遇到从香港过来的英国人，可苏丝还是很紧张，不敢跟他们说话。我让她告诉自己："我没必要感到羞耻，我感到很骄傲，我跟你们一样好。"

"可是我真的感到羞耻，"她说，"却说自己不感到羞耻，这样不大好。"

"那就想象一下你不再感到羞耻是什么样的一种感觉。你想：'我可能会为自己感到羞耻，不过那些不感到羞耻的人，他们的内心是什么样的感觉呢，如果他们感到骄傲的话。'"

很快她就真的摆出一副骄傲的样子。新婚伊始，她不再称我为丈夫，似乎这个称呼突然间变得冒昧而浮夸。而今她又开始大胆地说出口，又开始平静而直接地看着陌生人的眼睛。

"我丈夫是个画家。"有一次一个声音响亮、带着肯辛顿傲慢口音的英国女人好奇地问她，她如是回答。

"太了不起了！"那个女人虚伪地说，"他都画什么啊？"

"他刚才还在画我呢。"苏丝回答说。

"我猜画画的时候你肯定没穿这么多衣服，"那个女人的丈夫眨着眼说，"哎哟，我可了解那些艺术家了，我猜他画的肯定是你的裸体，对吧？"

"是啊。"

她这句"是啊"回答得如此坦率而有尊严，她与那个男人对视的眼神是如此清澈而问心无愧，即使他反应迟钝，也会觉得自己像个傻瓜。那一刻我是那么为她感到骄傲，几乎要眼泪涔涔了。

结婚后我对她比以往更加怜爱，也更有占有欲。而且我的占有欲愈来愈荒谬可笑：如果她出去给我买香烟，十分钟还不回来，我就开始焦躁不安，想象各种灾难降临在她身上；等她终于回来了，我总是会怒斥她为什么出去这么久，或者如释重负，难掩内心的快乐，好像她死而复生了一样。我不愿她离开我的视线，我自己对此也感到很惊讶，因为结婚前我还生怕自己会后悔，会觉得自己是个傻瓜。然而事实却与我此前的担心正好相反。我甚至开始为无端的妒忌而痛苦。以前楼层服务生费尽心思想讨好苏丝，我还觉得很有趣，而今我一听说他跟苏丝说话就乱发脾气，踢着让他出去。在赌场有个男人一直盯着苏丝看，似乎想用眼睛把她的衣服扒光，我提出抗议，而最终这个人破坏了我们在澳门的最后一夜。我经常在赌桌上见到他，赌注是大把大把的百元大钞，无论输赢都无动于衷。他是个欧亚混血，高高的颧骨，细长的黑眼睛，若是在欧洲很容易被当作纯正的葡萄牙人。他穿着带垫肩的铁蓝色夹克衫，长长的美式翻领，系着花哨的夏威夷风情领带，打眼望去就是个衣冠楚楚的斯文败类。我们每次跟他同在一桌，他总是不眨眼地盯着苏丝，只有下注或是收钱的时候才会移开眼睛，而且完全无视我的存在。

"我真受不了你那位朋友。"有一次从赌场出来的时候我对苏丝说。她一脸茫然，我解释说："那个穿蓝色夹克衫的斯文败类一直盯着你。"

"盯着我？我根本没注意。"

她是真的没注意，她全部精力都放在赌博上了。可是那天晚上她手气一直很差，她指着赌桌对面的他告诉我，这个人一连赢了一个小时。

"这个人就是我之前跟你提的那个人。"我对她说。

"我怎么没发现他一直看我。"

"看，他现在就在看你。"

她抬眼朝对面望去，毫无兴致，她只对他下的赌注感兴趣。不久他朝桌上掷了两张叠成小四方块的五百元钞票，故作漫不经心地示意身穿蓝色工作服的女荷官把钞票摆放整齐，然后继续盯着苏丝，细细的黑色小眼睛写满轻蔑，似乎在说："你跟其他东西一样，我想要就要。"他的眼睛一直没有从苏丝身上移开，直到白色的筹码最终只剩下两个，而他又赢了。荷官往他的赌注里放了六张五百元的钞票，然后用木棒将八张钞票推到他的面前。

"看啊！"苏丝赞叹道，"那么多钱！"她看着他冷淡地从丝质的衣袖中伸出手把钱揽过来，她迎上他的目光，微笑着对他说："下次我要跟你下注！"

那个男人只是冷漠地挥了挥手，似乎很不以为意。他虽然并未说话，但他的眼睛似乎在说："她比我想象的更容易上手。"

"苏丝，我想喝点儿东西，"我说，"我们走吧。"

"不，我要把钱赢回来，不赢回来我就不走了。"

"我们等会儿再来。"

"不，我要紧跟那个人，他正在运头上！"

"好吧，那我走了，你不跟我一起吗？"

"不，我要先把我的钱赢回来。"

我并非真的想走，却又觉得自己话已经说出口，不走不大合适，就穿过挂着窗帘的拱廊来到一个灯光暗淡的大酒吧，里面除了酒保之外空无一人。我在吧台前的高脚凳上坐下，点了一杯双份白兰地，喝完后我感觉好多了，心里还想："我真是个笨蛋，她怎么可能会跟一个戴夏威夷风情领带的斯文败类有什么呢！我应该回去对她好一点儿。"我付了酒钱，回到赌场，却突然停在当地，那个斯文败类从赌桌对面挪到苏丝的旁边坐着，他们坐在一起似乎很高兴，苏丝的脸上容光焕发。我转身回到酒吧。

我又喝了两杯双份白兰地，然后苏丝出现在我的面前，她面色潮红，很激动的样子。

"我都赢回来了，还多赢了五百元！看啊，看这些钱！"

我说："我很高兴。"

她不再激动，看着我。

"怎么了？"她问，"你生气了？"

"生气？我为什么要生气？"

"我觉得是因为我坚持要留在那里把钱赢回来，你才生气的。"

"你留下来就因为这个啊，我真感到高兴。"

"你什么意思？"她问道。

"没什么意思，我什么意思也没有，就是饿了。走吧，我们去吃东西。"

我们从酒吧出来走进电梯，我荒唐的情绪把我和她隔绝。虽然我知道自己的情绪很荒唐，却无法改变，一开口说话语调里就禁不住流淌着龌龊，所以我只好保持沉默。我们走出电梯，正要穿过大堂，酒店前台的职员手中举着一份电报喊道："哦，先生！"我知道，一定是可伊发来的电报，就走过去打开看，电报说明天圣玛格丽特医院就会有苏丝的床位。

我把这个消息告诉苏丝，说："也就是说我们明天要乘早上的船回去。"

苏丝很忧虑，她不知道自己还要在医院住多久，我们还要分开多久，她说："我们还能再多待一天吗？"

"不可以，他们不会给你留着床位的。"

"那今晚就是我们的最后一夜了。"

"是的，是我们在澳门的最后一夜。"

去往幸福小巷乳鸽餐厅的路上，我们手挽手坐在脚踏三轮车上，我心中所有的妒忌和龃龉都烟消云散，我对她的怜爱又都回来了，尽力不去想我们又将面临分离。晚餐间我又喝了一整瓶葡萄牙红酒，加上之前的白兰地，我有些醉醺醺的，却又不是特别醉，我们两个都特别开心。苏丝说还想去中国赌馆，由于赌馆就在餐厅对面，我也想在最后一晚纵容她一下，就同意了，但说好了只在里面待半个小时。然而我却忘记了时间，等我低头看手表才发现已经过去了一个小时，而苏丝已经输了四百元，却一心想捞回来，最后我们在里面待了两个多小时，出来的时候午夜已过。

大街上已经没了三轮车，我们只好走回酒店。半道上苏丝的鞋跟掉了下来，她挽着我的胳膊一瘸一拐地回到酒店，穿过门厅，进了电梯。电梯上到四楼，服务生阿武站在电梯口对面的角落里，正在跟一个坐在扶手椅上的人讲话。我们走出电梯，他停止说话，用炽热的眼神看着我们。扶手椅藏在阴影里，坐在椅子上那个人的脸看不清楚，只是白茫茫的一片，可是他的手臂搭在扶手上，借着楼梯平台的灯光，我认出他铁蓝色的袖子和洁白的丝质袖口，还有故意招摇的袖扣，上面镶着俗不可耐的蓝色宝石。我们从平台上下来，走近了，我看到那个夏威夷风情的领带、棕榈树、穿着比基尼的粉红少女，还看到那张高颧骨的脸和窥探的轻蔑眼神。我们继续往前走，我觉得他们的眼睛一直盯着我们，那双欧亚混血的眼睛，还有阿武那炽热的眼睛。我肯定他们一直在等我们回来。

苏丝也看到了坐在椅子上的那个人，我感到她靠在我手臂上的身体一下子紧张起来，不过他们并没有打招呼，我很奇怪，他们不是一起坐在赌桌前，一起赢钱，如同一对亲密的情侣吗？

我说："那个人是你的朋友？"

"什么朋友？"

"你在赌场的朋友。"

"哦，我没注意，"她含糊地说，"我在赌场只看到他坐在对面。"

"他不是跟你坐在一起吗？"

"没有。"

她刚出口否认，就意识到我一定是看到他们坐在一起了，我的手臂再次感到她的紧张，无须看我就知道她的脸一定涨得通红。我打开房门，她放开我的手臂，松了一口气，故意转过头去，唯恐她的表情出卖她的心事。她飞快脱了衣服钻进被窝，侧躺着，闭上眼睛，一副筋疲力尽的样子。

"我们玩接龙玩得太久了，"她说，"在那个烟雾缭绕的房间里待太久了。"

"是啊，真不应该。"我边脱衣服边抬头看着她，想证实她是真的累了，还是故意假装。这时响起了敲门声，阿武托着一个长颈瓶进来，虚伪而没精打采地咧嘴笑着说："先生，我来给你们送点儿热茶。"这是他第一次主动提供茶水服务。

"放在梳妆台上吧。"我说。

"好的，先生。"然而他根本没有听从我的指示，而是迅速穿过房间把瓶子放在床边的桌子上，用燃烧着贪婪的眼睛看着苏丝，飞快地说了一串广东话。他那只斜眼朝上翻着，如同果冻上的灰色斑点一样无辜，显得那么可笑。我能听懂广东话里的数字，我听到他说了三个数字，然后又重复了一遍，似乎是房间号。

我愤怒地说："滚出去。"

"先生，我只是……"

"滚！"

他笑嘻嘻地出去了，苏丝疲倦地叹了口气，又闭上了眼睛。我问："他想干什么？"

"我不知道啊，没什么吧。"

"跟我说实话。"

"他只是抱怨天气，说澳门太热了。"

"尤其是三四三房间，会更热吧？"

她睁开眼睛，悲哀地看着我，说："你今天为什么这么讨厌我？"

"我没有讨厌你。"

"不，你就是讨厌我。今天晚上我一进到酒吧，看到你的眼神我就知道了，我当时就想：'我丈夫讨厌我。'"

"我讨厌你骗我，如此而已。"

她哭了起来，承认说那个欧亚混血的确跟她坐在一起，不住地赞美她，还想跟她私会。她本想把一切都告诉我，但是在酒吧看到我的情绪那么暴躁，就不敢说出口。她也怕我会因此心烦，破坏了我们的最后一晚。她说在电梯口她假装没有认出那个男人，刚才服务生过来是转达那个男人的话，说愿意出五百元买一夜欢娱，还建议给我一半，我肯定愿意割爱，因为在澳门，这种各方都受益的交易比比皆是。

我听后笑了起来，原谅了她，说："天啊，这是什么鬼地方！幸好我们还没沾染这些恶习，明天就要走了；幸好我还没把阿武的脑袋拧下来。"

"很抱歉我对你撒谎了，"苏丝依然哭着说，"可是我真的好害怕。"

"害怕？"

"害怕失去你。哦，罗伯特，我常常害怕会失去你。"

我钻进被窝，躺在她的身边，她紧紧地抱住我，却没有激情。她说她很惭愧，最后一夜她太疲惫，不能满足我。

"没关系，"我说，"我今晚也不行。"

我关了灯。我真的很疲乏，睡意很快就上来了。我依稀觉察到苏丝躺在我身边一直没有睡着，我想她大概因为对我说谎而担心吧，就凭着最后一丝意识低声对她说我很高兴有她在身边，吻了吻她并爱抚了她几下，就陷入沉睡，什么也不知道了。突然房间里的响动传入我的耳朵，我半睡半醒间伸手去触摸苏丝，她却不在了，留下我独自躺在床上。我一下子醒了过来，睁开眼睛，借着窗户透进来的昏暗光亮，看到苏丝僵硬地站在梳妆台边，侧耳倾听我是否被她刚才发出的声响惊醒。我张嘴想问她在做什么，舌头又僵在口中，因为我注意到她身上穿着旗袍。她穿戴整齐。

不，我在心里呐喊，不，她不可能是去找他，不可能。

这样的怀疑让我的身体陷入石化，我发不出任何声音。她又小心翼翼地朝前走了几步，弯腰把脚伸进鞋子里，她的轮廓是那么熟悉。

突然间一股巨大的喜悦和宽慰袭上心头，我明白了，她只是要去浴室，而那件旗袍是用来当浴衣的。她找不到平时洗浴用的棉布衣服，而且也不想开灯吵醒我，所以就只能穿这件旗袍。

她轻轻拉开门，犹豫了一下，一束光从走廊渗入房间。她朝床上看了一眼，打开门闪身出去，又迅速关上，轻轻松开门把手，不发出一点儿声音。我知道片刻之后我就安心了，我就能听到她朝左边走几步，进到旁边的浴室。

我竖起耳朵，屏住呼吸。我听到她的脚步声，一高一低，因为一只鞋没了鞋跟。可是脚步声并没有朝左边去，而是朝右边去。不是走向浴室，而是走向电梯和楼梯。脚步声渐渐消失在走廊里，之后便是沉寂。

我躺在那里一动不动，仍然不敢相信。我坐起身来，打开灯，身边的空位加重了我的沮丧和痛苦，我是多么希望她依然躺在那里。我安慰自己，也许是浴室有人呢，她推了推门，发现锁着，就到楼下去了。如果真是这样，我也应该听到有人出来，我跳下床，走到走廊，却发现浴室门开着，里面漆黑一片。我的心再一次沉下去。我回到房间，穿上裤子和衬衫，沿着走廊走到电梯口。阿武坐在桌子后面睡着了，头靠着钥匙板。我走上前去，把他摇醒，他睁开一只眼睛，露出里面灰色的果冻。另一只眼睛张开一条迷迷糊糊的狭缝。

"她在哪里？"我问道，"我的妻子在哪里？"

"啊？"

"我的妻子，她去哪里了？"

他坐起身体，急切而兴趣盎然，错把我当成了同谋。看到我充满敌意后又退回到故作迷糊的防御状态，说："我不知道，我睡着了。"

我突然想到苏丝的手包，她去找男人就会随身带着手包，现在是否还在房间里？我记不清楚了。我急匆匆冲回房间，却没有见到手包的踪影，不在梳妆台上，不在椅子上，也不在床边的桌子上。我在房间四处搜寻，拉开每一个抽屉，摸了摸床头后面，掀开床单，心里一直祈祷：上帝啊，请让我找到她的手包吧，请让它出现在房间里吧。我把整个房间翻了个底朝天，却不见她的手包，我知道她一定是去找那个欧亚混血的斯文败类了。她带着包，里面放着梳子和化妆品，好在事后整理头面，也好有地方放钱，之前跟水手不就是如此吗？我跌坐在椅子上，感到一股巨大的疼痛从心底蔓延到全身，我仰起头，痛苦地哀鸣。

我记不清自己在椅子上坐了多久，我只记得内心的疼痛，除了疼痛我什么也记不起，甚至是苏丝。然后我看到床上苏丝的画像，清晰地展现在我的面前，画中的她躺在凌乱的床上，我对着画像大声抛出各种辱骂女人的脏话，却觉得这些词语用在苏丝身上太过轻微，如同称女演员为演员、女店员为店员一般，根本算不上辱骂，因为她们已经承认自己的职业。我茫然不知她为何要这么做，也许只是习惯使然，你永远无法改变一个妓女的本质，她一看到系着夏威夷风情领带的有钱斯文败类就禁不住再次沉沦！

　　我依然坐在那里，房门小心翼翼地被打开了，又突然停止了。她一定是看到房间亮着灯，惊愕地意识到我已经醒来。她把门打开，站在门口，脸色惨白，身体不停地颤抖，害怕我会做出什么事，她微微闭上眼睛，伸手抓住把手关上了门。她走到床边坐下，又闭上眼睛说："我告诉过你我一点儿也不好，我告诉过你我只会给你带来麻烦。"

　　她的眼睛下面有一大块蓝色的污迹，好吧，怪不得，怪不得呢。我起身，用我所能想到的所有污言秽语辱骂她，然后冲出去摔上了门。

　　我在空寂的大街上游荡，不在乎自己走向何方。空气凝重而潮湿，我的裤子紧紧地裹在腿上。我们上岸的码头就在眼前，轮船冒着白色的蒸汽默默等待明天的航行。我看到那座古老教堂的窗户敞开一个个破洞，后面便是直愣愣的天空，别无他物，唯有孤独的墙壁矗立，其余的都被大火夷为灰烬。我心想，也许是自燃也说不定，大概教堂不愿继续在绝望中挣扎，就选择自杀身亡，因为连它都无法忍受这座城市的邪恶和空洞。我走着，对这个世界视而不见，直到后来我发现有人挡在我的面前，是个配着刺刀和步枪的矮个子黑人士兵，他的身后是一道界线，横亘在马路中间，对面就是中国内地。新中国关闭了所有的妓院，把里面的女孩都送到工厂做工。新中国真好啊，要是苏丝身在界线的那边，她现在也许正在拧紧拖拉机车轮上的螺钉，就不会将身体出卖给戴着夏威夷风情领结、穿着丝质衬衫的斯文败类了。

我转身沿着来时的路走回去，又看到古老的教堂张开破洞的窗户，如同光秃秃的头颅上睁开的眼洞，这座教堂一定是切腹自尽的，因为它本身并无什么罪孽。天渐渐亮起来，我觉得很累，就在教堂那面独立的墙的墙根处坐下来，一动不动，直到太阳把影子投在我的身上，我看了看表，时间已经是早上八点半，就起身回到酒店。

我乘电梯上去，沿着走廊来到房间，苏丝正躺在床上，她哭过了，脸上红红的、肿肿的，很难看，她的眼睛呆滞而空洞，好像生活已经到了尽头，她想立刻死去。

我说："船十点半开，你准备好了吗？"

她张嘴想回答我，却又哭了起来，话语都留在喉咙里。泪水从她的眼睛里喷涌而出，如同自来水一般狂流不止。我想起之前在意大利见过的一张圣母像，牧师打开隐藏在画像背后的水管，眼泪就从圣母玛利亚的眼中冒出来，顺着上过釉的苍白脸庞流淌，牧师骄傲地说："看，哭泣的处女！"

哭泣的处女，真好。

"我要去冲个澡。"我说。

然后拿着剃须刀和洗澡用品走出去，让她在床上继续哭泣。隔壁的浴室有人在用，我就折回来朝走廊这头走去，经过楼层服务生的桌旁，阿武正在跟一个妓女讨价还价，我就沿着楼梯去了楼上的浴室，锁上门，脱了衣服，准备洗澡。我跨过浴缸的边缘，站在淋浴下面，发现浴缸上有红色的血迹，旁边被水晕成粉色，经淋浴里的水一冲，便一丝丝流淌到浴缸底部的下水道里不见了。我咧嘴笑了笑，心想，也许有人割颈自杀了，却又自言自语道："毕竟，这对澳门算不得什么。"突然我发现一个黄色的搪瓷痰盂，里面躺着一条浸满血的女式手帕，我的膝盖开始发软，一定是苏丝的，我要捡起来看看是不是。我记得她的手帕一角绣着一朵花，我曾说是玫瑰，而苏丝却坚持说不是玫瑰，但她只知道这种花的中文名字。手帕上的血已经凝固，摸上去很僵硬。

哦，天啊，我心想，哦，天啊，天啊。

我站在浴缸里，看着手里那片皱皱的布，我终于明白她根本没去找那个欧亚混血儿，她生病了，却不想让我知晓，才到楼上的浴室来，免得让我听见。她孤单单一个人在这里病得几乎要死去。我想起她回到房间，站在门口脸色苍白而憔悴，说"我告诉过你我只会给你带来麻烦"。我想起自己辱骂她的那些污秽不堪的话语，然后就摔门而出。

哦，天啊，上帝啊。

我感到非常虚弱，只好靠在墙上支撑着自己不要倒下。我闭上眼睛，头抵在湿漉漉的石膏墙上，我听到水哗哗地流进浴缸，又汩汩地沿着下水道流走了。

哦，苏丝，我可怜的苏丝，你是否能原谅我？

我睁开眼睛，低头看着手里被染红的小手帕，心想："她说不定会死掉。"我的手像发烧一样颤抖，而我的身体却因为恐惧直打寒战。我抓起衣服，费力套上黏糊糊的衬衫。我瞥了一眼挂满水蒸气的镜子，看到一夜长出来的胡楂儿和一双充满恐惧的眼睛，我提上裤子，跑下楼去。

第七章

"苏丝，你真是美极了。"

"才不美呢，丑死了。我哭那么久，脸都浮肿了。我自己都能看到，脸上鼓起了大包。"

"我才不管，你还是很美。"

我们躺在床上紧紧相拥。我回到房间的时候两人都说不出话来，而她一看到我的样子就明白我已经知道了事实的真相，就又哭了起来。我走过去，心里充满羞愧，觉得自己没脸再触碰她。我猛然走到她身边，拉过她的手贴在我的脸上，我亲吻她的手，然后亲吻她的脸颊。她靠在我身上，边亲吻边哭泣。巨大的喜悦掠过我们的心头，因为两个不完整的部分再次合为一个整体，我们没有说话，也没有思考，便开始做爱。如同我们第一次做爱一般美好，苏丝像上次一样猛烈地啜泣，身体止不住地颤抖；她的啜泣如此猛烈，把我拉回到现实，我吓坏了，因为我刚才完全陶醉其中，忘了她正在生病。

我吻了吻她的鼻子和她眼睛下方的红肿。她闭上眼睛，我亲吻她柔软的眼睑。

"苏丝，我们这样不好，我们不该做爱。"

"我很高兴，我觉得很美好。"

"时间来得及的话我去找个医生给你看看，不过你要是感觉还可以，我们最好先回香港。"

"没问题，我都说了，我现在感觉美极了。"

"那好，你不要动，就安静地躺在那里，我来整理东西。"

我们坐脚踏三轮车去乘船。苏丝似乎已经恢复得很好，虽然她强烈反对铺张浪费，但我还是给她买了个铺位，让她躺下。舱内另一位乘客是个从香港过来的英国女教师，她说自己每次都要"奢侈地"乘坐房舱，因为她很容易晕船，又不愿在大庭广众下呕吐。船还没开她就忧惧得脸色苍白，问乘务员船这次航行会不会很颠簸，乘务员答道："不会，今天会很平稳。"他刚走女教师就说："你们相信他说的是实话吗？你们没听到什么吗？"

"我觉得今天应该会风平浪静的。"我说。

那天热浪一如既往笼罩在澳门上空，炎热而沉闷，港口没有一丝风。然而轮船穿越珠江口的时候，迎面扑来一股强风，海水在船

下汹涌，"佛山"号嘎吱作响，左右摇晃。我来到房舱，苏丝并未在
意轮船颠簸，几乎睡着了，而女教师捧着陶瓷痰盂不断干呕，我就
退了出来，到酒吧喝了杯白兰地。过了一个小时我还待在酒吧里，
轮船突然改变航向，扬声器里传来广播说一艘舢板翻了船，幸存者
都趴在小船残骸上等待救援。我走到甲板上，"佛山"号的引擎低低
地震动，一艘救生艇放了下去，乘客们都趴在船舷上观看救援。我
旁边是个身强体壮的男人，浑身充满力量，留着姜黄色的小胡子，
看到中国船员笨拙地操纵救生艇，他大喊"蠢货"，他还大骂小舢板
上的人是一群蠢货，这么恶劣的天气还出海这么远，轮船上的人也
好不到哪里去，这是他澳门旅行中遇到的第三起事故了。这时扬声
器噼啪响起，急切地询问乘客中有没有医生，赶紧到下层甲板去。
"蠢货，他们不明白我的意思，"留着姜黄色小胡子的大个子说，显
然他是个医生，"都是这些蠢货自找的，淹死他们算了。"不过他也
只是嘴上抱怨一下而已，我再转身的时候他已经不见了。一个女人
被拖上船，全身湿透了，黑色的丝质衣服湿湿地贴在身上，如同一
只失去羽毛的小鸟，是那么纤小而脆弱。接着拖上来一个年轻人，
虽然快淹死了，却还神经质地不住窃笑着。这时有人碰了碰我的手
臂，我回过头，是那个女教师，她的脸色鬼一样青绿，说："你赶紧
过来看看。"

"怎么了？"

她干枯苍白的嘴唇翕动着，却没有发出声音，不知是因为她晕
船太厉害，还是答案太悲惨，她难以启齿。我飞快转身，穿过甲板

上的人群，走进房舱，不禁打了个趔趄，几乎跌倒。地板上到处是呕吐物，空气中弥漫着呕吐的味道，痰盂在地板上来回滚动，发出细微的咔嗒声。我过去看看苏丝，她的眼睛紧闭着，脸色纸一样白，嘴角冒着红色泡沫，滴在枕头上。

"苏丝！"

她睁开眼睛，又无声地闭上。

"我去找医生，"我对她说，"马上就回来。"

我顺着舷梯爬到下层甲板，中国船员正往船舱抬一个幸存者，其他人躺在甲板上，先前大喊"让他们淹死算了"的大个子医生正跨跪在一个女人身体的两侧，两只大手放在她的背上，用力挤压她的肋骨，累得直喘气。那个女人已经不省人事，不过医生移开手掌，空气就进入她镶满金牙的嘴巴，咕噜噜顺着她的喉咙流到肺中去了。

"医生，我妻子病了。"我说。

他没有抬头，回答说："让你该死的妻子见鬼去吧，你没看到这个女人快死了吗？"

"可是我妻子也快死了。"

他没再言语，继续救治手中的病人，不断用大手按压女人的肋部，空气哀怨地从她的喉咙冒出来，直到里面再无空气，喉咙停止哭泣，而他继续按压，然后移开手掌，空气又咕噜噜进去，他还在按压。过了一分钟，他眼睛始终盯着女人问："谁过来替我？有人过来替我吗？"

"先生，我来，我接受过救生训练，"一个中国船员机敏地说，

"我还有证书和奖章呢。"

"过来。"

医生继续按压，抽回一条腿，跪在女人身体的一侧，船员在另一侧跪下，把手平覆在医生手上，两人一起用力按压了几下，医生很满意船员很快找到节奏，就抽回手，船员把一条腿跨过女人的身体，一个人继续按压。医生看了一会儿，确定他的做法正确，就起身问："刚才谁叫我？谁跟我说他的妻子病了？"

"是我，"我回答说，"很抱歉，可是我妻子病得很严重。"

他毫不相信地瞪着我，似乎在怀疑我的妻子只是晕船，而我却认为她的小小不舒服远比广东渔妇的生命更重要。他喃喃自语道："她最好病得很严重。"就跟着我来到上层甲板，走进房舱。女教师无能为力地站在苏丝的铺位前，毫无血色的嘴角下垂着。到处是刺鼻腥甜的呕吐气息，医生走到苏丝身边，看了一眼不断冒出的红色泡沫，又抬头用鼻子嗅了嗅，说："天啊，给点儿空气好不好，你们两个出去。"

我跟在女教师身后来到甲板，倚靠在船舷上，潮湿闷热的风吹过，在皮肤上留下一层油脂般的薄膜。小舢板上的最后一个人也被救上来了，人群一阵高呼，救生艇也被拖上船。引擎重新发动了。

"很抱歉害你不能在里面休息。"我对女教师说。

"哦，没关系，"她回答说，"你别放在心上，只是我也没帮多少忙。放在平时，遇到这种情况我还能帮上忙，可是今天我晕船，一点儿忙也帮不上。"

医生从房舱走出来，这时轮船晃了一下，把他从甲板上摔到船舷，他的膝盖撞在木垃圾箱，把垃圾箱都撞歪了。我还等着他的咒骂，结果他却只抽搐了几下面部肌肉，用手抚了抚膝盖。

我知道情况肯定很糟糕。如果苏丝没什么问题，他肯定会破口大骂，说我是个蠢货，浪费他的时间。

"哦，船重新启动了，我们很快就到港了，"他说，"目前我们能做的也有限，只能帮她降温了。去找乘务员要点儿冰块，帮她冷敷一下，敷在这里，肺部。"

女教师急切地说："这个我来，我去找冰块。我可以用枕头套做冷敷，我以前做过。"

"另外让她吸点儿冰水。"医生嘱咐道。

我问："她情况有多严重？"

"如果能马上住院就没什么问题，"医生回答说，"她有些失血过多，不过一旦住院医生会帮她输血。他们会叫救护车把这些救上来的人送到国王医院，她正好可以一起去。"

"她在圣玛格丽特医院有个床位，"我说，"他们有专门的肺结核病房。"

"那我就没法保证了。"他竖起耳朵仔细听扩音器的广播，说正在为舢板幸存者捐款，因为那条小船不仅是他们的生计所在，也是他们生活的家，而今他们失去了一切。医生很蔑视地说："他妈的，他们别想从我身上得到一分钱。"然后伸手掏出钱包，准备捐五十港币。"我得下去了，恐怕你得屈就到国王医院了。"

　　轮船停靠在香港码头，苏丝被担架抬上岸，推进一辆等待的救护车里，那个医生走过来，对我眨眨眼说："我已经把舢板上的人都安排到另外两辆救护车上了，也跟司机说好了，把你们送到圣玛格丽特医院。"

　　"您真是个大好人，"我说，"我欠您多少钱？"

　　"那他妈的可数不清了。"说完他就走了。

　　我爬进救护车后车厢，护理员准备把门关上，他小心翼翼地说："国王医院是吧？"

　　"不是，圣玛格丽特医院。"我回答道。

　　他摇摇头说："这辆救护车是去国王医院的。"

　　"可是医生说你已经答应把我们送到圣玛格丽特医院的。"

　　司机站在护理员身后，两人沉默地看着我，似乎在等待什么。我摸摸口袋，掏出一张五元的港币，递给护理员说："好吧，去圣玛格丽特医院。"

　　护理员若有所思地接了钞票，折成小方块，放进上衣口袋里。他关上救护车后门，我听到他们爬进前面的驾驶舱，关上车门，引擎却一直没有动静。其他两辆救护车都开走了，苏丝闭着眼睛无声地躺在那里，敷过冰后她的肺部不再出血，不过她依然很虚弱，一个小时都没有睁开眼睛，我估计她都不知道自己已经被抬上岸了。我透过玻璃往前面的驾驶舱看了看，护理员和司机正在激烈地讨论，我拍拍玻璃，示意他们赶紧出发。过了一分钟护理员下了车，绕过车身走到后面，打开车门对我说："对不起，先生，圣玛格丽特医院太远了。"

"可是还不到一英里呢,"我说,"比国王医院还近。"

"太远了。"

"你的意思是让我再塞点儿钱给你,"我问,"你想要多少?"

"再给我十港币的油钱。"

我给了他一张十港币的钞票,说:"足够你到北京的油钱了。"

"北京现在可没什么好的,"他咧嘴笑着说,"没乐趣,没舞女,没寻欢作乐的地方。"

"也没有敲诈,"我说,"现在可以走了吧。"

他们拿到十五港币一定开心死了,救护车立马箭一般地飞出去,铃铛叮当作响,提醒道路上的其他车辆避让。我握着苏丝的手,她的手跟她的脸庞一样苍白无生气,似乎流干了最后一滴血。我努力回忆人的身体里有多少毫升血,而她又失了多少。救护车停在圣玛格丽特医院门口,我看着苏丝被抬上担架,就走到大厅前台,可伊留言说她今天不当班,不过她已经托付给肺结核病房的邓恩护士。"她是个乖孩子,我相信她会尽全力帮你们的。"我走上楼来到肺结核病房,向门口的护士询问邓恩在不在。

"她马上出来,"护士回答说,"你不能进去,里面有几个女人正在洗浴。"

我在走廊等了片刻,邓恩护士出来了,脸上带着轻快而毫无人情味的微笑,说:"别担心,我们会照顾她的。把她交给我们,你回去吧。明天下午再来看她,她肯定会高兴的。"

"明天下午？"

"我们只有下午才允许探病，三点到四点。"她微笑着，她的微笑经过手术刀消毒灭菌，又用消过毒的镊子夹起来，从未被人手触碰过。好吧，她可能是可伊眼中的乖孩子，在我眼中却不是。

我说："我想等医生帮她看过后再走。"

"恐怕你不能在这里等，你得去大厅等着。"

"有消息了能麻烦你告诉我一声吗？"

"当然可以，去大厅等着吧。"

我在大厅等了一个小时，也没人过来通知我。我又等了一刻钟，就上楼去病房看看。病房的门敞开着一条缝，我顺着门缝看到长长的房间里电风扇不停旋转，打蜡的地板如同保龄球道一般闪亮光洁，两排病床上躺着茫然沉默的中国人。我看到苏丝的病床头挂着瓶子，瓶口的红色管子连着她的手臂。我转身回到走廊寻找邓恩护士，她正好敏捷地从一扇门后走出来。看到我她停下脚步，说："哦，真是对不起，我把你给忘了。"她的态度少了些消毒水的气息，似乎有些温暖，"我真忘了。"

"她怎么样了？"

"她还很虚弱，"不期然遇到我，她有些不安，"不过我们正在给她输血，现在还不能失去希望。"

"我会满怀希望的。"我说。

然而接下来的三周，我真的以为她要死了。时至今日，那段日子在我记忆中已成为一段模糊的漫长痛苦，每一个琐碎的瞬间都如同一帧快照抑或是一段梦的碎片。我依然记得那天走过湾仔码头，瞥见一家店铺的神龛下放着一台硕大的现代白色电冰箱，我心里想"真是太不协调了"，然而转念想到苏丝都将死了，而我却还注意这些东西，真是太奇怪了。我依然记得，那次站在拥挤不堪的电车里，想象着上帝对我说："要我拯救苏丝也可以，代价就是你下车后整辆电车发生事故，车上所有的人都将丧生，全凭你的选择。"那么我会怎么做呢？我又想到，疾病和死亡是那么轻易就能脱去我们文明的外衣，暴露出最原始的一面——就如同我所想象的残忍行为，上帝要牺牲其他人的生命来成全我。我依然记得，当我第三次向吉薇妮和珍妮讲起我和苏丝在澳门结婚的情景，她们还是哭了，而喜剧演员菲菲却故意严厉地板着脸，说希望大婚那天苏丝能按中国风俗要求的依然是处子之身，我回答说："可惜我们结婚前一天没能抵挡住诱惑。"菲菲做出一副很惊讶的表情，吉薇妮和珍妮不禁破涕为笑。我依然记得，那天我去探望苏丝，病房里有个女人行将死去，喉咙里传出我从未听闻过的咯咯声，响亮而空洞，她的嘴巴大张，死去的眼睛圆瞪着。病房里一阵窃笑，仿佛死亡是一件很可笑的事情，而苏丝说："那个女人完了，每个人都有这么一天。"我依然记得，当酒吧的点唱机响起《寂寞七日情》，我不忍卒听，黯然离去，走到门外的码头，恰好遇到美国水手乘着黄包车而来，其中一人还说："呀，真希望她还在这里。"我依稀听到他在说苏丝，就对他充满憎恨，我尾随他来到酒吧，与他一起饮酒，他说"我告诉你，伙计，孩子般的苏丝就是能勾起人的欲望"，然后我就不再憎恨他了，反而有点儿喜欢他，因为生命无法分割，我们都是彼此生命的一部分，我突然希望自己真的不再憎恨他，而我坚信自己做到了，并非喝了白兰地的缘故。

而我依然还记得最糟糕的那天，是那三周的最后一天，苏丝病得很严重，我走到她的床前，她都没有睁开眼睛，只是把我的手拉到床单下面，放在她的胸口，对我说："罗伯特，我很害怕，我不想死，我真的很害怕。"说完就哭了。她一直抓着我的手，足足有一个小时，我以为那天晚上将是她生命的终点，就去可伊的宿舍找她。她正在打网球，从球场下来跟我说话，网球短裙下露出晒成棕色的大腿。她看上去容光焕发，非常愉快，因为她刚开始一段恋情，进展很顺利。我将苏丝的情况告诉她，她依然容光焕发，无法抑制自己的幸福。

"我今天晚上当值，"她说，"我会过去看她的。"

"希望你能去看看她，可伊，除了你再也没有其他人会通知我了。"

"别担心，我会留意的。"

我在房间里等电话一直等到九点，每次外面街道上自行车铃响起我都会跳起来。后来我实在无法忍受独自等待，就告诉接线员我去楼下的酒吧。我喝了几杯白兰地，吉薇妮过来询问苏丝的情况，还告诉我她的妹妹刚刚订婚了。

"吉薇妮，真是太好了，"我说，"那个人很有钱吗？"

"不是很有钱，只有两辆汽车而已。"

"我觉得挺好的，"我一边说一边竖起耳朵留意电话铃声，"那你以后就不用在这里工作了？"

"是啊，我妹妹一结婚我就不用工作了，我真的很开心。等苏丝身体好了，我们得好好庆祝一番。"

吧台上的电话响了，我浑身开始颤抖。蒂芙拿起听筒，又放在吧台上，抬头环视酒吧，看到我她露出笑容。

"喂，炒饭，你的一个女朋友找你，我估计是她刚听说你结婚，要找你麻烦。"

我的膝盖发软，我真怕会中途摔倒。我拿起听筒，里面传来可伊的声音："喂，罗伯特吗？好了，不要着急，我打电话就是告诉你，我已经去看过她了，医生又在给她输血。"

"可是他们之前不是反对输血吗？"我回答说，因为第一次输血的时候她对陌生人的血液产生一种强烈而荒谬的恐惧和排斥，还想把手臂上的管子拔掉，这种心理效应的负面影响很严重，一连持续了好几天。我对可伊说："医生说不能再冒险输血了。"

"我知道，可能现在医生觉得这是最后的希望了，"可伊回答说，"先这样吧，再有消息我再打给你。"

我在酒吧消磨到午夜，才回到自己的房间。我坐在阳台上，留神听着电话铃声，看着水边的霓虹灯依次熄灭，最后几艘渡轮如同发光的毛毛虫在海港中爬行，漆黑的水面上水波轻轻拍打，码头边的小舢板不停颤动，帆船的桅杆微微摇动。每次其他房间的电话声响起，我总是紧张万分，过了好一会儿我的心脏还跳得激烈，如同战鼓擂动。无边的痛苦等待让我筋疲力尽，我突然支撑不下去，就回到房间躺倒在床上。我心里想："她死了，她死了好几个小时了，医院忘了通知我了。"我伸手想拿起电话打给医院，转念又想："不，打了电话就没有任何希望了。"这时黎明来临，我躺在床上看着暗灰色的晨光悄悄爬进房间，世界在寒冷的灰蒙蒙的曙光中重生，没有喜悦，没有颜色。

"她死了，"我心想，"新的一天开始了，却再也没有她了。"

渐渐地，灰蒙蒙中出现些许暗淡的光线，太阳升起来了。我起身走到阳台上，整座城市苏醒过来，开始悸动，一道道金色阳光洒在穷街僻巷上，海港微微颤动，波光粼粼，第一班渡轮驶出港口，船身漆成耀眼的白色。水面上小船熙来攘往，突然一艘巨轮悄无声息地出现，小船纷纷汽笛乱鸣，急匆匆让出道来，巨轮上的乘客拥在船舷边，不时指指点点："那是汇丰银行！那是太平山顶！"

我的心中突然升起一阵喜悦："她没事了，苏丝没事了！她一定没事了，不然医院会通知我的。"我迅速梳洗，穿上干净的长裤和最好的衬衫，往口袋里塞了买花的钱，冲到门口。这时电话铃声大作，我停下脚步。

房门开着，我站在门口，回头盯着跳动的电话。电话又响了长长的一声，我走过去又停下来，伸着手，却全身瘫软。毫无耐心的铃声先是断断续续，接着持续响着，我拿起电话，听筒里传出接线员继续拨打电话的噼啪声。接线员喂了一声，接着是可伊的声音："喂？喂，是罗伯特吗？"

"喂，是我。"我回答说。

"啊，终于找到你了，"她说，"好消息，输血有效果了，她今天早上容光焕发的……喂？喂，你还在吗？"

"嗯，我还在。"

等待电车的队伍排了很长，大街上也拦不到的士，我坐了一辆黄包车来到山脚下，然后徒步爬到山顶的医院。到了医院我全身汗如雨下，头发湿漉漉的，像是刚从水里出来一样。我箭步冲上楼，病房里一个女人正坐在便盆上，看到我进来她吓了一跳，差点儿从便盆上掉下来，不过我并未看清她是否真的掉下来，因为下一秒我就冲到了苏丝的床边。我笑着亲吻她，苏丝说："早上好，我今天感觉美极了。"

"苏丝，你今天美极了。"

"嗯，这次我没抵触陌生人的血液，我觉得这次的血是个好人的。哦，是呢，这次医院给我输的血非常好。"

第八章

/
/
/

I

"苏丝，医生说等你出院了，我们要搬到地势稍高的地方居住。你觉得日本怎么样？我一直想回到日本画画，而且那里的山上遍布好玩的地方。"

"好啊，挺好的，"她有些犹豫，"我们直接去日本吗？"

"是啊，我们直接从香港去日本。"

她尽力掩饰自己的失望之情，然而我明白她一直希望我能带她回趟英国，她是那么渴望能看看伦敦，看看皮卡迪利广场，看看盛大的商店，还有女王陛下。可我不能带她回去，因为回去就意味着谎言和欺骗，就意味着她要假装为另一个人，而谎言一旦被拆穿，所有人都会窃笑："你听说了吗？"不，绝不能回去。

然而让人着恼的是，英国并未对我们关上大门，反而发出邀请。我有个画展要在伦敦举办，赞助商罗伊·厄尔曼执意要求我们亲临现场，而我也能负担得起往返的费用。某天晚上我突然想道："如果苏丝真的想去，也有足够的勇气面对一切，为什么不去呢？"第二天我去医院告诉她，我们要去英国六周。

三个月后她一出院，我们就乘货轮出发了。到了英国，正好是春天。熬过一冬的寒冷后，伦敦人脸上的笑容开始融化，公园里草木含青，大街小巷和煦明亮的阳光向我们致敬问好。我们住在富勒姆路一间家具齐全的画室，是罗伊·厄尔曼特意为我们寻到的好住处，然而前一两周我并未怎么画画，我和苏丝只顾着坐在巴士顶层四处游览。我们去了伦敦塔、圣保罗大教堂和威斯敏斯特大教堂，我们乘坐水上巴士沿河而下来到格林尼治，我们迷失在汉普顿宫的迷宫，我们在动物园喂猴子吃花生。然而苏丝对动物园的兴趣并不像我所期盼的那样浓厚，她宁愿看人来人往，也不愿看里面的动物，后来我们索性放弃游览，跑到摄政公园的草地上躺着，苏丝全神贯注观察来来往往的行人，一整天都待在那里她也愿意。

我们还去过很多次剧院，没什么比看戏更让她愉悦的了。起初我怕她跟看电影一样，听不太懂英式口音，所以尽量不选话剧，而是带她看了美国音乐剧和滑稽剧。而她对戏剧的兴趣却有增无减，还十分轻蔑地拒绝去看轻喜剧，说"从没见有人这样说话做事"，我们就升级去看现代正剧。虽然她几乎听不懂一句台词，却看得很认真，目不转睛地盯着舞台；我附耳想向她解释剧情，她总是点点头打断我，表示已经从演员的表情和动作中领会到故事的发展。她记得每场剧的细节，因为她如同孩子般易受影响，而多日之后我们仍然在讨论戏剧中涉及的人性问题。

到了最后，我便不再顾忌她对戏剧的偏好，直接带她乘坐双层巴士去了滑铁卢大道的老维克剧院。这次看的是《哈姆雷特》，苏丝大概会觉得在看天书。然而她却兴趣盎然，对于我的低声解释如以前一样坚定地点头，似乎在说："好了，我自己长着眼睛呢！"幕间休息的时候，她紧蹙眉头，思考良久，然后对我说："那个人真的很烦恼，我非常明白他的心情，因为我也有个那样的坏叔叔。我在想：'如果我父亲并不是死于海难，而是被我坏心眼的叔叔害死的，因为他也深爱我的母亲。假如我母亲知道这一切，但她还是嫁给了我叔叔，而我却发现了真相，那我也会很烦恼，大概也会像那个人一样失去理智的吧。'"

"那你会怎么做呢？你觉得接下来会发生什么事情？"

"我想他可能会杀了那个坏叔叔，但不会杀了自己的母亲。这也很烦恼呢，他可能会想，我母亲也做下了不可饶恕的事情，可她毕竟是我的母亲，她用乳汁养育了我。我不能杀了她。"

"你猜得太对了，苏丝。"

"我觉得这个剧作家有一颗宽大的心，他明白这天地间的一切。"她抬起头环视上层的包厢，"不知道他今天在不在这里？"

我不禁笑了，告诉她莎士比亚已经去世三百多年。她对莎士比亚一无所知我反而很高兴，因为突然间这部戏剧不再是陈旧的古典文学，只是供学者评解注释，存活在女高中生的试卷里，而是变成一种新奇的有趣经历。借助苏丝的眼睛和她清新的视角，我觉得自己像是伊丽莎白一世时期到环球剧院观看戏剧首演的伦敦人。

苏丝的戏瘾很容易满足，而她想见女王的愿望就很难实现了。不见到女王她发誓言不离开英国。一天晚上我们在柯芬园外等了很久，女王终于出现了，可是人群密密层层，我们根本没看到女王的衣角。我买了份《泰晤士报》，仔细研究女王近期的活动安排，密切追踪她的一举一动，堪比策划炸弹袭击的无政府主义分子。终于，那天早上女王要去市中心参加集会，我们提前赶到白金汉宫门口观看她出行。一个好心的警察让我们站在右门旁边的位置，我们足足等了两个小时，门边聚集的人越来越多，有瑞典人、丹麦人、瑞士人、德国人、阿拉伯人，幸好还有两个流利讲英语的美国女孩，才让我觉得自己不那么格格不入。好不容易一辆闪亮的豪华轿车驶出前院，苏丝平心静气地看着。轿车缓缓滑过，女王坐在后排座位，美丽而端庄，一身低调的春装。惊鸿一瞥，女王已经过去了，操着各国语言的人群四散而去。苏丝一副心满意足的样子。

"好了，"她说，"现在只有一个还没见。"

"还有一个？"

"玛格丽特公主。"

我笑着说可以试试运气，可是几天后我们从报纸上得知，玛格丽特公主已经离开伦敦，一个月后才会回来。苏丝很失望，不过至少已经得见女王，她稍微释怀一些。

到英国后的第四周，我的画展在南奥德利街的厄尔曼画廊开幕。展出的画都是关于香港的，而其中绝大部分都是画的南国酒店，苏丝出现在许多画面中，多是在酒吧与水手在一起，所以根本无法掩盖她的过去。我对苏丝说她最好不要参加预展，对于她来说太过折磨。预展前一天的晚上她心事重重的样子，考虑了很久；第二天一早她手臂上搭着两件丝质旗袍，问我："你喜欢哪一件？"

"你不是要参加吧，苏丝？"

"是啊。"

"那就穿黄色，我们结婚那天你就是穿的这件。"

然而坐在去往画廊的的士上，她突然丧失了勇气，说自己不敢面对，想要回去。我让司机停车，说我们在车里坐一会儿，聊聊天。

"不，我要回去，"她有些惊慌失措地哭着说，"让我下车，我要回去。对不起，我很害怕，我觉得很羞愧。"

"你没必要羞愧，苏丝，你一点儿也不比其他人差。"

"不，我很羞愧，他们都会说：'她就是个肮脏的啧啧啧女孩。'他们说的都是事实，是我不好。"

一个女人正要过马路，她穿着粗呢套装，一看就是来自中上阶层，正往伦敦最高档的哈罗兹百货公司走去。我朝她扬扬下巴，说："你跟那个女人一样好，并不比她差。"

"才不是呢。"

"真的，苏丝。我跟你说说这个女人的故事，她势利，心胸狭隘，占有欲极强。她对儿子过于溺爱，结果他变得越来越乖戾；她欺辱恐吓女儿，可怜的小女孩被吓得胆子越来越小。她的另一个女儿跟一个犹太人私奔了，她不肯再跟这个女儿说一句话，也再不让她回家来。其实她就是个愚蠢的老泼妇，你可以把我的这句话告诉她。"苏丝沉默着，我催促她说，"说啊，狠狠地指责她，说'你是个愚蠢的老泼妇，我并不比你差'。"

她摇着头说："不。"

"说啊，苏丝，大胆地数落她。"

"你是个愚蠢的老泼妇，我并不比你差。"

"我没什么可羞愧的，我感到很骄傲！"

"不，我只是个肮脏的……"

"重复我的话！"

"我感到很骄傲。"

"我是普天之下最骄傲的人！"

她说了一遍，又重复了一次，似乎找到了感觉，然后她露出微笑，马上坐直身体，一副骄傲的样子。我们一路开到画廊，进门的时候她是那么骄傲而又泰然自若，任谁也不会称她为妓女，如果有谁这么称呼她，就会觉得羞辱的不是她而是自己。

在画廊，她站在我的身旁，我一直握着她的手，整整一个下午都没有放开。我偶尔能感觉到她手上传来的紧张不安，可她的眼睛始终骄傲而镇静，平直地迎接每个人的眼睛。画廊里挤满了人，而厄尔曼时不时带人过来介绍给我们，我能看出来这些人一开始都在想："我知道她就是那个接待水手的妓女，不过我要表现得自然一些。"他们当然不可能举止自然，反而过于热情，很是虚假，男人都大献殷勤，不住地向她使眼色；女人则很傲慢，心里想："只有我这么有魅力的人才会对她这么和善，我真是胸怀宽广呢！"而当他们遇上苏丝平静的眼神，似乎在对他们说："好吧，好好看吧，我没什么好隐瞒的。"他们就会对她另眼相看。这个时候，有些人就会心生敌意，会想："啊哈，我对她友好一点儿，她就觉得自己能跟我相提并论了。"就突然冰冷起来，想让苏丝意识到自己的低微身份。而大部分人都很欣喜地放松下来，毫不掩饰他们的赞赏和尊重，热情地赞美她。

"亲爱的，我真羡慕你啊，"有个女人脱口呼喊道，"真的，我羡慕你的生活阅历！让我觉得自己的生活这么狭窄，完全被禁闭了！"她带着一脸失意仓皇而去，似乎要赶着去击落警察的头盔，抑或是去大街上宽衣解带。还有位上了年纪的白发老太太，挂着顶端镶银的手杖，称赞苏丝很漂亮。

"真是个大美人，没有一幅画真正画出你的美。"她转身厉声对我说，"你没有捕捉到她的美，你的画都没有捕捉到。"她道出了实情，却并非完全因为我画功不足，而是因为所有展出的画作都属于我的早期作品，那个时候苏丝光洁的小圆脸上展现的美丽尚不成熟，后来的牢狱生活和一病数月才把成熟刻到她的脸上，而女人只有成熟了才真正美丽。我如此解释给白发老太太，她却说："哼，我倒是希望汉弗莱来画她，她的脸太具有汉弗莱的风格了。可惜汉弗莱在美国！"她说完就走开了，买了我的两幅画，之后又告诉我："我对你的东西没有其他人那么狂热，不过说不定哪天你运气好，就画出好的作品来了。"

预展结束了，最后一批观众也走了，罗伊·厄尔曼朝我们走来，香气微微飘送，白月似的脸上盛满笑容："太成功了！看看这些诱人的红色点点！"他精心修剪过的手指指着画廊四周，卖出的画都用红点标出，他对我说："我衷心对你表示祝贺，真是太成功了！"

我说："今天取得真正的成功的人是苏丝呢。"

"哦，当然相当成功，每个人都觉得她非常非常迷人。不过当然是你的画……"

他真是愚蠢透顶，根本不明白苏丝所经受的痛苦和折磨。而我整个下午都在观察人们走出玻璃门之后的表情，走到大街上人们就不再掩饰自己，可出去后并没有一个人窃笑，这样的胜利对于我来说比其他任何事情都更重要。离开画廊的时候我心情很激动，却不是因为红点点，而是因为苏丝，因为我为她感到骄傲。

画展开幕后我们就忙于社交应酬，各种邀请接踵而至，我们的时间安排得满满当当。先是和厄尔曼及一位艺术评论家一起午餐聚会，一直持续到下午四点，六点到八点参加两场鸡尾酒会，然后去圣约翰伍德餐厅吃晚餐，午夜转战切尔西参加派对，他们说："不要担心时间，我们的派对会连开三天。"正是在切尔西聚会上，苏丝遭受了最尴尬的时刻。大家正在讨论天气，一个长着牛一样凸出眼睛的女人总是出言荒谬，打破轻松的气氛，她突然问苏丝，如果在伦敦遇到自己在香港接待过的水手，她会怎么做。周围死一般沉默，旁边的人们都被她的问题惊呆了。苏丝回答说："我会说：'早上好。'"所有人都如释重负地笑了起来。苏丝并不觉得可笑，她刚才一定羞赧不已，几乎惊呆了，想到什么就说什么了。而所有人都觉得她的回答很绝妙，为她赢得了聪慧的好名声。

也正是苏丝的聪慧挽救了我，让我不至于一直傻下去。我开始爱上这种社交生活，画展做了大量宣传工作，我走到哪里都大受欢迎，每个人都知道我的名字，喜欢我的作品。即使有人不小心透露未曾亲眼见过我的作品，只是有所耳闻，我依然自信他们会为此感到遗憾。虽然我们只是在一个狭小的圈子里活动，但我却觉得这就是整个世界，有生以来我第一次觉得"我是个大人物，我真的成了大人物了"。

突然间我发现自己也可以大谈特谈艺术。我不再像以前一样提到画画就语无伦次，只会喃喃自语："我看到我想画的，就去画了。"而今我突然认识到自己作品的意义，并借此编织理论之网，出口就是各种夸夸其谈的专业术语，而这些术语的含义我不过刚刚才知晓。我可以滔滔不绝，我可以生动有趣。以往在晚宴上我只跟坐在旁边的人说上两句，而今我可以掌控整张餐桌。毕竟我现在是权威，是大人物。

一天晚上，我们去罗伊·厄尔曼家参加晚宴，我照例开始长篇大论。女士们退席后，一位电视制作人问我是否愿意做个美术演讲。

"而且我们可以考虑做一个系列。"他说。

我说他要是一个月之前问就好了，现在就太晚了，我们三天后就要离开英国了。我们已经订好了飞往日本的机票，途经香港停留一个晚上，我们会回南国酒店一趟。

罗伊·厄尔曼仔细查看着修剪得当的指甲，说："我可不是要影响你做决定，不过就算是艺术家也不能忽视公众。而且从长远来看，我觉得在英国多待一段时间可能对你极其极其有利……"

我很快就屈服了，苏丝回到房间我把同样的道理讲给她听，最后她无精打采地说："好吧，我不在意。"一直不喜欢她的厄尔曼听了她的话，就说："好啊，小夫人同意了。"就替我们打电话给航空公司取消了机票。

回去的路上苏丝一直沉默，很疏远的样子。我有些愠怒，能受邀在电视上做演讲我觉得很荣幸，她也应该为我感到高兴。可她的情绪是个极大的挑战，我必须重新征服她。等我们躺在床上，我像往常一样提出要求，她却说累了，从我的怀抱里挣脱。我转过身，几分受挫，几分生气。

然而第二天早上，我拾起画笔继续画她的画像，这幅画已经完成一半，是我在伦敦唯一的作品。我看到她的眼中闪过一丝火花，随之飘来一股无形却撩人的女性气息，这种气息说明她现在渴望自己前一天晚上拒绝我的事情。我笑了，挑逗了她一番，走到她的身边。事后我问她为何这么反复无常，她回答说："我喜欢今天的你。我喜欢画画的你，喜欢穿着涂满颜料的破旧外衣的你。"

"那你不喜欢什么样的我？"

"不喜欢你变得高傲自大，滔滔不绝，噼里啪啦！噼里啪啦！"

她模仿我傲慢地长篇大论，我感到很不快，就自我辩解说在东方的艺术真空待了那么久，回到一个语言共通、又有人欣赏我作品的地方感觉好极了，而且与其他画家、艺术评论家和鉴赏家交流，我自己也受益匪浅。

"我可不这么觉得，"她说，"我觉得回到英国你就变得冷酷无情。太多人，太多闲聊，太多噼里啪啦的大道理，你的内心变得坚硬冷酷。"

"你知道你这是怎么回事吗？"我说，"你这是嫉妒，你嫉妒我在聚会上应付自如，很多漂亮女孩子过来跟我说，她们觉得我很棒。"

她摇摇头。

"肯定是，所有的症状你都有，去照照镜子，看你的眼睛有多红！"

我为自己的反击自鸣得意，一整天都扬扬自得，直到晚上，我躺在黑暗中久久不能入睡，阵阵不安袭上心头，我突然理解了苏丝对我的模仿，我看到自己自命不凡地坐在餐桌前，滔滔不绝地讲着自己略有所知的事情，套用各种理论抬高自己的作品，贬低他人的画作。我心里想着"我是个大人物"，不过是因为我惧怕自己是个无名小卒。我只顾着夸夸其谈，却忘记了付诸行动；我忙于批评他人，而不去自我创造。

哦，天啊，真是太可怕了！那些枯燥乏味的鸡尾酒会，那些关于美学的喋喋不休的争论，那些没完没了的夸夸其谈，都让你越来越自大，却扼杀你的灵魂，扼杀了你内心那个急需呵护的小小火焰。我陷入恐慌，强烈渴望逃离，趁一切还来得及。我叫醒苏丝，打开灯，对她说："苏丝，我就是个傻瓜，彻头彻尾的傻瓜。"

"怎么了？"她问道，"发生什么事了？"

"苏丝，你说得对，我就是在毁灭自己。我们不能再待了。"

"你的演讲怎么办？"

"去他的演讲吧。"

"可是你喜欢演讲啊，去了日本你就讲不了了。"

"我不想讲了，我想画画。"

第二天一早我们就去了航空公司的办事处，恢复了我们原来的机票。五天后我们就回到了南国酒店。

II

南国酒店从未像那天晚上那么快乐，以前不曾有过，以后也不会再有。看到苏丝回来了，酒吧里的女孩们兴奋不已，根本无心工作，她们把水手晾在一边，团团围在我们的桌前，围得我们几乎喘不过气来。她们怎么也不愿离开，最多走到点唱机旁朝里扔一枚硬币，整个晚上反反复复为我们点唱《寂寞七日情》。每次音乐重新响起，水手们就一阵不满的嘘声，我不禁对他们心生同情，因为姑娘们的忽视已经让他们够困苦的了，再加上一整晚单调循环的音乐，他们都要疯了。

苏丝给每个人都带了礼物，她们打开礼物的时候都发出惊喜而高兴的赞叹。只有多丽丝·吴离我们远远的，独自拘谨地坐在角落里，像个女学究一样戴着无框眼镜，后来终于有两个醉醺醺的水手朝她走去，因为酒吧里只有她还在工作。她起身带着其中一个水手离开，苏丝叫住她，说有礼物送给她，其他女孩也一起叫她过来，还为她让开了路。

"我什么也不要，"她生硬地说，"你本来是要送给谁的？"

"本来就是要送给你的，"苏丝说，"我专程从伦敦给你带的礼物。"

"我才不相信。"多丽丝刻薄地回答。

她勉为其难地撕开小盒子的包装纸，说才不相信我们在伦敦的时候还曾想到过她。看到盒子里的礼物她的话说到一半就戛然而止，盒子里是一个小皮包，一角用金色的字体写着多丽丝·吴的名字。她默默地凝视良久，眼镜迷蒙了。她久久没有说话，却一直站在桌前，那个醉醺醺的水手不耐烦地催促她，她只是摇摇头，其他女孩就把水手推开了。多丽丝问苏丝去伦敦要花多少钱，她并不是真的想知道，只是为了表明聊天的兴趣。我告诉她轮船的费用，说"是按英镑算的"，菲菲接口说："哦，那要接多少短时服务才够啊？"所有人都捧腹大笑，却没注意到《寂寞七日情》已经唱完，一个水手趁机过去点了别的歌，当不同的音乐响彻酒吧，女孩们都愤怒不满地对着那个可怜的水手大声责难。

蒂芙问伦敦是不是有很多中国人，苏丝说我们去过一家中餐厅，厨师和服务生全是广东人，但做出来的菜却不是纯正的中国菜。丰满娇小的珍妮想知道伦敦是否也有中国吧女或舞女。

"伦敦没有吧女，也没有舞女，"苏丝回答说，"只有站街女。"

"啊！"小爱丽丝嫌恶地颤抖一下，她刚花大价钱新烫了紧密的小卷，她摇着头，咯咯笑着。

"而且这些站街女都是欧洲人，"苏丝接着说，"不过有几个非常漂亮，穿着漂亮的皮草。"

"她们每次收多少钱？"珍妮又问。她看上去很疲惫，比原来苍老了许多，正在慢慢凋谢，不久她就不再是丰满，而是肥胖了。我的脑海里突然闪现出过气老妓女的悲惨景象，站在昏暗的门口招揽客人，是十年后的珍妮。

"我想她们肯定比……比我们要价高。"苏丝回答说。她原本是想说"比你们要价高"，却又怕其他女孩觉得自己高傲自大，就改了口。

老莉莉·卢趴在桌子上，声音沙哑地低声问："女王呢？你见到女王了吗？"

"见到了，离得比你还近，"苏丝说，"哦，她可真漂亮啊。"

"是啊，我在电影里见过，"莉莉·卢的声音就像粗砂纸一样，她转向其他女孩，接着说，"苏丝说得对，女王可漂亮了，玛格丽特女王。"大家哄堂而笑，有人纠正她的错误，她有些狼狈，说："好了，我知道自己说的是谁。我知道的，你不用告诉我。"

这时，十几个帽子上带着红色绒球的水手从码头边推门进来。

"不好意思，法国小伙子们，"蒂芙对他们说，"今天晚上不做爱。"

"真是不好意思，"所有人齐声高兴地说，"我们很忙，关门休整，你们去其他地方吧。不好意思，再见。"

而水手们不愿就此离开，不久酒吧经理一瘸一拐地过来传达客户的不满。女孩们抱怨不止，快快地回去工作了，只留下吉薇妮和玛丽·纪。我们桌边的地板上堆满了礼物包装纸，桌子上还有一个礼物没有打开，是我们在摄政街为周三露露买的手包。可惜我们回来得太晚，一周前周三露露决定回到内地，回到她母亲的身边，开始新的生活，去工厂抑或是田地里干活。

苏丝看到小徒弟玛丽·纪的右手臂上有一块紫色的瘀伤，就关切地问："怎么回事？"

"没什么，就是一个水手喝多了。"玛丽回答说。

"我已经告诉过你，不要找醉鬼，"苏丝说，"有些女孩能应付得了醉鬼，但是你胆子太小。"

"这个月生意很惨淡，我们没得挑选，"吉薇妮说，"一直到昨天才有船到港。"

"我要去工作了，"玛丽一边说，一边提心吊胆地扫了一眼邻座的两个水手，"可是我觉得他们就是来喝喝酒，不是来找女孩的。"

"脸白的那个想找女孩，"苏丝说，"你要学着自己判断。他想找女孩，心里却很害怕。你过去要非常轻柔、非常和善。"

"好，我去试试。"

苏丝忧虑地看着玛丽朝水手走去。我对吉薇妮说："吉薇妮，你妹妹怎么样了？她结婚了吗？"

"没有，那个男人的父母知道我在什么地方工作后就取消了婚约，"吉薇妮回答说，"不过我们又安排了另一桩婚事，就在下个月结婚。"

"那到时候你就不用来这里了？"

她摇摇头说："不是的。"

"不是？可是吉薇妮，为什么啊？"

"这个男人很穷，我得帮他们。他说只有我答应帮他们，他才愿意娶我妹妹。"

苏丝说："吉薇妮，太糟糕了！太可怕了！"

"她就要结婚了，这才是最重要的。"她别过脸去，"哦，看，玛丽上楼去了，她可够快的。好了，我也该去碰碰运气了，虽然我很不愿意离开你们。"她过去坐在一个法国水手旁边，过了二十分钟后她放弃了，回来对我们说："我一个字也听不懂，他捏了捏我的胳膊，伸出五个手指。我估计他的意思是我太瘦了，只值五港币。可是我还没到为五港币脱衣的份上。"

苏丝问："吉薇妮，你知道那个广州女孩住在哪里吗？就是贝蒂·刘，我用剪刀刺伤的那个女孩。"吉薇妮点点头，苏丝漫不经心地把周三露露的礼物推过去，说："这个可以给她。"

"你是说你原谅她了？"吉薇妮问道。

"当然没有，"苏丝急忙说，"我永远不会原谅她，不会原谅她说过的那些难听的话。我就是不想要这个包而已，带着太麻烦。是吧，罗伯特？"

"是啊，真是个大麻烦。"我给了吉薇妮十港币，让她帮忙去掉手包上周三露露的名字，换成贝蒂的。

"好了，我要回家了，"吉薇妮说，"我明天早上过来为你们送行。"

午夜已过，点唱机停止了吟唱。酒吧里只剩下明妮·何依偎在一个法国男人的怀抱里，他们起身从推拉门出去了。

"可怜的吉薇妮，"苏丝说，"我今天晚上一直在想：'不管怎样，等吉薇妮的妹妹结婚了，她就好起来了。也就是说我们两个都好起来了。'"

"走吧，苏丝，我们睡觉去。"

我们走到酒店大堂，明妮和法国水手从前台过来，与我们一起进了电梯。明妮从水手手中抢来帽子，用鼻子轻轻拨弄帽子上的红绒球，然后戴在自己头上，紧紧依偎在他的身边。她用脸颊蹭着水手的袖子，咯咯笑着，抬头看着他说："我爱你。爱，你听得懂'爱'吗？"

水手冷笑着俯看了她一眼，嘴里叼着高卢香烟。

"听得懂。"他用法语回答说，一副"那又怎样"的口气。

"他听不懂，"明妮叹道，"罗伯特，你会说法语的吧？告诉他我爱他。"

我把她的话转告给水手，明妮一直看着他的脸。水手脸上挂着厌倦而冷嘲的微笑说："我太了解她们这些装清纯的手段了，她们就是为了钱。"

"他说了什么？"明妮问。

"他说你就像一只可爱的小猫。"我对她说。

"说实话，我更喜欢你的那个，"水手说话的时候嘴里的香烟摇动着，微眯着眼睛，"我喜欢她的臀部，她一进电梯我就注意到了，桃子一样好看的臀部。"

"她好看的地方可多着呢。"我说。

电梯停在三层，水手盯着苏丝走出电梯，说："啊，她的臀部在对我说话，只有懂得它的美的人才能拥有。你愿意跟我换换女孩吗？"

"想都别想。"

"没关系，我明天晚上再过来找她。到时候你还可以跟我说说你对她的评价。"

"评价很高，"我说，"她是我的妻子。"

"你别胡说了。"他不肯相信。

我赶上苏丝，我们一起沿着走廊走到我以前住的房间，她问："那个人说了什么？"

"他不相信你是我的妻子。"

"他看上去很无情，"她说，"他长了一张残酷无情的嘴巴。"

"他被你深深迷住了，还说明天晚上要来找你。"她瞥了我一眼，做出受到惊吓的样子，我笑着说："不过不用担心，明天晚上我们已经身在日本了。"

经过一天的劳顿她累坏了，我还没上床她就睡着了。我也很快沉入梦乡，不一会儿却听到她在啜泣，不时发出断断续续的喊叫声。我轻轻碰了碰她，把她叫醒，她猛地把我推开，大叫道："是谁？你是谁？"

"是我，罗伯特。"

她松了口气，依旧抽泣着，紧紧依偎在我身边，把脸埋在我的脖颈中，说："我以为你要离开我，我以为你走了呢。"

"没事了，我还在你身边。"

"亲爱的丈夫，"她问，"机票还在吗？"

"还在，很安全。"

"你确定吗？你没弄丢吧？"

我笑了，打开灯，拿来钱包，把机票交给她。她一张一张地仔细检查了一遍，又反过来检查背面，虽然她只认识我们的名字。她把机票递还给我，我说最好她自己保管。她露出微笑，把机票放在枕头下面，重新躺下，手抱着枕头，脸上恢复了宁静。我吻了吻她，关上了灯。

（全文完）